DOOMSDAY
MASSACRE

D O O M S D A Y

M A S S A C R E

下

DOOMSDAY

末殺者

MASSACRE

畢名──著

目錄

第四章・沉淪者

第五章・重生者

第六章・終結者

第四章

沉淪者

三十六・血案〔展啟文〕

1

我一直深信，每個人內心都寄存著一隻獨一無二的魔鬼。

無論是數千年前中國儒家提倡的禮教，抑或是現世為人所敬仰各種導人向善的宗教，他們最害怕的、他們要禁制的，還不是那隻伺機待發的壞東西。

所以我從來不相信宗教，更不相信什麼鬼性本善惡的理論，因為由始至終我都不相信魔鬼可以教化。所以，我沒有打算饒過任何一個壞人，甚至總喜歡在執行任務時有意無意之間玩「走火」。

「砰！」的一聲槍響，夾雜著煙火爆炸狀的血花及一陣洶湧而來的血腥味，代表著又一隻顯露魔性的敗類被我徹底消滅，你說多暢快。

我曾經懷疑自己是不是只鍾情於殺人的樂趣，但反覆自我評估後，我敢確定不是。

因為面對一般婦孺弱者，我懶得花任何力氣拔出腰間的配槍來個「走火」遊戲，遇著可親可疼的美少女更不用說，除非是那些自認不凡的黑道混混。

我知道，自己內心寄存著一隻魔鬼，這隻魔鬼，是為制裁世上其他萬惡的魔鬼而衍生的。

由始終我都相信，自己是站在正義的一方。

我更知道，至少有一個人會認同我，雖然我們未必在同一水平線上幹著，但十六年前一同離開警校學院的前一晚，我們的的確確交流過以暴易暴的心得。

我記得，他擁有一雙與身體膚色不同的手，而往後的日子，警界喜歡稱他這對手為「判官之手」。

可惜自從發生英國倫敦Apple Market恐襲案後，他杳無音訊，就像人間蒸發了一樣，不然，如今面對眼前一堆從各角度拍攝的血腥屍體照片，警方也不會束手無策。

我展啟文絕不是窩囊廢，只是超越正常人認知的案件，我這個普通刑警又能如何。

但那個人就不同，我深信他的那一雙手，必定可以解決所有極惡的問題。

他是誰？就是人稱「極惡刑警」的司徒凌宇。

鏡頭逆轉，現在是二〇一一年六月某日，凌晨兩點三十分。我是展啟文總督察，現在身處香港港島東區警署重案組辦公室中。

桌子上堆滿一張張兇案照片，有血淋淋的殘肢照，有血跡斑斑的現場實錄，當然，少不了還有屍體經清洗過後的驗屍紀錄。

但無論怎麼細看、重組、分析或推斷，都無法描繪出犯案者的心理側寫，更遑論推算出其行兇動機。

時間一分一秒地溜走，距離釋放嫌犯只剩下十八個小時。

但我心裡明白，與其說那人是嫌犯，不如說他只是最擁有嫌犯特質、最像嫌犯的目擊證人。

自相矛盾吧！的確，我此刻內心的確充斥著矛盾情緒。

拘留他，只為了等一個時機，運用我新學會的技能，近距離套取當晚兇案的重要線索。

「啟文，都快三十個小時了，鐵人也要休息的，更何況現場若真發現任何線索，鑑證科的同事早就找到了。我勸你還是死心吧！任你如何想破頭，這堆照片都只會令你食慾大減，要推測兇案動機，除非你有通靈能力把死者一一招魂吧。」

我沒有理會典子小隊長的好言相勸，只顧拿起眼前像濃墨一樣的黑咖啡，一口一口灌入喉頭，期待咖啡因繼續刺激神經末端，替我找到眼前兇案的線索。

「妳說……兇手是一個人還是一群人？」我喃喃地問。

「唉，我再重覆一次，如果你相信那瘋子般的目擊證人口供，答案是一個人。」典子不耐煩地道。

「妳覺得，有沒有人能在前後不到一分鐘內格殺……不……是虐殺掉在油尖旺區黑道響噹噹的喪強，然後再向另一人剖腹劏肚大肆惡搞一番？」我凝視其中一張喪強第四次衛冕全亞洲輕量級泰拳冠軍時的照片，接著問。

典子沒有回答，我也沒有得到答案的必要。當上刑警這麼多年，單憑驗屍報告我也能知道，要一分鐘內把一個體格壯健的五呎十一吋高男人擊倒，再造成全身粉碎性骨折加四肢扭曲變形，除了經典港產漫畫《龍虎門》主角王小虎的絕招「霹靂狂龍」可以做到，在現實中根本是天方夜譚。

喪強的死因，驗屍官向外公布，是有百分之九十的內臟被扳斷的碎骨插入以致瘋狂內出血致死，但實際原因，就正如第一個到達兇案現場的探員所推測的——

「從喪強那瞪大得滴出血來的雙眼感受到，他是剎那間被嚇致心臟痲痺而死，至於是因不甘心被瞬殺還是其他原因，便不得而知。」

但至少有一點可以確定，就是喪強也算是一條硬漢，不似得那些出來胡混的古惑仔，被仇家砍殺時總怕得尿得一褲子都是。

話說回來，雖然兇手以暴易暴替社會解決了一頭敗類，但我一點高興的情緒也沒有，因為根據經驗，另一頭可歸類入「X-File」的惡魔，正在黑暗中等待吞噬著下一隻獵物。

而至少我還未知道，「他」是不是一頭只鯨吞邪惡的魔鬼……

「展警官，那女死者的驗屍報告新鮮滾熱辣送到。」

「快拿來。」從探員少傑手中接過報告後，打開檔案夾一看，映入眼簾的是一幅少女赤裸軀體的照片，而在白滑的肌膚下，右邊乳房下有一處被撕開的明顯傷口。

據法醫報告所寫，這名十八歲酒促女郎婉婉，死前曾被性侵，而死因是被兇徒以野獸般徒手開腹、取去肝臟失血過多致死；而最離奇的是，在傷口肌肉及連接肝臟的血管、組織附近，竟有被高溫燙傷的痕跡。

究竟是怎麼一回事？難道兇徒手持不知名的高溫手術工具，可以快速除去人體器官？又抑或是某種高科技的殺人武器？

兇徒又為什麼要取去死者肝臟，而不一併取去其他內臟器官？選擇肝臟有特別含意嗎？是活躍於國際黑市市場的人體器官販子？還是單純的黑道殺手？

如果是前者，為什麼不順道以同樣手法摘取喪強的器官，卻選擇以虐殺手法宰了喪強？會不會是兇徒一早看中那位酒促女郎，只因為喪強學人強出頭而招致殺身之禍？

不……不像是這樣，如果兇徒是黑道殺手，成功虐殺喪強便已完成任務，沒必要節外生枝地去殺害無縛雞之力的婉婉，還要來個殺雞取卵吧……

就算婉婉真的不幸擋了他的道，照常理也會以最快的手法殺人滅口，犯不著這麼變態來個開肚虐殺。實在頭痛，怎麼想都極為不合理、完全不合邏輯。除非案件並不是想像中的單一案件，是巧合下的兩宗個別兇案這麼巧地在同一時間同一地點發生，然後兩個不相識的兇手相顧而笑作案、再分道揚鑣吧！

該死……根本不可能！

罷了，再這樣想下去，我也快跟拘留室內的「嫌犯」變得一樣瘋瘋癲癲。

「嗶嗶嗶嗶嗶……」手錶的響鬧裝置發動。

我隨手按掉錶上的鈴聲，是時候用我的方法，去料理一下那個被我貫以「嫌犯」之名的目擊者，這是最後可以透視案情的方法。

2

凌晨三點十五分，香港島東區警署重案組拘留室內。

颱風森姆的風眼已經籠罩香港上空，窗外的哀鳴聲驟然消失。兩位惘然的刑警，一位被冠以「嫌犯」之名且身分極為特殊的瘋癲證人，加上一份畸型的筆錄口供，現場形成一種言不能喻的詭譎氣氛。

而那份口供，與其稱之為口供，不如說更像小說故事。

但大家別期望太高，因為這不是回憶案情的驚悚血腥故事，而是一部令人難過心酸、與這冷冰冰的拘留室格格不入的愛情故事。

寫下這愛情故事的，就是眼前頭髮蓬亂、目光呆滯、黏稠口水流得滿桌子且令人倒胃的證人，也曾經是譽滿華文地區的愛情小說天王級作家亞倫。

「受夠了……我受夠了……我不看……啊啊……不看啊！」

「這份就是他寫下的口供？」我叼著巧克力煙仔餅（注）問。

「對啊！這傢伙也真夠怪，我懷疑他真的瘋了，除了不斷說『我失戀了』、『什麼很心痛、心碎』之外，就胡言亂語地說著一堆毫無邏輯的東西，根本不能作為口供。」刑警少傑精神頹靡地說著。

「所以你們就索性給他自己寫口供？」

「不……不是的，是他主動要求我讓他寫的。很奇怪，看著他的眼睛，靈魂就好像被吸攝住一樣，竟無意識地就給他紙筆寫口供去了……對不起，長官！」

我沒有責備少傑的意思，只慢慢欣賞著這份新鮮滾辣、有可能是本年度最暢銷的悲情小說。

如果，我是說如果……這口供有機會面世的話。

面前的嫌犯再次低頭沉默不語，但我知道，他不時偷偷抬頭觀察著我的反應，然後露出一抹詭異又閃縮的笑意。

與他四目相交的一刻，我打從心底有股寒意湧現。

至於讀完那份口供……不，讀完那故事的結局後，我的情緒竟被勾起……

我記得是十年前，一個來電，一個留言，令當時還在大學求學的我不知所措，沒想過只開始三個月、單純的校園愛情故事，竟夾雜著痛苦的抉擇。

雖然如此，我仍是拜倒在愛情的腳下。

而最終，我仍然選擇了妳，沒有在妳挺著四個月胎兒的時候把妳遺下不顧。

但妳可曾記得，強裝鎮靜的我在醫務所門外屈膝抱頭大哭一場？男人最痛的……是來自自尊的反噬，是夾雜著震驚、不解、屈辱的痛楚。

很傻，我當時傻得以為這叫作愛情的偉大。

為了妳，我向全世界人宣告肚裡的孩子是我的，是我一時糊塗不理而弄出的後果。我被家人臭罵，被朋友鄙視，但都不打緊，甚至我還當上間接的劊子手，替妳拿主意要把胎兒打掉。

過後，一切又回復平靜，而我也放下猜疑，決心忘記過去，畢業後努力工作，希望與妳快快樂樂一起生活，繼續承擔供養妳的一切，把妳當妻子般看待。

一直，我以為自己可以擁有幸福。

注 香港傳統古早味零食，外觀長條狀像香菸。

但究竟是天不從人願？還是惡夢連場尚未結束？

十年後的今日，在我最潦倒之時，妳竟然高姿態地要走了。我無法明白，更不能接受，究竟發生什麼事？我做錯了什麼？

我只感到一顆心被撕得粉碎，腦袋脹痛得不能思考，後頸的肌肉繃緊得感到很累很累。

而妳為了使我死心，更毫不留情地告訴我，是十年前那孩子的生父回來找妳，你決定跟他遠走高飛，只因妳還愛他，縱然他曾玩弄妳、把妳棄之不顧，妳內心深處仍然對他死心塌地。一直未忘。

妳說，是一直未忘記他的背影……那我呢？究竟……妳當我是什麼？

終於，妳在家中的桌子上放下一疊口口聲聲用來補償我多年來付出感情的鈔票，然後在電話留言中告訴我一個足以擊倒任何男人的祕密。

妳的聲音仍是那麼婉約、那麼令人憐惜……

妳說很抱歉、很對不起我，因為這十年間，他一直跟妳祕密聯絡，甚至曾趁我出差時來我視為溫馨的家，在我們那張雪白大床上與你鬼混。

我那辛辛苦苦賺回來的錢，妳竟然用來供應他吃喝玩樂，把我一直蒙在鼓裡。

今日，你們兩人羽翼已豐，決定另築愛巢，帶著嘲笑並棄下我這個漂浮在汪洋上的泳圈。

很好啊……不錯……真的不錯，妳令我終於明白到什麼是崩潰、什麼是心痛、什麼是痛得離魂，甚至心靈被挖空的感覺我都一一親身體會。

那炸裂般的頭痛，那不斷在耳邊迴盪著的恥笑聲，令我感到身軀像扭曲般失去生存的動力。未曾經歷這般痛楚的人，根本沒資格去講去寫那種失戀之痛如何痛得崩潰。

每到夜闌人靜時，我都徘徊在酒吧買醉、不見天日。

酒吧裡所有的酒我都嚐過，誰說一醉可以解千愁，那他媽的酒精根本不能麻醉我的痛……妳為什麼這麼狠心……啊……好痛啊！

我受夠了，可以停下來嗎？

不……不能就這樣停下來，我知道……他告訴我只有一種方法可以救贖我。

就這樣吧，就讓最難過的故事留下最血腥的淒慘結局……

而寫下這結局的是我，愛情小說作家亞倫。

一切都歸於原罪。

3

「展長官，我不太明白，為什麼你認定兇案與這個瘋癲作家有關？」少傑問。

我放下手上的口供，目不轉睛地盯著眼前的作家亞倫，問：「記得兇案發生之時，酒吧有多少客人嗎？」

「二、三十人吧！」

「那有多少人目擊兇案發生？」我感到目光呆滯的作家開始重新注視我。

少傑搖著頭答：「應該沒有……」

「合理嗎？」

「不合理……就算如法醫所言，兇案發生的前後不超過一分鐘，總會傳出一些驚叫或慘嚎吧！詭譎的是，酒吧內所有人酒照飲、舞照跳，壓根不知道有兇案發生，直至那血腥味從酒吧後巷傳來，酒客們才紛紛報警。」

我指著面前的嫌犯，道：「那他呢？」

「他一時說自己看到兇案經過，一時又說出狀似行兇的手法，情緒上又像對兇案現場產生極大的恐懼，所以你懷疑他與兇案……不！你懷疑他是兇手？」少傑興奮地問。

「哈哈……哈……」一陣討厭的低沉笑聲從少傑身後的「他」傳出。

我沒再回答少傑這個警隊菜鳥的問題，只擺手暗示他離開拘留室，因為我打算跟大作家亞倫來個更親密的接觸，而所用的手段便是剛學會的催眠。

沒錯，是催眠。

原本，我深信催眠可助我從亞倫的潛意識中找到答案。

但可惜，我似乎太高估自己。

「哈哈……」

因為在還未正式催眠他時，我反而不自覺被他的一雙眼睛懾住，一種憂傷的情感由他的雙眸透射出來，是心酸的感覺，而我有種快落下淚來的衝動。

我想抽離他的眼睛，但無法……接著大腦神經傳來一下抖動，我彷彿被電擊一般，然後整個人被急扯入他雙眼當中。

我感到暈頭轉向，是靈魂出竅還是什麼？迷迷糊糊之間，我穿過一道又一道似曾相識的街道、窄巷，還有……不！不要……我快要撞上那道厚重的木門。

「啊！」我怕得閉上雙眼。

咦……怎麼沒有傳來任何痛楚？我不是撞上那道門嗎？不……那道門完整無缺的在我身後，難道我竟然穿透過它？等等，這裡很眼熟，是什麼地方？我好像在那裡見過……

那陳設、那飛標靶，還有大門的照射燈……是……是酒吧，是兇案發生的酒吧！

坐在吧檯附近頹靡不堪的，不正是亞倫嗎？他一杯接一杯地乾盡烈酒，看情況也快醉倒了吧。

突然，畫面像光速般地轉動，出現在我面前的背影很眼熟。我認得他，他是喪強，我不會忘記他背上紋著的猙獰惡佛圖案。

等等……做什麼？喪強一手抓著那酒促女郎做什麼？

我被扯至後巷，只見喪強強行脫掉受害人的迷你裙和內褲，繼而從後抬起對方的臀部，然後露出那臭傢伙、幹出那不堪入目的變態事。我看不下去了……心中的怒火升至頂點，緊握著的雙拳亦露出青筋。

住手啊王八蛋！我隔空揮舞著雙拳，瘋了似地希望可阻止喪強的暴行，但一陣陣奇怪的快意湧現，同時我感到雙手沾滿黏稠帶點微溫的體液。

然後，畫面由黑白轉為通紅，是……是亞倫的潛意識嗎？

我看到喪強癱軟在地，而我手上竟然多了一件血淋淋的東西……

是肝臟……是還溢著鮮血、筋肉微微震動的肝臟。

眼前的影像開始變得清晰，地上躺著全身扭曲得不似人形的喪強，還有一臉驚慌、下身赤裸，但已無任何氣息的酒促女郎婉婉。

我……我殺了人？難道兇手竟然是我？

不！不可能的。一定搞錯了，我是負責這樁兇案的警官，怎會反過來成為主嫌？

那女的該死……

一道低沉的男聲突然在耳邊迴盪。

誰？

犯下原罪的人都應該死……

你究竟是誰？

哈哈……哈哈……

誰？出來啊！

哈哈……

誰啊?!

哈……

媽的！

「砰！」一聲巨響後，我終於完全甦醒過來，但同時……我不敢相信眼前的景象。

瘋癲的大作家已經不存在，眼前的，是只剩下爆開的半邊頭顱、一顆眼珠還吊在冒煙眼眶外的亞倫。

而他，竟不斷用發抖的手抓著空空如也的腦袋位置，白色的腦漿混和著血花，濺得我一臉都是。

我敢確定，他已經活不成。

殺死他的人……

正是我，負責此案的總督察展啟文。

我手握還冒著煙的點三八手槍，擺出連我也不敢置信的開槍動作。我知道，自己一定被內心的惡魔出賣了。

接著的數分鐘，拘留室再發出三槍槍響。

凌晨四點二十五分，兇案第四位死者終於出現，死亡地點位於東區警察局重案組拘留室，死因為心臟、大腦、胰臟大動脈爆裂失血致死。

而這齣血腥恐怖鬧劇，也暫時成為懸案。

但從來沒人知道，一切都只因為……原罪。

三十七・決鬥〔童諾生〕

1

「酒吧神祕虐殺案」發生前六個月。

盛夏，一個屬於勇氣的日子。

在聖瑪利亞書院的八角形紅磚屋武術競技場內，沒有多餘的觀眾，也沒有搖旗吶喊的歡呼聲，只有兩道沉重的呼吸聲此起彼落。

在場館的空氣中，隱約飄盪著濃郁的火藥味，還有壓倒性的恐懼感。

恐懼的源頭來自場中深藍色的軟墊擂台，而散發著懼怕感的，就是站在台邊、我童諾生的兩位好友狄奇和旖旎。

戰鬥已經持續三分鐘，站在擂台上的，除了正擦乾嘴角鮮血的我，還有架起攻擊陣式、死命盯著我不放的對手——學界跆拳道三連霸冠軍「灰狼」。

相較於擁有黑帶二段的灰狼戰績，學了跆拳道一年零八個月、級數還是綠藍帶的我，雖然算不上是新手，也有搏擊練習的經驗，更曾被讚譽為聖瑪利亞書院新一代的跆拳道天才選手，但實戰經驗始終是……零。

沒辦法，因為姊姊從來不准我參加公開搏擊比賽。

但那又如何？在這些成年人眼中「煩惱皆因強出頭」的事，在我們年輕人眼中，可看得比性命更寶貴，甚至往後我還會為今天的事引以自豪，因為這叫作「友情」。

雖然這場比賽……不，這場決鬥一開始，便在不公平的起跑線上進行。但我一點也沒有後悔，甚至三番四次被灰狼的成名絕技「凌空三百六十度旋轉側踢二段斬」擊至暈頭轉向、鼻血直流，都沒有打算後退一步。

因為除了「友情」，這世界上還有「正義」需要人捍衛，而「友情」加上「正義」，絕對可以衍生出無與倫比的拚搏力量。

「來吧灰狼，有種便在剩下三分鐘內踢倒我，不然，你就要信守承諾交出那些東西！」說罷，我不甘示弱地吞下鼻腔倒流的一啖濃血。

「諾生……算了吧，求求你……求求你不要再打了！」

看著掩臉哭倒地上的旖旎，我的鬥志更形堅定。

我知道勝出這場決鬥，不止可贖回旖旎幹那些勾當時被偷拍下的照片，更重要的是，旖旎答應我以後再也不會為金錢出賣自己的身體。

所以，我有非勝不可的理由，就算被擊倒無數次，為了旖旎我都要爬起身來，直至灰狼願意交出照片為止。

有信心未必贏，但沒信心一定會打輸。曾經有位警察叔叔在犯罪宣導講座跟我說過，男子漢就要有勇者無懼的勇氣，面對惡勢力一定要寸步不移。

「灰狼，有種就來把我ＫＯ！」我裝模作樣地吼叫著替自己打氣。

「臭小子，為了她，值得嗎？」

「值得。」

「你喜歡她？」灰狼向我移近。

「有必要告訴你嗎？」我架起防禦架式，以前後跳躍的步法準備接受灰狼第二輪的攻擊。三分鐘，我知道只要再捱過這三分鐘，旖旎便可以擺脫灰狼的淫威。

我也深信，在一般格鬥練習裡要三分鐘防禦不被擊倒，對我而言一點難度也沒有，但可惜，在對方眼中，這是場沒有規則的決鬥，而不是單純的練習賽。

若說灰狼擁有最快、最強且最華麗的腿技作為攻擊之矛，那我便慶幸自己擁有天生近乎野獸的靈敏觸覺，配合苦練已久的靈活步法形成防禦之盾。

矛盾之戰本來還可一鬥，但偏偏我漏算了一樣重要的要素——

就是情緒。

憑著靈活的步法，加上高度的精神集中，灰狼的腿技始終未能對我予以痛擊。就在這時，我發現他開始放慢攻勢，只在我身邊不停遊走。

正當我疑惑灰狼是否體力不繼時，他嘴裡開始說出不乾不淨的話：「說實在，你有看過那些照片嗎？旖旎豐滿的胸部的確挺令人感興趣的……嘻嘻……」

我默然不語，心裡的怒火開始上升。

「啊……差點忘了旖旎是援交女，你有沒有上過她？不知她的處女價又值多少錢？」灰狼露出一臉淫相。

「你嘴裡放乾淨點！」

我勉強避過灰狼向我腰間踢來的後旋踢，但灰狼嘴裡仍不罷休：「她連頂著大肚子的老漢也肯被上，這麼濫的女子，你喜歡她？啊……我明白了，你這個小淫蟲。嘿嘿……」

「閉嘴！」

聽著好友受辱，我終於按捺不住情緒，放棄守勢，主動向灰狼發動攻擊。

誰料灰狼不單沒有後退，反過來向我發動一連串的連續技，是他慣常的死拚式互擊對打。

電光石火間，我的左腳前脛骨迎來一聲巨響，接著膝蓋傳來一下劇痛。我不受控地失去平衡，向前撲倒。

同一時間，我感到後腦一道黑影從上襲至，是灰狼使出一記快絕的右劈腿踢向我的後腦，我慌忙連滾帶爬地閃躲一旁。

當我驚魂稍定準備再攻擊時，左腳膝蓋突然傳來一陣痲痛。完了，我心忖。一定是傷到了十字韌帶或半月板，而一切都被灰狼看在眼裡，他知道我剩下的戰鬥力不足三成。

我已經無法使出自創的十字跳躍步去閃避灰狼的攻勢，而左腳的傷對一個練跆拳道的武者來說，等同廢了一半武功，我唯一可以做的只有等待。

但我不禁自問……我真的有勝算嗎？

不可以這樣，我若輸了，便不能取回旖旎被迫拍下的照片。

灰狼說過會把這些照片上傳網路，這樣旖旎一生的幸福就毀了。

不可以！不可以輸！

我撫著受傷腫脹的膝蓋，嘗試減輕左腳傳來的痛楚，而灰狼向著我亦步亦趨。我看著他心念一轉，知道勝負就在一招間，這是我擊倒灰狼的最後機會。

灰狼冷笑一聲，似乎對我這個只剩一隻腳能使的對手投以輕蔑。我沒有理會，咬著牙關向他的左身進行突擊，這是可發動攻擊的最短距離。

我決定來個橫踢虛晃，再閃身前躍，突破灰狼的防禦範圍來個快速鞭拳。

「垂死掙扎！」灰狼對我的攻擊不閃不避，用堅硬的手刀使出上段防禦、硬擋下我的橫踢虛晃，然後一個閃身以平貫手直取我喉頭。

賴以逆轉的一招被破了。

憑著直覺，我勉強避過手刀，但灰狼不愧為三屆冠軍，他彷彿早料到我的閃避動作，突然手刀轉化為內肘擊——我感到眼前一黑，被灰狼的手肘狠狠擊中。

「砰！」

我的左臉頰被一股強勁的衝擊力擊得陷落，接著胸腔傳來三聲巨響。我感到自己被擊得飛離地面，然後喉頭一陣難受的炙痛感，混雜著胃酸的鮮血終於奪腔而出。

我輸了。

在快失去知覺之際，我再次聽到灰狼的輕蔑揶揄，還有狄奇、旖旎的驚呼聲。

但，我已痛得失去鬥志。

對手太強了，旖旎我對不起妳，六分鐘的決鬥我最終還是撐不過來。

正義始終需要力量的扶持。

在完全失去意識前，我看見灰狼轉身而去，還隱約聽到他拋下一句話：「孬種。」

不……我不是孬種。但我還能怎樣……呼吸開始變得不順暢，心臟傳來陣陣絞痛。

眼皮變得很重……很重，重得快要闔上。

然而，十秒過後，場館突然傳出一陣低鳴怪叫。

2

曾經聽過很多民間傳說，傳說凶星托世的家庭，必定落得妻離子散、雞犬不寧，最後更有可能毀家滅族、哀嚎嗚嗚。所以凡被認為是凶星的小孩，下場都必定悲慘，甚至被人為早早夭折。

那我呢？也許，我算是附著最不幸、最不祥的命格出身，而又擁有一點運氣的凶星。

就正如所有聖瑪利亞書院的學生一樣，自懂事開始，我就已無父無母。原本孤兒這個身分在平輩間也不是什麼新鮮事，但我不僅出生便已被父母遺棄，連收養我的養父母也在我六歲生日那年遇到交通意外，被一輛貨櫃車慘壓成肉泥。

還在孩提的我，根本連悲傷這種事都來不及理解，便再接二連三經歷不幸。

往後的日子，我跟著唯一的親人，即養父母的獨生女兒諾雅姊姊四處飄泊，在不同的親戚家裡寄人籬下生活。或許我真的是一個不折不扣的凶星，每個收留我暫住的家庭，不是突然家道中落，就是離奇出現人命傷亡。

最後，再沒有人敢收留我們姊弟倆，更對我們避之唯恐不及。

露宿街頭的日子我們都捱過，但諾雅姊姊總是半點眉頭不皺，每晚帶著微笑、輕撫著我的頭髮哄我入睡，令我感受到人世間僅餘的溫暖。

或許是上天憐憫，八年前一次巧遇，姊姊認識了聖瑪利亞教會的神父，透過神父的幫忙，我得以入住教會屬下的孤兒院，而姊姊就在教會的機構工作，生活總算安定下來。

但我始終沒有忘記，自己背負著的凶星宿命，每當夜闌人靜時，我總會夢到躺在停屍間容貌扭曲得難以辨認的養父母，然後，畫面又閃過滿面鮮血、流著兩行血淚的諾雅姊姊。

每次當我感到絕望之際，在黑暗的夢境角落裡，總會出現一位叔叔，滿臉傷痕又散發令人畏懼的氣場，他不會說話，只靜靜地坐在我的身旁，然後我原本傷心得激烈跳動的心脈，便瞬間變得平靜，而養父母、姊姊在夢境中的恐怖容貌也會漸漸褪去。

我感覺那叔叔很親切，親切得像與我血脈相連一樣。除了諾雅姊姊，意識上我早已把他視之為親人，雖然他不存在於現實，但感覺總與我常在。

雖然如此，但我仍然害怕失去現世中唯一的親人，我怕自己的兇命連累諾雅姊姊。雖然我討厭別人說我是凶星，但心裡明白，或許自己真的應該遠離人群、孤獨終老。

這樣，凶星就不能再作惡，不會再遺害人間。

所以，在聖瑪利亞書院讀書的初期，我刻意把自己隱藏起來，不結交朋友，不出席任何活動，活像個自閉兒。

但或許是好打不平的正義心使然，將我與膽小怕事的狄奇、漂亮可人的旖旎三人的命運接上了；也因為旖旎的關係，我認識了外冷內熱的莊文頤，從此，彼此的命運就不知不覺間交纏在一起。

從那刻起，我、狄奇、旖旎和文頤，就成為聖瑪利亞書院的淘氣四人幫。

而這次與灰狼之戰驟然落幕，我得以全身而退，也要多虧文頤的出現。原本這次決鬥，我是千叮萬囑狄奇不要讓文頤知道，因為以她的性格，一定阻止我以武力跟灰狼來個了斷。

更何況，狄奇曾經告訴我，其實文頤跟灰狼之間有個不為人知的祕密……

不不不！不是什麼情侶，而是表親關係。這個甚至連校內老師都把他叫作「灰狼」的跆拳道高手，其實真名叫「徐敬然」，也是文頤的親表哥。但奇怪的是，他們的關係並沒有想像般親密，甚至沒人察覺他們是表親。

文頤曾跟狄奇透露過，她討厭灰狼的行事作風，所以一直隱藏他們的表親關係，甚至還叮囑狄奇要保守祕密，所以我和旖旎一直都被蒙在鼓裡。

直至決鬥前三日，狄奇無意間向我透露他們的關係我才知曉，而這更令我堅決不跟文頤透露決鬥的事。我不是怕她偏袒灰狼，而是怕她私下找灰狼理論而節外生枝。

何況在決鬥前，我一直對自己充滿信心，六分鐘內不被灰狼打倒，根本並非是不可能的事。

可惜，直至我跟灰狼站在軟墊擂台的一刻，我感覺到他的氣勢不像平日……不，應該說比平日更狠更兇，活像要把我吞噬一樣。

從他一雙滿布紅絲的眼睛中，一股帶著妒意的情緒有如巨浪般洶湧過來，根本不像是我剛才挑戰他。我反而像是跌入捕獵器陷阱的動物，終於讓他找到機會對我痛揍一場。

我不明白。

後來我才知道，一切都與旖旎有關，奪回援交裸照什麼的，只是引我參加這場決鬥的藉口。

3

「嗨！你終於醒來了嗎？」是狄奇。

我睜開雙眼，勉強適應著四周刺眼的光線，發現已經身處校內的保健室，而左膝傷患處被緊緊地包裹著繃帶。我喃喃地說：「我睡了多久……啊，頭好痛……旖旎呢？我輸了，灰狼一定不會把照片還給我，該死！」

語畢，只見狄奇一臉驚訝加不解地望著我道：「你什麼都不記得嗎？」

「記得什麼？」我問。

「你真的什麼也記不起了？」

「呃……剛才我中了他那一記手肘攻擊便失去知覺，之後發生什麼事就不知道了……我是不是輸得很難看？」我仍然感到一陣暈眩。

正當狄奇準備把事情始末向我道來時，保健室的大門徐徐打開，出現的是旖旎跟文頤。強忍怒氣的文頤正想連珠炮爆發地教訓我時，旖旎忽然走上前來，含著淚抓著我雙手說：「諾生……」

我刻意忽略文頤責怪的目光，只尷尬地對旖旎說：「雖然這次我打輸了，但我一定會再替妳想法子的，相信我。」

語音未落，我發現不單旖旎和狄奇，連原本怒氣沖沖的文頤也流露大惑不解的表情，而接下來旖旎的一番話更令我震驚。

「諾生……你沒事吧！什麼打輸了，你一點印象也沒有嗎？你打贏了灰狼，而他也依照承諾交還那些……那些東西給我了。」

「什麼？我真的打贏了他？」我愈來愈覺得不可思議了。

「你這個死人童諾生還在裝蒜！」文頤走過來敲了我一下腦門。

我吃痛抱著頭說：「不……我真的一點印象也沒有。」

「莫非好像電視劇情節一樣，那手肘攻擊令諾生腦震盪，進而出現短暫失憶？」旖旎一臉焦急。

「快告訴我是怎麼一回事。」我把目光掃向狄奇，示意他盡快把事實道來。

從狄奇口中得知，當時我被灰狼的手肘重擊狠狠轟在地上，大家正擔心我的傷勢打算跑上擂台時，只聽到我身上傳出一陣野獸般的低鳴聲……旖旎形容，那就像一隻不甘受傷的獵食兇獸發出的吼叫。

就在眾人驚疑間，只見原本躺在地上發抖著的我，竟然一個閃身彈起，然後黑影晃過，擂台上的灰狼也來不及反應，便被我一拳擊得飛離地上。

然後，詭異的影像出現了，只見體重不足一百二十磅的我，竟然單手支撐著六呎高的灰狼腹部，把他高高舉著，然後流露出一抹得意的笑容。

接下來，場館充斥著的不再是我的低鳴獸叫，而是由灰狼口中傳出的痛苦呻吟。當大家以為決鬥結束時，我似是意猶未盡地打算再來一個昇天拳。

不！狄奇說，我更像是要把眼前的灰狼吞掉。

那時，場館的大門打開，一束刺眼的陽光伴著一道喝止聲從館外傳入。是文頤，還有我的跆拳道恩師梁師傅。然後，我便突然失去知覺般地鬆開灰狼，任由他二百多磅的身軀壓在我的身上、不省人事。

「當時真的很嚇人，你像是被鬼附身般變成另一個人，瘋了地不斷向灰狼攻擊。若不是我高聲呼叫你的名字，我想你也不會收手……對了，你為什麼突然變得這麼強？」文頤憂心忡忡道。

「我……我真的不知道……」當我想從模糊的記憶中強行找回狄奇所說的過程時，發現除了腦袋傳來陣陣脹痛，就真的一無所有。

我只記得，就在自己快將失去知覺之際，聽到灰狼說那句「孬種」後，心頭隨之一震，然後便昏死過去。而我望著痛擊灰狼的右手拳頭時，發現那裡紅腫一片，後來才知道，由於我出力過猛，以致食指、中指輕微骨折。

至於灰狼，據文頤所說，他中我一擊之後斷了兩條肋骨，有一陣子不能再上擂台逞威風了。而我？除了被諾雅姊姊痛罵一頓外，也因私鬥被校長重罰停學一星期。但坦白說，就算不停學我也得躺在醫院兩個多星期。我除了兩隻手指及左腳脛骨微裂外，膝蓋的前十字韌帶也拉傷了，臉頰肌肉更是嚴重腫脹，幸好還不至於斃命。

但諾雅姊姊一直擔心的，是我的心臟再次出現問題。

但無所謂！為了「友情」什麼都值得，再給我一次選擇我也會這麼做，除非我不是童諾生。

對嗎？叔叔。

我又再不自覺地跟潛意識中一直默然不語的叔叔對話。罕見地，他咧嘴而笑，但同時，一種不屬於我的力量在潛伏滋生。它的解封，注定令我再也無法簡單生活下去。

而後來我才知道，啟動「它」的關鍵，原來就是源於那兩個字……

三十八・禍根〔童諾生〕

1

無父無母自小受盡欺凌，有人會憤世嫉俗，有人會自怨自艾又自卑，因為他們感到自己屬於不幸的族群。

或許我比較另類，我從來沒有抱怨自己的不幸，甚至答應過諾雅姊姊，以後不可以輕言掉淚，因為男孩子應該堅強、勇敢，更要付出所有的力氣去保護身邊值得愛的人。

我愛諾雅姊姊，我愛身邊的好朋友狄奇、旖旎，更愛一直喜歡跟我作對的「小妖精」莊文頤。

「小妖精」這個綽號是我跟文頤之間的祕密，每當四處無人時，文頤也喜歡把我稱作「大妖怪」。「小妖精」加「大妖怪」看似是一對絕配，但實則只是一對介乎愛侶與好友之間的曖昧稱呼。就此而已，對於再進一步的關係，我根本不敢有過分的奢望。

文頤曾經問我為什麼稱她作「小妖精」，我隨口說因為她又矮又瘦，又整天兇巴巴的跟我鬥氣，活像奇幻小說裡那群長有翅膀，終日在人類身邊團團轉又喋喋不休的妖精一樣，所以就喚她作「小妖精」。

這答案當然換來又一次被追著痛揍，但我滿不在乎，更放慢腳步讓文頤追上來在我胸前、背後搥打一番。這種親密的接觸，我感覺很甜蜜，所以寧願激得文頤生氣，也要故意胡亂說下去。

也許，最接近愛侶間曖昧的感覺就是這樣。

但可能連文頤也猜不到，我喜歡她，其實是源於她一雙水汪汪的大眼睛，而她不經意流露的甜絲絲微笑，就像妖精一樣吸攝著我的靈魂，令我面對她時，總難以抗拒她的任何要求。我叫她「小妖精」，實則是對自己內心反應的一種自嘲投射。

至於「大妖怪」的稱號，我也沒有特別去問文頤的解釋，就當是兩人之間的暗語，又或者是一種親暱的曖昧配對，總之我樂在其中。

或許，愛一個人就會有這種傻氣。更何況，這是一種從青梅竹馬的深厚感情轉化而成的曖昧感覺，很奇妙。

雖然，並不真實，而夢總會有甦醒的一天，但那又如何。

愛，並不是你喜歡就會擁有；愛情的無奈，也往往是時間的錯。

誰說談情說愛、暗戀情傷是成年人世界的專利，我們年輕人也懂得愛。

妳說對嗎？我親愛的文頤。

「大妖怪……你的腳好點沒有？今日是停課最後一天，明天你便可以『刑滿出獄』了！」文頤一邊說，一邊用手指頭輕敲著我剛拆了石膏的脛骨。

「什麼『刑滿』，妳當我罪犯嗎？路見不平發聲是俠者所為，何況我們的好朋友旖旎……旖旎她有麻煩，做朋友怎可以見死不救！」我裝作在生文頤的氣。

「真的這麼簡單嗎？」文頤別過臉。

我答應過旖旎不會跟任何人說起裸照一事，所以故意避開話題：「還有假的嗎？旖旎跟我們自小在孤兒院一起長大，我當她是妹妹去保護也是應該的……喂！小妖精，妳該不是吃醋吧！」

「討厭啊你大妖怪！誰要吃你的醋！」文頤在我的痛腳上大力地踩了一下以示不滿。

我對文頤的舉動已經見怪不怪，反而心裡在意另一些事。

「校長不分清紅皂白就重罰了我，最應該罰的人卻輕罰了事，真不公平！」

「你說我表……你說灰狼嗎？他還在醫院住院，看樣子沒一、兩個月不能康復，這對他已是最大的懲罰了。」文頤道。

我沒有揭穿灰狼和文頤的關係，頓了頓續道：「嗯……對了，學校近日沒有發生什麼特別事吧？早前聽狄奇說，校內又再傳出有關旖旎的流言，她沒有不開心吧？該不是灰狼那班死黨做的，待我康復後一定再替旖旎出一口氣！」

「你心裡就只有旖旎……」

我驚覺文頤是真的生氣了，道：「不……我只是……」

「算了，你和旖旎的事我不再管了，何況我也管不著。」文頤鼓著腮幫子轉身想走。

的確，我和文頤之間有太多互相管不著的地方，但原因不在旖旎，而是我們兩人之間，好像總有一道不知名的厚牆，阻隔了原本可以互通的感情。

我一直懷疑是時機未到，所以不敢表白，但原來不止那道透明的厚牆，還有一股牽力、一道陰影拉扯著文頤的內心。就在那刻，一艘還未啟航的初戀號帆船，仍未駛出港口，便已觸礁沉沒。

「好口渴啊！」為了緩和尷尬的氣氛，我故意再轉個話題：「咦……奇怪，都這麼晚了，姊姊怎麼還未下班回家？」

文頤望望廳中的大鐘，沒好氣地向我遞來一杯開水，道：「說來也是，諾雅姊姊在電話跟我說今晚六點下班，約七點左右便會到家，所以特地叫我來這裡照顧你。現在都已九點多了，還未見她回來……會不會發生了意外？」

「應該不會吧……」我嘗試撥打姊姊的手機，但沒有接通，心中湧起一陣不安。自懂事開始，就只有我讓諾雅姊姊擔心，姊姊做事從來都很有條理，連普通的約會也從未遲到失約。

「諾生，可能是港鐵出現故障吧，我們再等多一會兒。」文頤嘗試安撫我的情緒，再道：「對了，上次你私下決鬥，諾雅姊姊回家後有沒有責罰你？」

「當然有，姊姊還罰我不准再練習跆拳道，我花盡唇舌才令她回心轉意，但就得約法三章，以後不可以偷偷上擂台打搏擊，甚至她說遲些會跟梁師傅交代，連練習賽也不准我進行……」一想到以後要絕跡擂台，無法再追逐拳來腳往的快感，心情難免有點失落。

「諾雅姊姊也是關心你才這樣，你又不是不知道自己的心臟……若換了是我，我甚至不准你再打拳！」

聽文頤說著，我不自覺地隔著衣衫，輕撫胸膛上那道長長的手術疤痕。

是的，我這條命也是跟死神討回來的，若不是諾雅姊姊，八歲那年我早已離開人世，根本不可能站在擂台上跟灰狼來個熱血比拚。

記得教會的莫神父跟我說過，在我入住孤兒院的第二個年頭，即八歲那年，突然患了一種神祕的不治之症——心臟急速衰竭症，那個病來得毫無徵兆，莫神父回憶那晚的情景也猶有餘悸。

他說，八年前我和姊姊還住在孤兒院時，一晚，突然聽到諾雅姊姊從浴室大聲呼叫，當他急步跑至浴室時，發現淚流滿面的姊姊抱著全身發紫的我，當時我已經全身冰冷，更沒有了呼吸。

後來我被送到醫院急救，可能真的命不該絕，又或者閻羅王發覺時辰未到所以不肯收我，經過一番搶救後，我回復微弱的心跳，而接上人工心臟後，小命也得以勉強保住。

但看著連發抖力氣也沒有的我，諾雅姊姊淚也哭乾，心快痛得滴出血來。

事情當然沒有告一段落，人工心臟只能暫時保住小命，而「心臟急速衰竭症」這七個字，也間接向諾雅姊姊宣告快要能替我在死亡證明上簽名，唯一可救活我的方法，就是「換心」。

一句簡單的「換心」，看似在絕望中找到一線曙光，但對於活在貧窮水平以下的我們，這根本跟宣布「死亡」沒有兩樣；所謂的希望，有時比簡簡單單去接受厄運更其殘忍。

正當所有人，包括莫神父都已經準備好替我唸一遍安息禱文時，不知怎地諾雅姊姊竟拿著一張大額支票支付了我的手術費用。而最離奇的是，翌日，竟然有顆新鮮且合適的心臟送到醫院給我續命。一切都來得太突然，突然得令人感到難以置信地幸運。

終於，一張支票，一顆心臟，令我身體上的皮膚回復應有的血色，更令我擁有正常的心跳聲，但與此同時，也衍生出一個圍繞諾雅姊姊的禁忌、祕密。

就算是莫神父，都不知道當中的來龍去脈。

事實上，無論我長大後怎麼問姊姊有關當年手術的事，她都藉故迴避問題。我更發現，自那時開始，姊姊就好像等價交易一樣，以自己的天真歡愉換來我的一次活命機會。

我很想再看到諾雅姊姊寬容的笑容，但無奈在她那日漸憔悴的面容上，已找不到從前帶著陽光氣息的臉。

我一直很內疚，因為我知道，一切都是我的錯。

但想不到這個不能說的祕密，只是一個蓄勢待發的惡夢開始。

2

「嗶嗶嗶……嗶嗶……」手機的鈴聲響起，打斷我跟文頤的對話。

莫非是諾雅姊姊？我趕緊拿起手機道：「喂，是姊姊嗎？」

「啊啊……啊啊……啊啊……」手機傳來一陣陣奇怪的急促呼吸聲。

「誰啊？」我喝道。

「啊啊……啊……」

這次我聽清楚了，這不是什麼鬼呼吸聲……而是……而是女性的呻吟聲，跟狄奇那傢伙最喜歡躲在房間裡上網偷看的色情電影中，同出一徹的淫聲浪語。

「啪！」在我最掛心姊姊的時候來這電話惡作劇，我怒得立即掛斷電話。

「是誰打來的？」文頤問。

我紅著臉道：「是……是惡作劇而已，不用理它。」

這時，電話聲再次響起，在我還來不及反應，文頤便一手拿起手機接聽。

同時間，只見文頤的臉色陣紅陣白，我趕緊搶過手機拿來一聽，今次不是那些淫穢的呻淫聲，而是一陣毛骨悚然的聲音夾雜在一陣陣斷斷續續、像殺豬般的痛苦哀嚎，從手機揚聲器內傳出。

隨著那哀嚎一浪接一浪的衝擊我的聽覺細胞，我像文頤剛才一樣呆立當場不知如何反應。那陣陣恐怖的哀鳴在腦海徘徊打轉，剎那間我感到手臂肌肉傳來一下接一下的刀割痛楚。

是凌遲……就像史書記載滿清十大酷刑的凌遲極刑。

好痛，雙手傳來一陣被強行削去皮肉的極度痛楚，是血……我感到手臂……不！不止手臂，還有胸前、大腿、臉額……全都濕漉漉一片，然後是痛楚！很痛！

究竟是怎麼一回事……姊姊……好痛啊姊姊！

很想擺脫那種感覺，但雙手不聽使喚一樣，手機繼續緊緊貼著耳殼。突然，我聽到在另一邊耳朵傳來一道聲音，是文頤，是她再次在身邊呼喚著我……

那種詭異的感覺，加上文頤的聲音，彷彿觸動了不知怎樣去形容的觸感，我只感到心臟劇烈地跳，呼吸亦隨之急速喘息著。

但我控制不了自己，那痛苦的叫聲不只來自一人，很多很多人在一起哀嚎，那此起彼落的痛哭，那聲嘶力竭的狂嚎，彷彿人間煉獄一樣。置身其中的我，雖然看不到任何影像，但靈魂有種被扯離軀殼的感覺，然後被拋擲在空虛無助的空間中。

「諾生！」

文頤救我。

「諾生……你醒醒啊！」

文頤，我很痛。

「醒啊，諾生！」

我不行了。

「啪！」

在快失去意識的一刻，我隱約聽到有人向我跑過來，接著臉頰突然傳來數下炙痛感，然後一陣天旋地轉的暈眩。我終於擺脫彷彿有生命力般黏著我手掌的手機，然後整個人失重地跌坐在地。

「究竟發生什麼事？」

我暈得有點想吐，奮力睜開雙眼時，發現站在我跟前的不是文頤，而是諾雅姊姊。一臉驚恐的諾雅姊姊。

雖然我還驚魂未定，但相較於姊姊驚慌得蒼白的表情仍猶有不及，而迎面打開的木門送來一陣寒風，把我的意識拉回現實裡來。

「姊……發生什麼事？」我的意識還未從驚恐中完全恢復過來。

諾雅姊姊沒有回答，但她那雙發抖著的手告訴我，她剛經歷一些很恐怖的事情，我從來沒見過一向堅強的姊姊像這樣緊抱著我不放。

究竟發生什麼事？是我把姊姊嚇著嗎？

莫非與剛才的電話有關？不……姊姊剛才還未回到家裡，斷不會因為剛才聽筒傳出的異響而嚇驚。難道在回家途中真的出了亂子？

在我和文頤都感到不知所措之際，身邊的電話再次響起，與此同時，我靈敏的第六感告訴我，有一雙不懷善意的眼睛在門外暗角處閃爍地盯著我們。

「噠噠……噠噠……」門外傳來一陣急步遠去的腳步聲。

不知哪來的膽子，或許這就是一股要保護所愛之人產生的勇氣，我把諾雅姊姊交給文頤照顧後，便不顧一切地衝出門外看個究竟。

在昏暗的走廊燈光下，我沿著長長的走廊左右顧盼，像搜尋獵物般探索。不……那壓迫感不是來自走廊左方與我家相隔三個住家的電梯位置，而是在後方。毛骨悚然的感覺瞬間令我打了個寒顫。

我回頭一望，發現在後方走廊盡頭出現一道黑影，而「他」彷彿得悉我的存在立刻轉身便跑。一定是他，直覺告訴我，諾雅姊姊驚慌的原因一定跟他有關。我二話不說便拖著還未康復的傷腳，盡可能以最快的速度一拐一拐地追上去。

「噠噠噠……噠噠……噠噠……」那頗有規律的皮鞋走路聲離我愈來愈遠，我的心也變得愈發焦急。到這個時候，我已顧不得剛傷癒的膝蓋韌帶傳來陣陣刺痛，只一心想追近那個瘦削的黑影。

八樓……七樓……六樓……五樓……

一直追至四樓後梯間，那腳步聲驟然而止，四周只剩下空洞的回音，還有我紊亂的喘氣聲。

「嗄嗄……嗄嗄……」

我沒有再往下層跑去，因為一陣詭譎的感覺充斥心頭。雖然自從受傷以後，剛康復的我跑速大不如前，但按道理，這裡距離一樓大廳還有四層樓梯，我推測他跑在我一至兩層之前，應該能聽到他的腳步聲，怎麼會忽然消失得無影無蹤，就像從沒存在過一樣？

人……有可能做到嗎？

「噠噠噠……噠噠噠……」

「諾生！」叫聲從上層傳來，是文頤。

我抬頭向上望，在樓梯間的狹縫中看到文頤穿著的格子裙在晃盪著，她正朝我這裡跑下來。

「文頤，我沒事……」話未說完，我的動物本能告訴我後方傳來「危險」的訊號，當下不及細想便轉身打算揮手格擋。

「砰！」腹部傳來一陣痛楚，我就像斷線風箏般被踢飛倒在階梯上，然後腦蓋傳來一下劇痛。我感到視線變得模糊不清，一股腥臭味從上而下湧至，左邊臉頰盡是濕漉漉的感覺……是血。

暈眩感令我失去反抗能力、倒在地上，朦朧間看到前方一雙被擦得發亮的黑皮鞋走近。我聽到文頤的呼救聲，但無奈連自救的能力也沒有，因為我的背項被一隻很沉重的腳踩住。

簡直是恥辱，我竟瞬間被技術性擊倒。

而接下來的數分鐘，我就在不情願的狀態下聽著一段自己當時不解、之後令我崩潰的話。

「臭小子，你媽沒跟你說過『別管閒事』嗎？」我嗅到香菸被點燃的味道。

「嗚……少廢話，你想怎樣？是你把諾雅姊姊嚇成這樣子的？」我憤怒地問。

「千萬不要這樣說，我沒有恐嚇，更沒有傷害她。我來是好心提醒她一件事而已，誰叫她見到我便拔腿就逃，不然我也不用大費周章到這裡找她吧！咦……對了，你是她什麼人？」他的腳再加重力度，以防我掙扎起來。

「我是她的弟弟，你傷害她我就跟你拚命！啊……」我吃痛著說。

「哦……原來你就是童諾生！百聞不如一見，我也要代組織多謝你啊，哈哈！」他輕蔑地說。

什麼「多謝」，什麼「組織」、什麼「百聞不如一見」，我被弄得開始糊塗起來。「你……」

「如果我是你，就會先叫那位小妹妹不要輕舉妄動，最好不要跑到這層來……哈哈……要不，我不客氣起來，一定會令她爽死的！」

聽到他的話，我已經意識到他在打什麼壞主意，連忙向上喝道：「文頤……危險！妳不要下來！」

「這樣才乖……哈哈……來，臨走前送你一些東西，包準你看完後永世難忘！哈哈！」

什麼鬼東西？我才不要……

正當我鼓起僅餘的力氣，打算抗衡他腳上傳下的壓力時，一片又一片的東西散落在我面前。是照片，是那種能立即顯影的拍立得照，而落在眼前的數張照片，盡是一些不堪入目的淫穢性交場景。

頃刻間我想到旖旎，莫非這變態的與旖旎有關？

不……照片中人不是旖旎，旖旎的腳踝並沒有紅色的胎記。

胎記？是右腳腳踝的胎記？不……不會的，怎麼會這樣！

「照片中的人是不是很眼熟呢？哈哈……不妨告訴你，她真的挺銷魂的，還有她那嬌嫩的叫床聲，真叫人再三回味。」

「閉嘴！」我吼道。

「看不清楚嗎？也對，拍攝這些照片時有點手震，所以看來模糊了點。來，看這張吧！」語畢，只見他鬆開踏在我背上的腳，然後慢條斯理地在口袋裡拿出一張照片，向我拋下。

這張照片清楚可見女子的髮型、五官、容貌……她是……不可能，怎麼會是諾雅姊姊！賢淑端莊的諾雅姊姊怎麼會幹這等淫俗之事，不會的，一定是合成照，一定是這樣！

看著散滿一地的照片，我已經無暇理會那個人，只瘋了似地不斷撿起那些照片，而每撿起一張，我的心就像被撕裂多一遍，因為照片裡主角的動作、神情，都遠遠超出我可以接受的程度，甚至，我羞愧地不敢對照片再多正視一眼。

因為那是我最尊敬的姊姊，她不可能這樣。我內心的衝擊無法言喻，只知道很痛，一種被狠狠摑打的痛，是源於血濃於水的痛……

「夠了……」我忍不住流下兩行眼淚。

「看你這麼可憐，我原本想多送你一件東西，不過還是算了。」他把原本從口袋裡掏出的一張紙又再放回去，續道：「哈哈……我雖然喜歡看人痛苦無助的表情，但還是不如分開逐次看更有快感，哈哈……」

「你……」

「哈哈……哈哈……」一陣詭異而輕蔑的笑聲伴隨那黑影而去，而我，徒然地爬起身，愣坐在樓梯間不知該如何反應，而文頤眼見那人離去後，便向我跑來，拿手帕壓著我額角上不斷溢血的傷口。

文頤沒有說什麼，就正如我也不知如何是好。

突然，樓上傳來一聲悽厲的叫聲，嚇得我與文頤面面相覷。

那叫聲的主人是……

「諾雅姊姊！」

三十九・悔疚〔童諾生〕

1

世界上究竟有沒有必然的真理？而是非對錯又有沒有劃一的標準？

我不知道，甚至變得很迷惘，一瞬間似乎失去了可依傍的主心骨。

從前，我確信真理是長存的，社會總有其法則去規範每個人的思想行為。自小無父無母的我，在孤兒院的莫神父的薰陶下，早已把天主教教義中的「七宗罪」牢牢刻在心坎裡。

我記得莫神父曾經說過，「貪食」、「色慾」、「貪婪」、「憤怒」、「懶惰」、「驕傲」和「嫉妒」是人類自我中心膨脹形成的心靈惡行，作為虔誠的教徒，應該時刻反省，在有生之年消除惡念，然後全心全意投入神的懷抱裡。

這點，身為虔誠教徒的諾雅姊姊一直都深信不疑。

而她，更時刻告誡我要遵從莫神父的教誨，學習「節制」、「貞潔」、「慷慨」、「溫和」、「熱心」、「謙遜」和「寬容」等七種美德，做個洗滌原罪的好孩子，做個虔誠愛主的教徒。

我對於諾雅姊姊的教導從來都沒有異議，我也深信，總有一日，我會像諾雅姊姊和莫神父一樣，做個受人尊敬、言行一致的好人。

但……這教我如何是好？

擺在我面前的，是一張張不堪入目的淫褻照片，而照片裡那眼波蕩漾、嘴角帶著輕蔑歡愉笑意的女子，分明就是我最敬重、最疼愛的諾雅姊姊，這教我如何相信，一向端莊的姊姊會做出這種勾當？

我思緒實在很亂……

我曾想欺騙自己，姊姊是有苦衷的，她不是自願的，一定受人要脅。又或者，相片裡的男人是姊姊的男友，姊姊是因為愛他才會做……做出這種事。

但不能……我根本不能欺騙自己，他們不可能都是姊姊的男友。我手裡有十張照片，而照片裡每個男人都不一樣，還有，其中一張更清楚拍到姊姊接過數張鈔票。這分明是一單交易，是姊姊出賣肉體換取金錢交易的證據。

為什麼要這樣？我們不是生活得好好的嗎？

雖然沒有其他孩子的富裕，但只要有兩餐溫飽，教會工作所賺的工錢不正正足夠養活我們嗎？姊姊妳說過，我們縱然窮，也要窮得有骨氣，偷拐搶騙的事想也不要想，一定要潔身自愛，但妳為什麼要欺騙我？

旖旎曾經為了名牌、玩樂而出賣自己的肉體、貞操。她年少無知，抵不住誘惑、抵不住小白臉的甜言蜜語，所以失陷於原罪之中。但妳呢？妳不是一向節儉，不貪不怨的嗎？

為什麼踐踏妳一直所倚賴的信仰？記得妳是怎樣教我的嗎？

我的心很痛，妳能否告訴我一切都是假的，那些是合成照片，是有人刻意誣衊妳的。

我究竟該怎麼辦才好？有沒有人可以告訴我？

我可以原諒旖旎，因為她是我的朋友，所以我可以寬容，但我可以原諒姊姊妳嗎？妳是我的姊姊、我的榜樣，我的心靈倚靠……

不知道，不要問我，我真的不知道應該如何面對。

想著想著，手裡藏著姊姊十個祕密的白信封，被我無意識地狠狠揉搓成一團，而在熙來攘往的醫院走廊外，時間彷彿停滯了般，我只聽到自己淌血的心在跳動，其他的事物都與我隔絕開來。

甚至是，剛受刺激而仍未清醒的諾雅姊姊。

「你的額角還痛嗎？」文頤憂心忡忡地問。

我沒有回頭去看文頤，只默默盯著手上的白信封，道：「嗯……不痛了。」

「諾生……已經過了半天，不如先跟我吃點東西……」

「我不餓，妳先回去吧！免得其他人替妳擔心。」我答。

換著平日，我這樣冷淡地回應文頤，她已經大發小姐脾氣轉身走人。但或許是出於關心，文頤只靜靜坐在我的身旁，偶爾逗我說話，默默陪伴著神不守舍的我。

我感激文頤對我的好，但此刻，我的心神仍迷失於滿腦子的疑竇當中，對文頤的關心只能擱在一旁，更不想多說半句話。

我空洞的眼神怔怔地望著窗外，今夜的月色被厚厚的雲層掩蓋顯得暗淡無光，而原本炎熱的八月，此刻竟帶著一絲寒意。是入夜的冷？還是我不自覺地感到一絲心寒？

不知道……真的不知道。

隔著病房的玻璃窗，我遠望著剛打過鎮靜劑入睡的姊姊，只頓然感到一點陌生害怕。

「不要想太多好嗎？」文頤緊緊抓著我發抖的雙手。

「嗯。」

「諾生，剛才莫神父來電……」

「等等！」我示意文頤不要作聲。一種令我渾身不自然的感覺湧起，我感到再次被人牢牢地盯上。

那令人不安的感覺似曾相識……對！是剛才曾襲擊我的那雙眼睛。

我連忙左顧右盼，在人來人往的間隙中尋找那對眼睛的主人。剎那間，神經完全繃緊，是一種敵意的訊號，耳邊再次響起那討厭的笑聲。

「哈哈……哈哈……」

是幻聽？不！很真實，那傢伙一定還在附近，他究竟想幹什麼？難道要對諾雅姊姊不利嗎？那些照片已經夠羞辱姊姊了！不可以……我不可以再讓他傷害姊姊。

「諾生！你要去哪裡？」文頤在我身後喝道。

我沒有理會，只瘋了似地追隨著散發不安源頭的方向跑。一定是在那裡，沒有錯，我彷彿聞到了那傢伙的氣味。

憤怒的感覺令我忘記彼此間實力的差距，只一股腦地追上前，分不清自己突如其來的勇氣究竟是為著單純保護姊姊，還是想痛揍那帶給我恥辱感的身影。我不管，我只想追、追、追，不斷追著。

「噠噠噠……噠噠噠……噠噠噠……」我感覺對方距離愈來愈接近，再跑過前面的牆角便能逮著那個黑影。

就在剛向左轉入下一道走廊之際，冷不防一個身影突然而至，「砰」的一聲把我撞個正著。我只感到一陣暈眩，然後倒退數步跌坐在地上。

待清醒過後，我發現剛撞跌我的不是別人，而是與我一向感情要好、情同父子的莫神父，而同行的，還有一位神情機敏、擁有一雙炯炯有神大眼的金髮男子，而他嘴裡叼著一根未點燃的香菸。

「你怎麼在這裡？沒摔傷吧？」莫神父伸手扶我起來。

「沒事……對了！剛才有看到什麼人向你們那邊跑嗎？」我緊張地問。

莫神父搖搖頭道：「沒有，那邊是電梯的出入口，剛才我們走出電梯時也不見有人在等著。看你氣急敗壞的，是發生什麼事嗎？」

一時間我也不知如何解釋，只道：「嗯……沒……沒事。」

「你就是童諾生嗎？」站在莫神父身旁的男子道。

不知是天生的敵意，還是我不太喜歡他那格格不入的一頭漂染金髮，只冷冷地回他一句：「是又怎樣？」

只見莫神父面露不悅地說：「諾生不可這樣失禮，這位是展啟文總督察，他來這裡是想向你查問一些事情。」

「他只是害怕陌生人吧，不怪他。」展啟文伸出手向我示好。

我沒有理會，只逕自向剛才黑影逃走的方向跑去。當轉角後，眼前是一條長長的走廊，而兩邊再沒有其他通道，更沒有氣窗之類的東西，只有走廊盡頭的一台電梯。正如莫神父所說，如果黑影是從這方向走，他們一定會相遇的。

莫非我的感覺出錯？又或者……他有飛簷走壁的能力？不可能吧！這裡離地面有二十層樓高，就算真有此能力，也沒有窗口可供他離開這條走廊。

我只感到不安在滲透擴散，難道有什麼壞事即將接踵而來？究竟是我多心，還是什麼……

突然，一道聲音打斷我的思緒：「你有見過這圖案嗎？」

我回頭一望，發現展啟文已站在我的身後，手裡拿著一張畫著圖案的白紙，而那圖案是一道六芒星。

我不以為然地答：「這圖案很普遍吧！很多電影、卡通也會出現，你沒看過《鋼之鍊金術師》裡的煉成陣嗎？有什麼好大驚小怪。更何況前陣子還興起過什麼末日教派，我身邊很多同學也有這圖案的鏈子啊。」

「聰明，但你只回答了我一半問題，這的確是末日教派信徒間的信物，嗯……容我修正一下問題，你有沒有在家裡，或附近的地方看過這六芒星圖案？」他說話時嘴裡叼著的菸上下晃動，我終於從那東西的末端發現，那不是菸，而是看似香菸的巧克力手指餅。

「管你什麼六芒星、八芒星、十二芒星，我沒什麼可以告訴你的！」我語帶不爽地答。

話未說完，耳背傳來一陣刺痛，莫神父一手扭著我的耳朵道：「正經點，回答展長官的問題！」

我只好帶著不忿地說：「我根本就不知道，若你們不信，可以派警察去我的家搜查。你們這些警察，就只懂欺負我們這些年輕人，壞人、黑社會份子就容許他們逍遙法外。」

「諾生……」莫神父開口想打斷我的話。

我沒有理會，拭著帶著淚光的雙眼續道：「要是你們真的這麼能幹，去把那些壞人全數抓回警察局，再把他們關進監獄啊！你知道嗎，姊姊快要被人害死了！」

我突如其來的激動令莫神父感到錯愕，但我答不上激動的緣由，就當我天生對警察有種難以釋懷的反感吧！是感覺，一種堅定不移的感覺。

接著，在莫神父的規勸下，我終於還是全盤說出遇上襲擊我的人的經過。雖然我從不奢望依靠警察的力量可以制裁罪惡，但事到如今，我更懷疑自己是否有足夠力量可以保護諾雅姊姊。

不過到最後，我仍然未能突破心理關口，把信封內的照片交予那個討厭的展啟文去查個究竟。

「待會有位女警幫你記錄一份詳細口供，神父若覺得有需要也可以陪伴在側。」展啟文邊說，邊從牛仔褲的後袋裡拿出手機查看。

「可以不到警局，就在這裡錄口供嗎？」我問。

「哦？」展啟文一臉不解。

「我想留在醫院陪伴姊姊，若姊姊醒來找不著我，我怕她會擔心……」我望著莫神父道。

「那不如就讓這孩子……」

展啟文爽快地打斷莫神父的話：「好，我待會吩咐同事在這裡替你錄口供，還有，我會派一位警察二十四小時保護你姊姊的安全，不用擔心。」

就在這時，文頤向我們走來，道：「諾生，我也會在這裡陪你的。」

「這位是？」展啟文打量著文頤問。

不知是文頤被展啟文望得尷尬起來還是什麼，只見她雙頰泛著紅暈，怔了怔才道：「我叫莊文頤，是童諾生的同學。」

「文頤……妳好。」只見展啟文嘴角微微向上勾，然後他望望手錶，抬頭道：「我也有事情要辦，莫神父，這是我的聯絡電話，有什麼消息隨時聯絡我。」

語畢，他向著主治醫生的房間走去，而我則帶著莫神父沿著原路回到姊姊的病房。但同時，我留意到文頤一瞬間流露的奇怪表情。

在這刻，想不到我和文頤之間的一切都被慢慢蠶食改變。

2

曾經讀過一本驚悚小說，當中的一段給我很深的印象：「等待的時間很磨人，尤其是在未知的國度裡無止境地守候著，而亦因為未知的感覺在內心逐漸膨脹，慢慢化作一種磨蝕心靈的恐懼感，最後不自覺地崩潰……」

此刻，我就有這種感覺在逐漸浮現。

已經連續四晚，我守候在仍沉睡著的諾雅姊姊身旁，抓緊著她冰冷的手，度過漫長而寂靜的夜晚。心底裡感到很矛盾、很疑惑，一方面希望諾雅姊姊甦醒後向我說出真相，另一方面又擔心自己接受不了。

看著兩頰深陷、臉色發白的姊姊，她手裡插著的點滴，倒流著艷紅的絲絲血水，那刺痛的感覺不禁油然而生。如果一切只是一場惡夢該有多好？至少，夢醒後一切可以重來，痛楚只會遺留在夢境裡。

不需探求真相，不需等待解釋，更不需逃避現實。

妳說對嗎？我親愛的諾雅姊姊……

我記得，小時候每當生病時，我總拉著姊姊通宵不眠，要她陪伴在側，不是要給我說故事，更不需要給我數綿羊，只要姊姊給我一雙溫暖的手哄我入睡便足矣。

我從來沒感受過父母親的溫暖，記憶中，只存在著諾雅姊姊無微不至的關懷和愛護。莫神父曾經告訴我，若不是姊姊咬著牙犧牲自己，我這條小命早已不保了。

所以自從姊姊莫名其妙地暈倒送入醫院以來，每到夜幕低垂，文頤、莫神父、旖旎他們走後，我都會握著姊姊的手，輕輕地揉著，把我的感覺與她接上。或者，是一種象徵式的保護，又或者，我想諾雅姊姊知道，我一直在她身旁不離不棄。

「妳曾經說過，我們姊弟倆沒有一人會被遺棄……」我累得闔上眼，不自覺地在姊姊床邊睡著。

今夜窗外的月色分外皎潔，平日噪吵的蟬兒彷彿知道姊姊需要休息而止住鳴叫，一切都恍似復歸平靜，一切都彷彿回到過去，恬靜得令人釋懷。

「諾生……」一道微弱的聲音從耳邊傳入。

很耳熟……是諾雅姊姊嗎？

我揉著睡眼惺忪的眼睛，抬頭一望，發現正輕撫著我臉頰的真是諾雅姊姊。她已甦醒過來，我歡喜地打算立即按鈴叫醫生前來替姊姊檢查。

但奇怪的是，諾雅姊姊竟按著我的手示意不要動作，然後柔聲說：「姊姊沒事，不要驚動其他人了。諾生……姊姊睡了很久嗎？」

我含著淚，搖搖頭道：「不是，姊姊才不過睡了一會兒，我……我很掛念姊姊啊！」說著，我終於忍不住撲進姊姊懷裡，但同時感到姊姊的身體很冰冷。可能是身體太虛弱的緣故，畢竟已四天沒有進食，一定是血氣不足，待會一定要通知莫神父帶來姊姊喜歡的食物。

「姊姊也很掛念諾生……」

此刻躺在姊姊懷裡，被輕撫著頭髮的我，感覺好像回到小時候被姊姊疼著那樣。

「諾生不怪姊姊嗎？」

我沒想過諾雅姊姊會如此一問，突然不知如何答上：「嗯……」

「我知道諾生一定在生姊姊的氣……」

只見兩行晶瑩的淚珠滴在我的臉上，我頓時方寸盡失地說：「不……不是的，我沒有生氣，姊姊一直待我很好，我為什麼要生姊姊的氣。」

姊姊垂下頭來，長髮掩蓋整張面孔，然後幽幽地說：「你看過那些照片了？」

「我……」

「你會責怪姊姊不自愛嗎？」姊姊的聲音變得低沉，臉色更變得很難看。

「不……」

「你覺得姊姊在欺騙你、不以身作則，姊姊令你感到羞愧，對嗎？」姊姊摀住胸口激動地說。

我被姊姊突如其來的嚴厲聲音嚇到，顫抖地說：「不是這樣的，我知道姊姊有苦衷，我沒有責怪姊姊……真的沒有，求妳不要這樣，諾生很害怕……」

在這刻鐘，時間彷彿停頓下來，我感到四周靜得有點可怕。除了眼前的姊姊，我感覺不到一點生命的氣息，甚至連坐在病房外偷懶睡覺的警員，他原本發出的鼾聲也戛然而止。究竟發生什麼事？

「軋……」

的嚴厲變得時而淒苦，時而猙獰。

我的視線望著姊姊，發現她流出來的已不是淚……不！是血，是像夢中所見的兩行血淚。

我完全不知如何反應，只見那滴著的血淚，把姊姊一身白色衣衫染得通紅，而她的神情，從剛才的嚴厲變得時而淒苦，時而猙獰。

我則早已被嚇呆。

「姊姊不要這樣……諾雅姊姊……求妳不要這樣，諾生會乖的，以後也會聽姊姊的話好不好？」我不斷哀求著。

「嗚……沒用的，你一定覺得姊姊很污穢，嗚嗚……但……但是姊姊有苦衷的，你知道嗎？被那些臭男人騎在身上幹著時，姊姊的心一點也不好受，諾生知道嗎？姊姊不希望這樣的……嗚……」

「姊姊……」

「你知道嗎？那些臭男人仗著有錢，不斷要求姊姊擺出難堪的姿勢，稍一不從，便對我拳打腳踢，甚至還用菸蒂燙我……對，我記得那晚很可怕，我不斷大聲呼叫著，卻沒有人來救我。三個……不！是四個，他們不斷輪流折磨我，整整一晚……是整整一晚，沒人會明白的，嗚……」諾雅姊姊掩著面痛哭。

我的心很難受，而血濃於水的親情，令我感到姊姊身心所受的痛。到此刻，我已不再想去找尋照片背後的真相，我只想抱著姊姊大哭一場。

她突然使勁掙脫我，我被推倒在地上的同時，只見姊姊不斷用手瘋狂地抓著自己一張俏臉，喃喃地說：「是這張臉惹的禍，不……不止這裡，還有這裡……這裡，啊啊啊……全部都有罪！」

「夠了……姊姊不要再這樣！」為了阻止陷於瘋狂狀態的姊姊再傷害自己，我決定按下緊急呼叫鈴想叫來值班的護理師，但奇怪的是，所有儀器都在此刻失靈。同時，眼前血腥的一幕，令我差點暈過去。

「啪啦……」

諾雅姊姊……她竟瘋得徒手扯破自己的肚子，把一束血淋淋的東西掏出來，我不想知道那是什麼，只見諾雅姊姊帶著詭譎的笑容道：「嘿嘿……終於乾淨了吧！就是這污穢的東西一直害慘了我。」語畢，撕裂聲混和著濃濃的血腥味，諾雅姊姊隨手把那東西拋了出窗外，然後突然撲向我，抓著我的手道：「來……來跟姊姊一起洗滌原罪，來吧！來原諒姊姊的罪孽，好嗎？」

我來不及反抗，只感到雙手一陣濕漉、黏稠的感覺。一陣血腥味瘋狂湧至，我的一雙手已插入諾雅姊姊的肚內不斷攪弄著。

「不……」陷入歇斯底里的我終於抵受不住眼前的血腥影像而眼前一黑，失去知覺暈倒地上。

不知昏睡了多久，突然一聲巨響把我從惡夢中抽回現實。當我睜大雙眼時，我發現自己半臥在諾雅姊姊的病床上，而床上、地下一點血跡也沒有，更遑論那血淋淋的內臟。

「原來只是一場惡夢。」

正當我想鬆一口氣時，這才驚覺，原本應該躺在床上休息的姊姊竟失去了蹤影！接著，我望向床邊打開著的窗框時，一陣悸動不安的預感直衝心頭。

不……不會的。

「怦怦……怦怦……」

心跳得很快，我走近窗邊，抵著迎面吹來的陰風，垂頭一望。

「不……」

一灘鮮血，一團血肉模糊的景象，一陣直衝腦門的血腥味。一股痛失所愛的絕望感衝擊著我，然後在醫院內，只剩下我對著灰濛天際抱頭哭叫的慘嚎……

「啊啊啊啊啊啊啊啊——」

四十・血手〔童諾生〕

1

「滴答……滴答……滴答……乒啷！」

我丟掉腕上的手錶，時間對於我來說已經不太重要，「滴答滴答」的聲響令我感覺很煩擾。這一刻，我只希望有人能告訴我，這完完全全只是一個夢……

那些血、那些斷肢、那張熟悉而被驚嚇得扭曲的面孔，只不過是潛意識產生出來的虛假影像；那些曾在我胃內翻滾過、帶點炙熱感的胃液，都只是惡夢的一個虛擬元素。

不是真的，根本不可能是真的。

你教我怎能相信？好端端的一個生命竟突然在我眼前消失，而她更是你心愛、一生中唯一最疼你的親人……如果真的是一戲惡夢，可憐可憐我，讓我甦醒過來好嗎？

就讓我再一次感受諾雅姊姊身上的微溫好嗎？

我感覺很冷，縱然文頤此刻緊緊地抓著我的手，旖旎、狄奇坐在我的身旁陪伴著，但我仍不斷地發抖。是四周的溫度太低？還是我擔心接受不了等等即將看到的事實？又或者，我是害怕一個人孤寂地走未來的路……我不知道。

唯一知道的是，我現在身處醫院地下室的停屍間外沉默地呆坐著，等待認領至親的屍首，等待著見諾雅姊姊最後一面，更等待著了解姊姊失足墜樓的真相。

因為，這統統都不是夢，是一場詭異的事實，一場沒有人證的離奇命案。甚至沒有人知道，諾雅姊姊是何時離開病床、何時拔除插在手碗上的點滴、何時攀出狹小到勉強只夠讓一個小孩通過的窗框，更何時跌在一樓平台慘死。

一切彷彿在無聲無息中完成，在所有人漠不關心之下發生，就連我這個血濃於水的弟弟也不例外。事發時，我竟在她身邊呼呼入睡，平白讓最親的姊姊在與我如此近的距離之下結束生命。

我知道姊姊一定很心痛，她一定以為我在生氣，以為我看過那些照片後不會原諒她，所以就像夢中那樣自殘死去。

是我！是我害死了姊姊。

我不該懷疑她，就算有天大的過錯也都過去了，不是嗎？我為什麼不能原諒姊姊，小時候我做錯什麼事姊姊都可以原諒我，我為什麼這麼自私……我知道姊姊一定有苦衷，我為什麼就不能聽她解釋？

我已經再也哭不出眼淚，乾澀的眼眶隱隱傳來刺痛。我只希望有人可以告訴我，姊姊究竟是怎樣死去，而姊姊的死和我做的怪夢又有什麼關聯。

還有告訴我是否……

「我還在做夢嗎？」

「……」旖旎低著頭答不出話來。

「人死不能復生，諾雅姊姊也不希望見你這樣傷心的。」狄奇終於開口。

我喃喃地說：「房外站崗的警察一定在偷懶，要不是這樣，姊姊就不會死掉。該死的是那警察，我早說過當警察的都該死。」

「諾生……我知道你很難過，但剛才神父說過，不止那警察，就連值班的護理師、醫生，甚至病房內的清潔阿姨也沒有察覺諾雅姊姊墜樓，這是一宗意外……」

我向文頤擺手示意她別再說下去，然後按捺不住反問：「那妳告訴我姊姊是怎樣死吧！姊姊是虔誠基督徒，莫說不會輕言自殺，甚至連大話也……也不會……說……」

說謊……是真的不會說謊嗎？我語塞，腦海驟然閃過那些照片，心裡頓感難過。

「喀拉喀拉……叮！」電梯門徐徐打開，裡面步出一男一女。我認得那男的，是那個染著一頭金髮的警察展啟文，而他身邊那一臉剽悍的長髮女人，則是一身低胸上衣加迷你裙的打扮。

這所醫院的地下室很特別，只有一個「出口」、一個「入口」，「出口」當然是展啟文剛步出的電梯，而「入口」就是指我和文頤一班朋友鄰近的鋼門，也是進入停屍間的大門。

如果不是剛才帶我們來這裡的探員告知，我根本不會猜到這層是為停屍間而設，只會以為這裡是一間祕密實驗室。因為從電梯到停屍間大門之間，只有一道長長的封閉走廊，再配上兩邊通白的牆壁，就像電玩遊戲《惡靈古堡》內通往實驗室的通道。

與其叫作「出口」和「入口」，不如說是「生門」和「死門」。雖然現在不是說笑的時候，但坐著坐著，剎那間的確有種說不出的陰寒感。

此時，展啟文身邊的女人向我走近，搖一搖手裡的文件夾說：「小伙子，你就是童諾生吧！」

「嗯……」我瞟了她一眼沒回話，對於沒禮貌的人，我一向都不屑一顧。

「你們是警察嗎？」狄奇站起來走向展啟文，問道。

「狄奇，他是東區警署重案組的展啟文總督察，這位應該是展警官經常掛於嘴邊的得力助手，典子吧！」文頤簡單替我們介紹的同時，我發現那討厭的展啟文臉上，流露著一種默契般的笑容。

為什麼文頤跟那個展啟文好像很熟似的？我心裡暗暗生疑。

就在我想得入神之際，身後的旖旎輕拉著我的衣袖，道：「我認得那個金髮警官，前天跟狄奇一起放學時，我看到文頤搭上了一架賓士跑車，開車的應該就是這位警官。」

什麼？那傢伙竟然來學校接文頤下課？文頤跟他究竟有什麼關係？

才不過一星期的時間，文頤究竟有什麼祕密沒跟我說……

不！單從文頤望著展啟文的眼神，我內心隱約有種酸溜溜的感覺……不會的，這麼短的時間根本不能發生什麼事，何況文頤心裡應該有我。

「軋……」停屍間那道重重的鋼門打開，一陣濃烈的消毒藥水味滲透空氣當中。

我回頭一望，看見精神頹靡的莫神父從停屍間緩緩步出，而跟隨他身後的，是一位穿著一身白衣的中年男士。見他們一臉愁容，諾雅姊姊躺在血泊的模樣再一次在我腦海浮現。

我記得，姊姊的屍體面容上，流露著一種令人焦慮不安的詭異笑容。

姊姊死得很慘……

「已確認死者身分嗎？」展啟文向那白衣男人問著。

「死者是二十四歲中國籍女性，童諾雅。根據檢查，死者的死亡時間是今天凌晨四點左右。」

展啟文從那白衣男人手上接過一份報告，道：「代表屍體被發現時，死者已經死了超過三小時？」

「沒錯。」聽他們的對答，那白衣男人一定是電視劇裡經常出現的法醫。

「這就奇怪了……」典子望著展啟文道。

我對他們的對話完全不感興趣，坐在這裡空等兩小時後，我只想進去見姊姊最後一面，加上他們根本漠視我的存在，我心裡鬱悶之下刻意高聲地說：「夠了！有沒有人可以告訴我，我可以去看我的姊姊了嗎？」

「諾生……我看你最好還是不要進去吧。」莫神父輕拍著我的背項安撫著。

「待在裡頭的是我的姊姊，最疼我的姊姊，就算她變成怎樣我也不會怕。就只我一個人入去可以嗎？」語畢，我沒有待他們答覆，便朝著停屍間走去，然後狠狠推開那道鋼門。

「咦，怎麼會這樣？」

任憑我如何用力，那道鋼門竟然分毫不動，這絕不是簡單的一道門。我望向門的左上方，發現原來這是一道加有密碼鎖的鋼門，我開始疑惑，為什麼要把姊姊的屍體放在這麼高保安規格的地方裡？

「諾生……」莫神父在後喊道。

「由他去吧！我跟他一起進去就行。」只見展啟文拿起掛在胸前的警察委任證，然後在鋼門左上方的一個灰色盒子上一掃，門便自動開啟了。

「我陪你進去？」文頤道。

我搖搖頭示意不用，接著法醫便領著我、莫神父和展啟文一行四人步入比走廊更冷的地方，一個充滿絕望氣息的地方——停屍間。

2

對於從來沒出入過停屍間的我來說，印象中的停屍間應該是兩側排滿一格一格的冷凍櫃子，櫃子內便是存放屍體的地方，而可憐的諾雅姊姊就是躺在這種鬼地方。

但誰知當我步入後，發現現場跟想像中的停屍間根本是兩碼子事。這裡的布置科幻到根本不像電視劇或警匪電影裡的那樣，與其說是停屍間，倒不如像我最初的想法，這裡是一所實驗室。

在通白的室內，兩邊牆上根本看不到那抽屜般的冷凍櫃，更沒有掛著屍體代號的條碼；整面牆上絲毫沒有一條格線，我驚疑著姊姊的屍體究竟被收在哪裡。

「大家請來我身後。」法醫道。

法醫走到房間盡頭的一道電子螢幕前，而因為角度問題，我看不見他在按什麼。只見他熟練地按下八次後，接著原本站立的地方身後的一道牆出現變化。

「軋……」

原本一條格線都不存在的白牆，突然間透出一道正方形白光，然後就像科幻片的劇情一樣，一具雪白色的長方形箱子便從牆裡緩緩伸出，而在雪白無暇的箱子上，有一組英文字正在浮現──是諾雅姊姊的英文姓名。

「是這個，沒錯。」法醫小心翼翼地核對箱子上的姓名，然後把掛在胸前狀似委任證的東西，在長形箱的前方掃了下。

「嘟！」

像機關開啟程序一樣，箱子的上蓋緩緩打開，此時，我發現莫神父的眉頭皺得更緊，而剛才從神父身上嗅到的消毒藥水味此刻更形濃烈。

沒錯！那氣味是由箱子內傳出的，我正被這種刺鼻的氣味弄得有點暈眩。

「這裡的屍體都必須經過特別處理，氣味有點嗆人，但是無害的，各位可以放心。」法醫邊說，邊準備按下箱子左邊的一顆紅色按鈕。

「先此聲明，待會看到的，會比你們想像中還要恐怖。尤其是你，一定要有心理準備。」法醫望著我的雙眼彷彿在等我的許可，而我沒有作聲，只點頭示意。

「開始吧。」展啟文在我身後道。

「嘟！」

紅色按鈕被按下的同時，載著諾雅姊姊遺體的箱子下方突然伸出一個支架，而支架的四端各接有一個輪子，然後在沒有人為控制下，箱子慢慢自動脫離牆身，再在我們的前方停止。

與此同時，法醫並沒有閒著，只見他穿上白色乳膠手套，然後伸手進入箱內，打開包裹著屍體的半透明膠袋。我驚嘆這地方竟擁有此高科技的同時，也注視著膠袋內若隱若現的人體輪廓，眼淚忍不住溢滿整個眼眶，因為終於再見到我唯一的親人——諾雅姊姊。

我沒有理會法醫與展啟文在交談什麼，莫神父在身後替姊姊默默唸著安息禱文，而我只是緊握著不斷顫抖的雙手，走近諾雅姊姊的遺體。坦白說，我仍未能接受姊姊的已死的事實。

但在這麼近距離下，我知道這個必定是諾雅姊姊，因為無論是足踝的紅色胎記，抑或是手肘上那條深長的疤痕，都足以證明眼前一動也不動的屍體，就是諾雅姊姊。

我還記得，小時候有次跟姊姊玩「騎脖子」，正玩得興高采烈之際，姊姊一個不留神，失去重心便跌倒在地上，而她為了保護我，緊緊地把我抱入懷裡，手肘因而被地上一塊鋒利的碎石割傷。姊姊最後縫了十多針，康復後便留下手肘上的疤痕。

不知是停屍間的燈光映照得諾雅姊姊特別蒼白，還是因失血過多，以致姊姊原本白裡透紅的膚色今天看來格外灰白暗淡，而相對地，姊姊手肘上瘀紅色的疤痕更顯得怵目驚心。

但一切都不及墜樓造成的傷痕恐怖。雖然法醫已盡力把骨折、甚至摔得扭曲的肢體掰回原位，但從接口上被碎骨刺破的傷口，以及一些扭曲變形又接回原狀的地方看來，姊姊的遺體只能勉強算是一個人形。

看著姊姊的模樣，我的心不只淌淚，更是淌血。

本來我不忍再看下去，但突然間，我發現姊姊的小腹前出現一道切割造成的傷口，急問：「等等……這是什麼？」

「這才是致命的原因。」法醫道。

「你說什麼？姊姊不是墜樓而死的嗎？」我驚疑地問。

法醫沒有立即回答，只望著展啟文等待示意，而莫神父則不斷搖頭嘆息。

「雖然這宗案件已被列為高度機密，但他是死者的弟弟，照理也有知情權。」語畢，展啟文示意法醫說下去。

我大惑不解地望著法醫，他這才續道：「我剛才說過，死者的死亡時間是發現屍體前三小時，而死因是失血過多致死，至於失血的原因，就源於這個傷口。」

法醫指著那個還黏著小量血塊的傷口，道：「死者的子宮連同依附一起的輸卵管都不見了，根據傷口肌肉的受損程度和創傷比例分析……死者是被人由體內扯出器官後，失血過多致死的，而且期間應該經歷了極大的恐懼。我們相信死者臨死前已是精神崩潰，所以僵硬的面容才呈現出詭異的神情。」

「奇怪的是……警方對醫院範圍全面地毯式搜索，但暫時還未找到死者遺失的器官，而醫院的監視器也沒有顯示有任何陌生人曾經進入病房，所以暫時還未清楚你姊姊的死亡真相。」展啟文道。

「等等……那這是什麼？」我指著姊姊的臀部問。

當大家朝向我指著的方向看時，我發現莫神父的臉色陣紅陣白，然後顫抖地說出四個字：「邪教信物！」

「邪教信物？」我不解地問。

「是六芒星。」只見展啟文從文件夾拿出一張相，然後走近姊姊身上「六芒星」的位置進行比對。

「這圖案是紋上去的，並不是新造成的傷痕。」法醫道。

紋身？不可能的，諾雅姊姊一直討厭滿身紋身的人，她斷不會把這樣噁心的圖案紋在臀部位置。究竟是怎麼一回事？

頃刻間，我發覺諾雅姊姊身上隱藏著很多祕密……

就在這時，我發現那六芒星圖案出現異樣，不知怎地，它從原來的墨綠色慢慢變為深紅色，甚至開始溢出一些血水。但最離奇的是，周邊的人似乎沒有察覺姊姊屍身的異樣，彷彿只有我一人看到姊姊臂上的六芒星在滲血。

「這……這是什麼……」我喃喃道。

法醫、展啟文和莫神父似乎都聽不到我的話，剎那間，我就像被人孤立在另一個世界，一陣悸動不安充斥心頭。

「怦怦……怦怦……怦怦……怦怦……」

突然一陣溫暖湧上心頭，但又有雞皮疙瘩的奇怪感覺。我感到心跳加速的同時，雙腳同時在發麻。有一雙眼睛……我發現自己被牢牢地盯著。

「軋……軋……」箱子在微微移動。

我抬頭一望，發現坐在眼前盯著我的不是別人，正是姊姊……已死去的姊姊。

難道姊姊剛才呈假死狀態？她現在死而復生嗎？

不！不可能，姊姊不僅被抽走器官，心臟也停止跳動超過十小時，不可能還能活，除非……

「哈哈……哈哈……諾生很怕姊姊嗎？」

「不……不是真的……姊姊不要過來，諾生很怕……」

「你怕姊姊……你知道姊姊為了你受了多少委屈嗎？嗚……你為什麼要怕姊姊……你說！你為什麼要怕姊姊！」

面對眼前難以解釋的情景，我害怕得湧出一陣尿意。突然，一臉猙獰的姊姊抱著頭痛哭起來，只見她邊流著血淚邊說著：「你知道嗎？那年你病得很重，醫生說你快要死了，姊姊真的六神無主，錢……要一筆很大的錢才可以讓你進手術房，你知道嗎？」

諾雅姊姊緊緊抱著雙臂，我看見那些瘀黑的指甲，深深刺入失去彈性的手臂肌肉裡……

「吱吱……吱吱……」皮膚慢慢流出黏稠的黑血。

「是他！他給了我一張鉅額支票，還說可以替你找到合適的心臟。當時我無法不答應，後來才知道，一切都是等價交易……而交易的條件就是……」

「就是什麼？」我問。

「哈哈……哈……就是成為他們一份子，為教獻身，淪為性奴……哈哈……」姊姊猙獰地笑著。教？什麼教？為什麼要做性奴？是指那些照片裡的交易嗎？

在我驚疑之間，血流滿面的諾雅姊姊不知何時已站在我的面前，而我早已被嚇得無力閃躲。接著她把面孔慢慢地靠向我，一雙滴出血來的大眼睛近距離盯著我，露出詭異的笑聲。

從那笑聲……我知道她已經不是諾雅姊姊，因為一道低沉的男聲從眼前姊姊的嘴裡吐出來：「哈哈……哈哈……」

我回頭一看，發現莫神父他們三人竟呆呆地垂下頭，像失去靈魂的屍體一樣，任我如何嚎叫也沒有反應。是夢嗎？難道我又不自覺陷入惡夢中？

「不是夢，哈哈……」

他竟聽得到我腦海所想的東西？

「哈……得到好處，就要一生一世為教盡力，她太不識抬舉了。」那低沉的男聲說著，姊姊的右手揮動起來，然後用指甲深深刺進右邊乳房，傷口流出烏黑色的血。

「不……不要！」我哭著，但無力反抗。

「放心，很快便輪到你！你的生命也是交易一部分，哈哈……既然交易失敗，你也要獻出小命！」

對方說完，我感覺被一種無形的壓力掐住咽喉，掙扎地說：「嗚……不……不要……」

但任憑我如何反抗也沒用，而對著空氣故亂揮拳踢腳令氧氣出多入少，我感到眼前景象開始朦朧，耳朵漸漸開始耳鳴。

在快要失去知覺之時，原本鎖著的停屍間鋼門被一股怪力硬生生打開，然後聽到一聲槍響。空氣中瀰漫著一陣火藥味，而我感到喉頭一鬆便癱軟倒在地上，四周渙散的影像慢慢重疊合一，而充斥的孤寂感也漸逐散去。

「噠噠……噠噠……」一陣腳步聲在我身邊擦過，朦朧間我看見一個身影向姊姊的遺體走近。

「不……」

一陣撕裂的聲音傳出，那男人竟徒手撕去姊姊臀部肌肉上的六芒星紋身，然後露出一抹滿意的笑容。而我，只能無力地目送他離去，而對方離開前，我看到了他的一雙手。

一雙黏附著血肉、指甲還滴著血的粗糙怪手，一雙我永不會忘記、泛著紫光的血手。

「怎麼會是你！」剛被驚醒的展啟文，吃力地吐出最後一句話後，便昏倒地上。

那男人沒有回答，只瞟了我一眼，然後把手上紋有六芒星的人皮對摺後再放入襯衫口袋裡。我望著他的一雙手，不知為何，體內竟產生一種異樣的憎恨情緒。

我雙拳握得青筋暴現，有股快要脫殼而出、渴望吞噬眼前男人的力量在蘊釀，意識漸漸模糊之際，那男人也在一片詭異的氣氛中失去縱影。

我牢牢地記住他的背影，同時對天發誓，任何曾經傷害諾雅姊姊的人，我都要他不得好死！包括這個男人，這個羞辱姊姊屍身的男人。

哈哈……需要力量嗎？

一道低沉的男聲在腦海迴盪。

「……」

來，我們一起享受血濺的快感，哈哈……

四十一・紋身〔童諾生〕

曾經深信「天網恢恢，疏而不漏」的道理，也相信「善惡到頭終有報」的法則，所以自懂事開始，我便謹守諾雅姊姊的教誨，做個正直的好男孩。

但一切都是錯的。所謂的因果，根本只是一場騙人向善的遊戲，在金錢、權勢，甚至黑暗勢力凌駕法規的年代，失去以上三種條件的人都只有待宰的份。

原本以為誠心信主、每天虔誠禱告，便可以得到天父的垂青和得到庇護，但結果呢？就好像諾雅姊姊的下場一樣，善良的人反被惡勢力用魔鬼般的手段摧殘，然後還落得在警察檔案裡成為一樁自殺懸案，死不瞑目。

是真的死不瞑目……你明白什麼是死不瞑目嗎？

不是不甘心這麼簡單，而是死後連闔上眼的機會、權利都沒有，驚恐的感覺剎那間衝散觸感神經、潰敗大腦系統，最後在一命嗚呼前，恐懼感令全身雞皮疙瘩、喪失理智，直至咽出最後一口氣時，恐怖的影像仍黏附在視網膜上，直至永遠……

這才叫死不瞑目。

我知道，直至遺體推入高溫火葬爐前，姊姊仍渴望可以闔上雙眼，與塵世間的無情、殘忍訣別。但姊姊的屍身狀況無法辦到，所以，我唯有用一塊黑布替姊姊蒙上雙眼，然後在她耳邊說著「不用再替我掛心」的話。最後的熊熊烈火把一切都化作輕煙，姊姊才得到解脫。

「安息吧，姊姊……」

「諾雅姊姊心腸那麼善良，她一定可以去到天堂快樂生活的。」文頤握著我的手安慰道。

「嗯，她在世的時候的確受太多苦，如果我可以變得更強大，就可以保護姊姊了，是我沒用。」一想到姊姊，埋藏在眼眶的淚差點又再忍不住湧出。

文頤見我胡思亂想，故意轉話題：「咦，狄奇和旖旎怎麼不見了？剛才他們還在這裡的。」

聽著文頤所言，我也回過神來四處搜索他們的蹤影，而莫神父則留下來繼續替我打點著姊姊火葬後的事宜。終於，我們在不遠處的大樹蔭下發現旖旎，我擦乾眼淚，和文頤一起去看過究竟。

「欸！妳怎麼來了這裡也不告訴我們？」文頤裝作生氣地問旖旎。

若在往時，旖旎一定會跟文頤來個無厘頭的唇槍舌劍，但今天稍有不同，旖旎不單沒有反唇相對，還一臉呆滯地坐在大樹下，屈膝發抖著。

此時，任誰都察覺得到旖旎的異樣，我連忙問：「不會是有什麼事吧？旖旎妳不舒服嗎？」

旖旎低著頭沒有回答，文頤也發覺旖旎的神態有異，伸手搭在她的額頭上，道：「又不像是發燒呢，是哪裡不舒服？要不要告訴莫神父先接妳回宿舍？」

旖旎仍舊沒有回答，只怔怔地望著姊姊化作輕煙的方向神情，茫然地呆坐，同時，我發現旖旎的左手很用力地抓著自己的左大腿外側的位置。我生怕她弄傷自己，便打算伸手輕拍她的左手，以緩和她緊張的情緒。

殊不知，當我的手快抓到她的時候，旖旎竟似瘋了般把我撥開，然後撲向文頤的懷內，活像一隻受驚過度的小貓。一時間我也不知如何是好，而文頤則輕輕撫著旖旎的頭髮，希望盡量平復她的情緒。

坦白說，跟旖旎認識了這麼久，也沒有見過她像現在般失魂落魄的樣子。她一向樂天、開朗，就算有什麼天大的難題總會找我這個哥哥分憂，所以直覺告訴我，旖旎一定遇到什麼麻煩事⋯⋯

但究竟是什麼事？我已經無力去猜，因為自從姊姊遇害後，我就不斷想、想、想，如今只想腦袋靜下來歇息一下。然而，旖旎是我最好的朋友，我已經失去最親的姊姊，斷不能再失去心愛的友伴。

望著旖旎惶恐的樣子，我的心感到很煩亂。究竟又有什麼可怕的事在等著我們？

天色慢慢變灰暗，一場暴風雨似乎正在醞釀，是上天在可憐諾雅姊姊的遭遇？還是替旖旎的處境擔心？腦海中不自覺浮現出旖旎上次被灰狼以裸照威脅的事件，但……事情不是已告一段落嗎？不！那些裸照……諾雅姊姊，莫非……不會這麼巧的。

當我想進一步向旖旎查明之時，突然遠處傳來一陣急促的奔跑聲，我回頭一望，發現向我們這邊跑來的不是別人，而是我們的好友狄奇。狄奇氣急敗壞地跑來，手裡正拿著一份狀似報紙的東西。

「完了！咳咳……諾生，你快來看看！」狄奇上氣不接下氣地說。

「又發生了什麼事？」我接過狄奇遞來的報紙，隨手打開A1頭條那頁，然後沿著狄奇所指一看，發現今天的頭條新聞標題又是「離奇女性兇殺案」，而這已是三日內第八宗無法歸類的女性兇殺案。

「咳……已經是……是連日來的第八宗了！」狄奇喘著氣道。

「那又如何？我又不是警察，這些事跟我有什麼關係？你不如去找那個好管閒事的展啟文吧！」我不耐煩地說。

狄奇見我沒有反應，一手搶過報紙便道：「先聽我說，據報導分析，這八宗兇案的相同之處，分別是受害人表面上同樣是跳樓自殺，但屍體被發現時，身上均有一個明顯切割而成的傷口，體內的器官更都被人血淋淋地取走。有的失去左肺，有的失去整個胃臟，有的被人勾去腸臟，更有的被割去兩個乳房內的所有組織，只留下兩塊薄如輕紗的乳房表皮……」

「你懷疑她們不是自殺？」我問。

「夠了，很噁心，不要再說下去了！」文頤皺著眉，握著旖旎發抖的雙手。

狄奇沒有理會文頤，繼續道：「經警方初步調查，所有死者生前均從事過色情行業，而遇害前也已全部脫離賣身的皮肉生涯從良去了。」

聽著狄奇之言，我隱約覺得跟諾雅姊姊有關：「繼續說下去。」

「根據警方分析行兇手法，不排除是同一人所為，也有可能是曾經與眾多死者生前有位性交易的嫖客。至於行兇動機暫未明朗，至少知道兇手不是求財，而是一心奪命，甚至有嚴重虐待傾向，而法醫所指的虐待應該是精神方面。」

「不……不要再說了！」旖旎掩著耳失聲叫道。

我示意文頤帶著情緒不穩的旖旎暫時離開這裡，然後狄奇續道：「據法醫表示，大部分墜樓後面容無缺的死者，臉上都保留一個共同特徵，跟諾雅姊姊一模一樣的特徵……」

「死不瞑目？」我驚叫。

「對……你再看下去。」狄奇指著報紙右下角的一小格報導。

「首位被殺的二十四歲援交少女……什麼？這照片……諾雅姊姊不是援交女郎，這新聞根本是誤導，是垃圾！垃圾！姊姊不是那些貪圖物質名牌而自甘墮落的少女！」我氣得當場把報紙捏作一團、拋在地上。

狄奇道：「先冷靜一下！難道你不覺得有點奇怪嗎？」

「再奇怪都不關我事！」

狄文繞過我的身旁，拾起地上的報紙續道：「那八宗兇案有三點不謀而合的地方。第一，所有死者都……都曾出賣自己肉體，同樣已經從良；第二，兇手的用意不在劫財或者劫色，而是要奪命；第三，如果推論正確，死者都是死於他殺，那把受害人殘殺完再從高處拋出屋外的做法，明顯只是一種低劣的掩人耳目，或許兇手以為這樣可以誤導警方死者是死於自殺……」

狄奇頓了頓，望著我煞有其事地說：「但不要忘記，以現今的法醫水準，一定可以查出死者致死原因不是墜樓斃命，而是被剖腹取去內臟、失血過多致死的。但問題是，鑑證科並沒有在兇案現場搜集到任何死者的血液樣本，或者傷口濺血造成的環境證據。換句話說，整件案仍是一個謎……但有一點可以確定，姑且不論報導怎樣亂作諾雅姊姊的新聞，無可否認的是，她的死與這八宗兇案極有關聯。」

「推斷正確，此案件有可能是幫會或邪教報復手段的連環兇殺案。」是展啟文，他不知何時竟無聲息地站在樹後，偷聽我們的對話。

「你何時在那裡的？你知不知道偷聽別人說話很沒禮貌！」狄奇生氣大喊。

我對狄奇的反應一點都不驚訝，因為只要是暗戀文頤的男生，都會同樣敵視眼前這個金髮警察。

「抱歉打擾你們，是文頤告訴我你們在這裡的。我是專程來奉勸你們一句，童諾雅的案件已交由警方特別調查小組處理，你們這群小孩子，還是乖乖待在學校裡讀書，不要插手這案件。」展啟文的話明顯是衝著我而來。

但我完全沒有理會，腦海只不停地想，難道真的是復仇手段嗎？那麼……當日樓梯間出現的黑衣人，一定是展啟文口中那些幫會或邪教人士，那隱藏在黑暗的身影一定與姊姊的死有關。

若是這樣……停屍間出現的男人又會是誰？若那男人和黑衣人是一伙，他一定會斬草除根，但他為何不趁我們全部暈倒時殺死我們，只取去姊姊身上的紋身標記？還有……我隱約記得展啟文好像說過一句什麼「怎麼會是你」？

莫非他們認識？

而自從那次事件後，警方高度封鎖消息，更叮囑莫神父要我們守口如瓶，究竟當中隱瞞了什麼祕密？但話說回來，為什麼報紙的記者會得悉諾雅姊姊的過去，還圖文並茂地再刊出姊姊的援交照片？

這不可能，我記得所有照片都被我一把火燒毀了，而且知道姊姊祕密的，除了我就只有文頤，文頤一定不會出賣我的，那又有誰會告密？莫非是上次那個羞辱姊姊的黑衣人，把照片寄到報社？他為什麼要這樣做？但若不是他，又會是誰？

很頭痛，我究竟該如何才可以替姊姊平反？

「你少管我們，這裡不是警察局，我們不是你的部屬，你沒資格對我們指指點點！」狄奇不忿地說。

「不過有一點報紙上沒有提及，部分女死者的身上都有個相同的紋身標記，而其餘的女死者，身體上明顯也有一小部分肌肉被切去。我們有理由相信，被切去的地方應該也有著相同的紋身標記。」展啟文隨手在褲袋拿出一塊巧克力煙仔餅叼在嘴裡。

「那紋身標記究竟有什麼含意？」狄奇問。

我脫口而出道：「是六芒星！一定是莫神父口中的邪教象徵！」

「不錯，你姊姊身上也有個一模一樣的六芒星紋身。」展啟文道。

「你不是說知道得愈少愈好嗎，為什麼要告訴我們這些事？」狄奇問。

「因為我打聽到，你們身邊也有位朋友身上，擁有這樣一個六芒星紋身……」

我和狄奇心裡同時想到一個人，難道是……

就在這時，不遠處的旖旎突然發出一聲駭人的尖叫聲，而她身邊的文頤被嚇得不知所措。只見旖旎一邊瘋狂地抓著自己左邊大腿，一邊瘋狂叫嚷：「我不要……不要逼我，我受夠了！」

我當下不及細想，便跑過去拉著旖旎阻止她自殘。「沒事的，有我們在不要怕。究竟是怎麼回事？旖旎妳告訴我，是不是關於姊姊的？」

「嗚……不……不要逼我好嗎？」旖旎哭得快要崩潰，同時間，我發現旖旎忙亂間不慎翻起的短裙下，在大腿近臀部的位置上，竟隱約有個淺綠色的符號。

「果然沒錯，她跟邪教一定有關，這紋身是那教派的標記……」隨後跑來的展啟文道。

「教派？什麼教派？」我問。

展啟文沒有回答，轉過頭跟狄奇和文頤說：「等等我會跟莫神父說，盡快委派一小隊來學校宿舍二十四小時保護你們。還有，想要命的話，千萬別再沾手這宗案件，尤其你們要好好看住這小子，千萬別給他亂來，明白沒有。」

「嗯……」文頤點頭答允。

本來我就不喜歡那個展啟文高傲的嘴臉，而當我要說話反駁的時候，眼前突如其來的一個畫面把我驚住了……不……不僅我愣住，連狄奇也驚呆了。

一個吻……就這麼一吻，便摧毀了我的心。

原來在我失去姊姊的同時，一段剛萌芽的愛情，已在毫無預兆下枯死了。

四十二・失蹤〔童諾生〕

1

夜晚，聖瑪利亞書院四周罕見地一片寂靜，平日慣常宿舍內傳出的嬉笑聲也驟然而止。在莫神父的安排下，宿監把原定的夜間禱告崇拜取消，而各寄宿學童也被迫提早就寢。

在宿舍外，除了中間傳出警察巡邏的腳步聲，就再也沒有一點聲音，是安靜……不知情的人會覺得這是難得的寧靜，知情如我者，就會感到是風雨欲來的死寂。

我討厭被人管束，更討厭被人監視，我看得出，那些口口聲聲派來保護我的警察其實都不安好心。是真的，從他們的眼神能看出，所謂的保護只是藉口，一定是收到什麼消息知道我將會被人對付，所以把我獨立困在這間宿舍內作餌，好讓他們把目標一網打盡。

但可恨的是，莫神父、文頤他們統統都不相信我，還苦口婆心地勸我留在宿舍內。現在唯一明白我的，就只有他，那個經常跟我在意識中交流的叔叔……

嘿……你說得對！就是這樣子，嘿嘿……

「嗯……」

但事到如今，誰是誰非其實都並不重要，因為對於失去「諾雅姊姊」和「文頤」的「雙失少年」來說，生與死其實差不了多少。或許早點死去，更可以趕在諾雅姊姊走過奈河橋前，與她在陰間相會，結束我孤苦的一生。

你問我，是真的生無可戀嗎？

我不想這樣說，但聽完文頤向我細語道來她的初戀故事後，縱使熾熱的心也得僵化，縱使奔騰流動的血液也得凝固。

因為唯一可依戀的生存理由已被瞬間抹去。

我搞不清文頤把我們之間的感情看作什麼？我搞不清楚，究竟是自己自作多情，還是愛情根本就是兒戲，一點也經不起突如其來的誘惑。但無論如何，說到底我是輸了，徹底地輸了。

縱使此刻我非常確定自己喜歡文頤，但無奈我們之間曖昧的霧氣已經散去，愛情的通感已不存在，剩下的就只有單純的友誼。

她的愛，從今天起只完完全全寄宿在那展啟文的心裡，一切都來得看似突然，但一切原來都有跡可尋，怪只怪自己一直吊兒郎當，把文頤說過的話都拋諸腦後。

可憐……的確很可憐啊！被騙的感覺很難受吧！嘿嘿……

原來，那個文頤口中每天朝夕相遇的他，那個直覺與文頤非常有緣的男人，就是體格魁梧、比我成熟穩重的展啟文。難怪文頤在醫院第一次遇見他時，竟害羞得雙頰泛起紅暈。

一切原來早有安排，而起點，就在去年秋天離學校不遠的「甜心咖啡屋」發生。我還記得當時的文頤梳著一頭及肩的直髮，前額的留海蓋著眼眉，令水汪汪的大眼睛格外動人，而她的笑容單純而可愛，當天的情境我還歷歷在目……

「諾生……你相信緣分嗎？」

我漫不經意地回答：「這麼虛無縹緲不科學的東西，只有情竇初開的少女才會相信。」

「認真點好嗎？」文頤面露不悅地盯著我。

「與其說愛情的出現是緣分的契合，不如說，緣分只是解釋茫茫人海中相遇的機率，更來得合情合理。」我一邊攪拌著眼前香濃的卡布奇諾，一邊翻閱著我最愛的驚悚小說。

「如果……我是說如果，你每天都在同一地點遇見同一個人，而那個人站的地方又剛好與你面對面相對，甚至無視風雨也總會站在你的對面，你說，這是不是一種緣分？」文頤說著時，目光不自覺地停留在咖啡廳對面的公車站上。

「可能對方碰巧跟妳每天都在同一時間做同一件事，或者搭同一班車。若這也算是緣分的話，那每天很多上班族、學生也一定很有緣分，月老的紅線也牽得挺亂來吧。」我仍不以為意地回答。

「或許是吧……」

見文頤若有所失的樣子，我反問：「是遇見什麼帥哥心猿意馬了吧？看樣子有人真的春心蕩漾，哈哈……要不要我和狄奇替妳拉個紅線啊？快告訴我是什麼一回事。」

不知是被我一語道破還是什麼，當日的文頤氣得滿面通紅，道：「討厭鬼！別到處跟人亂說，人家才沒有你說得那麼隨便。只是每天習慣見到同個陌生人，雖然我們連點頭打招呼的動作也沒有，但不知怎地，心裡慢慢有種親切的感覺罷了。」

我今日終於知道，就是這點的親切感，就是這可惡又討厭的緣分，不經意地蠶食著文頤的理智，不經意地推倒我以為牢不可破的青梅竹馬關係。

直至三日前，親眼看到那可惡的傢伙吻了文頤的臉頰，我這才發覺文頤對我的重要。可惜，一切都是時間的錯。

「諾生……對不起，我應該早一點告訴你的。」

「是什麼時候開始的？」我低下頭沒有正視文頤。

「記得上次在咖啡廳問你緣分的問題嗎？」文頤問。

「嗯……」

「就在那時開始，我發覺自己對他有了好感，但那時我們還不認識，直到跟他在醫院重遇，他的眼神告訴我，他……他對我也有意思，他會愛上我。」

「那妳呢？」我的語氣帶著苦澀。

「我……我自己也不清楚，我見著他有種心跳加速的感覺，我們也是上星期才開始的。諾生，你是我最好的朋友，我想你也會替我高興的……對嗎？」

我強忍心裡的難過，勉強擠出一點笑容道：「當然！我們是好朋友，有人肯接收小妖精，大妖怪高興都來不及了。以後再沒有人煩著我，多自由，哈哈哈……」

聽著我這樣說，文頤臉上閃過一陣失落，然後迅速回復笑容道：「你以後也會繼續對我好嗎？」

「什麼？」

「我希望你以後會像從前一樣對我好，雖然我們不會再像過去那樣經常走在一起，但……我不知該怎麼說，我就只希望諾生你繼續對我好，做我的大妖怪……」

「當然……有小妖精就有大妖怪，沒人會被人遺棄。」

語畢，文頤突然把頭伏在我的肩上細聲說：「是你說的，無論何時、何地……發生什麼事也好，你都不會不理我。」

我沒有回答，這或許對文頤來說是一種默許，對於我，則是迷惘於那獨一無二的體溫、餘香。此刻，我的衣衫上還留有文頤昨晚的淚痕，而我依然猜不透這算是什麼樣的感情。

又或者，文頤……把我當作什麼？

好友？哥哥？還是究竟有沒有一刻……我曾是她喜歡的人？

一切都猜不透，唯一知道的，是那份感情都遺留在昨天的記憶裡。失去文頤的愛，換來的，就只有空虛無奈的心碎。

這感覺，有誰能知？

我仍舊望著漆黑一片的夜空，倚在一樓宿舍外的欄杆上，眼睛早已流不出淚來，心裡想著文頤之餘，更惦掛著諾雅姊姊。如果姊姊還在的話，她一定可以給我答案，安撫我破碎的心。

「唉唷！」

右邊臉頰突然傳來一陣刺痛，把我從苦澀的思緒中拉回現實。我低下頭，發現腳跟附近有一顆小石，不必問，會使出這玩意的主人就只有一個。

「出來吧！別學人做縮頭烏龜。」我向著樓下的草叢叫道。

果然，在草叢探出頭來的不是別人，正是總喜歡戴著鴨舌帽的狄奇，而他身邊站著的還有旖旎。

只見狄奇左望望右望望，待巡邏警員的腳步聲遠離了，便拉著旖旎僵手僵腳地走向宿舍大門。

「等等！」我穿上拖鞋跑到宿舍下層準備給他們二人開門。

「軋……」門緩緩地打開了。

只見狄奇劈頭一句便說：「你這個王八蛋，剛才說什麼縮頭烏龜，我們就知道你不習慣獨自被『囚禁』，所以專程來『探監』的！」

剛受情傷的我連勉強擠出笑容的能力也沒有，只沒好氣地道：「你們還不是一起被『囚禁』起來，我勸你們還是別跟我走得太近，要不……連累你們我可要內疚一輩子。」

「什麼連累不連累，做兄弟的早就準備好兩肋插刀了！」狄奇拍著胸口說。

此時，我發覺旖旎始終不發一言，只咬著唇緊緊拉著狄奇的衣襬，還不停地查看屋外四周。

「進來再說吧！」我催促著狄奇道。

入屋後，我發現旖旎和狄奇神情各異，狄奇和平日沒有兩樣，而旖旎則雙手不停抖震、一臉失魂落魄的樣子，一定又有什麼事發生了。

我走到旖旎旁邊，抓著她的手，試圖穩定她的情緒：「先喝杯熱茶，然後慢慢地說。」同時間，我向狄奇打了一個眼色，原以為他會知道旖旎發生什麼事，但瞧狄奇一臉比我更困惑的樣子，他知道的一定不比我多，甚至更少。

「感覺好點了嗎？」我柔聲地向旖旎慰問。

狄奇插嘴：「旖旎整晚不斷跟我說著要來找你，我拗不過她，才偷偷帶她來這裡，現在任務達成，我也是時候功成身退啦！」

就狄奇裝作起身離開時，一直低頭不語的旖旎，突然說了一句令我們震驚的話——

「文頤不見了。」

「什麼？」我和狄奇同時流露出吃驚的表情。

「是他們幹的！一定是他們……他們要的是我，為什麼要抓走文頤？」旖旎抽泣著。

「旖旎，妳說清楚一點，究竟是誰幹的？文頤發生了什麼事？誰要抓走文頤？」我激動地問。

旖旎顯得失神所措，同時我發現她的一雙手腕分別出現密密麻麻的新傷舊痕，是被利器割傷的，其中右手腕的一道傷痕還滲著血水，很明顯是不久前才割破的。怪不得平日無論天氣怎樣地熱，旖旎總是穿著長袖，原來就為了掩蓋手上的傷痕。

我怕弄痛旖旎的傷口，連忙鬆開雙手道：「有我們在，沒有人可以欺負妳的，妳慢慢告訴我發生了什麼事？」而狄奇細心地從櫃子裡的藥箱拿來紗布，替旖旎包紮傷口。

在狄奇替旖旎料理傷口的同時，旖旎在口袋裡拿出一張對摺的信紙，當我接過信紙再把它打開後，映入眼簾的不是什麼文字，而是一個再熟悉不過的符號，一個用紅色顏料畫成的「六芒星」圖案。

我吃驚地問：「這不是諾雅姊姊身上的血痕紋身？」

「也是警方說的那個什麼末日邪教的象徵！」狄奇道。

接著，我和狄奇沒再說話，只待旖旎向我們解釋一切。雖然我對文頤失蹤一事感到焦急，但現在唯一的線索就存在旖旎記憶裡，只能等她開口……

也希望到時一切不會太遲。

2

「滴答……滴答……滴答……」

時鐘秒針跳動的聲音在宿舍迴盪。

頃刻間過了驚心動魄的十分鐘，聽著旖旎的解釋，我和狄奇完全反應不過來，因為一切來得太突然。尤其是我，激動的情緒令心臟不斷劇烈跳動，心坎裡有種難以言說的絞痛感。

因為我感受到好友身上那不能磨滅的烙印，更痛心於諾雅姊姊昔日所受的恥辱。

原來那「六芒星」圖案是本港一個賣淫集團的代號……不！不是代號，正確來說應該是類似會徽的東西，諾雅姊姊和旖旎之所以身上有這圖案紋身，正是因為她們都曾為這集團服務。而那紋身，就好比古代奴隸身上的標記，是一種契約記號，要你生生世世都對集團忠心不貳……

只要有這紋身一日，受害少女就會被剝奪自尊、剝奪廉恥，慢慢喪失尊嚴之下，從而不能拒絕集團的威迫利誘，繼續獻身賣淫。

它就像一隻魔鬼，不斷摧殘少女的意志。

旖旎當年就是年幼無知，就像很多少女一樣好逸惡勞，喜歡名牌和玩樂，最後誤交賣淫集團派出來引誘無知少女的年輕帥哥，最終抵受不住甜言蜜語的唆使，踏出賣淫的第一步，把珍貴的「第一次」賣予一個粗暴的暴發戶，代價是只有可憐的五百元港幣，其餘的都被那個帥哥取走了。

作為她的好友，初時我們竟然一無所知，只因那集團的經營手段太高明，懂得滲透策略，把集團內的爪牙安插在旖旎的附近。我們只以為旖旎交了一班新朋友，每天一下課便外出玩樂，殊不知是慘無人道的天天接客，旖旎哭訴著單單一個月，她就跟超過一百個陌生人無情地做了。

甚至……在月事期間也要被迫打針，推遲月經來潮繼續接客。

直至發生灰狼以裸照威脅一事，我們才得悉旖旎當上援交少女，還弄出個決鬥事件。但萬萬想不到，原來背後涉及的，不單是以個體戶進行的援交活動，而是牽涉本地惡勢力的賣淫集團。

我們當日天真地以取回裸照作藉口，力勸旖旎放棄再做援交少女，但殊不知這舉動反把她推入更危險的境地。那「六芒星」圖案，就是要警告旖旎背叛集團的後果——要把她人間蒸發。

「不如我們報警吧！」狄奇怕得臉色發青。

「不……不要……他們會殺死文頤的，然後接著就是我。我不想死，我親眼看過那些背叛集團的少女下場……那比死更難受，很恐怖，想死都不能……」旖旎怕得全身抖震起來。

「我姊姊，也是因為背叛集團而被殺的嗎？」我沉聲地問。

「不知道……我從來不知道諾雅姊姊也是一份子……」旖旎頓了頓，道：「但如果她真的跟我一樣……那一定也有在那祭壇前發過誓，一定是那詛咒靈驗了！」

「妳說什麼祭壇？姊姊發過什麼誓，什麼詛咒？說清楚點！」我激動地問。

「嗚……不要逼我……我不想再想起來……好可怕，我從沒見過那樣恐怖的神像，是個披著蛇皮、手持法器的猙獰巨人。他們逼我喝下一碗腥臭無比的血水……嗚……然後在我身上烙下那個圖案！」

旖旎伸手把大腿上的紋身抓出三條恐怖血痕，哭道：「我曾經試過用刀割下紋身，但當傷口癒合後，紋身竟又慢慢在皮膚浮現，顏色還愈來愈深，我根本無法擺脫它！」

聽著旖旎的話，我望著她身上那紋身，一種雞皮疙瘩的感覺浮現。

我脫下身上的外套，把它蓋在旖旎身上，掩飾自己內心的焦急，輕輕撫著旖旎的手追問：「那妳說文頤被他們抓走了，究竟又是怎麼一回事？」

旖旎厲聲說：「你相信我！你一定要相信我，我沒有說謊……」

狄奇激動地道：「我們怎麼會不相信妳呢！妳是我們的好友，今日相信，明日相信，以後也都會相信！」

「告訴我們究竟是什麼一回事吧！」我焦急地問。

「我……我知道他們是來抓我的，那圖案……足足一星期，我每天都在宿舍門口發現那恐怖的圖案，有時畫在門外，有時畫在紙上再從氣窗拋入屋內……我知道他們是來抓我回去的……」旖旎情緒開始紊亂。

狄奇示意我不要打擾，讓旖旎說下去。

「一定是這樣……他們抓不到我，便抓走與我同房的文頤。不止這『六芒星』，他們在房內的牆壁上寫著，要我今晚凌晨兩點去學校以北的海濱公園見面……還寫著『死約會不見不散』。他們一定是想用文頤交換我……一定是這樣，我不去……我不會再回去那鬼地方！」

之後旖旎沒再說話，只不斷地嚎啕大哭，看情況她應該受驚過度，以致精神狀態陷於崩潰邊緣。狄奇怕她傷害自己，暗地裡把混著兩粒安眠藥的清水遞給旖旎喝下，約三分鐘後，藥力發作，旖旎在沙發上昏沉睡去。

「怎麼辦才好？」狄奇問。

「我們沒有選擇餘地。」我斬釘截鐵地說。

「單靠我們兩人，別說去救文頤，我想連自保都難……不如去找莫神父商量。」

「沒時間了，從學校到海濱公園最快也要半小時路程，現在已是凌晨一點，若旖旎說的是真的，文頤就只剩下一個小時的生存機會。」我在衣櫃裡拿出一根棒球棍，然後穿上風衣準備出發。

「但我們根本毫無勝算！」狄奇試圖阻撓我離開宿舍，續道：「不如先聯絡上展警官吧，他是文頤的男朋友，一定會盡力營救她。」

聽到「展警官」三字，我心裡生出一股酸透的醋意。我一手推開狄奇，喝道：「我就證明給你看，那個展啟文能做到的，我童諾生也可以！我現在就去替姊姊報仇，我不會讓文頤出事的！」

「諾生……」

距離約定的時間只剩下五十分鐘，我的背後迴盪著狄奇漸漸遠離的呼喚聲。

但誰也沒想到，此刻一個人的決定，不止改變四個人的命運，更無意間，把世界的命運與一個預言……開始接軌。

四十三・甦醒〔童諾生〕

1

凌晨一點四十五分，「酒吧神祕兇殺案」發生前倒數十二小時。在通往學校以北海濱公園的公路上，一輛紅色計程車冒著暴雨在加速奔馳。

車內的司機和乘客沒講任何一句話，只有收費跳錶自顧自地不斷跳著，而車內的收音機則續轉播著天氣預告：

「颱風森姆集結在本港東南四百六十公里，預計繼續向西北移動，照目前途徑，森姆將於週末最接近本港，未來數天天氣將漸趨不穩，有狂風驟雨……」

「都快九月了，怎麼還有颱風襲港，近年香港的天氣真是怪得可以。」司機打破車內的沉默，但我仍然彷彿充耳不聞，只顧望著窗外模糊的街景。

雨繼續不規則地打在車窗上，我望著手錶，緊握著手上的棒球棍，心早已繫在不知安危的文頤身上。冷靜過後，我開始擔心自己能否帶著文頤全身而退，如果我有灰狼的實力，如果我有展啟文手上的手槍，或許還可以一搏。而現在，我連一丁點的信心也沒有。

我清楚知道，這已不再是什麼小兒遊戲，什麼新一代跆拳道天才選手，在擁有公平規則保護下的擂台上，還可以自吹自擂一番。但我即將踏進的不是擂台，要面對的更不是灰狼這類搏擊對手，我絕不會天真地以為，自己可以像李小龍那般單靠雙腿，便足以擊退惡勢力。

但我仍然要去，因為有些人，縱然要豁出去把性命拚掉，也有非保護不可的理由。只因她是你的所愛，而愛情迸發出的勇氣，足以壓下一切恐懼。

甚至，我願意為愛而犧牲，更何況，我只是一個了無牽掛的孤兒。

「文頤……妳千萬不要有事。」我望著窗外飛快的光影，喃喃地說著。

公路上的油污被暴雨沖起，計程車在時速一百公里下不時打滑，但司機似乎沒有絲毫慢駛的打算。我不曉得他是否在後照鏡裡發現了我的焦急，還是本身就是飆車一族，雖然一瞬間險象環生，但我仍是樂見此發展。

「再過前面的大轉彎，就到海濱公園了。」司機道。

我雖然沒有回答，但劇烈的心跳，加上愁眉深鎖的樣子還是引來司機的關注。我刻意別過頭，不與司機四目相交，而他也識趣地不再搭訕。

或許他會以為，這年頭的年輕人實在自以為是、傲慢得很，但其實，我只想收斂心神，為即將出現的惡戰做好準備。

「軋軋……」

計程車好不容易在高速打滑下停下，擋風玻璃前朦朧間映出一個四字石碑，正是「海濱公園」。我望望手錶，一點二十三分上車，一點四十八分到達，二十五分鐘的車程，比原定的三十分鐘車程還早，總算沒有誤時。

「不用找了。」我把二百元鈔票遞給司機，而那也是我這個月僅餘的零錢。

「這年頭的年輕人真豪氣，大叔不賺你的，明碼實價找回給你！」司機說話的時候，臉上的皺紋彷彿僵化般一動也不動。

我隨手接過鈔票準備下車之際，手指不經意地接觸到司機的掌心，突然心頭一震，不期然對眼前這位四十多歲的中年男人產生一點疑惑……

這男人手的皮膚怎麼那麼光滑？然而那一閃即逝的疑惑，隨著計程車開走便瞬間消散。我始終最掛念的，還是文頤的安危。

我轉身望著公園的大門，冒著大雨，拖著棒球棍一步一步前進，帶著恐懼的心向著未知的地域進發。

「文頤……等我，我就快來了！」

2

雨愈下愈大，風愈吹愈兇，公園四周的樹木在颱風外圍風速的影響下，被吹得左搖右擺。在殘黃的燈光下，驟眼看來我就似被一棵棵高大的樹妖圍在中心、不斷向我張牙舞爪地施壓，縱然我應該無所畏懼，但仍本能地感到雞皮疙瘩。

雖然如此，我已經沒有退路。為了愛、為了友情，更為了替姊姊討回公道，我一定要勇往直前。根據旖旎提供的資料所知，那組織的人就在公園中央的天幕廣場等她進行交易，而照記憶所及，天幕廣場後面就是海濱長廊，對面可以遠眺一望無際的南中國海。

在廣場兩側，分別是微型昆蟲博物館和迷你草叢迷宮。我還記得半年前，曾跟狄奇、文頤、旖旎三人一起在迷宮玩耍，當時文頤還跟我們失散了，嚇得我們急忙在迷宮內尋人。或許是緣分使然，最終還是讓我先找到文頤。

我還記得，當日緊緊把文頤一抱入懷的情景，很溫暖……尤其我情不自禁地輕吻了她額角的那一刻，我感到她的臉瞬間滾燙起來，紅紅的臉蛋煞是好看。可惜，一切都因展啟文的介入而煙消雲散。

嘿嘿……那傢伙的確可恨……如果我是你便殺了他！

「我可以嗎？」

只要你想，沒有什麼不可以……嘿……

「叔叔，我辦不到……」

孬種！

「不！我不是孬種！」

你是！嘿嘿……

「不不不！我不是！夠了……啊啊啊啊！」

每次想起那可惡的傢伙，那熟悉的回音便在腦海中不斷迴盪著。它令我感到憤怒，內心湧出足以吞噬一切的怒火……

不知是心裡有鬼還是什麼，自踏入海濱公園後，除了剛才一刻的怒火，我也隱約產生一種異樣的情緒，是置身黑暗所以不安？還是感覺背後被人狠狠盯上？

我不知道。

但走在平日熟悉不過的小徑上，發覺四周時空變得很慢很慢，慢到明明那道天幕已經觸手可及，但距離總是似遠還近。不可以，只剩下不到兩分鐘的時間，我一定要來得及趕到天幕廣場。

「呼呼……呼呼……快到了……」再跑過前面的燈柱，便到達天幕廣場的範圍。

四周的燈光依然一片昏暗，但我已適應了公園內的光線。愈接近廣場中央，我能勉強看到數個人影在前方晃動著，而其中一個身影還似曾相識。

難道是他？

沒看錯，真的是他！我認得他那個不知所謂的『雞冠頭』髮型。一想到他當日在樓梯間手握照片的淫邪笑容，一想到他就是當日逼死諾雅姊姊的「元兇」，我壓抑不了心裡的怒火，雙手緊握著棒球棍快步上前。

在我穿過廣場入口一對四不像的石雕時，心頭為之一震。原來剛才在晃動著的人影，是兩個穿著制服的公園保安巡邏員，但瞧他們的神情和一左一右不斷輕晃的動態，我不確定他們是否依然是「人」，看樣子更像一對翻白眼的扯線傀儡。

愈接近他們，更聞到一股死亡的腐爛氣味。我雖然怕得不斷抖震，腳也有點發麻，但仍鼓起勇氣越過兩條狀似「屍體」的東西，向著天幕下的元兇、今日約會的主人走近，因為我感覺得到，文頤就被脅持在前面。

一陣不安的訊息由大腦的神經末端傳至身軀各處，是我野獸般的本能反應，警示著「危險」將至……

很快！來得很快，左邊？右邊？我感覺危機來自四面八方，它的身影不斷轉換著。不！它不是一個，是兩個……

兩個交叉重疊的影像不斷在我身邊遊走，我本能地試圖用熟練的十字跳躍步逃出被圍堵的範圍，但無法，對方實在太快了。我感覺被迅速收窄活動範圍，而任憑我怎樣揮動著手中的棒球棍，連影像的衣角也沾不上。

「砰！」背脊傳來一下劇痛。

「啪啪！」在我準備轉身格擋時，左右兩邊臉頰已被摑了兩記耳光。

那無還手之力的恥辱感打亂了我的反擊節奏，令原本熟練的閃避步法也變得紊亂。終於，還來不及看到對手出招，右手虎口便傳來一下電極般的痛楚，手上的棒球棍便如斷線風箏般甩飛開來。

同一時間，我感到左右雙肩迎來一股強大的壓力，頃刻間，我已被人狠狠按壓在廣場前的石板地上不能動彈，待神智稍稍清醒過來之際，我發現剛才發動攻擊的人，竟然就是呆站在入口處的那兩個詭異保安。

究竟是怎麼一回事？我竟落得毫無還擊之力？

「你們究竟是誰？」我鼓起力氣喝道。

「救……救我……」一道微弱的女子聲音，從漆黑一片的天幕中傳出。

是文頤嗎？

我竭力地在黑暗中四處搜索，終於勉強在天幕下那張長椅上找到聲音的主人。遠遠看是一位個子不高的長髮女子，她一身格紋短裙的打扮加上那身形，隱約就是我要找的人——文頤。

「文頤！」我向著長椅那邊高聲呼叫著。

「救我！啊……不！不要啊……啊……」

真的是文頤？

一聲聲悽厲的叫聲，夾雜著衣衫被撕碎的聲響，不用看也知道眼前發生了什麼事。只見長椅那邊除了那「元兇」，還有兩個高大的黑影把狀似文頤的少女按在長椅上，然後肆意對她上下其手。

我想衝上前阻止，無奈身體被壓得動彈不了，廣場一瞬間充斥著三種叫聲、四種情緒……有絕望、有憤怒、有貪婪，更有嘲笑。

但怎樣也比不上我此刻的心痛。

「住手啊……我求求你們停止……不要再傷害她！」我哀求著。

但根本沒用，我愈是求饒，他們只是變得更加瘋狂，而原本不斷掙扎的文頤，在他們暴力摧殘下，呼救聲變得愈來愈微弱，廣場上只剩下我的怒吼和那兩個淫獸的淫聲浪語。

「很心痛嗎？沒辦法，老子這輩子最恨人不守諾言，旖旎那臭婊子不敢來，便唯有讓她的朋友代她受點苦吧！哈哈……這就是叛教的下場！」那站在一旁發號施令的「元兇」道。

「不！不要……」

但無論我如何聲嘶力竭地叫著，他們都沒有停下來的打算，反之更激起他們的獸性。我隱約看到他們掰開文頤雙腿，幹著下流而泯滅人性的勾當，直至椅上的她放棄掙扎……直至她連顫抖的力氣也消失殆盡，那淫獸才稍稍停下動作。

「她好像暈死過去了。」

「不……她好像被我們幹死了。」

「兩個禽獸！有膽你就放開我，我一定會殺死你們……我要把你們全都殺掉！」我的憤怒達至頂點，復仇的意識擴散全身，我感到四肢開始重拾觸感……

「她好像真的暈過去了，我們該怎麼做？」其中一個淫獸向著「元兇」問。

「你們喜歡怎樣便怎樣，玩膩了便送她一程，別令我們這位貴賓失望啊！我正等著看剩下的『好戲』，哈哈……」他所指的「貴賓」就是衝著我說的。

我的精神已幾近崩潰，只慌亂地說：「什麼送她一程？要看什麼好戲？你們究竟想怎樣，放了她……快放了她！我求求你……」我急得不斷地叩頭，血沿著眉心經過鼻梁分流而下。

我哀求著：「我求求你……放了她好嗎？嗚……」

「哈哈……小子，張大眼看清楚吧！」

「不！」

「嚓！」

3

一陣肌肉撕裂聲，霎時噴出的血花，一聲悽厲的哀叫，換來的是時間瞬間的停止。

我感到前所未有的心痛，是把一顆心磨成粉末的痛，眼前的影像愈來愈模糊，眼皮也變得很重很重，我感到一種源於憤怒的力量在滋生。

「怦怦……怦怦……怦怦……怦怦……」

心臟劇烈跳動的同時，空氣中慢慢滲透著濃烈的血腥味，是幻象還是什麼？我好像看到另一個自己站在跟前，是心痛得靈魂脫離了軀殼嗎？

接下來，我只知眼前的影像變得一片通紅，然後三十秒過去，該死的始終都要死。廣場下，只剩下兩個對峙的身影，以及一個垂死地癱軟在長椅上的軀殼。

「怦怦……怦怦……怦怦……怦怦……」

「啪嘞！」

「啊啊……嗄……啊啊……」我喘著氣看著面前躺著的四具屍體，手中還執著剛扳斷的一條前臂。

「喀嘞！」輕輕用力，那條不中用的前臂粉碎了。

「哈哈……」

「嗄……啊啊……究竟……究竟發生什麼事？」我惘然地問。

「幹得好，你果然沒令我失望。」

那「元兕」仍舊在說著一堆我完全聽不懂的說話，但我沒有理會，只神智不清地拖著四肢發軟的身體，一拐一拐地走近天幕裡已失去氣息的那個「她」——文頤旁邊。

剛過去的三十秒，我無法用文字形容發生了什麼事，我甚至不確定自己有沒有機會去知悉真相，只知剛才在盛怒中，我失去知覺……不！不全是失去知覺，我確定自己可能還有知覺，只是靈魂暫時脫離了軀體。

待我清醒過來後，發現剛才把我按在地上的兩個保安，已被扭作一團不能稱之為「屍體」的東西，勉強只看到一顆頭顱陷入一團肉泥中。而我，不知何時已站在距離天幕五步之遙的空地上。

但有一點我可以確定，那兩個污辱文頤的淫獸已從人間蒸發。雖然我對於是否是自己親手手刃他們一事仍然存疑，但不重要，看著他們被大卸八塊的慘狀，縱忍不住噁心的感覺，仍有種絲絲的快感。

「文頤……」我沒有理會那個狗娘養的「元兇」，只衝上前、奔向長椅上滿身鮮血的文頤。

我無法抑壓內心的悲慟，從肌膚傳來冰凍的觸感，我知道眼前的文頤一定活不成，而她……她更死不瞑目，像諾雅姊姊一樣死不瞑目！

我仍舊試圖以雙手按壓著文頤那胸腔下直徑四吋的傷口，阻止鮮血再溢出體外，或者，是潛意識以為這樣可以救回已失去靈魂的文頤，但一切也是徒然，只要看到散滿一地的內臟和血塊，任誰也知道這只是自欺欺人的舉動。

「老天爺為什麼這般殘忍？文頤是無辜的，她心地善良，愛惜自己，更沒有出賣自己的身體，為什麼要遭遇此劫？為什麼？告訴我為什麼！」我吼叫著。

「轟隆！」一道閃電夾雜著一聲雷響，把原本漆黑一片的天幕照得通亮。就在這刻，我發現文頤傷口附近隱約出現一個圖案。

我用指頭掃過那凹凸不平的圖案，很熟悉……那角度……那線條……難道是……不可能的！文頤不可能幹那勾當！

同一時間，我發現眼前的「文頤」那被掀起的短裙下，大腿有道長長的手術疤痕。不……她不是文頤，印象中文頤根本沒做過這類型手術，半個月前大伙兒去游泳時，我見過穿著比基尼的文頤沒有這道疤痕的。

她是誰？會什麼跟文頤長得一模一樣？

「哈哈……終於發現了嗎？」那狗娘養的開口道。

「你在玩什麼把戲？」我站起身來握著拳頭走向他。

「我說過要看一齣『好戲』，剛才很精彩啊！哈哈……」

「很好玩嗎？」我怒視他。

「哈……對！」

「甚至犧牲自己的同伴也在所不惜？」我與他只剩下十步距離。

「錯！」

八步。

「錯什麼？」我問。

「哈哈……他們根本不配做我的同伴。」他輕笑著。

六步。

「為什麼？」我再問。

「因為已死的人只是一件工具，我從來不需要任何手下，哈哈……」他終於把手伸出褲袋之外，隱約看到是一雙與身體比例不相襯的手，一雙粗糙而碩大的手。

四步，足夠的距離，停步。

「諾雅姊姊是你殺的嗎？」我狠狠地盯著他。

「怎麼說呢，可以說是，也可以說不是。」

他輕蔑的語氣令我怒火上升，只見他續道：「哈哈……小伙子，我不妨告訴你一個祕密，說到殺人，這可是一種藝術，我不需要假手於人，更從來不需要出手殺人。我只要一個眼神，一句話，就可以令人乖乖獻出生命，包括你！」

「是嗎？」說完，我一個箭步衝上前，把早已準備好的小刀刀刃朝那狗娘養的喉嚨處插去，但他竟然不閃不避，任由那刀鋒直沒入肉，臉上還流露出詭異的笑容。

「咯咯！」

那傢伙的喉頭肌肉彷彿有生命力般吞噬了整把小刀，在我驚疑未定之際，他那雙暴凸青筋的手，以迅雷不及掩耳的速度反扣住我的喉頭，然後把我高高舉起。

「你不是人……」我感到吸的氣少呼出的更多，快要窒息之下只感天旋地轉。

「你又錯了！哈哈……我是人，是比你擁有更強力量的人！」他猙獰地笑著。

在我快失去知覺之際，腦海裡閃過一道人影，是文頤。對了！文頤還未安全，我不能就此放棄。

我用盡僅餘的力氣抓著他的一雙前臂，勉強斷斷續續地吐出話：「咳咳……你……你抓了那女……咳咳咳……那女孩去哪裡？」

「哈哈……將死之人根本不配知道答案。」

「喀嘞！」我感到喉頭快裂開去，同時，一道聲音在耳邊響起，是一直跟我在夢境裡對話的叔叔。

你甘心做孬種？甘心被人看不起嗎？

「不！」我內心吼叫著。

來……用我教你的力量去解除束縛吧，他只有一雙手，而你……擁有一顆完整的心！

「咳咳……但我可以怎麼做？」

突然，心臟猛烈跳動起來，意識又陷入一片凌亂，那片紅……一片通紅的幻象再次出現，我感到身體有種洶湧澎湃的力量急速湧現，有種蓄勢待發的感覺。

「吱吱吱……」那狗娘養的一雙手在冒煙……不！是……是我的雙手在冒煙，我感到一股炙熱感從心臟傳至手指之間。

在我仍在驚疑間，眼前的他又再次突變。面對我突如其來的力量，他的一雙前臂滲出耀眼的綠光，然後手臂上的皮膚慢慢結出一種紋理，是蛇皮，而更恐怖的是，那蛇皮慢慢擴散至他的全身。數秒間，他彷彿在蛻變一樣，外表從原本的人形狀態，變為半人半蛇的怪物形態，活像諾雅姊姊曾跟我說過中國古籍《山海經》內記載的怪物。

我感到他的力量在剎那間倍增，同時間，他的一雙眼睛散發出懾人的光芒。雖然我已經闔上了眼，但那光還是穿透過我的眼皮，直達我的瞳孔、水晶體，再折射在我的視網膜上。

「啊……」好痛苦，一段段回憶在腦海中浮現、倒帶……不！我感到彷彿被人在掃描著大腦般。

「就是這段……沒錯，就如長老說的一樣，果然是這小子。嗯……這力量雖然很強，但仍很稚嫩，還未是時候……」他喃喃地說。

「你……你胡說些什麼？文頤在哪裡？快……告訴我……」

我失陷於混亂意識當中，絕望，而且感到無力自救。

「砰！」一聲清脆的槍聲在那傢伙背後響起。

或許是命不該絕，模糊間只見那閃著綠光的手，被炸出了一個還冒著煙的血洞，而我也被瞬間彈倒在長椅，壓在血跡逐漸凝固的文頤身上。我感到全身骨骼彷彿盡斷，已無力再爬起來參與戰鬥。

我還記得，在昏倒前，朦朧中我看見站在那傢伙背後、持著槍的人的模樣。

「是他？他原來是個女的……」

接著，我便闔上眼不省人事。

後來才知道，那個易容的「她」原來與我早有淵源。

四十四・邪教〔童諾生〕

1

孬種！

「夠了……」

你不是孬種是什麼？連自己也保護不了，還妄想去學人英雄救美？告訴我！你憑什麼？

「……」

你姊姊是你害死的，你這凶星、孬種！

「不……」

莊文頤、旖旎那兩個臭婊子統統都是被你害死的！你這個沒用的孬種！嘿嘿……

「不！我沒有……我不是孬種，不要再叫我孬種了……我不是……我沒有害死姊姊，文頤、旖旎都不是我害死的，我有盡力去救她們，甚至豁出性命去跟那傢伙拚命，但他實在太強……太強了！」

我抱著頭在黑暗中瑟縮一角地說。

那傢伙這種程度也叫做強？呸！張開你的雙眼，看看我賦予你一顆心的力量，你與我血脈相連，輸給這樣的傢伙，我都感到恥辱！

「不……不要逼我……」我感到雙手開始發燙。

啊……諾生……

「是諾雅姊姊？」

嗚……救……救我……

「文頤？妳在哪裡？文頤……」

不……不要過來……啊！

「是旖旎？發生什麼事？停……住手啊！不要傷害她們……不要！妳們在哪裡？這裡漆黑一片，我看不見妳們，夠了……不要……不要啊……」

嘿嘿……嘿……感到哀痛嗎？釋放吧！盡情傷心，盡情憤怒，將不安、焦急化作力量……來！讓我來幫你……嘿嘿……這樣你就不再是孬種了！

「夠……夠了。」

頭痛如雷的感覺再次湧現，我痛得離魂般蜷縮著身體在地上不斷抖震，與此同時，原本只在雙手蘊釀的火炙感蔓延全身，我瘋狂地抓著地面不斷嚎叫，甚至十指指頭都被磨至出血。

突然間，在意識中那通紅的幻象再次出現，我聽到急促的絲絲喘氣聲，是來自一男一女，很討厭……我討厭那些淫聲浪語。

「噢——」

討厭啊！

朦朧間，我看到前方一個健碩的身影，他背後紋有一個張牙舞爪的惡佛圖案，很邪惡、很邪門，在紋身圖案下，還有一道道怵目驚心的疤痕，有刀傷、有槍孔……對！是他，他就是那淫聲浪語的源頭。

我開始看清楚，他不停地搖晃著下肢，雖然他碩大的身影阻擋著我的視線，但我仍能從他身後那雙撐得高高的纖纖玉腿知道，他正進行那淫穢的勾當。

那討厭的呻吟聲響遍整個空間，而那陣陣的回音衝擊著我的思緒，同時諾雅姊姊的身影再次出現眼前，她垂下頭一臉悲苦，對……諾雅姊姊就是被你這種人摧毀一生的！

「殺……殺殺殺殺！你們都該死，犯下『不貞潔』的原罪都該死！」

我無法控制自己，雙手不斷亂揮亂抓，眼前的影像變得愈來愈鮮紅，空氣中滲透著濃烈的血腥味，還有散發自內心無法形容的快感。那一下又一下扳斷骨骼的聲音，那殺豬般的悽厲喊聲，我首次享受到擁有力量的興奮，殺殺殺……那管他紋著什麼惡佛，犯下原罪的就算是神佛也難以保你！

「怦怦……怦怦……怦怦……」我的心臟劇烈地跳動，但還沒結束。

對！還有她，那個赤裸下身的淫蕩女子。

「妳不要用楚楚可憐的目光望著我，好逸惡勞、出賣肉體的都不是好東西……就因為有妳們的存在才有嫖客，諾雅姊姊就是被你們間接害死的！」

語畢，紅光晃動。

「喀嘞！」血花噴滿一地，一塊溫暖的東西被我扯出，然後，僅餘的生命氣息在這空間消失殆盡。

「果然不是好東西！」

我隨手拋下還有輕微顫動反應的肝臟，而地上兩具不似人形的屍體，也隨著鮮紅的幻象褪去而逐漸消失，霎時間，我感到內心有點空虛，有點惘然若失。

嘿嘿……幹得好！

我開始討厭這個自小陪我成長的聲音。

嘿……好好記住這感覺，第一次也是最難忘的，慢慢你便會習慣，嘿嘿……

習慣？習慣什麼？不，我不要！

嘿嘿……蛇神萬歲！

什麼蛇神？我循著聲音的源頭處望，突然一陣青綠色的幽暗火焰出現，隱約透出一尊詭異的巨型雕像……那是什麼？很眼熟，好像在什麼地方看過……那圖紋……是蛇皮，難道是……？

那綠色的火焰漸漸被蛇皮神像吸收，然後在神像底下暗透出一陣陣暗綠色的光芒。我終於看清楚它的真身，它不是蛇……而是一尊披著蛇皮的人型神像，而祂高舉的掌心還刻著一個圖案，是……是展啟文曾向我展示的「六芒星」！

我究竟身處在什麼地方，剛才聽到的、看到的又可是幻象？但如果是幻象，為什麼那觸感這麼真實？

在我狐疑間，一束綠光自眼前神像掌心中的那道「六芒星」射出，我無法躲避，更無法抵抗，只見它穿透過我的一雙手掌，一陣刀割的劇痛感充斥著神經末端，我痛得雙眼翻白。

「啊……」一聲震耳欲聾的慘叫聲下，我眼前一黑，再次昏死過去。

剩下的，只有那討厭的笑聲在此空間繼續迴盪著，而命運，正在我渾然不知的情況下蛻變著……

嘿嘿……嘿嘿……嘿嘿……

2

颱風森姆的風眼已經遠離香港，轉了彎直吹去福建沿岸。這場颱風沒有帶來太大的災情，我是指沒有爆出新鮮滾熱辣的社會問題，至於位於大嶼山的大澳仍然變成了澤國，而旺角、上環等鬧市被雨水瘀塞的大街仍舊可供市民暢泳。

香港始終是香港，人在變、天在變，特區政府處事應急的能力永遠一成不變，一個字——「慢」。

話說回來，很好奇我怎麼會這麼悠閒跟大家討論颱風消息嗎？難道剛才發生的種種都只是一場惡夢？

我不知道，甚至現在我身在何處、昏睡了多久，這些我連一點記憶也沒有，只知道昨日一覺醒來，便身處在這間豪華的「囚室」裡。

要說這裡是一間「囚室」還真有點矛盾，放眼所見的，是四十二吋液晶電視、軟綿綿雙人大床、二十四小時恆溫空調，還有牙膏、牙刷等一切完備的梳洗清潔用品，乍看還以為自己身處五星級飯店的貴賓房。

若不是還有一扇從外面加上鐵欄的四乘四吋氣窗，以及無論如何推敲也無法找到的大門，我斷不會相信自己已經失陷被囚禁起來，當然，有關颱風森姆的消息還是從房內那大電視裡看到的。

雖然與世隔絕，但從電視新聞中得知，外面的世界已經掀起一陣恐慌，一切都從諾雅姊姊的死開始，而發展至今，已有超過三十位女性慘遭虐殺。遇害的對象從原來的妓女，到後來沒有特定的身分，學生、護理師、教師、辦公室職員，甚至普通家庭主婦也有，年齡由十四歲到四十五歲不等。

兇案發生至今沒有人證，更沒有物證，連指紋、DNA、衣物纖維等賴以鑑證的東西都全數找不著，兇手彷彿就像一頭來無影去無蹤的魔鬼。

最令人震驚的是，前天發生的一宗命案，竟牽涉譽滿華文界的愛情小說天王級作家亞倫。弔詭的是，一日後，即今天早上，亞倫被發現死在警局的拘留室，據說是被人槍殺，而涉案的警員也當場死亡。

坊間社會的輿論愈炒愈烈，警方更懸賞超過一百萬港幣追緝兇徒，但只有我最清楚，一切都是徒然。我清楚知道，如果我經歷的不是幻覺，如果這世界存在一種超越人類認知的力量，任憑有多少金錢、多少槍炮，都不可能把兇案的元兇緝捕歸案。

那怕是那個看似精明能幹又惹人厭的展啟文，他始終也是人，我相信他面對擁有一雙綠色怪手的「雞冠頭」，也只有待宰的份。雖然如此，我內心仍有一種盼望，希望展啟文可以找到這裡，替我救出文頤。

我知道海濱公園那個替身不是文頤，文頤一定也被抓到了這裡，不知怎地，我能感覺得到她的氣息就在我附近。而自從我甦醒之後，便發覺自己可以感覺到不同人的氣息，更可以鎖定認識的人的位置。這種難以言喻的感覺很奇怪，一切力量的根源，好像就來自這雙還在微微發燙的手。

就好像現在，很奇怪……我竟感到有人靠近。

「嘟！」原本密封的一道鋼牆逐步分解，站在牆外的是一位穿著背心加超短迷你裙的女郎，她就是每天早上給我送餐的人。

面對分崩瓦解的鋼牆，我沒有絲毫衝出去的衝動，因為這面看似消失了的牆，其實存在著一種不知名的能量。我曾經嘗試闖關，然而非但不能如願，還被電得死去活來，若不是那女郎好心把我推回去，相信我早已化為一堆焦炭。

至於那個女郎的能耐，我觀察了很久，發現她不是有什麼特異功能或超級力量，她能夠不被電擊的關鍵，在於手上戴著的一對紅色手套。我相信手套一定是由某種特殊物料製成，得以阻隔那不知名的能量。

但我沒有搶奪的意圖，因為單靠那一對手套，我也絕不可能離開這間「囚室」，而這點相信囚禁我的人比我更清楚。

雖然如此，但我仍然從那女郎身上確認了一個祕密，就是囚禁我的人，應該就是她大腿上「六芒星」紋身的主人。換句話說，被擄走的文頤，果然與我囚禁在同一個地方裡。

現在我可以做的，就只有等。雖然等待最磨人，但直覺告訴我，我身上一定有他們想要的東西，否則，在海濱公園一役他們大可殺了我，何必再多費工夫把我擄回這裡。

一想到海濱公園，腦海便閃過暈倒前看到的一張臉孔。怎麼會是她？莫非人真的可以長得如此相似……但她不是物理治療師嗎？怎麼會易容出現……

在我陷入沉思時，那女郎已經放下早餐、沿著走廊通道離開，奇怪的是，她並沒有像往常般把鋼牆重新組合，反讓它保持透明狀態，似乎是別有用心。

「噠噠噠……噠噠噠……噠噠噠……」果然，走廊的另一方傳來一陣熟悉的腳步聲，是那雙皮鞋的主人。

「小子，這裡的早餐美味吧！是米其林四星級大廚烹調的呢，哈哈。」那傢伙的樣子仍是那樣討厭，頭上的「雞冠」依舊梳得浮誇。

「少吹牛！」我不客氣地吃著那份法式早餐。

「也不怪你不相信，我們的教派信徒遍布世界，別說米其林四星級大廚，甚至一些國家元首也是我們的祕密信徒。對了……忘記介紹自己，我是『奎扎科特爾』教派的七護法之一，人稱『鬼手傑克』就是我。」

「什麼『奎扎科特爾』教派？什麼鬼護法？不知道你在說什麼！」

「哈哈，你還年輕，『奎扎科特爾』這個名字對你來說可能有點陌生，但那『末日蛇教』應該多少有所聽聞吧！」他一邊說，一邊背向我，把手放在對面的鋼牆上。

同樣是「嘟」的一聲，對面的鋼牆再次分崩瓦解，不同的是，這個傑克並不需要穿上什麼特製保護衣，便直接穿過貫滿電流的透明牆壁，還一點傷痕也沒有。

接著，他搬了一張椅子，坐在與我面對面的位子，好整以暇地露出詭異笑容。

我沒有深思他的舉動，只不斷翻著腦海中的記憶。印象中「末日蛇教」這名字很耳熟，我在哪裡聽過關於這教派的東西？

「蛇教……末日……莫非與數年前，那宗轟動一時的連環肢解案有關？」

他把手插入褲袋似乎在找什麼，然後聞言笑道：「看來有點眉目了，哈哈……」

「你就是當時那犯罪組織的同黨？」我吃驚地問。

記憶中，數年前香港肆虐一群打著「二〇一二年世界末日」旗號的教徒，他們不斷鼓吹「馬雅人的末日傳說」，更廣收信徒。其後，他們不知怎地涉入一連串的恐怖肢解案中，最終被警察一網打盡。一眾主腦被判監之外，其餘信徒均被逮補出境，而當時帶隊破案的，好像是有「極惡刑警」之稱的警隊神探。

之後，國際刑警更發現他們的教派竟設有病毒武器實驗室，最終在多國的協力下，終於徹底瓦解其恐怖計劃。而我之所以對這案件有深刻印象，還要多虧當時上莫神父的課程要做一個專題報告，最後狄奇建議研究這樁案件，所以才記得一二。

現在看來，這個什麼「末日蛇教」原來死灰復燃……不！或許他們根本從未被根絕，只是靜待一個星火燎原的機會，讓他們再一次壯大。

「哈哈……聰明，全對了！」

「什麼？」

「雖然你沒說出口，但你所想的，我能同步讀取得到。」傑克用手指指著他的腦袋笑道。

難道這傢伙懂得讀心術？

「錯！讀心術這種低層次的能力，只配低等人類擁有，蛇神給我的，哈哈……是擁有透視一切的能力。哈哈……」語畢，他從褲袋拿出一條黏稠的東西放進嘴裡。

我的媽！是一隻斷指。

「你剛才腦海中閃過的那個『極惡刑警』，他真的挺麻煩……被弄得家散人亡、親友盡喪後，還死咬著我們不放，煩煩煩……他媽的！若不是要回收那雙手，我早就在兩年前的倫敦地下鐵內把他炸個稀巴爛……」他自言自語地說著。

我強忍著噁心感，怒道：「我那管你什麼蛇教、蟲教，你抓我來這裡究竟有什麼陰謀？還有，你把我的朋友藏在哪裡？」

「又錯了！誰說我只抓了你一個朋友？哈哈……你看吧。」

大電視的螢幕一轉，變為四格畫中畫的影像，左上方的一格顯示著我的房間，當中的主角當然是我。而左下方瑟縮牆角的長髮女子，看她的服飾應該是文頤，看見她暫時無礙，心頭不禁一寬。

接下來我抬頭望向右上方的一格，那裡的燈光幽暗，不似是我身處的這種房間，乍看之下是間放滿刑具的刑房。突然一盞大燈射向前方，我看見一個披頭散髮、衣衫不整的女子，被十字形地吊在鋼架上，影像雖然模糊，但仍看得出身上滿布一條條血紅色的恐怖傷痕。

「是旖旎？你們對旖旎做了什麼？放了她！」我激動地忘了那電流的可怕，只像隻蠻牛般地撞上去，最終當然被電得死去活來。

「哈哈……別激動，還沒結束呢，給我用心看下去吧！哈哈……」

我忍著痛楚，勉強抬起頭望向電視右下方，發現那裡同樣是一間刑房，不同的是，那裡面設置了一個大水池，池中正倒吊著一個身形魁梧、赤裸上身的男人，而那人正竭力掙扎著。

十秒過後，吊架緩緩升起，令人驚訝的是，那男人不是別人，是曾跟我在擂台上決鬥的灰狼。

他竟然同樣失陷在這裡，最令我吃驚的是，灰狼身上還殘留著十數道新添的傷痕，那些傷痕還滲著鮮血，部分傷口更被胡亂縫上手術線，那恐怖模樣令我不禁起滿雞皮疙瘩。

「你究竟想怎樣？為什麼把我的朋友抓來這裡？這裡究竟是什麼地方？你們究竟想怎樣……」

「你這個問題很難回答，哈哈……但簡而言之，一切都是你一手造成的。」

我驚愕地說：「我一手造成的？」

「對！就是因為你好管閒事，原本那個旖旎好端端地替我們教派援交賺錢，各取所需，而她賺的錢又可以滿足其虛榮感、炫耀心，沒什麼不妥啊。哈哈……你知道嗎，要培育一個援交少女多困難，不單單要花錢去改造她，更要長時間去改造思想。但因為你，她背叛組織，背叛蛇神，若不是當時還有點利用價值，早就命人直接抓她回來再改造了，哈……」

「你……」

傑克站起來，正眼也沒瞧我地說：「至於那個大塊頭，怪只怪他自己倒楣吧！哈哈……好管閒事又不自量力，還想學人英雄救美。不過話說回來，我好奇地掃過他的腦袋，發現原來有人愛上了那個臭婊子，怪不得當我派人抓她回來時，這小子竟然不要命地保護她。」

傑克吐出一隻灰色指甲，續道：「哈哈……我見他情深義重，就大發慈悲一起抓他回來，好讓他們做對同命鴛鴦，哈哈……我最喜歡看『好戲』，哈哈……」

又有什麼好戲？這變態的究竟在想什麼？

「那文頤呢？她根本什麼都不知道，她是無辜的，你要抓的人是我，對不對？我求你放了她好嗎！」

傑克冷笑一聲，再從褲袋拿出兩隻塗上紅色指甲油的斷指，放在嘴前用舌頭輕輕舔著，道：「你既然知道我是利用她引你落單，為什麼仍要前來赴會？」

「我原本不知道的，但更深一層想，既然你沒有把我當場殺死，抓住我後又沒有施加酷刑，就算再傻也猜得到，我才是你最終的獵物。但唯一不明白的是，以你的能力，要抓我根本不需這麼大費周張，除非你另有所圖……」

傑克臉色一沉，盯著我道：「別以為自己很聰明，想套我的話，你還未夠資格。」

「咔！」一下清脆的手指骨折聲後，傑克一邊咀嚼口裡的斷指，一邊再問：「你還未回答我問題，為什麼膽敢赴約？」

「因為愛！不過說出來你也不會明白，怪物和人的思想始終有段距離。」

原以為傑克聽著我的話會氣得大發雷霆，殊不知他竟沒有反駁，只低下頭若有所思。或許，他根本沒把我的話聽進耳裡。

然後，沉默的對峙氣氛維持數分鐘，只見傑克慢條斯理地走近玻璃牆，然後穿透而出，再用相同的手法重組鋼牆，然後望向我道：「那小妹妹會不會遭遇不測，又或者被訓練為另一個援交少女，就要看你的造化。」

聽著傑克所言我暗暗吃驚，連忙道：「你想對文頤做什麼？什麼造化？快放了我的朋友，我已經通知了警方，他們很快就會來到這裡！」

「哈哈……你說那個金髮刑警嗎？」傑克望望吊在胸口的懷錶，續道：「一個意亂情迷下殺了大作家的人，我想他現在自身也難保了吧，哈哈……」

難道連警方也對付不了他們？等等……若展啟文出了事，那趕去通知警方的狄奇……

「不過話說回來，那個女的也挺厲害，除了功夫了得，她手上的槍似乎有點邪門。下次再讓我遇到她，一定要將她活抓來這裡操他媽的三百個回合，哈哈……瞧她那豐滿的身材呢，稍加訓練一定是生財好工具，哈哈……」只見傑克舉起他的右手舔了舔，明顯看到掌心多了個燒焦的恐怖黑洞。

傑克口中的「她」，應該就是剛才說過的物理治療師，即是跟灰狼決鬥受傷後、曾照顧我數個月的翟醫師。那晚雖然下著滂沱大雨，再加上被擊暈前只短暫看到她的輪廓，但毫無疑問，「她」就是翟靜醫師。

最令人不解的是，為什麼她會易容扮成計程車司機，然後不動聲色地跟蹤我到海濱公園？而她當晚的表現也有別於平日溫婉的舉止，她究竟是什麼人？難道她有雙重身分？

若真的如此……她是不是早有預謀地接近我？但她的確懂得物理治療還醫好了我的傷處……會不會是雙生姊妹？還是長相相似而已？

我突然覺得自己好像一隻籠中獸，被眾多藏在暗處的獵人團團圍住。一股涼意湧上心頭，我開始發覺近月發生的事不是冥冥中的巧合。而從姊姊的離奇死亡開始，我已不自覺被放進死亡遊戲當中，不由自主、被人玩弄於股掌。

「對了！哈哈……看在我們相識一場，我就送兩份大禮給你。」

在我狐疑間，傑克走到隔壁的房間，然後背著我好像在按什麼按鈕，只聽到「嘟嘟嘟嘟嘟」五聲高低不一的聲響。不到五秒後，地面傳來一下震動，約莫十數秒時間過後，震動停止。

只見傑克流露一臉滿意的笑容向我走近，接著再傳出「嘟」的一聲，原本分隔這裡和隔壁房間的一道牆再次分解，而傑克口中第一份大禮終於顯露在我眼前——

是渾身血跡的「灰狼」，他被數條鐵鍊鎖在一個鋼柱上。

我沒有理會傑克打什麼鬼主意，連忙跑向灰狼那裡，再用手探一探他的氣息。

「哈哈……放心吧！他死不了的，還有一場好戲正等著他呢。你們慢慢談吧！晚一點再送你一份大禮，哈哈哈……」

傑克轉身就走，空氣中遺留下令人討厭的恥笑回音，以及來自灰狼的微弱痛苦呻吟聲。我默默怒視著傑克的背影，同時間，掌心不自覺浮現一個炙熱圖紋。

四十五・任務〔傑克〕

1

十分鐘後，童諾生被囚禁的祕密基地內。

在眾多密室中的其中一間房間，內裡的設置與眾不同，因為這裡並不是囚室，似是一間放滿實驗用品，包括一罐罐不同顏色化學液體的實驗室。

同時也是裝有先進電子器材、巨型電視螢幕的監控室。

房裡坐了一個人，一個剛從囚禁童諾生那囚室回來的男人。那梳著一頭狂野雞冠髮型的男人，混身皮膚白皙得令人毛骨悚然，因為在那白皙皮膚的表層上，竟透出若隱若現的蛇皮狀網紋。而他那對手的十指，不止又長又細、比例上顯得畸形，指甲更尖得有如開信刀的刀刃一樣鋒利。

是名符其實的「鬼手」。

而他也樂得拋掉原來「開膛手」的外號，索性就將「鬼手」配上他的名字，「鬼手傑克」變成為令國際反恐組織聞風喪膽的奸邪名號。坊間流傳，遇上「鬼手傑克」，並不止是遇上死神這麼簡單。他總與一連串恐怖殘殺案有關，問題是，你會是他血腥的「藝術傑作」，死前遭遇極度恐懼和痛苦，而且他認定你要做他犯案的目擊證人，教你終其一生都活在殘虐影像下，生不如死。

但無論如何，你也不禁要佩服他，他不僅是一名頂級的變態殺手，更是個求知慾非常強的邪教護法。他既是奎扎科特爾教派中的病毒專家，更是比擬國際級的解剖專家。

「鬼手傑克」，他更曾在執行一次阿爾瑪交託的穿越時空任務中，在英國犯罪歷史上留下一個著名的惡作劇，為英國帶來至今仍懸而未破的妓女連環殘殺案件，令他自鳴得意地曾經以「開膛手」為外號。

沒錯，他就是英國犯罪史上最惡名昭彰的殺手——「開膛手傑克」的真身，那個五個月內在倫敦東區白教堂一帶神出鬼沒，以極變態殘忍的手法殺害至少五名妓女的兇手。只因他一時的興起，為當時的英國掀起一陣極度的恐慌，但他樂在其中，更一次又一次為炫耀他的解剖藝術，不理受害者遭遇的極級痛楚，肆意以他那鋒利無比的十指強行剖開、切割，再堆組出一次比一次血腥的「作品」。

更多時候，那些死者是親眼目睹自己如何從一具人形軀體，變成傑克心目中的藝術品。傑克是有意的，更喜歡跟死神比賽。他經常自豪連死神勾魂也不及他進行活體解剖得快，他總可以在死者腦幹意識未死、甚至還存有痛感的情況下完成他的傑作。

但任何事都有結束的一日。

最終，在西元一八八八年十一月的某一天，他在一次行兇得到最大的滿足感後，選擇在一片濃霧中離開那個原本就不屬於他的時代，只留下迴盪在大氣中刺耳又令人雞皮疙瘩的尖笑聲，還有一則犯罪史上的傳說和一個神祕的殺人犯名號。

曾有文獻記載，在他消失不久後，有人在愛丁堡的街頭再次遇上了他，又有人說，他再次出現在倫敦街頭犯案。但一切都是個謎，唯一可以確定的是，傑克自此之後瘋狂迷戀堆組「藝術品」，更把它視為殺人後的例行動作。

而這個昔日叫「開膛手傑克」，今日叫「鬼手傑克」的男人，此刻就坐在控制室內，對他的獵物若有所思，更盤算著更有趣的惡作劇。

即是他眼中的「好戲」。

▼

「咔！」

哈……咬碎指骨的聲音依舊是這麼百聽不厭。

離開剛才那囚室，回到這間散發著我最喜歡的消毒藥水氣的控制室，我一屁股坐在這房唯一的一張皮椅上，雙眼就沒有一刻離開過眼前一分為四格的電視螢幕，我盯著的，是那個叫童諾生的小子。

我很好奇，嘿嘿……

我的確好奇這個乳臭未乾的小子有什麼特別？竟可以得到大姊阿爾瑪的垂青，讓我來執行這趟觀察任務……

「咔──」口袋裡最後一根塗上紫色指甲油的手指被我噬掉後，我轉身伸手進那個茶色的玻璃瓶，隨手抓起五、六根斷指放在身旁的解剖檯上，然後繼續專注看著電視螢幕裡的童諾生。

幸好，哈哈……我傑克就是不守規矩，大姊叫我觀察，我就偏要搞怪，這是只有我傑克才想得到的一石二鳥計劃啊，嘿嘿。

那枚棋子，就是那小子的姊姊。

那個叫童諾雅的臭婊子背叛組織本就該死，但死嘛，也要死得好玩，哈哈……死得有價值。既然她是這小子的姊姊，我又何妨拉那個小子入局，讓阿爾瑪交代的任務加快完成。

我拍著頭上的雞冠髮型，壓抑著心頭湧起的一陣鬱悶不快，喃喃自語：「不要浪費人生，我的人生不是為了觀察你而存在的。」

我邊咀嚼與剛才口感不同的白滑尾指，邊站起來來回踱步。「不可以這麼簡單的……咔！不夠好玩。」

此時，身後的鋼門突然自動開啟，我知道是誰。

「傑克大人，我來送餐的。」她是唯一可以自由進出這房間的人，既是我的僕人，也是我的實驗品，更是我思考陷入瓶頸時的——性奴。

「來！」

我一手拉著剛放下餐盤的她，再按下她的頭至我的胯下，要她立即跪在我的面前服侍我的老二。我要盡快爽一下，我要靈感，吼——兩份大禮不夠，我一定要想多一個可以整治這小子的惡作劇點子！

「嗚……」

「啊啊……啊啊……哈……快點，啊啊……出力點……」

「嗚——嗚——」

聽著她快要窒息的氣息，我感覺快要到達高潮。

「啊啊——啊——」進入忘我境界之時，我那對牢牢地抓著她頭顱的鬼手，皮膚漸漸滲透出碧綠色的光芒。我望著電視螢幕左上角那小子之餘，再瞟了胯下的她一眼，突然靈光一閃，我笑了。

我真是天才，竟然讓我想到這個方法，去整治那個看似十分純情的小子。

我雙手分抓著這婊子的兩側太陽穴，在快速前後移動頭顱之際，鼓起一對鬼手的邪能，哪管她痛苦到極點的表情，我想到的，就要立即做！

「植入靈魂這玩意，沒人比妳這容器更適合了，」我加大邪能，情緒亢奮到頂點：「是三十二？還是三十七？罷了，多一個妳也可以，啊啊……快了，快了……啊啊……啊——」

射了！

「嗚……」

同時，成功植入了！

「哈哈……真爽，妳這臭婊子，我無法不愛死妳，哈哈……」我抹掉她嘴角溢出的液體，含笑地親吻著她的額角。

毫不理會她痴迷的笑容下，那眼角流出的一滴眼淚。

2

爽爆！呼──

哈哈……「植入」，是我的專利。

「咔！」

嚴格來說，「植入」應該是自從我擁有這對鬼手以後，隨之異變的身體所得到的專利異能。

哈，教派內的信徒，都只知道我擁有「植入屍化病毒」的能力，原因無他，因為我喜歡折磨人。看著我的獵物被植入屍化病毒後漸漸被剝奪人性、變得嗜血，那種隨手拈來的快感，廉價得很。尤其是那些總喜歡站在道德高地、自命正義之士，我就最喜歡拿他們作玩樂對象。

但我傑克並不是這麼簡單，如果就只有屍化病毒這種把戲，我就沒可能活得這麼久，一定在早早以前就悶得自虐死掉。

「植入屍化病毒」只是皮毛，我真正的異能，其實是「植入靈魂」，哈哈……嚇一跳嗎？你沒聽錯，是「靈魂」，真的是「靈魂」！「靈魂」怎麼可以植入？原理是如何？你問我我也不知道，但只要我想，我就可以透過這對碧綠鬼手的異能，把任何一個靈魂放入目標的肉體內。

不需任何儀式。

又或者說，儀式任我而定。

矛盾？隨你喜歡怎麼說吧！

我是鍾情用做愛的方式，以高潮洩射的一刻當作「植入靈魂」的儀式，夠爽了吧，也只有我傑克才想到這個一舉兩得的爽技。

哈哈，很難理解？那……讓我想想，我嘗試找個簡單的詞語讓你理解……

啊！想到了，你就當「植入靈魂」就是「植入性格」吧，雖然，當中有些許不同，但……該怎麼說……媽的！夠了，不要再問我，我傑克最怕就是解釋。

「咔……嘔——是臭的。」我目不轉睛地盯著面前的電視螢幕之餘，嘴裡的味蕾還是對肉質不夠細嫩的手指嗤之以鼻，隨即吐之而後快。

我一直望著電視螢幕右下角的她，緊張又興奮。「那臭婊子會幹出怎樣的好戲呢，不要教我失望啊，哈哈……」

話說回來，雖然跟我一起成長的阿爾瑪、迦南、小華等護法，都知道我擁有「植入靈魂」的異能，但就只有一人認真看待過我這套絕活。

但別會錯意，我雖然手段兇殘了點，但我在奎扎科特爾大神面前發過誓，我傑克是絕對不會用鬼手異能向自己的族人出手。

他是誰？就是那個養了一大群臭蝙蝠，跟我一樣擁有一對鬼手，在護法團裡喜歡獨來獨往的男人，亨利，爵士亨利。

「咔——嘔！媽的，這隻手指又是臭的！」

我不記得那件事發生有多久，對於像我這種經常穿越時空，對時空觀念變得很麻木……甚至是很薄弱的人來說，時間一點都不重要。

唯一重要的是，那次，是高傲的亨利第一次，也是唯一一次求我的日子。

那是個下著暴雨的夜晚，我記得，當晚我正在泰國芭堤雅教派分支實驗室內，埋首提煉一種新型的超級屍化病毒，如能成功，我就可以製造出比肩禁忌傳說中那隻「毒王」的超級屍化人。

而在實驗最關鍵的時刻，那個渾身濕透的不速之客亨利，突然出現在實驗室，手上更抱著一個昏迷不醒的女人。我還沒問他，他便二話不說把那女人放在實驗檯上，然後搶著我開口前道：「替我解決她。」

「哦？這麼有趣？」不尋常啊，亨利這傢伙要殺一個人根本不需要其他人幫手，他那對獠牙、那對鬼手，有什麼人他殺不了。我沒有揭穿他，只擺出一副疑惑樣子，好整似暇地等他繼續說下去。

「她是祕警處的人，不能不殺。」

竟然是祕警處的人，哈哈，有趣啊。「那你為什麼自己不殺？」

我打量著眼前昏迷中的女人，她渾身一點傷勢也沒有，身上的衣飾完好無缺，絲毫不帶任何戰鬥痕跡。以亨利的性格，不弄死她也不致於不凌虐她吧，真有趣啊！

我擺出一副不感興趣的樣子，刻意跟亨利沒有眼神交流，我要看看這臭蝙蝠到底搞什麼鬼。

亨利沉默片刻，伸手輕撫著實驗枱上那個「女人」的面頰，瞧他的眼神，那股騙不了人的柔情又暗帶不忿的怨恨，我終於懂了。我沒有再問，伸手拿起盛著剛提煉出來的屍化病毒燒杯，然後遞向亨利，說：「用這個，有沒有異議？」

雖然我可以用我的鬼手輕輕一扼，把眼前的女人脖子扭斷，但我不想跟亨利這瘋子結梁子。搞不好我今日替他代勞，下一刻他突然反過來向我發難，說我殺了他的人就麻煩了。

我傑克不怕他，但也犯不著做虧本生意。

「等等。」我看得出喊停的亨利，目光帶著猶豫、不捨，這種軟弱……不應該存在我們七鬼手護法當中，這麼說，哈哈……我猜對了吧。

亨利問：「我不要這個。」

我放下裝著屍化病毒的燒杯，想了想，笑著答道：「明白。」

我指著左邊實驗檯上那管粉紅色的液體，笑道：「這東西是我昨天剛成功提煉的，是混合舟山蝙蝠加眼鏡蛇的潛在病毒基因，再加上原來的屍化病毒，只要嗅一下，就會感到呼吸困難猶如患上重感冒。病毒會在十四小時內蠶食宿主體內養分，最後宿主就會在失去理智下劇痛得抓破氣管而亡，而這隻最終成為升級版屍化人的東西，哈哈……一呼一吸，甚至可能渾身散發的氣息也會帶著屍化病毒，只要把『它』送到敵對陣營，就……『砰』！活像一個瘟疫彈爆發，哈哈……到時呢……」

我拿起那支代號叫「瘟疫」的試管，準備在那「女人」滑不可溜的肌膚上滴上一滴。

「我要的不是這種！」亨利撥開我拿著試管的手，更打斷我興奮的幻想。他冷冷地道：「聽小華說，你懂得換掉靈魂。」

「哦。」我有點惱小華。「不是換掉。」我惱他記錯我的異能。「是植入。」

「都一樣，」他把手停留在那女人的額頭上，留著長指甲的食指撥弄著她的眉心，怔怔地望著她，道：「她必須得死，還要用最殘虐的方法弄死她，但在此前，」他的食指停住，吐出一句：「替我抽掉她的靈魂，然後這具軀殼，任你處置。」

我不反對亨利的請求，但嘴裡還是不肯這麼快便答應，刻意問：「我為什麼要這麼大費周張幫你？」

「因為，她是祕警處的高級警官，這是原罪。」亨利幽幽地自語，「她騙了我，但好歹我也愛過她，」我竊笑著，我猜中了。「但，」亨利瞪了我一眼。「她也是一件對付祕警處的復仇武器。」

「哈哈……你真捨得？」說時，我鼓起鬼手異能，一雙手的血管瞬間布滿綠色網紋，然後逐漸變得晶瑩剔透，更散發令人陶醉的綠光。「我隨時可以開始，嗯，你還有什麼要求？」

亨利聞言閉上眼，眼皮下的眼珠在滾動。他在思索，但我不急。良久後，一向冷峻的他嘆了口氣，終於開口問我：「被換走的靈魂會去哪裡？」

他竟然問這種問題。

再瞧他的神情，看來，這女人真的把亨利折騰得很慘，這臭蝙蝠遇到剋星了。還是我傑克聰明，跟女人談戀愛就如玩火，女人這種東西愛不得，只適合用來玩，玩過再摧毀就最好，一點都不留後路、不留痕跡。

我舉起一雙鬼手，舔舔唇，笑道：「都被困在裡頭，不生不滅，哈哈……」我把十指放在那女人的天靈蓋上，輕揉著她的頭皮，續說：「若不是這樣，又怎會有這麼多靈魂供我轉移植入，你當我是冥界之主，可以隨便伸手在冥域抓靈魂嗎？」

亨利不語。

我開始對喋喋不休的亨利感到不耐煩，反問：「問夠了，可以開始了嗎？」

亨利轉身步離實驗室，即將關門的一刻，他拋下一句：「不要讓她太痛。」然後，不等我再回答，他便「砰」一聲把門關上拂袖而去。

之後發生什麼事？

哈哈……不騙你，我待在那一直昏迷的女人身邊數天，遲遲未按照亨利的要求替她進行「植入靈魂手術」，因為……我發覺，我開始明白亨利為什麼會愛上她。她的確有種值得喜歡的迷人氣質，難怪祕警處會派她做臥底向亨利下手。

她的迷人，來自這副肉體……

所以，我改變主意。

我沒有違背跟亨利的約定，我的確有把他喜歡的那個「她」的靈魂換走，然後，哈哈……不好意思，你說我變態也好，我就是想試試這副肉體的能耐，究竟「她」可以承受多少個靈魂。

最後，沒錯，就是整整一口氣植入三十六個不同背景、性格、國籍、職業，但同樣是女性的靈魂。很痛快，破了植入靈魂的紀錄，我愛死這個女人了。她是屬於我的，從這此刻開始她不再屬於他人，更不屬於亨利，她是我的人。哈哈，對了！我要在甦醒的她身上刻下屬於我的烙印。

「哎，啊啊——」她那痛苦的呻吟聲令我有高潮的感覺。

是六芒星，我在她的大腿用綠色鬼手之火烙上六芒星紋身，就像其他臭婊子一樣。

但避免讓亨利得知我的傑作，我決定把她收藏在香港分支總部祕密基地內的地下囚禁室裡，教她做我的奴隸。

更賦予她一個新名字叫「唐妮」，要她替我執行任務。

就好像現在，她在電視螢幕裡那樣，準備替我好好「照顧」那叫童諾生的小子。

哈哈……又一場「好戲」。

四十六・沉淪〔童諾生〕

1

被「囚禁」的感覺一點也不好受，尤其被囚禁在會喪失時間觀念的密閉空間裡。

這所豪華「監獄」最大的缺憾就是連一個時鐘也沒有，說到底，他們的目的，就是要把我和外界的時間隔絕，令我焦慮不安，從而消磨我的意志，好讓他們易於進行精神入侵……一定是這樣，通常科幻片裡的外星人都喜歡這樣。

什麼？我還有希望？你說的是牆角上那四吋乘四吋的小氣窗？

算了吧，它的確是用來通風的氣窗，但奇就奇在它的外層不知被什麼物質封住，雖然有透氣效果，但連一點光都透不進來。

沒騙你，剛才我就試圖把吃過晚飯的飯碗向氣窗方向擲去，出乎意料的一聲沉實碰撞聲，結果就剩下地上一堆飯碗碎片。

我放棄了，我放棄向外求救的想法。現在唯一可以做的，就是「吃」和「等」，而我指的「等」就是「鬼手傑克」口中的兩份禮物和一場好戲。

至於灰狼，他果然是一條硬漢子，雖然滿身都是恐怖的傷痕，但竟然可以捱得過去，還逐漸回復意識。但從他蒼白的唇色和頹靡的神態看來，昔日彷彿鐵鑄的身體已被折磨得不似人形，但唯一不變的，是那天不怕地不怕的高傲鬥志，仍苦苦地支撐著他，並未因對手兇殘的手段而被磨蝕耗盡。

支撐灰狼不倒的信念只有一個，也是與我相同的一個字──「愛」。
我愛的是文頤，而灰狼愛的，是在另一邊廂仍受盡折磨的旖旎。
我作夢也猜不到，原來灰狼一直暗戀著旖旎，上次決鬥事件根本是一場荒天下之大謬的誤會。灰狼誤會我和旖旎相戀，而我則誤會灰狼以裸照威脅旖旎做不道德交易，但實情不是這樣，可能是灰狼無意中得到，但又可能是他不知從何得悉旖旎被人以裸照威脅，最後暗裡挺身而出以性命相搏，從壞人手裡奪回旖旎援交時被拍下的照片。但有一件事我可以肯定，我找灰狼交涉這批相時，他一定誤會了我和旖旎的關係。

兩個致命的誤會，令我和灰狼狠狠硬碰上了，而今天重逢，灰狼勉強開口說出的第一句話，竟然是：「答應我，一定要帶旖旎安全離開這裡。」

然後，簡單的一番對話，了卻和我灰狼之間的心結，而他，則再也沒有說過一句多餘的話。整個夜晚，灰狼只閉上眼，垂下頭靜靜地等待下一刻未知的發展，而我身處其中，腦裡只有不斷湧現文頤的笑臉、文頤的身影，但一切只換來更多的沉重。

我無法如灰狼那樣安然入睡，因為只要稍稍闔上眼，傑克猙獰的笑聲便響徹耳中，一陣陣悸動不安油然而生。我開始明白，英雄除了需要力量，更需要勇者無懼的膽色，還有，敢於犧牲的勇氣。

就正如灰狼一樣，文頤被擄的當晚，他告訴我，他剛巧經過宿舍門外，看見傑克派人擄走昏睡的旖旎。他為了愛，了無畏懼地拚命護著旖旎；他為了愛，縱使失去逃走的機會也在所不惜，雖然最終失手落單被擒、受盡折磨，卻仍始終無怨無悔。

灰狼的情操感染了我，我慶幸有生之年還可以欣賞到人性光輝的一面。

而我，反覆地問自己，若易地而處，可會像灰狼一樣為愛而犧牲？

答案是肯定的，因為愛一個人，縱使不能擁有，縱使不能廝守，仍能有為愛而付出的勇氣。只要文頤幸福，只要文頤能夠脫險，還有什麼值得害怕……

想著想著，在愛的氛圍下，我不禁暫時擺脫四周壓迫的恐懼，靜靜盤膝而坐，將身體盡量放鬆，為即將出現的「好戲」作準備。

「怦怦……怦怦……怦怦……怦怦……」

嘿嘿……這樣就對了，我感覺到，你跟我愈來愈相似了，嘿嘿……

2

不知過了多久，我在睡夢中被一臉浴血的文頤、旖旎，還有諾雅姊姊嚇醒了。那是個非常可怕的夢，可怕之處是要你重新獲得所愛，然後再猝然一無所有。

那可怕的感覺令我不斷高聲呼喊，直至喊到咳血、聲音沙啞仍無法停止。我不斷拍打著地板，一次又一次搥打著，仍不能遏止內心瀕臨崩潰的那種痛。

我想甦醒過來，想離開那空虛無助的氛圍，但無奈根本天不從人願。

直至雙掌燃起那難受的炙熱感，手背隱約出現那模糊的圖案，身邊一切再次轉化為熟悉的通紅影像時，那頃刻間出現的快感，才稍稍壓下那無止境的心痛。

在緊接著的時間裡，我跟隨著那劇烈跳動的心跳聲，追蹤著一道又一道悖德的淫聲浪語。眼前的畫面像光速般地不斷流轉，每轉換下一個畫面前，前一道影像都會被血花所吞噬，點點鮮血灑上不斷飛舞的雙手時，火炙感才得以暫時舒緩。

終於，力竭，而我也在一片凌亂的喘氣聲中，如願地甦醒過來。

那火炙感驟然消失，但雙手黏稠的感覺仍然存在，腦海中閃過殘留的一幕幕無辜臉孔，可是我漸漸遺忘內疚的感覺，取而代之的，是絲絲難以言喻的興奮觸感……

但無論如何，我還是甦醒了。

當我漸漸回復意識後，同一時間，我發現整間「囚室」充斥著一種氣味，是花香？不……這種味道更像是一種帶有甜味的葡萄酒氣味。我記得在去年的聖誕舞會上，狄奇就把它當作白開水一杯接一杯地喝，終於不勝酒力，在女同學前面脫下褲子當眾出醜。

但奇怪的是，這裡又何來的葡萄酒？而短短的時間裡，又何來這麼多的酒氣，揮發在整間「囚室」的空氣中？

在我狐疑之間，答案已經無聲無息地出現眼前。我發現，那酒香不是來自酒杯裡的酒，而是散發自我眼前這位性感撩人、婀娜多姿的女郎身上。

我對她的面貌並不感到陌生，因為她正是那位按時替我送飯的女子，不同的是，現在的她，眼角、朱唇無不帶著激情誘惑，與平日一副冷冰冰的模樣簡直相差十萬八千里。

但……她是如何進入這間「囚室」的？

雖然她還不至於一絲不掛，但也不像穿有什麼特製的保護衣物，如果之前被電擊的感覺不是作夢，那她又怎能毫無損傷地通過那面帶電的透明牆壁？

更令我不解的是，她為什麼此時此刻出現在我的眼前？

望著她春心蕩漾的雙眼時，我發現臉頰開始有點發熱，同時，嘴唇乾澀得令我不自覺地用舌頭舔了又舔。

我究竟在想什麼……那酒香令人暈眩，四肢感到騷軟，雙眼開始朦朧起來……那灰……灰狼呢？

他仍然被綁在鋼柱上，但很明顯他全身已失去力氣，因為頸椎的肌肉鬆弛得令他碩大的頭顱垂得低低，就像被人問斬後，僅餘一片皮肉黏附在頭顱上，左搖右晃毫無著力。

我正茫然之際，背後突然有兩團軟綿綿的東西在揉著，耳邊吹來一陣騷軟的風聲，是她……她不知何時竟繞到我的身後挑逗著我。

從未受過情慾誘惑的我被嚇得摔倒在地，而她竟乘勢伏在我的身上不斷扭動著。我感到下腹有股熱流在奔走，僅餘的理智快受不住挑逗而崩潰……

「不……」我嘗試把她推開，但當觸及她的身體時，心底竟生出一種興奮的快感，而她，則開始輕聲呻吟著，甚至……開始為我解除身上的束縛。我的手不由自主地在她身上遊走。

「怦怦……怦怦……怦怦……怦怦……」

心臟在情慾反應下跳得異常激烈，我也快迷失在官能刺激當中。

「啊啊……啊……啊啊……」

那嬌嫩放蕩的呻吟聲在耳邊始起彼落，同時她那帶著媚態的樣子令我的手心傳來陣陣灼熱……慢慢地，眼前的影像再次化為一片腥紅，而我心底，隱約傳出一陣低鳴怪叫。

那迴盪著的喘氣聲不單止帶來歡愉，還隱約勾起內心陣陣的異樣情感……是恨，是極度厭惡眼前的種種情緒，是心底湧現渴望摧毀一切的反噬情感。

但同時間，我無法抗拒肉體上的誘惑，當壓抑心底的情慾一下決堤之際，我的手觸及她大腿間一處凹凸不平的肌膚。

「有角的疤痕？……是那個『六芒星』紋身？」

一想起那個「六芒星」圖案，腦海中便激射出諾雅姊姊瞪大雙眼、流著血淚死不瞑目的樣子，而同時，我想起夢境中，一臉浴血的文頤和旖旎的幻象。

短暫的理智戰勝強大的慾念，我一手把那酥胸半露的她推倒地上，然後迅速轉身貼著冰冷的鋼牆。我扣回剛脫下一半的褲子鈕扣，而原本一片腥紅的畫面逐漸回復正常。

慾望一下子瓦解，那充滿誘惑的喘氣聲也在剎那間蕩然無存。我呆坐在地上，征征地望著近乎半裸的她。

房間，就只剩下灰狼如雷貫耳的鼾聲。

3

「為什麼要拒絕我？」女郎垂下頭，整理著凌亂的秀髮。

「……」

「我不夠吸引人嗎？」她的語氣帶著苦澀的味道。

「……不是。」

「我叫唐妮。」她嘆了口氣，道：「你很特別。」

望著她幽幽的眼神，一時間我也語塞起來，只道：「不……只是……」

「你是第一個對我的胴體不為所動的男子。」她在褲子口袋拿出一根香菸，續道：「男人都是好色的，就算跟對方沒任何感情，只要送上門也會照幹，世界上沒有貓不吃魚的。」

「不是所有男人都如此，我想也有例外的吧……」

「是嗎？我以前也這麼天真、這麼傻。」她一邊說，一邊自顧自吸著手裡的香菸。從她一雙暗帶憂傷的水汪汪眼睛，看得出她滿懷心事。

「以前？……妳也是為了賺快錢而當上援交女郎吧？」我壯著膽子問。

她沒有如預期般激動回答，只淡然地說：「不是所有人都可以選擇自己的路，這組織內的少女不見得全都為了金錢而出賣肉體，像你這種涉世未深的小子，不會明白他們的手段有多厲害……」

我沉默不語。的確，到現在為止，我對這個組織、傑克，甚至面前的女子都只有無數的問號。印象中，只知道諾雅姊姊和旖旎因援交而與他們扯上關係，但究竟整件事是什麼一回事，還有他們口中的蛇神、傑克那雙綠臂等等，都是超越人類認知的謎團……

我根本一無所知。

「感覺好了點嗎？」她問。

我摸著面頰，剛才發燙的感覺已褪去了，道：「嗯……所以剛才是什麼一回事？」

「別問我，我只是聽傑克指示來跟你做愛。」我發現每次說起傑克，她都不自覺地撫著大腿上的「六芒星」紋身。

「指示？為什麼要聽傑克的指示？妳不是他的工具，難道妳甘心一世淪為這組織的奴隸嗎？」我想起諾雅姊姊，還有不知生死的旖旎。

「有聽過『斯德哥爾摩症候群』嗎？」她道。

我搖搖頭望著她，只見她閉上眼深深吸了口菸，數秒後續道：「很多剛加入組織賣身的少女，就例如你的朋友，起初也是貪玩、貪錢，然後傻得自以為是地認為，這只是一單買賣，隨時都可以抽身不幹，但她們根本不知道，那只是惡夢的開始……」

原來，那個「鬼手傑克」口中什麼「奎扎科特爾教派」，香港支部營運的資金，主要是來自操縱龐大的少女援交……直接來講就是少女賣淫市場。

他們的會員喜歡透過網上討論區、聊天群組尋找無知少女，然後花一段時間了解對方，最後把她們一一歸類，再視情況引她們落入陷阱。

據眼前這個女子所言，組織一般會把那些女孩子分為三類，分別是「自願交易型」、「愛情至上型」和「江湖救急型」，另外也有一類比較隱性的，是「人海蒸發型」。

她說組織內近年最多的是「自願交易型」，很多喜歡追逐名牌，又鍾情夜店玩樂的少女，為著要支付龐大的吃喝玩樂消費而自甘墮落；她們不以援交為恥，還以出賣肉體換來金錢稱作「正當的體力勞動」。這類少女的羞恥心一早被物質享樂蠶食，組織亦樂於招攬這類型的少女為教出力。

另外一種「愛情至上型」，說來可笑，她說社會上很多人不相信還有「迫良為娼」這回事，但偏偏有光明就有黑暗，當單純遇上機心，當純情遇上巧語時，俗稱「小白臉」或「姑爺仔（注1）」的男教徒仍是不時替組織找到新血，充實這個少女人肉市場。

我不解，因為實在想不到這種陳年電影的橋段，什麼「男友欠債女友肉償」、「不替我跑私鐘（注2）人家把我斬死」等老土手段竟然還管用，是真的「愛情大過天」？還是有部分少女真的天真得可以？以為出賣肉體可以換來一段甜蜜或轟轟烈烈的愛情？但她們根本沒有想到，若對方是愛你的話，又怎會甘心讓所愛之人暴露軀體於人前，還要讓人凌辱、折磨。

至於第三種「江湖救急型」，我想就是諾雅姊姊不幸落入圈套的那一種，也是最值得可憐的一種，同時手段也最為卑鄙。她說這種假意好心、然後落井下石的手法，在很多幫會中也屢見不鮮，只要欠債人稍有姿色，就難以倖免。

但「奎扎科特爾教派」與其他幫會最大分別是，他們根本一心一意要欠債人被他支配作為賣淫工具，所以根本沒打算要她償還欠款，換句話說，他們會用盡方法令欠債人無力償還，從而達到最終目的，成為他們的奴隸。

「諾雅姊姊是我害死的……」我握緊一雙拳頭道。

她沒有留意到我的細微變化，續道：「至於最後一種『人海蒸發型』，其實每一天都可能在你身邊出現，只是大家都不以為意，而警方又束手無策，只草草把這些人間蒸發的少女歸入『失蹤人口檔案』，任由她們被組織拐帶後自生自滅……」

我聽得出她語氣帶了點激動，難道……她就是屬於第四類被迫下海的援交少女？

但她迅速平復心情，指著大腿的紋身輕聲說：「傑克最喜歡指示男教徒透過傳教拐帶少女，我不清楚那是咒語還是什麼，但只要跟他們攀談數句，人就會像著魔般跟著那些教徒來到這裡，然後開始終生不見天日的非人生活。」

「我有件事不明白……」

「什麼？」

「撇開自願參與援交的少女不說，但為什麼從沒聽過有少女報案，投訴這教派迫良為娼？難道她們都被禁錮或最終被殺害了？」我問。

她把已燒到盡頭的菸弄熄，緩緩地說：「我剛才不是說過『斯德哥爾摩症候群』嗎？」

我點點頭，等著她說下去。

「那些反抗組織，或者打算撒手不幹的少女，都會像那些被抓回來的少女那樣，歷經傑克口中『再教育』的過程……你一定會問，為什麼我們都不反抗？先不提反抗有沒有用，說實在，與傑克相處下，也發覺他挺可憐的，我們都相信他是受集團迫脅才這樣對我們，所以……我們都不怪他。」

簡直是自相矛盾，受盡虐待又可憐施虐者，原來，所謂「斯德哥爾摩症候群」就是這種心理轉變，簡而言之，就是要讓那些反抗組織的少女經歷一百八十度的潛移默化思想扭轉，那過程教人毛骨悚然。

我感覺得到，唐妮講述箇中經歷的同時，雙手不停抖震。恐怖的回憶令她仍是難以忘卻。

注1　廣東俗語，指依靠女子出賣肉體為生的男性。

注2　「私鐘」為賣淫的一種形式，為兼職性質，收入無須與夜總會或他人分拆鐘點費，因此得名。

她說，那些不願意服從組織獻身賣淫的少女，會被關在一間濕度甚高而又密不透風的暗房裡，然後組織會輪流派不同的男子，日以繼夜地凌辱少女，務求摧毀少女的尊嚴和羞恥心，同時令她們感到自己的身體污穢，令她們感到自己的生命受到威脅，唯有服從才有希望。

最後，在充滿不安、恐懼的氣氛籠罩下，那些少女開始放棄反抗，同時間，教派會指定一個男教徒來假裝關心少女，令少女感到對方給予的一些小恩惠，然後長時間潛移默化灌輸教派理念，令少女相信根本不可能脫離教派魔掌，只有服從才不會受到傷害。

「當完成改造過程後，組織便會派人在我們身上再次留下不能磨滅的烙印，以示忠於教派，忠於蛇神，生生世世都要為教獻身，成為性奴……」她的聲音變得低沉，把指甲深深刺進大腿上的紋身。

「有例外嗎？」我問。

「有……嘿嘿……傑克說過，改造不了的，都要被蛇神蒙幸，我親眼見過……很恐怖，血淋淋的好恐怖。她們被催眠了，然後猙獰地笑著再一手在體內掏出血淋淋的器官，不……我還不想死，來……來跟我做愛，傑克叫我來跟你做愛的……快幹我，快……哈哈……」

我被她突如其來瘋狂的舉動嚇得不住後退，而她死命地抓著我的腳不停地舔著，還一手把那件小背心拉高。

她詭異的行為令我慌了，我不斷蹬著雙腳希望擺脫她的纏擾。終於，在混亂中我把她一臉踢個正著，而她則撞飛在牆角上，嘴裡不斷吐血。

看著她可憐的模樣，我心底產生強烈的內疚感。

「啊……幹得好，謝謝你。」

我大惑不解地望著她，她則抹掉嘴角的血，道：「很吃驚吧……這不是精神分裂，是傑克的好戲。」

「什麼？」我愕然。

「啊啊……要令我這個犯罪學家成為性奴，『斯德哥爾摩症候群』還不夠，傑克的把戲還有很多，他那雙透著綠光的手就可以令人生不如死，甚至抽取其他人的靈魂，啊啊……再植入你的體內……」

「植入靈魂？」

「是……是的……嗚嗚……那變態的傢伙……」

我發現她再次出現變化，不……正確來說應該是聲線又變得不同。剛才那個自稱為「犯罪學家」的「她」，聲線比較沉厚，再回想最初挑逗我的「她」，聲線比較嬌柔且放蕩。而現在眼前的，雖然還未開口說話，但在她的身上，我感覺到一種久違的東西——

是殺氣。

「嗚……小心點，那傢伙不簡單。」剛才還在昏睡中的灰狼，似乎被眼前的殺氣弄醒了。

我凝神望著蜷曲在地上的她，同時感到前所未有的濃烈殺氣，一種像飢餓已久的野獸蓄勢待發、準備撲殺獵物的殺氣。

「喀嘞喀嘞……」

我緊張地把拳頭握得筋脈賁張，而她一雙銳利的眼睛由始至終都盯著我不放。我們對峙了很久，直至那四十二吋大電視突然啟動，播出令我和灰狼震驚的畫面。

對峙結束。

「是……是旖旎！」灰狼看著電視，臉色陣紅陣白地喝道。

灰狼沒有看錯，電視螢幕裡的少女的確是旖旎，但我寧願我們看錯，也不想承認她就是旖旎……那該死的傑克，正替旖旎施行那剝奪羞恥之心的洗腦玩意。

只見旖旎的四肢被金屬鎖大字型綁扣在狀似鋼架的東西上，然後被一班蒙著頭的男人凌辱著，最令人震驚的是……從畫面上看，旖旎已沒有反抗的動作，只呆呆地接受厄運的降臨。

我多渴望旖旎此刻是昏倒所以全無反應，而不是已接受恐懼、絕望帶來的人性扭曲。心坎傳來一下又一下劇烈的絞痛，我那雙手再次祭起那火般的炙熱感。一切都是因我而起，我的朋友親人都因我而蒙難，旖旎、文頤、灰狼，還有諾雅姊姊……

「哈哈……」

這笑聲，是那討厭的傑克。

「這齣電視節目精彩嗎？哈哈……你拒絕了我送你的第二份禮物，這份禮物應該合你口味吧！哈哈……」

「你……」我氣得無法跟他辯駁。

「別說我不給你機會，要救回你那楚楚可憐的朋友，很簡單，哈哈……只要你可以擊斃面前那個剛跟你長篇大論說著什麼『斯德哥爾摩症候群』的犯罪學家，你就可以帶你朋友離開這裡。」

我沉默。

「怎樣？辦不到，還是不捨得？哈哈……」

雖然我很想救旖旎，但那個犯罪學家同樣是受害者。就算如她所說，她的身體被傑克注入多個魔鬼的靈魂，但她始終是無辜的，教我怎能動手……

「我來！」是灰狼？雖然他傷痕累累，但為了救旖旎，他雙眼閃出視死如歸的鬥志，只見他厲聲道：「放了我，我跟她打！」

我還猶豫間，傑克竟已一口答應：「哈哈……好！我就給你這個大塊頭最後一次機會，能否英雄救美，就看你的造化了！哈哈……一場好戲，一場好戲啊！」

四十七・遺愛〔童諾生〕

1

這夜，注定是群魔亂舞的一夜。

自踏入這個昏暗的圓形廣場之上，我就感覺到被成千上萬對貪婪的眼睛目不轉睛地盯著，他們滲透著邪惡的氣息，混雜著複雜的情緒。

站在廣場上的我，不由自主地被迫解讀著他們的內心世界，但我並不享受，只是無法隔絕與他們之間的聯繫通感。

太邪惡，他們邪惡得令我感到噁心，有憤怒、有焦急、有不安，更有哀傷、悔恨、貪婪、嫉妒、驕傲、懶惰……一切人類的原罪都彷彿全數聚集在這廣場上。

但我清楚知道，那些邪惡的源頭都是來自廣場中央那尊足有十五層樓高的神像……不！不能稱之為神像，它猙獰的表情配合披在身上兇猛的蛇身，再加上掌心那透著綠光的六芒星，湧現著的，是絕望和肅殺的氣息，與其稱之為神，不如改稱為兇像，或者直接叫它作邪像。

面對著它，心臟跳得比之前更厲害，但同時，心底竟泛起一種既親切而熟悉的感覺。很討厭，很抗拒這種親密的感覺……但我彷彿不受控制般，甚至聽著廣場上圍坐著的數百群魔叫囂，竟剎那間有種興奮的複雜情緒，為什麼……為什麼會這樣……

我應該替灰狼擔心，應該記掛著旖旎、文頤的安危。我感到一陣暈眩，而雙手的溫度正不斷上升，一陣悸動不安籠罩全身。

趁著決鬥還未開始，我試圖分散自己的注意力，觀察廣場四周的環境，尋找等等可以逃生的路徑。但近乎絕望的是，這圓形廣場除了剛進入的大門之外，就沒有其他生門，甚至連一扇窗也沒有。

唯一令我知道現在屬於黑夜的，就是圓形廣場上空那道透明天幕。可惜我沒有一對如漫畫惡魔人的大翅膀，更沒有蜘蛛俠手上的蜘蛛絲，要離開這裡，單靠我和灰狼，成功機會幾乎是零，更何況我們還要一併救走文頤和旖旎。

我望著天幕外的夜空，今晚渾圓的月亮分外皎潔，淡淡的月色灑照在廣場中央，更令這場決鬥顯得詭祕。

曾聽過古老傳說，月色愈明亮的晚上，魔鬼便會愈自鳴得意。我凝視著廣場中央對峙的兩個人，清楚感覺到在同伴的叫囂加上月色的沐浴下，那姑且叫作「唐妮」的犯罪學家，此刻的力量正不斷膨脹。相反地，傷疲不堪、單靠鬥志苦苦支撐的灰狼，神態頹靡得令人擔心。

灰狼究竟打什麼主意？明知自己毫無勝算，仍主動出言挑戰，甚至拒絕我代其出戰的好意，難道就單單為了在旖旎面前演上一幕英雄救美？似乎不止這樣，因為灰狼知道這不是一場兒戲……

「哈哈……準備好了嗎？」穿著一身緊身黑色皮衣的傑克，不知何時已出現在那個蛇皮兇像之下。而當傑克出現時，毫無生氣的旖旎和驚惶失措的文頤，同時被推至那個猶如祭台的地方待著。看著一臉憔悴的文頤，我心痛得無以復加。

這時，文頤終於發現我的存在，她忍不住高聲喚著：「諾生……」

我按捺不住地想要快步衝出，傑克彷彿看穿我的心思般，指著文頤身後的位置。我停下腳步一看，發現在文頤和旖旎之間的暗處，站著一個以黑布包裹住全身的男子，而他手上正執著一把閃著刺骨寒光的死神鐮刀。

我不敢輕舉妄動，但同時心不禁涼了一截。照現在情況看來，就如傑克所說，這根本是一場「好戲」，一場只屬於傑克單方面玩樂和必勝的遊戲。

我感到絕望。

終於，決鬥開始，場內響起一面倒的野獸叫囂，瘋狂而殘暴，那一浪接一浪彷彿要吞噬、撕開所有生命的聲音響徹場館、始起彼落。

這場決鬥沒有開始的鐘聲，更沒有結束的時限，當然也沒有任何裁判，以及所謂公平的規則。最重要的是，由始至終，灰狼和唐妮都未曾在同一公平起跑點上競賽。

更令我吃驚的是，在決鬥開始之後，我開始發覺唐妮全身在不斷突變，她原本嬌嫩的皮膚剎那間變得粗糙，充滿彈性的肌肉則逐漸變得僵硬，而最恐怖的是，她與灰狼交手的過程中，不斷發出令人毛骨悚然的叫聲——

「咧咧……咧咧……咧……」

戰況只能用慘不忍睹來形容，儘管灰狼已拚盡他畢生所學，但我看得出他現在的狀態，只剩下原來五成，甚至更少；他的閃身步速、賴以成名的腿技，都比數月前跟我決鬥時慢上很多……很多。

這根本已不算是決鬥，而是一場弱小動物單方面被殺戮的遊戲。接戰不過三分鐘，灰狼身上已經血跡斑斑。

其中最要命的是，在灰狼使出成名絕技「凌空三百六十度旋轉側踢二段斬」之際，唐妮竟在完全零閃避角度下，詭異地原地消失，再突然在灰狼此招未完全踢出時，突入旋轉轉身間的空位，然後空氣中傳出兩聲「嚓嘞」聲響，一陣濃烈的血腥味湧出。

只見剛旋身落地的灰狼面露痛苦神色，右上臂呈現恐怖的凹陷傷痕，整塊二頭肌被硬生生撕扯下來，而傷口在數秒後才噴出鮮血。同時間，唐妮輕舔著手上還存有微溫的肉塊，彷彿告訴著灰狼，她正享受慢慢折磨對手的樂趣。

不過數分鐘，灰狼敗象已呈，但奇怪的是，他並沒有流露一絲驚恐神色，而我從他的眼神感覺到有點不對勁……

「咧咧……咧咧……」

唐妮已完全蛻變為一頭怪獸，廣場內除了群魔的叫囂聲，就剩下她那困在喉頭的低鳴怪叫。祭台上的傑克流露一抹詭譎笑容，似乎對眼前自己改造後的玩具十分滿意，我已不敢想像唐妮究竟能否變回之前那樣的人形軀殼。

戰情愈來愈一面倒，地上布滿一灘灘血跡和零星的肉塊，空氣中滲透著的血腥味愈來愈濃，而廣場上的群魔也變得愈來愈瘋狂。

場中央的灰狼已變成一個血人，乍眼一看，部分傷口在碎衣掩蓋下更隱約露出黏附著筋膜的白骨。灰狼的敗陣根本是非戰之罪，在過去的數分鐘，他的拳腿重擊已經不下數十次招呼在唐妮身上，但她根本不痛不癢，甚至被灰狼踢得手肘移位也可以自行修正。

看著這場強弱懸殊的決鬥，看著傑克輕蔑的表情，我心中的怒火急速上升，原已燒紅一片的掌心開始再次隱約出現圖紋。

我開始感覺到，自己可以掌控那解封的力量，但沒料到，這是一場絕對的等價交易。

在我思索間，場中的戰情產生劇變。一聲刺耳的高頻叫嚎，只見灰狼如斷線風箏般，飛離跌在距祭台兩呎的位置，場中央跪著瘋狂地用十指挖著餘下兩個血肉模糊眼窩的唐妮，而她腳下則橫放著一隻扭曲的斷臂……是灰狼的斷臂。

不用說，就是一臂換取一對眼珠的結局。

事到如今，我終於按捺不住搶上前接應灰狼，而在我身邊不遠處的唐妮則彷彿嗅到我的氣息，疾衝向我發動攻勢。但明顯地，失去眼睛的她，攻擊已沒剛才般靈活和精準，感覺出乎意料地容易應付。

嘿嘿……解決她吧！

「又是你？」

嘗試享受殺戮的樂趣，嘿嘿……不要太快，太快會錯過欣賞那極度痛苦的表情……嘿嘿……很爽的，殺殺殺……殺死她吧！

「你閉嘴！」

就在我與唐妮交手之際，祭台那邊傳出一下巨響，然後聽到文頤一聲驚呼，我的心不禁被嚇得離魂。難道文頤有危險？

我擺脫唐妮的糾纏，以高速跑向祭台那邊，但太遲了……我親眼目睹自己的朋友旖旎和灰狼，被一隻綠色的怪手貫穿腹部。血汩汩地從傷口溢出，生命的氣息同時在高速流逝……

是傑克，是那狗娘養的傑克！

「我說過，要遵守遊戲規則。」傑克高舉著灰狼兩人，然後狠狠地把他們拋向我的腳前。

我無法形容現在的心情，憤怒、哀傷、焦急一一湧現心中。我以手探一探灰狼的氣息，發現他呼多入少，而腹部那血肉模糊的傷口，代表著他已奄奄一息、回天乏術了。

但最令我吃驚的是，當我的手接觸到旖旎的臂膀時，發現她全身冰冷，肌肉亦呈現僵硬狀態，皮膚更隱隱透出屍斑。而剛被傑克穿透的腹部傷口，則見不到鮮血溢出，只傳出陣陣腐爛味。很明顯，旖旎在被推上廣場前就已死去，甚至可能死亡多日……

霎時，我想起房間大電視裡最後一幕……莫非那是一場戲？傑克的黨羽竟然連屍體都不放過……為了要脅我們，而造出一場噁心的姦屍戲？

望著旖旎空洞、死不瞑目的樣子，我想起諾雅姊姊，更想起與旖旎小時候一起玩耍的回憶。

「是傑克，那天殺的傑克，我不會放過他！旖旎妳放心，我一定會幫妳報仇！」我以發燙著的手替旖旎闔上雙眼。

而在我身邊的灰狼，抓著我的手道：「嗚……咳咳……我早就知道她已經死了……」

「你明知旖旎……那你為什麼仍不要命地去決鬥？」我感覺灰狼的手漸漸冰冷。

「我不忍心……咳咳……她被那些畜生羞辱……更何況，我答應過自己……嗚……」灰狼吐出一口鮮血後續道：「我……我一定會帶她離開這裡……雖然失敗了，但我可以在這裡永遠陪伴著她……」

語畢，灰狼含著笑噎氣。臨終前，他的手始終緊緊抓著旖旎，不離不棄。

而我，雙眼哭得一片通紅，同時，慢慢流失人類應有的情感。

數秒間，廣場內的形勢急速逆變。

2

「很動人的一幕，這齣好戲真的令我痛哭流涕啊！哈哈……」

「……」我沒有回答，只狠狠盯著眼前的傑克。

「怎麼，不滿意我的安排嗎？來……還有一齣好戲快要上演，而你就是這齣好戲的主角，哈哈……」

「是嗎……」我繼續向傑克身邊走去。

突然，我聽到背後的文頤向我大叫道：「諾生，後面啊！」

我沒有回頭，事實證明，現在的我根本不需要回頭，只一瞬間，剛才糾纏著我的東西，已被我無聲無息地解決掉。

是唐妮……此刻的唐妮同樣被我一手洞穿了腹部，不同的是，我沒有把她拋在地上。我的手穿過她的腹部，緊握著一樣東西，堅實地支撐著她的身體，一步一步帶著她走向傑克。

而那東西，就是牽連著許多神經的脊骨。

血沿著腹部的傷口，順著唐妮的大腿向下流，拖出一條怵目驚心的血路。任憑唐妮如何揮動痛得顫抖的雙手，我都沒有鬆手的打算，只小心翼翼、力道拿捏得分毫不差地握著那條黏稠的脊骨。

直到走到祭台前，我望著臉上還強裝笑容的傑克，這才放手把她扔向前、物歸原主。

「還給你。」

「咔嘞！」傑克毫不客氣地一腳踏碎唐妮的頭顱，彷彿藉以發洩我送他的這份恥辱感。

我接著一句話也不說，只繼續向著祭台走去，腦海反覆想著一個目標。

十步、八步、六步、四步、兩步、一步……

與傑克的距離就只有一步之隔，我抬起頭望著他，同時，廣場內原本此起彼落的叫囂聲驟然消失，透過眼前的對峙，肅殺的氣氛瞬間在整個廣場擴散。

「哈哈……幹得好，你終於……嗚……」我沒有給傑克說完的機會，因為我實在聽厭了他的話。

重重的一拳，擊得傑克罕見地面容扭曲、嘴角溢血。

我不知道自己現在有多強，擊中傑克後也沒有一絲興奮感，腦海中只浮現「毀滅」二字。

同一時間，退到兇像底下的傑克，身體開始出現變化。

這次不僅雙手和皮膚滲出綠色的光芒，甚至他的面貌也變得猙獰，雙眼眼白處漸漸化作深綠色，是完全接近的完全體。這才是傑克的真面目，上次在海濱公園的只是半完全體。

面對傑克的變化，我絲毫沒感到任何恐懼，因為我的身體也呼應著傑克的改變而自行蛻變，是同化？不知道……但唯一清楚的是，我仍保留自我意識，我不是他的同類。

如果，每個人內心都存在著一隻魔鬼，我內心的魔鬼，可能就是為了殲滅傑克而生。

你敢？

「有何不敢？」

你的力量是我給你的，你毀滅他，就是背叛我！

「那我現在告訴你，由這此刻開始，我會鯨吞你的一切，包括你的意識、你的靈魂！」

不……不要……你這孬種……啊啊啊！

四十八・贖罪〔翟靜〕

1

「嘟嘟……嘟嘟……」

手上的儀器顯示，那股能量正不斷加劇，同時呈現不穩的狀態……究竟是怎麼一回事？難道我們始終來遲一步？要發生的，終究阻止不了？

「還趕得及嗎？」我望著疾走中的搭檔。

「別分神，那傢伙就在前面！」他雙手正滲出淡淡的紫色光芒。

已經不是第一次出現，是共鳴現象，我已經習以為常。

自從他真正掌握雙手的力量後，每次遇到「奎扎科特爾」教派的餘孽，他雙手除了如往昔般抖震預警，還會頃刻間變作紫水晶般晶瑩剔透，連手臂上每條細微血管都清楚呈現。

他曾經說過，這詭異的現象，是那雙「判官之手」啟動自我保護機制下，釋放力量的表現。

我還記得，與他相遇之前，我已從由香港警察調職到祕警處的刑警中，得悉他是受市民愛戴的模範警官，當時每個人都稱他為「極惡刑警」。

但想不到，我們再次相遇時，他已失憶並失陷於異世界，猶如一隻喪家犬。而我因執行拯救他的任務，被植入霍恩的記憶，成為拯救小組的祕警特別行動人員。

經過多番曲折離奇的異世界驚險遭遇，我們倖免於難地回到地球，而司徒凌宇則完全「異能覺醒」，真真正正化身為打擊「奎扎科特爾」教派的「極惡刑警」。

可惜的是，隨著他的家人，幾乎一夜間被疑似「奎扎科特爾」教派殺手屠殺後，他已再不是我們認識的司徒凌宇。他以極端暴戾對付「奎扎科特爾」教派的行事手法，令祕警處容不下他，香港警察連同國際刑警更全力通緝，甚至傳聞政府機關聘用黑道中人，以暗花（注）方式對他下達「殺無赦」的命令。

他決定隱身於黑暗，以敵在明他在暗的方式，繼續與邪惡周旋。

之後有段時間，我和他失聯，又或者說，他可能怕連累我，更甚他可能打算獨自一人單挑「奎扎科特爾」教派，我不知道。

之後，我輾轉被祕警處委派去世界國地，偵查關於該教派旗下賣淫集團的犯罪證據。而機緣巧合下，我被安排到香港，追緝「奎扎科特爾」教派七大護法之一的「鬼手傑克」，同時在一次特殊任務中，再次遇上那個男人——「極惡刑警」司徒凌宇。

我所謂的特殊任務，其實是以另一個身分「物理治療師翟靜」，去接近「奎扎科特爾」教派的目標——那個在一次打架中弄傷了膝蓋的跆拳小子童諾生。在替他治療傷患期間，我發現他跟教派有千絲萬縷的關係，尤其是他的姊姊童諾雅，所以我決定暗中調查他……甚至到後來，當得悉他姊姊不幸離奇死亡後，我決定要保護他。

或許是命運使然，就這樣，當我暗中跟隨童諾生到醫院停屍間查看他姊姊遺體時，我再次遇上了司徒凌宇，更被我知道，他盯上「奎扎科特爾」教派的七護法「鬼手傑克」，正是我一路偵查追蹤至香港的「奎扎科特爾」教派賣淫集團首腦。

也許是目標一致，抑或被我的誠意打動，還是凌宇要對付有如鬼魅的「鬼手傑克」，始終要有支援和可靠情報。總之，我和凌宇再次成為搭檔，瞞著祕警處暗地裡一起追緝「鬼手傑克」。今日，我們各自為著不同的理由，一起闖入「奎扎科特爾」教派位於香港邊陲的祕密總部，打算跟傑克來個正面對決。

我當然希望順利瓦解教派的賣淫集團之餘，消滅那個變態到極點的「鬼手傑克」，救出那些被教派利用和迫害的無辜少女。而我也知道，凌宇放不下仇恨，他更打算用那雙原本屬於「奎扎科特爾」教派的手反過來殲滅他們。

雖然所有人都認為他是復仇魔鬼，但我十分清楚，他從來沒有捨棄過正義，甚至義無反顧地在此前一直協助我瓦解教派經營的色情勾當，救出眾多無知少女。

他，司徒凌宇，仍然是疾惡如仇的「極惡刑警」。

而我，不知不覺間，早已對他產生異樣的情愫。

2

司徒凌宇多年來一直追查「奎扎科特爾」教派於香港的祕密總部所在地，都徒勞無功，但總算皇天不負有心人，海濱公園一役，雖然未能從傑克手中救回童諾生，但那小子口袋裡那張在計程車上找零的鈔票，早被我以奈米技術植入最先進的GPS全球定位系統，所以當傑克捉掉童諾生，就正正是出賣了他自己的巢穴位置。

而經過連日來的策劃、籌備，從線人口中得知，今晚所有「奎扎科特爾」教派的香港分部教徒，包括「鬼手傑克」在內的要員，都會聚集來到總部。要把那班魔鬼一網打盡唯有在今晚，所以我向祕

注 是指黑社會私底下買兇殺人的懸賞價碼。

警總部匯報後，局方便聯同香港警方精英盡出，誓要將「奎扎科特爾」教派連根拔起。

這次行動暗號為「滅蛇」，而避免被香港警方悉破凌宇身分，我幫忙他易容上陣，同時要求他戴上一對特製手套。到目前為止，一切都盡在掌握之內，位於「奎扎科特爾」教派總部外圍的敵人，更早已被配備精良武器的特種部隊殲滅。當然，一切能進行得這麼順利，全賴凌宇那一對「判官之手」。

「嘟嘟嘟嘟……嘟嘟嘟嘟……嘟嘟嘟嘟……」儀器的數值不斷急速上升，四周瀰漫的腥臭味愈來愈濃，相信離目標人物就在三十幾呎內。

走廊的燈變得時明時暗，戴著紅外線夜視鏡的我，不時要小心翼翼地避開通道上的「障礙物」。眼前的情景只能用慘不忍睹來形容，怪就怪負責帶隊的指揮官不聽凌宇的勸告，白白葬送兩支共十二人的特種部隊小組。

四周盡是血肉模糊的斷肢，部分特種部隊隊員的頭顱更被扭開、釘在牆上，而腦漿更被當作顏料般，在牆壁上寫上「Naive」等羞辱字眼。

雖然早有心理準備，但面對這樣血腥殺戮的場面……不！是單純被屠殺的場面，我唯有強忍想吐的感覺，死命跟在凌宇身後。

在地獄的國度裡，唯有他，能給予我稍稍的安全感。

「砰！」

一道近七呎高的大門被凌宇雙手轟開，隨之而來的，是一束隱含詭異綠芒的奪目紅光向我迎面射來，我被照得睜不開雙眼的同時，竟感覺那奇怪的光似乎穿透了我的眼皮，直射入視網膜上，雙眼傳來極度的炙痛感。

當我以為自己快要失明之際，一陣柔和的紫光擋在我的雙眼前。是凌宇的一雙手，他用手上的異能來抗衡那兩重詭光，然後，以手指輕揉我的眼皮，我這才逐漸能恢復視物。

「這能量只夠支撐十分鐘，十分鐘內仍未能擺平那傢伙，妳就要離開這裡。」凌宇道。

我點頭答允，同時，終於看到使出這兩重詭光的各自主人：散發著綠芒的，正是今晚我們緝捕的主角——「鬼手傑克」；另一邊廂，釋放著比傑克更燦爛奪目的紅光主人，竟是那個跆拳小子。雖然他的輪廓起了些微變化，但從他眼神、身形看來，他一定就是童諾生。

凌宇對童諾生更不會感到陌生，因為他在途中告訴我，在警方祕密停屍間那裡奪回紋身圖案一役，他就曾與這小子有過一面之緣。

此時，我發現廣場中央聳立著一尊巨大神像，雖然跟異世界看到的模樣有點差異，但仍看得出是「奎扎科特爾」蛇神，祂掌心上的六芒星圖案，正詭譎地透出綠光。

神像、祭台、天幕……根據資料顯示，這裡一定是用來進行祭祀的祭壇。

當我定下心神之際，發現祭壇四周坐著超過一百位教徒，然而他們對我們擅闖祭壇似乎漠不關心，甚至是視若無睹，只因他們都全神貫注看著祭壇中央的一場決鬥。

不……應該是注視著進入尾聲的戰鬥。

一切都顯得詭異，甚至連我也不知不覺間成為這詭異畫面的一份子，一股令人窒息的氣氛在廣場中迅速擴散。

因為……「鬼手傑克」敗了。

除了一雙還透著餘光的綠手，他全身都被轟得凹陷，尤其頭顱受的那一擊，低陷的頭蓋骨更把眼眶內的眼珠壓迫幾乎整顆凸出來；而他那背部彎曲的情況看來，那重擊把傑克的脊骨也一併壓得全部扭曲。

但那傢伙竟還在笑，他「哈哈哈」的笑聲響徹整個廣場，而我的心跳得很快，油然而生的恐懼令我心生絕望，究竟是什麼？即將要發生什麼事？

我望著身邊的凌宇，只見他鐵青著臉盯著祭台上的某人，但不是傑克。他盯著的是童諾生。

與此同時，廣場上的教徒開始集體高呼著一個名號——「教主」。他們竟開始稱站在祭台的勝利者童諾生是教主！

我開始明白，令我產生恐懼的人不是傑克，更不是場中的教徒，是那個昔日一臉童真的童諾生。我們始終來遲一步……凌宇最不想見到的事發生了。童諾生真的是「奎扎科特爾」教派揀選的人物，他竟然就是象徵「奎扎科特爾」蛇神的化身。

「凌宇……」

「毀了他！」

「不！他是無辜的……」我想起那孩子可憐的身世，明知他是邪惡化身，明知他是所謂的凶星，也不希望他被凌宇殺掉。

但凌宇決定要做的事，普天之下，又有誰可以改變他。

就在凌宇步上祭台之際，原本跪倒在地的傑克，突然抬起頭猙獰地高呼著：「哈哈……嗚……新世界即將來臨，長老說得沒錯，哈哈……那顆心的力量果然很厲害，甚至大大超越護法團的力量……哈哈……『奎扎科特爾』即將再臨……『奎扎科特爾』萬歲！萬歲！萬歲……」

一時間，整個廣場的教徒都跟著傑克叫囂著，但任誰都沒想到，情況維持不到一分鐘，廣場上教徒的嚎叫聲竟瞬間戛然而止。

接著……是一片死寂。

這群教徒的首領、叱吒一時的「鬼手傑克」，在「砰」的一聲下，那顆早已不似人形的腦袋竟瞬間炸裂開來，台上只剩下他那搖搖欲墜的無頭身軀。

好強……若不是親眼所見，我斷不會認為在人類世界裡，有人可以擁有這種匪夷所思的力量。剛才童諾生的一雙手，只輕輕地指著傑克的頭顱，然後經歷兩秒間的急速收縮再瞬間膨脹，一顆頭顱便消失得無影無蹤。

在我還驚疑間，不知怎地，內心竟湧現難過的情緒，是強烈的內疚感，很悲傷、很無奈、很自責、很心酸、很哀愁，然後，整個人彷彿被電擊一般，眼前出現一幅又一幅不屬於我記憶的影像。

好恐怖，那一張張絕望求饒的可憐表情，那一張張受盡凌辱的痛苦面孔，好多……好多女性慘遭無情的殺害，為什麼要這樣……停啊……不要……放過她們好嗎！

什……什麼？我終於明白……她們都犯了原罪中的「不貞潔」，但也罪不至死……不是嗎？

我明白……我終於明白你為什麼難過，因為你不得以得執行「原罪」的審判，你身不由己，很可憐……每晚活在惡夢中的感覺真的很可憐，那一張張來討命的恐怖惡臉，令你的內疚感與日俱增，但你壓抑不住心裡的殺性，甚至憎恨自己滿手鮮血時產生的快感……

「我完全明白……真的很可憐……」

我忍不住掉下眼淚的同時，發現廣場上所有人也與我經歷著同樣的「內疚」，而只要親嘗那種痛，都會喪失生存的意志。

但除了一個人，一個曾在生死邊緣討命的男人，他由始至終都不為所動，而他與童諾生只有五步的距離。

五步，足以決定一個人的生死。

「那三十多個女子都是你殺的，對不對？」凌宇問。

「是的。」童諾生的語氣出奇冷靜，與之前的他截然不同。

「你控制不了『祂』，對不對？」凌宇的右手發出淡淡紫光。

「對，求求你殺了我。」童諾生低下頭，彷彿準備接受洗滌罪孽的懲罰。

「我殺不了你，只有你自己，才可以解開原罪的罪孽。」凌宇把散發著紫光的手放在童諾生頭上，續道：「但我可以替你暫時禁錮著『祂』。」

只見一點耀眼的紫光從凌宇的手心釋出，然後滴落在童諾生的眉心中，而那點紫光像有生命般，進入他皮膚下的血管，再迅速擴散開來。

一瞬間，童諾生全身的皮膚浮現著縱橫交錯的紫色網紋，而我看見，他強忍著身上的痛苦，緩緩祭起雙手炙熱的紅光。

就在紅光準備吞噬紫光的一刻，童諾生抬頭望著我，問：「可以幫我照顧她嗎？」

我知道這是他最後的願望，而他口中的「她」，當然是還昏倒在祭台上的文頤。

童諾生望著文頤的方向，道：「我答應過妳，無論何時何地，都會照顧妳，因為有小妖精就有大妖怪，沒有人會被遺棄……」

他頓了頓續道：「可惜，我再也無力照顧妳了……我要為自己犯下的原罪贖罪，我愛妳，只有這樣，我才可以保護你……還有所有善良的人。」

我點著頭答允童諾生的要求，而當我走到祭台抱起那女孩時，神像底下的童諾生向我面露微笑，似乎在回應我的幫忙。

「再見了，文頤……小妖精。」

數秒後，一團在紫光包圍下燃燒的烈火，迅速從童諾生的掌心湧出，無情地從心臟位置開始燃燒，再擴散至全身每寸肌膚。

一團熊熊的火光把廣場照得通明，同時間，童諾生身上隱約湧現出一張猙獰惡相，「祂」不停地低鳴怪叫，但在凌宇釋放出的紫光包圍下，「祂」只得接受命運的制裁，隨童諾生生命氣息的終止而煙消雲散。

「但願，一切可以結束……」這是童諾生最後的一句話。

我還記得，當晚廣場上那點火光熄滅時，上百位教徒抱頭痛哭、痛苦怪叫，人人都是呼天搶地的恐怖神態。

我更記得，童諾生靈魂帶笑地離開時，我懷中名叫「文頤」的女孩，同樣在睡夢中帶笑地喚著永遠守護她的「大妖怪」。

我相信，縱然短暫分開，總有一天，他們會在彼岸重遇，然後牽著手，再次譜出他們的愛情故事。

該犧牲的，都犧牲了，人類究竟何時才懂得在自己犯下的罪孽中清醒過來？

還是……人類世界的原罪故事，仍然只會天天無止境地循環上演。

第五章

重生者

四十九・印記〔維拉科查〕

暴雨停了……業火熄滅了……瘋狂搖擺的大地驟然靜止了。

「咳……咳咳咳……不習慣……真的不習慣啊！咳……」

「大長老，身體要緊。」是阿爾瑪，在最後時刻，就只有她，像小時候一樣喜歡在寢室內侍候我左右。

但我還是無法感到平靜，我無神的目光怔怔地穿過寢室的木窗，望向一片腥紅的虛空當中。

我已經揣度不出，這景象是否為世界毀滅前倒數的一刻，創造神突然生出憐憫之情，給予長久活在飢荒、疾病、死亡威脅中的凡人喘息的機會，好讓他們用僅餘的力氣、盡最後一分力量，撕破那一直籠罩在他們四周、宛如不斷擠壓著身體並掠奪他們生存希望的無助恐怖感嗎？

還是，這只是另一場神的遊戲，讓原本已深陷無助現實的凡人，在絕望中得到一絲虛假的希望，然後再狠狠戳破希望之球，一手摧毀他們最後燃起賴以生存的點點盼望？

究竟地獄之門是否已悄然開啟？一對對纏帶著腐爛氣息的鬼手，是否已在無盡的深淵等待著？

沒有人會知道。

就連這世界上一直被公奉為神之使者的「奎扎科特爾」教派長老團，都只能竭力地隱藏焦急無助的情緒，每晚圍坐在神殿廣場上，結著手印，抬頭向大神一致禱告，期待大神給予預兆，期待大神如傳說般重回大地，帶領族人逃離災難，賦予族人重生的機會，實踐三千多年前祂的古老承諾。

因為，這世界已經待不下去。

天際那道不斷閃現著赤紅色雷電的裂縫，已無情地宣告，這同樣稱之為「地球」的世界，已展開有生命般的反噬倒數。

當時間一到，無論是手無寸鐵的凡人、經過改造異變的屍化人、繼承大神於史前遺留下來那無上智慧的長老，抑或擁有彈指間便能殺滅生命的鬼手護法，都無可倖免地跟隨這個世界，化作一堆宇宙塵土。

滅絕之鎖一旦開啟，一切都無法挽回。當這邊廂的地球隨太陽運行至銀河系的中心，從此不再有任何公轉自轉之時，地球生命就走到了終結的盡頭。

但一切都不應該發生，命運的果報、天理之循環應該是向施惡之身而報。在這個世界，從來只存在著「愛」，我們對周遭的自然都不曾妄加傷害，更遑論人與人之間存有加害之心等惡念。

可惜，這又代表什麼？

命運之神總喜歡跟人開玩笑，更要暗地裡向創造神隱瞞一切的真相，讓這世界的人類不知就裡地承受一切惡果業報。

我很清楚，長老先哲們曾經從「奎扎科特爾」大神遺留下來的古老文字裡得悉，這世上存在著一種力量，「它」恍似擁有自我意識般，當察覺到原有的世界被主宰的物種嚴重破壞時，「它」就會發動，而每次發動後，除非完成「任務」，否則絕不會罷手。

這個「任務」，就是滅絕。

所以，長老先哲們留下遺訓，告誡後代長老要教導人民，除了要繼續對萬事萬物有愛，更要對這星球的能源取之有道，切忌胡亂開採，更要平衡星球上所有生物的生存空間。

「咳咳……不獨大，不佔有，同生共存……我們一直沒有忘記……」我抬頭望著天空向大神禱告的同時，不自覺說出先哲們的遺訓。

我們當然沒有忘記這訓示。在一百五十年前我成為長老時，便一直跟長老團盡力維護這宛如跟創造神約定的契約。就算這世界逃不過需要發展工業、提煉能源以滿足生存所需的命運，我們都要盡力避免污染大地、海洋和空氣一分一毫。

「奎扎科特爾」大神的子民，一直都信守與大地之間的承諾，但可惜，大約一百年前，這世界竟開始離奇地逐漸崩塌。

原本取之不竭的能源竟急速地從這片大地上消失，海洋更出現不知源頭的污染，空氣上飄懸著不知名的有毒物質，就數十年間，這世界竟有三分一的地方不適合人類居住，其他物種迅速且大量被滅絕。

緊接而來的，還有天災，地震仍頻、火山爆發、海嘯侵擊、風暴肆虐、異獸橫行，不僅人類，連沒有知性的植物都感覺到滅亡只在咫尺間。

長老團都大感困惑，究竟這世界出了什麼問題？是我們在不知情下違背了與創造神之間的協定？還是，大神再也不庇佑祂的子民？但除了等待死亡，我們還可以做些什麼？

終於，某一日，隨著一個不速之客的到來，謎底終於解開。

這個無論衣著、談吐都跟我們完全不同的人，他不斷跟我們說著自己來自的「地球」，跟我們這邊的「地球」有什麼不同；在他眼中，這裡就是一個只存在歷史典籍描述中的古老時代。他們的科技比我們先進、知識比我們進步，他們擁有的，在這裡都遍尋不到。

「咳咳……咳……但我們都不關心，我們關心的，是他究竟從何而來？咳……如果他沒說謊，他又是如何來到我們這個世界？」

他跟我們說，他原本是個科學家，因一次意外，他乘坐的那艘船在一個叫「墨西哥灣」的一處大西洋海面上，突然被一股夾雜雷電的水龍捲捲進海底，在缺氧的情況下，加上來自四面八方的強大吸扯力量，令他痛極暈倒。

待他回復知覺時，遠處出現了一點耀眼的綠光。他用堅強的求生意念支撐疲乏不堪的身軀，不斷向著那點綠光游、游、游……直至筋疲力盡，最後被我們的族人從海面救起，送到長老團的面前。

接下來他與我們相處的歲月，發生過什麼事並不重要，最重要的，在逗留這裡的十年間，他也對這世界的崩壞產生好奇，並終日埋首於連我們也不懂的研究，而當時，長老們都任由他進出蛇神大殿。

日復一日，終於……

我還記得那一天，他興奮到接近瘋狂地走進「神聖長老會議廳」內，說找到什麼可以穿越時空的能量法則，又說已經研究出可以成功返回他原來世界的方法。

我們起初都無人相信，以為這不速之客瘋了。但經他不斷遊說下，擁有慈悲心腸的前任大長老以了卻他心願為由，罕見地把所有長老召集在大殿聖堂，然後照著那男子的指示，在「奎扎科特爾」大神神像下圍站一圈，跟著唸起刻在神殿石牆上已久的一段又一段的經文。

起初，四周一點異樣也沒有。

豈料再過片刻，大神的神像雙眼激射出詭異的綠芒，而綠芒的焦點不偏不倚就在我們圍作一圈的中央，正是大長老和那男子所在之處。

「轟隆——」

一聲震耳欲聾的雷聲過後，滿布烏雲的天空隨即出現一道恍似長有邪惡臉孔的氣團，然後氣團急速在轉，形成一道帶有吸力的漩渦。

「轟——」「轟——」「轟——」

就在眾人驚愕之間，綠芒愈發刺眼，最後兩道黑影在聖堂中央瞬間消失。待我們一班長老雙目暈眩感消散後，「他」和大長老已不知所蹤。

但事情還沒有過去，大長老失蹤後不到半年，所有曾經參與過儀式的長老們都不約而同神情萎靡、身體虛竭而亡。只有我，不單沒有死去，更剎那間通曉大殿內那些刻在石壁上的古老文字，而憑這種能力，我終於揭露埋藏三千多年的「奎扎科特爾」大神祕密。

我不止知悉那個聲稱來自另一個「地球」的他沒有說謊，更了解到「奎扎科特爾」大神悲痛的過去，還有那個「泰茲喀齊波卡」邪神的歷史，以及祂後裔存在的祕密。

我更從大神留下斷斷續續的紀錄裡，窺探到兩個地球存在的真相，而憑著這真相，我開始明白這世界崩壞的原因。

一切盡在「雙子星」的祕密……

在平衡時空下，兩個並存的地球不單擁有一條可以接觸、打通的神祕通道，更重要的是，這兩顆互不相見、更無法用科學探測到對方存在的「雙子星」，所蘊藏的資源、能量、地火竟是同出一脈。

換言之……

只要另一方無限開採資源、破壞到地核內部，另一方將會一起承受惡果。又更甚者，被掠奪的一方，會被先侵略的一方啟動「地鳴」之劫。

就在我掌握這世界存亡關鍵的那一天，天象突然再次轉變，那道刺眼的綠芒再次帶著凜冽的衝擊，令神殿中央穿破了一個可怕的無底深洞。

當我到達神殿時，四周揚起的塵土令我雙眼目不能視、通紅刺痛，而聖堂中央則湧出一陣作嘔的邪惡氣味。那氣味的主人來自那滿面皺紋、但精光內斂的白髮老者，他雖蒼老不少，但四目相交下，我清楚認出他就是失蹤已久的大長老。

不同的是，此刻的他，身上擁有令人懼怕的死亡力量。後來我才知道，那就是源自「奎扎科特爾」大神的「七宗罪」力量。

大長老就是依靠這「七宗罪」的龐大力量，強行打開那道神祕的時空缺口，從另一個地球重回到這裡。

但可惜，這力量並不持久，應該說，那邪惡力量根本不該寄存在至善的「奎扎科特爾」大神後裔身上，因為換來的，將會是恐怖的反噬作用。

「是……咳……是交易的一部分。」

先是日益膨脹的力量在身體各處不斷流竄、破壞，再而魔障叢生。大長老那段日子雖生猶死，但他仍堅持完成那部書冊，要把自己所知的真相統統記錄下來，還有，一個可以救活整個民族的唯一方法。

「上一代大長老……咳……死相真的……咳咳……恐怖，卻又可憐。」

我還記得，大長老臨終前把我召進寢室，我親眼目睹他用僅餘的力氣，把「七宗罪」的力量從體內分解為七個部分，再驅散進我此刻抱著的封印之箱中。

然後，他吩咐我，依照他遺下的那部書冊所示，到異世界尋找七個可以繼承「七宗罪」力量的邪神後裔，然後再讓合適的人選配上大神的心臟。那人將要喚醒大神、再打開通道，把活在災難的子民解放到異世界中。

他告訴我，這世界的災難，都源自於另一邊的地球人那貪婪無止境的開採與破壞。

「世界……已經歷四次創造神的滅絕循環，當……當大地被耗用到枯竭之時，祂們便會啟動滅絕巨輪，把所有都撥歸於零，重新……咳……重新出發。」眼神迷離的他開始自言自語起來。

我當時還以為大長老病得發瘋了。

「嗄……嗄……第……第一次啊！四千多年的文明，就被神的大雨魔法所覆沒……人類就只有一對夫……夫妻存活。之後經歷四千年，啊啊……人類……嗄……人類再次墮落，創造神……祂很憤怒，派那條風蛇發出摧毀一切的颶風，將世界毀滅，生……靈塗炭。」

他愈說愈激動：「你知道嗎？得到再次繁衍機會的人類仍舊不懂得反省，四千年……四千年是再一次循環……嗄……這次是火，四周的景物都被群山噴出的熔岩變成灰燼……很熾熱，熱得人快熔掉……」

大長老當時一邊說著，一邊用雙手在虛空中比劃，我感覺到他很驚恐。

他的思緒再次落入末日的影像當中。

那時我還問：「大長老……那我們這次即將經歷的，是不是第四次循環？」

他似乎被我的提問嚇得回過神來，揮舞中的手突然緊抓著我，顫聲道：「不……還不是，愚蠢的人類竟然自相殘殺，爆發了一次……咳……史無前例……咳咳……血流成河的戰爭，最後創造神憤怒了，決定用洪水淹沒世界。」

「那……結果是？」我抓著大長老雙手，感覺到他身體愈來愈冰冷。

他開始呼多吸少，但仍不願撒手而去，繼續喃喃地說：「最後……嗄……祂給予人類最後一次機會，對……是最後……也是這次，祂說過，若大地再度充斥邪惡……人類再不懂得珍惜……地神……是地神降臨大地吞滅一切……」

「地神？什麼地神？」

「當『地鳴』出現之時，啊啊……嗄……咳咳……亦……亦是大地倒數的開始……一切將會無可挽救……除非……咳咳……咳咳咳……除……」

我已經忘記了大老長當時低吟下說著除非「什麼」。

但我相信，大長老並沒有發瘋，因為之後我從神殿上大神遺下的古老文字當中，找到與大長老說著的相同末日印記。那是「奎扎科特爾」大神留下的，我相信大長老在穿越時空時，一定親眼目睹過類似的影像。

在大長老嚥氣前那一刻，我記得，他反覆說著一番怨恨的話語，詛咒邪惡後裔統統不得好死，而其中，他又唸唸有詞地說著一個名字，印象中好像是什麼「愛因斯坦」。

後來我在大長老遺下的書冊裡，得悉這個「愛因斯坦」就是當年誤入我們國度的「他」，而「他」竟憑著我們的知識，更新了異世界人類的科學領域；大長老得以回到這裡，某程度也多虧這位科學家，活用大神留下有關穿越時空的磁場理論。

據後來負責追查「愛因斯坦」的長老所知，「他」曾經在他們的第二次世界大戰期間，再次使用逆轉磁場理論，瞬間轉移被納粹德國軍隊圍困的美國戰艦。可惜，在沒有大長老力量的加持下，實驗以失敗告終，更犧牲整條戰艦上所有軍人的性命。

此後，「他」再沒有膽量進行瞬間轉移實驗，反而在研究時間空間的宇宙學知識領域當中取得偉大的成就。

但在宇宙研究以外，他也在私人日記中留下一個人類將會滅絕的祕密，而這祕密，應該就是大長老臨終前親口向我訴說的印記。

可惜，這祕密歷經他們的第二次世界大戰後，早已下落不明。

但不要緊，因為那些邪惡後裔的存亡對我來說並不重要。

最重要的是，我掌握了大長老遺下的書冊內容，加上神殿石壁上大神的印記，我終於窺探到創造神設下的倒數計時，以及當年「奎扎科特爾」大神希望救續人類的原委。

我唯一可以做的，就是把希望寄託在當年神殿內通過「七宗罪」考驗的七個邪惡後裔小孩身上。

我相信假以時日，當寄養在他們身體內的力量，透過蠶食自己同類得以令罪疚成熟、壯大之時，就是打通永久隧道之期。

到時，當九星十字連星出現……

當太陽再經歷三千多年後，重回銀河系中心之時……

一切都準備就緒，擺脫末日、擺脫滅絕之期終於來臨。

正如大神遺留在異世界那端的馬雅民族的預言一樣，「奎扎科特爾」大神和祂的子民將會重臨大地、驅逐邪惡，殺滅把世界推向盡頭的邪神後裔。

雖然，我自知未必可以看到那刻來臨。

「咳……咳咳……阿爾瑪，我最優秀的孩子，答應我，咳咳……咳咳……」我咳出一口濃血，仍堅持要把話說完：「一定要帶領族人生存下去，那小子的再生，咳咳咳咳……咳……是命運。給我奪回那叛徒手上那鬼手，再集合力量打開隧道……終……終結一切……咳咳……時間已經不多了……咳……知……知道嗎？」

那披著黑色斗篷、彎著背、渾身散發著絕望氣色的女人阿爾瑪，把皮膚早已失去彈性的雙手放回胸腔上，緩緩答道：「知道。」

我微笑，然後，感到一種溫暖的力量在阿爾瑪雙手釋出，一股黑芒慢慢包裹著我全身。原本被重病折磨的我，感到全身很輕很輕，最後心感安慰地闔上眼，臨終前聽到耳邊傳來一句道別——

「別矣，維拉科查老師。」

然後，我的精元離開原來的殘軀，進入阿爾瑪的體內，被絕望力量所溫吞。這樣，就不用獨自留在快要滅亡的世界裡。

此時，距離「雙子星」進入滅亡程序，還剩三星期。

當「奎扎科特爾」護法團之首「黑寡婦」阿爾瑪，向她最尊敬的師長作出最後敬意的同時，離大長老寢室不遠的大神聖堂內，有另一股力量在不安地竄動。

五十・餘恨〔迦南〕

1

同夜，在血色的月光映照下，聖堂中央那尊二十呎高的「奎扎科特爾」大神神像竟變得比平日更格外猙獰。

儘管祂仍舊和平日一樣坐在祂的皇座上，繼續維持著雙手緊抱垂下頭顱的姿勢，但今夜驟眼一看，祂彷彿一改平日痛苦扭曲的自責表情。

祂的目光，流露著不滿；祂的面孔，流露著痛心的表情；祂掌心刻劃著的六芒星，正閃耀著暗淡且詭異的七色光芒。

因為，聖堂中央正爆發著史無前例的激鬥，那高速而刁鑽的綠芒不斷在暴烈兇猛的紅光之外竄擾著，每當兩者力量互擊之時，一陣又一陣充滿破壞力的風暴在聖堂中央颳起，再向四周擴散。

「啊！」那渾身展現著蛇皮的綠芒男子如獸般吼叫一聲，竟尋找到一絲突入缺口。他那對散發著晶瑩剔透的綠色鬼手，以迅雷不及掩耳的速度插入紅光之內，左手沒入紅光巨漢的左胸與下腹之間的肋骨位置。

一聲痛苦的低吟聲傳出，紅光巨漢嘴角滲血，是內傷了，但他竟沒有退讓，還嘴角上揚地笑了。只見他一手擒著已沒入胸膛的綠色鬼手，然後——

「砰！砰！砰！砰！砰！砰！砰！砰！砰！砰！」

一下又一下足以轟裂坦克裝甲的重拳，夾雜著高溫火焰，全轟在剛因偷襲得手而自鳴得意的綠芒男子身上。他原本經過屍化的蛇皮護甲被轟得開始龜裂，滿布血絲的雙眼抵受不住猛擊而暴凸。

但綠芒男子並沒有認輸，只斜睨了場邊的我一眼，便把更詭異奪目的陰寒綠光全聚於右掌上，瘋了似地向紅芒巨漢身上亂插而去。

那源自於「色慾」的綠色屍化力量，不斷染污四周的空氣，令空氣帶著盡是作嘔的腐爛氣息。

那源自於「憤怒」的紅色暴烈力量，則轟得空氣中滲透著難聞的燒焦氣味。

聖堂內沒人敢逗留片刻，除了我。我渾身散發著透明「嫉妒」氣色，目不轉睛地凝視著廣場上激鬥中的兩個男子，全情投入的我時而羞澀微笑，時而亢奮地叫喊，卻又別過臉雙眼通紅，差點滴下淚來。

我是誰？我是迦南，「奎扎科特爾」教派七護法之一，是力量源生於「嫉妒」又永不衰老的魔女迦南。

那擁有暴烈形態的巨漢，是我的愛人，數年前被司徒淩宇重創、再被小華殺死的維京人羅托斯。另外那個擁有一副令人討厭嘴而又漸感不支的男人，是數年前在異世界教派分部意外被一少年殺死的鬼手傑克。

他們不是已經死了嗎？為什麼竟雙雙出現在聖堂上，還拚個你死我活？

他們的目光不約而同窺視著我的反應，但他們渾然不知，雖然我看似專注地望著他們戰鬥，但其實一直漠視他們的存在。此刻，我正與一個已不存在的實體在另一個空間內喃喃自語……

2

你說過，人與生俱來就應該擁有享受戀愛的權利……對不對？

「……」

「不要默不作聲，我知道你聽到我說話的，我知道你清楚我的存在，我知道，你應該什麼都知道的！」我忍不住吼道。

十六歲那年，一切都是因為你，我清楚記得，那年你冒著被長老們施以血刑的懲罰，瞞著他們偷偷使用鬼手異能穿越時空到達異世界，帶回一朵我從沒見過的紫藍色鬱金香送我作為生日禮物，當時我就對你生出莫名的好感。

我更記得，當時你在我耳邊輕輕地說，自由選擇、自由去愛，忠於自己發自內心的情感，就是作為人類最基本的辨識認證。

你說過，沒有愛，縱使生存也不會感到幸福。

你更說，有了愛，縱使不幸也不會感到寂寞。

我相信你。縱使你不曾說過愛我，而我也不曾向你表白，更沒有在你被教派長老驅逐、追殺時，公然發聲支持你、聲援你，但我由始至終都想跟你說一聲「謝謝」。

謝謝你令我懂得如何接受愛，更令我懂得唯有擁抱愛，我才可以發揮蘊藏在體內最大的潛伏力量——嫉妒。

可惜你無法親眼看到，我迦南是如何從對人漠不關心，甚至任由詭譎風趣的傑克和暴烈木訥的羅托斯為我大打出手、血流滿面，我都無動於衷；到後來，我終於懂得去愛……去愛一個原來根本沒有愛過我的人。

是你，項月，教我突破長老們對戀愛禁錮的架框；也是你，項月，教我懂得，愛一個不愛自己的人是如何地痛；更是你，項月，告訴我你不愛我、愛上異世界的女子時，讓我終於衝破心裡的枷鎖，把潛藏體內的嫉妒力量盡情釋放，更無止境地痛苦。

可惜，當時我還不知痛苦的感覺，就源自於「愛」。

直至那年，你狠狠地被羅托斯、阿爾瑪、傑克三人在異世界格殺掉，消息傳來，那時我才知道，原來痛失所愛是那麼難受；我對你的感情，早早超出了傾慕的層次。

雖然我來不及告訴你，但你的死仍最終令我選擇了待我粗中有細的羅托斯，作為終生對象。

奇怪嗎？不……

因為那老粗殺了你。雖然那終日逗我歡喜的傑克也有參與其中，但對你發動致命一擊的始終是羅托斯。能夠殺死我傾慕的男人，在比拚上早已佔了甜頭，更何況，我知道一向自命不凡的傑克一定會心有不甘，他更適合透過恨意產生極度的嫉妒，而這種嫉妒的養分，滋潤了我。

所以我故意愛上羅托斯，更刻意在傑克面前表現親暱，然後肆意地利用鬼手力量，吸吮著從傑克身上孕育出來的嫉妒情緒。

從那時開始，我感覺到體內的力量不斷急速滋長，但更令我驚喜的是，有另一股嫉妒恨意同時從身上不斷湧出，令我的力量以幾何級數跳升，瞬間從七護法中最弱小的存在，成長為擁有與亨利、小華同等層次的力量。

那恨意的主人是羅托斯，那個擁有親近我胴體權利的老粗。

神奇吧？既然已擁有了我，怎麼仍會生出妒意？

一切都怪傑克愛我太深，他根本沒有放棄把我據為己有的慾望，而羅托斯對傑克暗地裡死纏爛打著我一事非常不滿，更嫉妒傑克與我有段曖昧不清的過去。

我發現外表雄壯、四肢發達的羅托斯，原來心胸比誰都狹窄，而這正中我下懷。我不介意他內心的嫉妒無限滋長，因為所有恨意都只會成為我那雙鬼手的食糧，所以我也樂於推波助流，繼續壯大他們的嫉妒恨意。

原本，一切都發展地非常順利，我對你項月也心存感激。

但可惜，成也項月，敗也項月。你的再生，竟奪去我兩個豢養已久的力量源頭；你的再生，竟把萬千寵愛在一身的我，變得一無所有。

難道你忘了嗎？我是你最疼愛的小妹，縱然你不愛我，但你怎能這麼狠心地摧毀我的一切？

那天殺的地球警察司徒淩宇，不僅繼承了你項月吞食天地的鬼手大能，更肆無忌憚在我面前，廢掉對我千依百順的老粗羅托斯；若不是他，小華又怎能把那老粗碩大的頭顱擊個稀巴爛？

更可惡的是，傑克被虐殺掉的現場，竟有人目睹司徒淩宇曾經出現。他是教派的對頭，傑克一定是他殺的，他分明就與老娘過不去！他根本是受你意志支配，對不對？

「……」

你說話啊！怎麼默不作聲？若不是你，他們兩個就不會死掉，他們根本就不應該死掉！是你教曉我去愛，也是你讓我掉入萬劫不復的失愛地獄。

「你叫我怎能原諒你，怎能不殺掉那天殺的司徒淩宇……」雙眼失去焦點的我，愈想愈憤怒，原本輕握著兩顆一紅一綠閃閃生光晶石的手，不自覺地因恨意而催生更強的力量，雙手漸漸變得如水晶般透明，臂內流動的血液清晰可見，表面則恍似鑽石般耀目生輝。

只見被注入強大力量的兩顆晶石不斷地抖動，而場中那兩個似實還虛的傑克、羅托斯則愈打愈是激烈，到達快要與敵俱亡的境地。

「殺！殺！殺！」我把對項月的所有恨意，投射在場中那兩個曾深愛著我的男子，只有眼前的一切形神俱滅，才可抵銷被項月傷透的痛楚。

就在綠、紅兩顆晶石快要抵受不住我的力量、快被壓碎之際，一股比我更強更絕望的力量突然籠罩整個聖堂的上空，那股令人窒息……目空一切的感覺……

是阿爾瑪。

她的出現，不單壓下我的「嫉妒」力量，更把原本快要互轟得粉碎的兩個精元平復下來，重新導回我手上的兩顆晶石裡。

她真的不負七宗罪中令人「驕傲」的絕望力量。

縱然如此，我還是深深不忿地向疾速而至的她吐出一句：「哼！為什麼要多管閒事？」

「啪！」一記火辣的耳光打在我的面頰，令我頃刻頭暈轉向。我來不及反應，便感覺原本緊握著的兩顆晶石已被阿爾瑪奪去。

「妳——」

「閉嘴！不要以為是我的妹子，我就不會幽禁妳！」她把晶石放進黑色斗篷內，轉身，鐵青著臉向我續道：「大長老剛剛病逝，他的遺願是集合我們七鬼手之力，打開通往異世界的永久通道，妳竟然任性地想摧毀傑克和羅托斯的精元？」

我被阿爾瑪冷峻的目光瞧得遍體生寒，答道：「既然如此，那兩顆晶元就由妳保管，以後別再來煩我。」語畢，我轉身準備步向聖堂的出口。

「迦南，妳好像還有些事未了，是時候解除妳的迷惑枷鎖，把那兩個用來附上精元的祭司釋放吧。」阿爾瑪道。

我頭也不回冷冷地說：「有這必要嗎？已死的人，犯不著要我再花力氣。」

「什麼？」

「大姊，就算這兩個對我色迷迷的畜生沒有死在我的力量之下，剛才在精元的影響下這樣廝殺互拚，難道妳覺得他們還會有命嗎？」我停下腳步，轉身慢慢舉起左手，指著場中的兩人，笑道：「是大姊妳叫我撤回力量的，怪不得人……」

阿爾瑪臉色一沉。

只見場中原本凝著不動的兩人，全身每個毛孔隱約透出一個又一個白色光球——是他們的生命精元。不消半分鐘，原本已被擊得傷痕累累的軀體，漸化作一陣飛灰，消失於聖堂之上。

「這樣好了嗎？沒事的話，我就走了。」

阿爾瑪忍住怒氣，道：「妳給我聽著，別以為我不知道妳在想什麼……」

「我知道，妳已經從大長老那裡學會讀取別人意識的能力吧！」我搶著道。

「知道就好。我知道妳想親手殺掉司徒淩宇，但別毀去項月那鬼手的精元。」

我沒有回答，向著聖堂的出口走去。

「還有——」阿爾瑪厲聲道：「別打那少年的主意，他是大神的轉生，若妳鐵了心要替傑克報仇，我會毫不留情地先殺了妳！」

我聞言停下腳步，冷笑一聲：「哈哈……那妳最好還是去窺探一下那位『大神轉生者』的內心，我怕，哼……妳會陰溝裡翻船，我們全族會反過來被他所滅，到時，一切便真的終結了。」

「妳窺探過他的思想？」阿爾瑪走過來一手擋在我的面前，臉上盡是驚訝的表情。

「這重要嗎？」

我撥開她的鬼手，然後消失於聖堂黑暗的通道裡，只留下淒絕迴盪的笑聲。

五十一・窺探〔謎之少年〕

1

我對這世界，並不感興趣。

因為我連自己究竟是誰都弄不清楚……更遑論為什麼要在這世界出現，又為什麼自從恢復感官之後，這身軀……總給我一種不太實在、似有還無的奇怪感覺。

只能說，這就像是靈魂和身軀有點分離，不……應該說靈魂彷彿沒有黏著力，隨時被風輕輕一吹，就會脫離這副有點陌生的軀殼。

我感覺很虛浮。

我甚至懷疑，眼前所見、手可觸及的，究竟是不是夢裡的一部分。

但或許這些都不重要，因為我連進一步深究下去的衝動都沒有。因為，如果這才是現實的話，我最想要的還是快點感到倦意，然後讓我闔上眼被睡魔帶走，回到那個我感覺到逗留了很久、又很熟悉的地方。

繼續作夢。

繼續去作那未完的夢……找那未知的答案，追逐那仍舊模糊的女子身影。

荒謬嗎？

荒謬，的確挺荒謬的，我肯定沒有人會相信，甦醒後的我，腦海裡的記憶竟化為碎片，分散流落在腦袋內各個無法連繫起來的記憶細胞中。

偶爾，我眼前會出現一幅又一幅說不出所以然的影像，而影像時而出現遠古人類，又時而回到現代的一些年輕小伙子，但這統統都組織不出一個完整的片段，更別說一個完整的記憶故事。

雖然事實是如此荒謬而不解，我甚至覺得，應該是甦醒過程中什麼程序出了錯，令我成為一個支離破碎的不完全生命體。不然，為什麼我所謂的記憶，只是像被強制儲存一樣，絲毫沒有一點情感的牽絆？

不過這雖然是惱人的一點，但我還是一點都不在乎。因為比我更有興趣去了解這狀況的大有人在。他們用盡任何方法，有的暗地裡發動精神攻擊意圖催眠我，有的則試圖強行潛入我的記憶中心窺探箇中祕密；更有人建議，把我送到那個一臉蒼白但又風度翩翩、名叫「爵士亨利」的男人那裡，答案就會呼之欲出。

他們無論如何都相信，我擁有救贖這世界的能力，腦袋應該更存有替這民族起死回生的方法，因為我是大神的轉生……對，他們都一致地說，我是那個叫「奎扎科特爾」的大神轉生。

「不是嗎？」與我在寢室窗台上並肩而坐的少女，用她那雙水汪汪的大眼睛望著我，一臉天真地問。

「妳不是可以讀取我的思想嗎？怎麼妳也不知道，要來反問我？」我斜睨了她一眼，事實上我連「奎扎科特爾」是怎樣的大神都全無頭緒，所以不想在這個沒有答案的話題上打轉。我只管把視線再次投向窗外，遠眺著不遠處那好像叫「大神聖堂」的處所上空。

少女察覺到我的心不在焉，輕嘆一聲後道：「你每次都看得這麼入神，是那三色極光令你想到什麼嗎？」

「哦？不……只是覺得，每次那三色極光在聖堂上空出現時，四周都充斥著一股感覺很奇怪的氛圍。」但我沒有跟她說過，除此之外，那三色極光更令我心跳加速，隱隱然有種厭惡而欲排斥的強烈感覺。

「但其實，她也挺可憐的。」少女撐著頭，幽幽地說。

「她是誰？」我問。

「迦南姨姨。」少女舉起手，在空中一邊比劃一邊續道：「自從羅托斯叔叔死後，她就不時一個人去聖堂那裡。你看，那道兇暴且艷麗的紅色極光，就是羅托斯叔叔的精元，他無論生前或者死後，都是那麼地威武。」

「那白色那道極光呢？」

「這還用說？當然是屬於迦南姨姨啦！」

我輕撫著開始有點絞痛的胸膛，道：「但那極光充滿著攻擊性的恨意。」

「是嗎？我感覺到的和你不同，我覺得那白色極光充滿著哀傷。每次當那極光出現時，它就像一位靜靜站在一旁的少女，流露出傾慕愛人的樣子。」少女說完，雙頰突然蕩漾出紅暈。

我沒有在意，指著差點被紅色極光吞滅的綠色極光，問：「那綠色的又是誰？」

少女一臉疑惑，搖搖頭道：「這個我也不知道，但不知怎地，那綠色極光給我一種很親切、很溫暖的感覺。」

「連妳也不知道？」

「我的心靈感應能力只能在有限的範圍內使用，除非可以走近聖堂那裡。但那三色極光能量非常強大，像我們這種階別的聖女，還沒走進去就會遭殃。就好像每次極光出現時，四周走避不及的信徒都會突然發瘋似地亢奮哀鳴一樣。坦白說，那些嘶叫聲真的令人毛骨悚然。」

「那妳可以去窺探一下那些瘋子的腦袋，看看他們經歷了什麼吧。」說著同時，我的一雙眼睛沒離開過那交纏著的極光，同時發現紅、綠兩光開始黯淡起來，取而代之的，我感覺到有另一股能量在聖堂內釋放，那能量夾雜著濃烈的無助，是令人差點窒息的絕望感。

「我才不會這麼做。」

說完，少女從床上站起來，牽著我的手笑道：「好了，時間不早了。你叫我來，不只是要陪你看迦南姨姨的極光吧！」

我回過神來，遲疑地說：「不……」

少女看著我茫然若失的雙目，流露出失望的神情。她窺探到我此刻腦袋空白一片，竟忘了跟她這晚約定了什麼。她隨即一聲不響地甩開我的手，轉身頭也不回地離去。

「喂，等等，不是這樣的……」我從窗台跳下急步追上，並試圖伸手拉住她。

怎料，她竟突然停下腳步，然後冷冷拋下一句：「什麼『喂』，難道你連我的名字也忘了？」

我感覺到她語氣帶著怒意，一時間語塞下不知所措，寢室內的大氣恍似凝住。良久後，我才開口答道：「妳叫『莎婭』，我怎會忘記妳的名字，妳是我甦醒後第一個認識的朋友。」

莎婭不發一言，仍舊站著不動，沒有回話，但也沒有離去。

雖然我說過對周遭的人和事都不感興趣，照理對莎婭這種表現也不會有太大反應，但一想到自從我甦醒至今，當周遭的人都對我敬而遠之。只有她，莎婭，一直對我照顧得無微不至，更待我如好友般知無不答，我便不忍心令她生氣，故懷著歉意道：「莎婭，對不起……」

「你沒有必要向我道歉。」

聽著她幽幽的語氣，我腦海閃過一個身影，一個我很熟悉，但又令我揪心的女子。她是誰……怎麼眼前莎婭的身影，跟我夢中所見的那個她如此相像？

我再次陷入沉思中，在原地呆住。

「傻瓜，跟你開玩笑罷了，發什麼呆啊？」莎婭轉身，以右手食指大力戳了我眉心一下。

這一下刺痛，令我從思緒中抽離，連忙轉個話題：「沒什麼……只是突然又什麼都想不起來。」

莎婭一臉憂心地問：「有這麼嚴重嗎？不如叫阿爾瑪嬸嬸替你檢查一下，好嗎？」

我裝出笑容搖頭拒絕。莎婭再牽著我的手道：「你也怪可憐，連自己的名字也忘了……啊！對了，你不是說過這晚想藉我的精神力，去幫你翻查過去的記憶嗎？我想也可以嘗試在記憶中找回你原來的名字，都說一個沒名字的人也怪可憐的。美羅也是這麼說的。」

「美羅？」我問。

「你忘了嗎？我那個梳著兩個娃娃髮髻，樣子很可愛的朋友。」莎婭笑道。

望著莎婭天真的笑容，是我感到唯一很安心，也很安慰的事。因為我相信她不同於外面其他人，一心只想窺探我腦海的祕密。

就算是那個什麼首席護法阿爾瑪，她口口聲聲說要用她的異能替我恢復記憶，但她那帶有侵略性的力量，進入我的大腦後，竟不止到處肆意流竄，把我的記憶片段進行複製，更意圖注入一些原本不屬於我的虛假影像。

我只記得那頭痛欲裂的感覺，真的令人毛骨悚然。她完全沒理會我瘋狂地在地上翻滾止痛，只顧不斷加大異能以侵入我的大腦深處。

「啊──」

就在快要失去自主意識、變成一具行屍走肉任人操控的肉體時，我感覺大腦竟自行關上記憶空間，還築起一道厚厚的防護牆，對阿爾瑪的力量絲毫沒有一分退讓。

最後，在雙互角力之間，我感覺到心臟傳來一股熾熱暖流，把原本已進駐四肢、全身觸感細胞，甚至腦袋內各神經末端的陰寒力量驅除。

「砰！」

當我睜開雙眼恢復意識之時，發現阿爾瑪竟被某種力量反震得撞向寢室的牆上，嘴角還流出血。但她沒有哼出一聲，瞬間若無其事地恢復恭敬的表情，只說了句「時間很晚了」後，便垂首離開我的寢室。

我沒有追究，說實在我也沒有深究真相的能力，當然更沒有興趣去理解。

我清楚知道，自己只是一件工具，一件用來解密的工具……除了她，莎婭，她第一眼望著我時，我便感覺到，她是這裡唯一把我當人看待的人。雖然她可以在我完全不察的情況下，進入我腦海竊取記憶，但她沒有這樣做，更沒有答應長老們來偷取我的記憶。

我感覺得到，而她也有向我坦白。

「讓我幫你，好嗎？」這是她首次見到我後說的話。我記得，那聲音很溫柔。

我沒有當場拒絕，更隨即答：「好吧。」

「你希望我今晚來你的寢室？好啊，我叫莎婭。」她偷偷在我耳邊說著。

那刻我才開始驚訝，原來她擁有讀取思想的能力，所以我還來不及回話，便目送她急步離開大殿走廊，跟隨那班早已走遠的豎琴聖女。而這已是三日前的事。

很奇怪，我對所有人都有著戒心，唯獨她。我非但對她沒有戒心，她更像我認識很久的朋友一樣，雖然不知道為什麼她要親近我，但我選擇相信……相信這世界上我暫時唯一的朋友。

而這晚，就是約定解開所有謎團的日子。

莎婭跟我說，這是我們兩人的祕密，所以除了我，連她的好友美羅也對今晚的事都毫不知情。

「準備好，可以開始了嗎？」莎婭與我面對面而坐，寢室內沒有多餘的咒術布置，也沒有任何神器之類的輔助工具，只有一個豎琴放在她的旁邊。

「可以開始了。」然後，我闔上眼，盡量讓自己平靜下來，不作多餘的思考。

此時，我感到她以一隻指頭，戳在我的眉心上。我感覺到一股暖意從她指頭裡釋出，再慢慢進注入我的額頭，導入體內每寸神經，逐漸流竄進我的大腦裡。

「吱吱……」

我感覺到莎婭那股溫暖的力量，快要到達那度緊鎖的記憶之門，但腦海閃過阿爾瑪被震退的情景，便脫口而出喝止：「不——」

「啵！」

莎婭的手指被我震開，幸好我及早提示，莎婭迅速收回那股力量，否則，我也不敢想像莎婭會受到怎樣的傷害。

「你沒事嗎？」莎婭竟反過來慰問我。

我搖搖頭報以一笑，莎婭隨即拿起放在椅子旁的豎琴，一臉認真地向我解釋：「我記得亨利叔叔說過，有句話叫『解鈴還須繫鈴人』。在操控精神力量的訓練當中，除了進入別人腦海直接讀取記憶，還有一種方法，就是控制對方的精神力。」

「那是什麼？那個妳也懂嗎？」

「簡單來說，就是將精神力套在對方的精元之上，與對方暫時二合為一，再由對方自行帶領進入記憶當中。因為是自己進入記憶內，原本閉鎖的自我保護關卡就會統統失效。我想，這樣就應該可以進入你的內心世界。」莎婭語畢，手指開始在豎琴的琴弦上輕輕飛舞。

隨著那琴弦振動，所奏出的樂韻不單令人感覺輕鬆，聽著那琴弦音樂，彷彿有種催眠的作用，我開始感覺眼皮很重……很重……重得不知不覺間闔上。

在快要睡著時，我不經意地問：「所以這是誰教妳的……」

「亨利叔叔。」

我聞言一驚，是那個亨利，他們不是說過，要把我送去給那個亨利做研究嗎？

莫非……

不！不會的……莎娅不會騙我的……

我開始感覺到全身不能自控，一種天旋地轉的感覺瞬間襲來，那琴弦聲竟形成一道漩渦，把我猛烈地吸扯，最後我……

失去知覺。

2

我是死了嗎？

這裡漆黑一片伸手不見五指，空氣中更沒有什麼特殊的氣味，我猜想四周應該相當空曠。

咦……等等，莫非這裡就是我的記憶世界？

沒猜中，但不遠矣。

這聲音……是莎娅？我高聲地問：「莎娅是妳嗎？妳在哪裡，我怎麼看不見妳？這裡又是什麼地方？」

不要慌張，自你入夢開始，我一直在你身邊，只是你看不見我。我現在依附在你的精元之上，用力量保持你入夢後仍然有自主能力，但能否打開那道緊閉的記憶大門，一切就要看你自己了。

「我連那扇門在哪裡都不知道，妳叫我怎麼打開？」困在無盡的黑暗中，我開始有點焦慮。

你看到左邊前方那點光嗎？

我循著莎娅精神所指，發現那處真的有點光，便不假思索向著那點光的方向跑。

「噠噠……噠噠……」

終於，在光的盡頭，出現一道拱橋式的石門，而石門表面上並沒有任何開關把手。雖然如此，我竟不自覺地把雙手放在石門中央，一切都好像理所當然。

感覺很怪異。

但比這感覺更詭異的是……

「軋軋……軋軋……」石門竟徐徐地打開了。

看來，你就是那唯一可以打開這道充滿防衛力量的記憶之門的鑰匙。

「嗯……」我不置可否。

小心點，門後不知會有些什麼，但無論如何，我都會跟你在一起。

莎婭溫柔體貼的聲調總能讓人迅速平復焦慮不安的心情，雖然看不到她，我仍舊笑著說：「謝謝。」

「軋——」

石門打開後，一陣強光衝入眼簾，我來不及閉上雙眼，就被這刺目的強光短暫地剝奪了視力。目不能視的狀態令我心生不安。

而這種情況維持了兩秒……三秒……五秒……十秒……應該大約三十秒左右，流著眼水、仍有點刺痛感的雙眼，開始出現一些模糊的影像……

不止如此，我發覺剛才失去的五感，竟統統突然回復過來：我聞到四周的花香，聽到小鳥圍著我飛舞時唱出的清脆歌聲，更感覺到皮膚傳來一陣暖和的熱度……是陽光，那道刺眼的光是太陽光！

一定是我突然從黑暗中出來，所以一時習慣不了太陽的光線。

「莎婭！妳還在嗎？」

莎婭沒有回答……

「莎婭！莎婭……妳在哪裡？」

仍舊沒有回話。難道我與她失散了？不……她不是說過她正依附在我的精元上嗎？怎麼進入石門後，她就突然消失了？

在我狐疑之間，我的視力終於完全回復正常。此刻，我發現自己正身處在一處像極世外桃源的地方。遍地花海，還有各種不知名的彩鳥在飛，這裡比起我甦醒後所接觸到的世界，簡直是天堂與地獄的分別。

甦醒後的世界充斥著腐臭味和血鏽味，四周都遍布死寂氣氛；而這裡，則充滿著生機和希望。但……我的記憶內怎麼會有這種影像儲存著？難道我曾在這裡生活過？

就在這時，我見到不遠處有些人影在聚集，好奇心驅使下我躡足走近。當我步近他們身邊時，看到一群有老有少的土人圍在一起，他們的目光都一致地望向圓圈中心那個蓄著鬍鬚的中年男子。

他們靜心地全神貫注聽著中年男子說話，我試圖再走近看，誰知，我發現自己竟不費吹灰之力便能擠到中心位置……不！應該說我根本沒有「擠」過，而是「穿」過他們、直接走進中心。

對了……我現在不是實體，我此刻是精元，就好比靈魂一樣。一定是這樣，所以他們才沒有發現我的存在，我更可以隨意穿過他們。

同一時間，我發現那個皮膚白皙的蓄鬚男子，正在聚精會神地在製作一些工具，再走近點看，那些不是用來農耕的工具嗎？

只見那中年男子耐心地教導眾人製作農耕工具的方法，他那雙慈悲的眼睛，令人生起尊敬之心。

但當我愈望愈久時，心裡便產生一種異樣感：這頭插羽毛、身披蛇皮的中年男子，怎麼會這麼眼熟……愈看，他白皙的皮膚跟四周古銅色皮膚的土人明顯格格不入，不知怎地，感覺就是有些奇怪。

蛇皮……羽毛……大神神殿內的巨大神像……我想起來了！莫非他就是……

難道我回到過去？這裡是莎婭曾跟我說過的什麼馬雅文明嗎？

「噠！噠！」兩下沉重的腳步聲勾起我的注視。

我回頭望，一個超過六呎七吋、身體健碩無比的粗獷男子突然在人群中擠出，他身披一件虎皮披風，腰間插上一把寒光暴現、隱約帶有濃烈血腥味的匕首。

當他走過我身邊時，我感覺到一陣令人退舍三分又一閃而逝的殺氣，而他頸後清晰可見的「美洲虎」圖騰圖案，更顯得他兇悍冷酷。

他並沒有發現我的存在，繼續向前走，走近那白皙男子的身邊，並突然以半跪的姿態向白皙男子行禮。那白皙男子對他的出現絲毫沒有一點抗拒，更抓著他的手站起來，然後在眾人促擁下與那粗獷男子一同手牽手離開，向著遠方的村落方向走去。

然而，當我看見那粗獷男子咧嘴而笑的樣子，總覺得跟他的外形格格不入，形成一幅令人忐忑不安的詭異畫面。

不過我沒有因此停下來，雖然我說過，除了那纏繞不斷的女子身影，我根本對所有事，包括現下所見到的都不感興趣。但我沒有選擇的餘地，既然已來到此處，他們在我的記憶之門內出現，一定事出有因，而若要離開，我相信更與他們兩人不無關係。

我趕緊從後追趕上去。

「呼……呼哈……」但他們的步速很快，我感覺彼此的距離被愈拉愈遠。

突然，我感覺腳下一虛、無處著力，然後整個人竟不知就裡地急速向下墜。四周沒有石壁可以讓我抓著使力，我心想這次一定必死無疑，這種「自由落體」式的急速失重快把我弄得失去意識。

這次真的要死了嗎？

我想起莎婭。

「撲通！」

是水？難道我摔在水裡？

一陣混濁的污水從我的鼻孔、耳窩、嘴裡湧入，窒息感加上冰冷的水溫，令恢復了我的意識。我拚命地向上游，因為我不想死在這種地方。

「嘩啦──」我好不容易浮出水面。

這裡真的是無底深潭，我不知游了多久，只知道再過片刻，就要換不過氣來了。幸好，我終於從外表看似像水窪的地方脫臉，奮力爬上身邊的石製階梯。

「這裡又是什麼地方？這石階……不……不是石階，是金字塔！」我抬頭望，驚道：「我沒有猜錯！這裡真的是馬雅，這階梯式的金字塔，不就是那個刻在神殿石壁上的『月亮金字塔』嗎？」

「嚓喇。」

「哇──」是慘嚎聲！

還有，這味道……是血腥味！

我回頭望向後方，驚住了……眼前是場血祭，祭台上那顆還在跳動的心臟仍溢著血，被放置在那個腹部朝天、像盛物器皿的石像上；而在石像下，則躺著一具已漸漸失溫、胸腔被強行打開的女子屍體。

驚魂未定的我，發現四面八方原本默不作聲的土人，竟一窩蜂地瘋狂叫囂。仔細一看，那些土人的裝束，分明就是剛才那些圍在一起學習製造耕種工具的人，他們怎麼一下子就變成嗜血的魔鬼？剛才完全嗅不出他們帶有一點邪惡的氣味，跟現在的模樣簡直截然不同。

此時，在「月亮金字塔」的頂端步出一人，雖然我與他有一段距離，但瞧他的衣飾，沒錯，是那個背後紋上「美洲虎」圖騰圖案的男子。不同的是，男子臉上原來的笑容消失了，取而代之的，是像野獸般不斷兇暴地咆哮！

一定沒錯！這才是他的真面目，剛才一切都是裝出來的，難怪當我望著他時，會感覺到有點格格不入。

但一切還沒結束，在眾人愈來愈瘋狂、幾近失控之際，金字塔下的人群竟從外而內漸漸沉寂下來。是他，那個蓄著長鬚的白皙男子，他帶著數十個與他相同膚色、裝束的男子一同步入，一直走到「月亮金字塔」下方。那個領頭、披著蛇皮的白皙男子，竟獨自踏上金字塔的石階，緩緩向著塔頂方向走去。

四周充斥著劍拔弩張的氣氛，雖然白皙男子一行人敵眾我寡，但那群土人似乎對他頗為忌憚，不敢輕舉妄動。而那一眾白衣人，則一副胸有成竹的樣子，面無懼色。

因為祂是「奎扎科特爾」，是傳說中墨西哥至高無上的大神。

但不知為何，我此刻竟感覺到祂懷著複雜的情緒，有悲傷，有悔恨，更有憤怒，也有失望……祂的一雙眼睛，視線一直沒有離開過身處塔頂的粗獷男子。

等等……不止這樣，我感覺到祂的失望，還夾雜著一種被親人欺騙的悲痛感。

莫非他們兩人有血緣關係？不……無論樣貌、膚色都不像。

慢著，怎麼會這樣，我怎麼會愈來愈有興趣了解祂的往事？不可能的，除了夢中那個女子，我不可能對其他事有興趣。

就在這刻，我感覺到遍體生寒，有兩雙眼睛……兩雙不懷好意的眼睛正死盯著我，我無法不迎上對方的目光——是站在塔頂上的兩人！

難道他們發現了我？

「啊——」

怎……怎麼會這樣？我的身體竟開始碎裂起來？

「不！不要……啊！」

我眼前一黑，再次昏死過去。

3

很冷……那寒徹入骨的冰凍，我想這次我應該真的死去了吧！但若真的死去，我應該感覺不到疼痛的。這渾身劇痛，莫非又是幻象？

「嘩啦嘩啦……嘩啦嘩啦……」

是雨？

「嘩啦嘩啦……嘩啦嘩啦……嘩啦嘩啦……」

斗大的雨點把我再次弄醒，我睜開雙眼後，發現已離開剛才的「祭壇」，身處於一個石灘上。從風速及投奔石灘的巨浪看來，這裡一定正颳著颶風。

但這都不重要，重要的是，我出現在這裡，一定有必然的原因。

「轟隆！」一道閃電劃過夜空，把天空都照得通亮起來。

莫非……

我朝著閃電的方向望去，是祂，真的是祂……是「奎扎科特爾」大神，祂站在石灘盡頭那個石洞外。望著祂，我竟不自覺地向祂走近。當走到祂身前時，發現那個原本精神煥發、一臉英氣的大神，竟變得頹靡不堪，雙目更深深陷入眼窩中，而原本那束美鬚，更變得不修邊幅。

從祂雙眼中，我感受到那種深深不忿的情緒，更流露出被人出賣的怨恨。而這些，都不應出現在祂身上，同時間我感覺到祂在自責，祂很痛苦。

痛苦地想終結一切，但又心有不甘，不捨離去。

很複雜，我被祂弄得糊塗起來。

雨一直沒停，還愈下愈猛。最後，祂決定離開。臨行前，祂脫下身上的白袍，蓋在山洞內兩個戰死的隨從身上，然後走到海浪前，展開雙手，任那海浪擊打在自己身上。

而此時我才發現，祂背脊中央紋有六芒星圖騰的位置，竟插著一把匕首。這匕首很眼熟……匕首上那虎形圖案……對了！是他！一定是他，匕首的主人應該是那個紋有「美洲虎」的粗獷男子！

是「泰茲喀齊波卡」。

「什麼？」我望著「奎扎科特爾」大神。「是祢在對我說話嗎？」

祂轉身望向我，不發一語，然後，無懼風暴地竟踏著巨浪而去。

待祂到達離岸二百呎的深水位置後，海面上突然湧起大堆氣泡，而緊接而來的，是數十條巨蛇竟從海裡躍出，再像打繩結般扭合在一起，成為大神腳下的一條船。

面對此情此景，我根本不知如何反應。

當我以為一切都結束時，踏著巨蛇準備離去的大神，竟轉身狠盯著我，然後高舉著手指向陸地，道：「我會回來，終結邪惡，奪回一切……」

「而你！」祂指向我，充滿威嚴地說：「最後將承繼我的一切，啟動再生之輪。」

語畢，祂隨蛇船消失於巨浪之中，同一時間，祂離去時捲起的十呎巨浪，竟向我迅速撲來。

「咕嚕咕嚕咕嚕咕嚕咕嚕咕嚕……」

海水不斷如貫地湧入鼻腔，那恐怖的窒息感……我感覺自己快要被淹死。

「咕嚕咕嚕……」

在意識快要褪去時，眼前的影像不再是大神或那個邪神，取以代之的，是漸漸幻化而成的女孩身影。模糊間，我看到她伸出雙手試圖緊抓著我，意圖把我帶離這個巨浪漩渦。

她的身影……真的很眼熟……那及腰的直髮，纖細得惹人憐愛的軀體……是莎婭？

「莎婭……是妳嗎？」我不自覺地吐出一句話。

那女子緩緩向我轉身，垂下頭，但仍看得見臉蛋，她的神情顯然有點失望。

「不！妳不是莎婭……」

雖然她們無論身形、氣質、樣貌都有點相似，但我敢確定她不是莎婭。

莎婭的樣子比她天真爛漫，而她則帶點倔強，尤其雙眼所流露的氣質，在每個被父母遺棄的孩子身上都能看到。

「妳是……」

她甩開我的手，身影漸漸從我眼底褪去的同時，那道纏繞心頭的傷感竟不斷在內心擴張，一陣難以言喻的悲傷洶湧而出，淚水竟不自覺從眼角溢出。

她……的面孔……她的眼神……

我記起來了，是文頤！

「妳是文頤——」我激動地呼喊著。

突如其來的叫喊，令她回首與我四目相交，然後，一束強光從她身後射出，突入進我的眼眶，打亂我的思緒。

最後，在那個女孩消失前，我感覺到一滴眼淚濺在我的臉上，然後耳邊傳來一絲幽幽的呼喚：

「諾生……」

「諾生？誰是諾生？」

是我嗎？我是諾生？不……不要消失，回來告訴我，究竟誰是諾生？

當我回復知覺，我發現自己已離開剛才的記憶世界，而這裡……是大神聖殿？我回到現實了？

「文頤呢？文頤去了哪裡？」我撐起疲憊的身體，不斷四處搜索。

「誰是文頤？主人，這裡是聖殿，剛才很危險，你失陷在自己的記憶世界裡，幸得三位長老帶你脫離虛無，否則你早已客死夢鄉了。」阿爾瑪帶著責備的目光，一邊說，一邊怒視莎婭，而圍坐在我身邊的三位長老，則滿頭大汗在閉目養神，所有人彷彿頃刻間頹靡了不少。

但我完全聽不進去，更沒留意到莎婭頹然失望的神情，脫口而出道：「出發，我們要去東京！」

阿爾瑪等人用驚異的眼神望向我，絲毫不敢相信一直以來，沉默寡言的我竟會主動發施號令。

「異世界的東京？為什麼要到那裡？」阿爾瑪一臉狐疑地問。

「呃……去找大神，大神剛給我啟示……不要問，我們盡快出發。」

眾人沉默不言，而場中就只有一個人，對我有這個決定毫不驚疑。

是莎婭。

她向我走近，然後在我耳邊輕聲說：「原來你叫諾生。」

之後，她便隨阿爾瑪離開聖堂。

獨留在此地的我，望著莎婭殘留在聖堂的背影，腦海突然再次湧現一段記憶……而這段記憶，在我剛於這世界重生，意識漸漸整合之時，曾經閃現過一次。

是一段未能開口表白、引以為憾的烙印——

我一直喜歡看妳那雙眼睛

只因為看著妳

我會抓到跟妳的那點愛
如果一切可以重來
我會緊緊地擁抱著妳
再也不會捨妳而去
妳說過
給我愛過的人幸福
此刻我甦醒了
我只想再愛妳一遍
好嗎？
文頤……

然後，畫面一閃而逝。

重生，只為著守護內心所愛的人。

此時，距離二〇一二年十二月二十三日，只剩下一個月，時間倒數中。

五十二·重生〔莎婭〕

1

今夜，天上的月亮比平日的更大、更亮、更圓，但那好像由內而發、似血欲滴的顏色，更令人心生不安、心生畏懼，只敢偷望，不敢明視。

離開聖堂，拜別過阿爾瑪嬸嬸後，我獨自回到聖女所屬的寢室。這晚，一眾聖女早已就寢，只有我一直坐在床邊，久久不能入眠。沒錯，我一直在想「諾生」，不止今晚，事實上自他重生來此後，每晚在夜深人靜時，我總不期然地想起他。

他真的是傳說中的那個「祂」嗎？

我窺探過他的內心，看到的……跟想像的不太一樣。我應該告訴阿爾瑪嬸嬸他們嗎？

那個傳說，男男女女、老老少少都一定聽過，也不陌生。傳說這世界生死存亡的關鍵時刻，血色的月光將灑遍大地，而到時，「祂」將會轉生甦醒，再次引領劫後餘生的族人到達一個可供生存的地方。不再受天災所威脅，不再受飢荒所困擾，大地將會重回倒數，邪惡的血脈將徹底在那世界消失。然後，我們可以再一次呼吸到清新的空氣，不用再聞著腥風的氣味，更不用再在惡劣環境下委屈求存。而長老們說過，那邊的陽光，可以讓我們正常地「繁衍」後裔，我們世世代代終於可以得到自由。

解開枷鎖，投入戀愛，擁抱未來。

什麼都可以自由。

不需要像現在一樣，從出生開始，便被長老們進行「情感配對」，為的是生出最優秀的蛇神後裔，為的是保證繁衍的後代，是最純正、最正義、最具力量的族群。

但可惜，那對象並不會是我的所愛。

所以，當我第一次從七護法之一的傑克叔叔手上，接過那本由地球另一邊廂帶回來的愛情故事，看到當中的男女主角為追逐愛情而敢於高呼、反抗，甚至不理俗世眼光而犧牲時，我竟不覺得離經背道，更不覺得有如長老們所說是邪惡至極、不忠於蛇神安排的惡行。

反之，面頰微燙、心如鹿撞的我，心裡竟泛起一種異樣的漣漪。

害得我與眾聖女彈奏那即將演奏的祭典聖曲時，奏出的樂韻愈來愈格格不入……

她們說，我那豎琴彈出的弦聲，彷彿擁有生命，纏繞著她們的心，令她們有著魔的感覺，甚至，有種破體而出、歇斯底里的渴求情懷。

我的琴聲令身邊的人同時迷惘，令她們無法再集中精神彈奏下去。所以，數個月前，琴祭司決定把我獨自囚禁在那間只剩下狹小氣窗的密室，他們叫我獨處反省，反省自小被灌輸的蛇神大義，反省作為聖女，應該怎樣始終如一地保持心如止水。

但平靜的湖面，只要被一粒石子挑逗過，又怎能回復平靜？

獨處的期間，我反而想得更多，甚至連入夢的時間，我心癢難耐的心情更無法平復下來。到後來，我更開始在夢裡遇見一個人，一個五官模糊，但在陰暗中能勉強勾勒出外形輪廓的一個男孩。

起初，我只敢在夢裡遠遠地躲在一角偷看他。

漸漸，我敵不過蕩漾著的心，開始膽大起來，慢慢一步一步走近他。

最後，我鼓起勇氣，伸出手，輕輕地觸碰雙腳屈膝而坐的他。我感覺到，在黑暗中瑟縮一角的他，身體傳來微微顫抖……然後，我好像聽到些什麼……是什麼聲音？

難道……是哭聲？

那男孩在哭？

不止在哭，觸碰到他身體的手指頭，竟還傳來一陣令心坎揪動的感覺，很難過……難過到連我也想哭……究竟是什麼令他那麼傷心？

這感覺我從未曾感受過……

我放下那刻的恐懼，深呼吸一下後，再踏步上前，然後從後用雙手緊緊抱著他，把身體靠著他，面頰緊緊貼著他那冰冷的背脊。

我聽不到他的心跳聲，但當我閉上眼全神感受，希望進一步聆聽他心事時，我感覺整個人似踏虛一步似的，跌入他的身體裡。

當我睜開雙眼，我看到他正背著我站在我的跟前，但他絲毫不覺我的存在，只怔怔地望著前方……望著一個披著長髮，個子不高的瘦削女孩身影。

我知道……我清楚感受到，他有千言萬語想跟那女孩說，但他不能，他們之間有一道不能僭越的障礙。

他傷心，但他沒帶一點恨意；他雖哭，但望著女孩的身影，他充滿著柔情幸福。

望著他，他雙眼竟不自覺地滴下眼淚。

我發覺，他令我感受到一種前所未有的情感，是愛……是傑克叔叔那故事書所說的感覺。

雖然我不認識他，更不了解他的故事，但我感受到他默默愛著那女孩。那不惜犧牲一切的堅持，他是真心真意、至死不渝地愛著她。

「不……不要哭……」我嘗試再向那男孩靠近，想擁著他，叫他不要再哭。

但當我走近他時，他突然轉身，一臉痛苦蜷曲在地，不斷呻吟著。他雙手牢牢地按壓著心臟位置，不斷在地上打滾。我雖然感到害怕，但仍是蹲下身子，試圖用手撫著他胸口的痛處。

豈料，當我翻開他雙手時，眼前的影像竟把我嚇得雙腳一軟，跌坐在地。

那詭異的紫色網紋……那不斷亂跳，左竄右避準備隨時破胸而出的心臟……很明顯，它們在對峙著……不！在互相角力著。

那男孩痛苦的哀鳴聲，還有那快要奪胸而出的心臟，都阻止不了他苦苦追尋女孩身影的失落眼神。

很苦……我感覺到他苦澀的痛苦心情。

「讓我……替你分擔，好嗎？」我流著淚，無意識地伸手準備輕撫那令人心寒的心臟。

「莎婭——」

「誰叫我？」我轉身一望。

突然，一股外力把我急扯離眼前的空間，我就像斷線風箏般毫不著力地迅速飄遠，而那男孩，在我眼中漸漸化為一點，然後消失在我眼眶之中。

2

「啊——」我感覺一線強光闖入我的眼簾。

我記得，那刻我從昏昏沉沉的意識中恢復過來，睜開眼，看見的不再是剛才的男生，而是美羅，我最好的朋友，也是其中一位一出生便被長老們欽點成為聖女的女孩。

「快跟我走吧！剛才黛絲在祭壇突然暈過去，琴祭司說要妳換上這件白袍，跟我去準備一回彈奏聖曲啊！」美羅著急地替我脫去身上的髒衣，替我換上象徵聖女的白袍輕紗。

我仍然不敢相信地問：「琴祭司不是說過我彈奏的曲子會影響大家嗎？這……沒問題嗎？」

美羅一手把那件髒衣丟在地上，一邊在籃子裡拿出一朵百合花，插在我的髮髻上，道：「妳不是不知道演奏聖曲必須集合十二人才成嗎？現在少了黛絲，一時間又找不到代替人選，除了妳，還可以找誰？更何況，妳一直是我們之中最出色的豎琴聖女，沒有妳，聖曲演奏起來也相形失色呢！」

從來不善辭令的我，當天聽著美羅這樣說，一時間也不知怎樣回答。

美羅沒給我反應時間，便一手拖著我離開囚室，沿著又濕又滑的地下石道，直奔向處於城堡內中央位置，那個平日可供長老們視察訓練的祭壇。

「噠噠……噠噠……噠噠……」

「莎婭跑快一點！祭典快要開始了！」美羅拖著我，氣也不喘地一直跑。

「哈……哈……等……等等啊……哈哈……」

穿過地下囚室通道，重回地面城堡，我記得，當天我一邊走，一邊發覺城堡內的氣氛變得怪異。究竟是我多心，還是什麼？我感覺每個人臉上都浮現憂心忡忡的神情，而更多人更顯得有點焦慮不安，難道……

又有什麼天災人禍即將發生？

我低著頭，邊跑邊想著，但任我如何想，也不會想到，竟然會發生這樣的事……

「到了！」美羅一個箭步便跑到她的豎琴位置。

我不斷環顧著，終於發現黛絲的位置，是扇形演奏隊形的中央位置。

「天啊！平日只是靠邊站演奏的我，今天竟要坐得這麼前，我不習慣成為眾人的目光……」我喃喃地說。

儘管不情願，我還是在琴祭司厲眼逼脅下坐到那個位子上，然後小心翼翼準備使用黛絲那暗紅色的大豎琴演奏。

在演奏前的一刻，我掃視著祭壇的四周。這個地方自我出生開始，就一直陪我成長，使我對祭壇廣場有一份憐惜的感情，而這感情就來自聳立在祭壇廣場中央那尊二十呎高的大神雕像。

我還記得小時候，當迦南姨姨帶著我們一班小聖女經過這個大神神像時，我總被祂威武嚴肅的樣子嚇得哭哭啼啼。尤其神像身上那條兇猛的大蛇雕像，和不時從神像掌中閃現詭異光芒的六芒星圖案，都教我感到害怕。

但隨著年紀漸長，我開始發覺，這個頭上插著一束羽毛的「奎扎科持爾」大神神像，祂坐在皇座抱著頭的樣子，竟充斥著一股哀傷。

甚至悔恨。

所以我不自覺生出一股憐憫的感覺。

自此以後，我總喜歡獨自走到這裡，趁沒有人在附近時，走近神像輕輕撫著祂的腳，就像安慰愛哭的美羅時，輕撫著她的頭髮，讓她感受到我正在她身邊，理解她，愛護她。

就在我怔怔地望著神像回想時，祭壇廣場上已坐滿很多人，他們都清一色穿上白袍以示尊重、純潔，但同時也都默不作聲，只靜靜等候祭典的開始。

下一刻，我被一班剛步入祭壇的人吸引，目光不期然牢牢地盯在他們身上。

是長老們，而跟在他們身後的有三人，分別是七護法之中的迦南姨姨、阿爾瑪嬸嬸和亨利叔叔，他們都一改平日親切的態度，披著一身白袍的他們，嚴肅而面無表情，一個接一個地步上祭壇。

期間，我看見阿爾瑪嬸嬸手上捧著一個銀盤，而上面有些東西被一塊白布蓋著。

「奏樂！」琴祭司向我們發施號令。

神曲瞬間在祭壇廣場上奏起，而我也全情投入當中，不再胡思亂想，只管以手指不斷在豎琴琴弦上飛舞，配合大家奏出神曲。

在神曲演奏期間，廣場上的群眾開始陸續發出驚訝的聲音，他們驚呼的，不是因為神曲，而是當晚的天空突然變得昏紅一片，夜空中更出現難得的天文現象——十字連星。

我感到廣場地下傳來一陣震動……我當時心忖，難道是地震？

突如其來的轉變令我無法專心演奏，我環顧四周，終於發現，震動的源頭來自廣場中央那尊大神神像，祂散發著刺眼的光芒，但不是往常看見的慈祥綠芒，反而是紅得像血滴的詭異紅光。

場中的聖女繼續在琴祭司指示下專心演奏神曲，除了我。

我以熟練的指法繼續彈著豎琴，另一邊則偷偷地望著祭壇上的動靜。我看見，捧著那銀盤的阿爾瑪嬸嬸，慢慢走到大神神像前的水池旁，然後一手扯開那塊白布，再把裡頭的東西小心翼翼地倒進已注滿的水池內。

「砰！」距離水池太遠，我看不清那是什麼東西，只隱約窺見是一團紅色的東西。

神曲演奏到中段，場內的所有人，包括長老們、護法們、平民，都一齊高唱著神曲，場中的情緒愈來愈高漲之餘，我發現，那水池開始出現異樣。

「那是什麼？」我忍不住叫了出來。

池水在沸騰著……

在神像紅光照耀下，水池的情況就似煮沸了的血池，不斷冒出氣泡，最後，在池水的中央，竟冒出一團東西……一團會跳動的東西……

是心臟！

一顆在規律跳動的心臟！

同一時間，在亨利叔叔身旁，出現了三個模糊的殘影，我認得其中兩個，一個是最疼我的傑克叔叔，另一個是外表粗暴，但待迦南姨姨非常細心的羅托斯叔叔。至於站在阿爾瑪嬸嬸身邊那個身材高眺的男子，則很陌生，但不帶惡意。

「羅托斯叔叔不是已過世了嗎，怎麼會在這時出現？傑克叔叔……他怎麼跟羅托斯叔叔一樣，模樣顯得不太實在？莫非……不！不會的……」我感到一股莫名的焦慮。

當我回過神來時，神曲的樂韻繼續在場中迴盪著，而同一時間，浮在血池之上的心臟已經不見了，取而代之，是一個虛實交替的赤裸男孩在血池上飄浮著。

原本站在一旁的長老們紛紛步近，圍著那男孩殘影口中不斷默唸著什麼，而琴祭司則指示我們繼續反覆演奏下去。

神曲繼續加持。

意想不到的是，原本安坐廣場四周的群眾，竟陸續離座步向血池，然後……

「噗！噗！噗！噗！噗！噗！噗！噗！噗！噗！噗！噗！噗！噗！噗！噗！噗！」

一個接一個跳進不斷冒著氣泡的沸騰池水當中。

數秒之間，個個血肉之軀化為血池中的血水……沒有哀鳴，更沒有一絲痛苦的叫喊。

當晚，望著眼前的情景，我心中的震撼變得無以復加。

周遭的人，竟不把眼前族人的犧牲當作一回事，包括平日一臉慈祥的阿爾瑪嬸嬸等護法也是如此。

但一切還未結束，血池上原本虛實交替的男孩身影，在族人相繼跳進血池後，身軀開始變得實在，而就在這時，我開始感到驚訝……

因為眼前的男孩，竟跟我在夢境相遇的男孩有七分相似，他……他究竟是誰？我為什麼會在夢裡跟他相遇？

究竟是幻象？還是什麼？

廣場下的震動愈來愈強烈，震得我手中的豎琴都左搖右擺。我心裡吃驚之餘，身旁的一眾聖女也都顯得不知所措，紛紛停止演奏下去。

「轟隆——」天上傳來一聲震耳欲聾的巨響，一道紅光恍似從連成一起的星體中激射而下，再沐浴在血池上飄浮的男孩身上。

他的身體開始異變，漸漸從稚嫩的孩童軀體，蛻變為結實的少年身軀，而他那結碩的胸膛，逐漸隱約浮現一條纏身的巨蛇紋身。

「大神轉生！」

廣場上，一眾長老、護法們紛紛振臂高呼、興奮忘形，但離血池不到兩呎的我，只怔怔地望著剛詭異轉生至此的男孩。

「是他？」

自那晚起，我不斷地問著自己——

「他真的是我夢中所遇見的男孩嗎？」

就正如今晚，我仍然在月色下問著自己同一個可能無解的問題。

「他究竟與我有什麼關係？」

我不知道。唯一知道的是，這天，我終於知道他的名字。

他叫「諾生」。沒錯，他就是那個在聖堂中，喊著要出發到異世界東京的男生。

五十三・雪場〔諾生〕

1

異世界的另一端，地球。

時年，二〇一一年十二月。

未知，是人類長久以來最害怕的東西，尤其是當你從種種印證中得悉某些事情將會發生，但偏偏未能知悉發展過程或最終的結果時，恐懼就會油然而生。

而最不幸的是，那恐懼感更會進佔你身體每一個交感神經，令你茶飯不思，惶恐終日，甚至痛不欲生。

歷史上，人類經歷過無數次全球集體恐慌，最熱門的有西元一九九七年時謠傳法國大預言家諾查丹瑪斯筆下預言詩所提及，邪惡大王將重臨地球而引發一輪末日恐慌，到三年後的千禧蟲問題，更曾令全球各國安全專家害怕電腦癱瘓，引致核危機出現。但今天看來，這些統統都不夠格。

因為要數最湊巧而又最令人擔心的集體恐慌，非古馬雅人預言世界將於二〇一二年十二月二十三日終結莫屬。

不錯！一切，或許都只因一連串的湊巧而成。

不是嗎？愈接近所揭示的末日，世界上的天劫地鳴就愈加劇烈，一場又一場全球強烈地震，除了帶走眾多寶貴的生命，更「震走」許多人的信心。

雖然，這些都可能只是巧合，又或者是當人類聚焦一個問題時，不自覺地把所有產生出來的現象強加在一起，從而放大原本正常不過的事情。

但這又可以怎麼解釋？

世界性的災難，已不再是單純大自然給予的警號，更多是關乎人為的禍患。當天劫加上人禍，就令原本只是茶餘飯後的預言話題，變成不再只是繪聲繪影的實質未來預告。

還不相信？

過去席捲全球的金融海嘯和歐債危機，遍地開花的全球民主運動衝突，破壞力愈來愈驚人的冰雪風暴，難以撲滅的山林大火，還有突然爆發的神祕瘟疫病毒等，都加速了這項預言的散播，更累積種在人心的潛在恐懼，令世人相信世界已進入毀滅週期；而一次又一次出現的天災人禍，都是人類文明毀滅的先兆。

整個地球、整個人類世界，統統被末日預言營造的恐怖感所征服，就算有媒體記者跑到墨西哥找到馬雅遺族，指證預言只是世人解讀錯誤、純屬無稽之談時，各國人類都寧願選擇相信末日之說，更打算消極地度過餘生。

只有一個地方，就算經歷九級大地震，全國被核災難的死亡威脅一直籠罩著，該國的國民都繼續採取堅忍的態度，彷彿願意接受所有上天的安排。

因為那裡的島國文化，令這種從小便開始生活在地震、火山災難邊緣的國民，除了擁有卓越的災難應變能力和團結一致的精神面貌，更充分掌握「未知」所帶來的恐懼，以及面對「未知」處之泰然的生活力量。

所以，當世界各國紛紛陷入末日恐慌時，就只有那地方的國民，可以一如既往地生活下去。

但這種情況相信不會維持太久，因為更大的人類懲罰，已經靜悄悄地潛伏在大地之上，一切都會在從那國土開始，讓自以為最懂得面對「未知」和「恐懼」的國民，遭遇前所未有的浩劫。

我說的地方就是位於亞洲東部、太平洋以西，一個由四個弧狀群島、三千多個小島組成的島國——日本。

當中距離日本首都東京西南方八十公里處，坐落一座三千七百七十六公尺海拔高的富士山，此山既為日本最高的山峰，同時也是一座歷史悠久的活火山。

你沒聽錯，是一座活火山。

富士山長年積雪，傳說是因為富士山神當年以齋戒為由，拒絕天神留宿，以致受到天神懲罰。但對當地人來說，這並非只是傳說。作為「世界文化遺產」，富士山山峰的積雪構成一張美麗自然的景觀圖畫，加上地熱創造出來的溫泉生意，一直受盡當地人的歡迎。

也因為有它的存在，世界各地慕名而至的旅客，為了一邊欣賞富士山的壯麗，一邊享受冰雪上滑翔的刺激，都選擇留宿在富士山附近一帶的滑雪場。其中，位於富士山東北，距離東京一百五十公里的武尊山「川場滑雪場」，就成為阿爾瑪一行人的落腳處。

而此行，連阿爾瑪在內的「奎扎科特爾」教派中人，都一心以為這真的是大神啟示，甚至連莎婭都半信半疑……猜不透我的心思。

但眾人意料不到的是，我這次的決定，竟帶來一個萬劫不復的後果。

地球，異世界，這雙子星的末日之輪，竟不如「奎扎科特爾」大神所想，單純只是三千多年後的正邪對決……

2

「呼呼——」白雪紛飛，寒風刺骨。

窗外的風雪愈來愈大，大得連本來清晰可見的登山纜車要道都顯得模糊不清。

剛才聽民宿老闆說，這場暴風雪的威力十年難得一見，屋外的氣溫已經跌至攝氏零下二十度，聽剛才車站廣播，再過十分鐘，登山纜車也會暫停行駛。

這意味著，我可能再也沒有機會探求真相。

雖然我曾經懷疑，去追尋夢裡那個「她」的存在，究竟有多重要……

對，我所指的她就是「文頤」，而我更想知道，究竟誰是「諾生」？「諾生」真的是我嗎？

但千萬不要問我為何如此苦惱，做什麼事都只是單憑直覺，因為對一個完全不能把腦海零碎記憶片段組織起來的人而言，沒有什麼比直覺更重要。

就正如你問我為什麼初到這個稱為「地球」的異世界，竟然會對這個應該感到陌生的地方，泛起親切和熟悉的感覺，似乎對眼前一切所見所聞都瞭如指掌。我不知道為什麼。

我只知道，一段接一段在腦海浮現的記憶影像，代表著我對「地球」的熟悉程度，甚至比那個我「甦醒的地方」更為了解。

我開始懷疑，自己似乎更應該屬於「地球」，而不是阿爾瑪他們的祖居世界。

但話說回來，我仍然拿不定主意，究竟要繼續瞞著阿爾瑪等人再次偷偷登山，還是要強壓下那種渴求真相的慾望，隨莎婭他們離開這裡，從東京再到大阪「奎扎科特爾」教派分部，與莎婭口中的「爵士亨利」叔叔會合？

我知道，就這樣一走了之……我不甘心！

「小伙子，還站在這裡？天氣很冷啊，快進屋內喝杯熱茶吧！」是民宿的老伙計大島家康先生。

「我不冷，謝謝你的好意。」我報以禮貌一笑，然後繼續坐在位於民宿後山這座鋪著厚厚積雪的小花園，遠眺快要被風雪覆蓋的登山纜車要道，任由內心不斷交戰著。

「這年頭的年輕人真貪玩，今早不是才剛到滑雪場玩嗎？這麼大風雪還要想著去玩，雪神震怒啊……不知多少人就這樣被風雪吞沒，死無全屍。唉……難道玩樂真的比性命重要嗎？」

我沒有回應那老傢伙的喃喃自語。

我要再回到「川場滑雪場」，並不是因為要去滑雪，更不是貪玩，而是想再見一個人……一個在滑雪場餐廳工作的女生。我幾乎可以確定，她就是我夢裡不斷遇見的那個人……那個叫文頤的女生。

我還記得，自從在意識夢裡遇上那個女生之後，短短一晃眼之間，我與她，就產生一種不能解釋的羈絆。而這種羈絆更突破單純在虛幻意識的交流，漸漸生出一種真實的感應……

這感應，更令我突破時空、衝破地域、穿越人海，瞬間感應到她的存在位置，再不自覺在腦袋裡搜尋，找到「東京」這個地方名稱，最後透過阿爾瑪的鬼手力量，帶著莎婭等人來到這裡。

當到達東京後，我趁阿爾瑪等人不留神之際，偷偷溜出下榻的飯店，然後根據遊客指南所示，乘坐新幹線到達毛高原車站，再轉乘滑雪場的專車到達「川場滑雪場」。

一路上，我不斷在想，待會見到她之後，我應該說些什麼、又怎樣介紹自己。坦白說，我是滿心期待著的，從感應裡更想像到，她一定跟我一樣渴望跟我相見。

豈料，當我冒著嚴寒大雪、到達滑雪場後，憑著愈來愈強的羈絆感應，加上記憶中那模糊的輪廓外形找到她時，結果竟大失所望。

因為她……不認識我。

不……應該是說，當我在滑雪場商場內那西式餐廳裡，遇見正捧著餐點招呼客人的文頤時，我懷著興奮又戰戰兢兢的心情走上前跟她相認，但她沒有說話……從她陌生且冷漠的眼神告訴我，她真的不認識我。

而原本強烈的羈絆感應也在這裡驟然終止。

「妳……妳真的不認識我嗎？」我茫然地望著那個叫文頤的女生，腦海變得一片空白。

「先生，對不起，請讓路給我。」她沒有再多說半句話，就這樣在我身邊經過，讓我目送她離去。

我呆站在原地，不單身上的積雪早已被室內的暖氣融化為水滴，脆弱的心靈更似被那冷冷的一句話敲擊得破碎一地。我感到難以言喻的心痛，但沒有上前追問的勇氣。

「難道一切都是錯的？夢中的她並不是眼前這女孩？」我遠盯著她的背影，喃喃地自問。

但怎麼可能這麼相似……不只是相似，是簡直一模一樣！這女孩無論身高、身形，乃至於那長至及肩的秀髮、水汪汪的大眼睛、尖尖的下巴，還有精巧的鼻子，以及一眼便能辨認出淺笑時的深深梨窩，都跟夢裡的她完全相同。

我不可能認錯的！

除非她有一位孿生姊妹，否則這世界上怎麼會有這麼相似的女孩？

咦……等等！他是誰？

那男人怎麼跟她這麼親暱？不……不可以，她怎麼能對那男人流露笑意，還笑得那麼甜蜜、那麼幸福？還四目相交得像戀人一樣？

不可能！根本就不可能這樣！

住……住手啊！你不可以碰她！誰教你亂碰她的手？不會的，她不會背叛我的！她是我的……她是屬於我的！

我這麼辛苦攀山涉水來到這裡，究竟為了什麼？腦海一直纏纏繞繞地牽掛著的，究竟又是誰？怎麼一切都跟夢裡不一樣？

「啊——」我感到很心痛，痛得低頭半跪在地上，一動也不動。

「怦！怦！怦！怦！怦……」心臟不停地亂跳。

我痛得雙手出力地抓著恍似快要奪腔而出的心臟，那離魂的痛楚，令我瞬間通紅的雙目牢牢地盯著眼前的那一對，一股仇恨、嫉妒、憤怒、吞滅的情緒剎那間洶湧而出，四周的氣場不自覺地被我挪動著。

是肅殺的氣氛。

一種我完全沒有意識到的肅殺氣氛。

四周原本安坐著吃午餐的旅客，都突然顯得焦慮不安，有些小孩更嚎啕大哭，而被我盯著的一對情侶，也似乎感覺到異樣而驚慌張望。

那時，我完全控制不了接近失控的情緒，我更沒有留意到，商場窗外的上空竟出現了一個細小的黑色氣旋，那氣旋吸扯著四周的雜物，彷若黑洞，在不斷擴張。

我的情緒幾近崩潰時，突然一道聲音在耳邊響起，接著我感到一股力量從肩膀傳來。

「夠了。」

是阿爾瑪，她不知何時出現在我的身後，更用她的力量瞬間壓下我的殺意，而窗外那黑色氣旋也同時一閃而逝。

「阿爾瑪……」我全身發抖地抬頭望著她。

在四周人群還未回神之際，阿爾瑪把我瞬間轉移到山腳下的民宿。當我清醒過來之時，眼前出現的，除了莎婭，還有一個跟阿爾瑪一樣披著黑色斗篷的神祕八呎巨人。

奇怪的是，阿爾瑪並沒有責罰我，更沒有問我關於剛才發生的事情，只拋下一句「還未是時候」，便恭恭敬敬地離開我的寢室，直至現在都未曾再於我面前出現。

「諾生，你真的決定要再去滑雪場找她嗎？」是莎婭，她依照約定時間來到後花園找我。

我還未習慣「諾生」這個稱呼，回首點點頭便當作回應，之後整理一下身上的積雪，準備離開民宿與莎婭一同出發去找記憶中那個文頤。

「妳決定跟我一起去嗎？」我問莎婭。

她雙手負後，略微遲疑地嘆了一口氣，道：「沒有我，你可以找到想要的答案嗎？」

我默然不語，經過莎婭身邊，示意她一同離開。

「我們真的不告訴阿爾瑪嬸嬸嗎？我直覺……有點不對勁，不知怎樣跟你解釋，我總覺得這夜四周的氣氛令我有點不安。」莎婭跟著我離開後花園，步入民宿的走廊，一邊走，一邊憂心忡忡地說。

「別疑神疑鬼，難不成有妖魔鬼怪會出現嗎？別忘了，妳曾跟我說過史上名聲最響噹噹的怪物，就是你那個亨利叔叔。」語畢，我拉開走廊盡頭的那扇門。

「軋軋……」

「嘩！」一個巨大的黑影在門後出現，嚇得莎婭在我身後尖叫出聲。

「別怕，又不是什麼妖怪，是阿爾瑪身邊的巨奴。」我斜睨著突然出現的八呎巨奴，強裝鎮定。其實每次面對他，我的雙手都不自覺地顫抖著。

莎婭不發一言地躲在我的身後，而巨奴那碩大的身軀正好擋著走廊盡頭的出口處，他沒有說話，只用凌厲的眼神狠狠地盯著我。

「幹嘛？」我抬頭望著巨奴問，心忖莫非被阿爾瑪得悉我想登山的意圖，所以派巨奴來阻撓我？

巨奴沒有回答，只站在原地紋風不動。

正當我和莎婭不知所措之際，巨奴突然緩緩掀開他的黑色斗篷，一陣令人作嘔的腥風隨即湧出，還隱約透出一陣濃烈的殺意。

莎婭怕得闔上眼，雙手緊緊抓著我的臂膀，而我則全神戒備，因為那陣殺意頃刻間已佔據整條走廊，令人遍體生寒、毛骨悚然。相較於阿爾瑪的那股絕望，我更害怕巨奴散發出來那種凌遲對手的窒息氣勢。

當我感到進退維谷，一隻巨大無比又滿布膿瘡的手在黑色斗篷內伸出，向著我迎面遞來。

「小子，拿去。」巨奴打開手掌，裡面是一個小皮袋。

我猶豫間，莎婭從身後走出，一手把小皮袋拿去，然後繫在腰間，向著巨奴笑道：「謝謝。」

語畢，她迅速拖著我手，穿過巨奴與木門之間僅有的一條狹縫，擠出走廊，頭也不回便拉著我跑。

「還不快走？」莎婭向我吐吐舌頭，道：「美羅曾經說過，巨奴叔叔的心地很善良，原來是真的。」

我回頭望去，只見他仍舊站在那裡望著我們，恍似替我們送別。

但沒想到，就這一別，竟成永訣。

五十四．重遇〔諾生〕

1

二十分鐘後，武尊山「川場滑雪場」商場內，外面除了萬天飛雪，雪地上還染有像大紅花般的鮮艷血跡，而血跡一直由外至內，穿過被我打破的玻璃窗，最後一灘血跡凝結在商場內其中一個康樂室之內。

面對此情此景，我並不後悔離開民宿趕赴滑雪場，但絕對後悔把莎婭帶到這裡，一起遇險。我從沒有想過登山纜車會在三公里遠的中途站停駛，害得我和莎婭要頂著吹得正烈的風雪登山。我更沒有想過，在登山途中，竟然會遇上一批兇猛得令人心驚的野狗。

先聲明，我確定牠們不是普通的野狗。

牠們不單滿口唾液、嚎叫咆哮著，瞧牠們雙目通紅的游離目光，分明想把我和莎婭分屍充飢。而最恐怖的是，一部分的野狗竟已是腸穿肚爛，其中一隻更整排肋骨外露，餘下兩隻更在一呼一吸中清晰可見瘀黑的肺臟。

實在太驚悚……血肉橫飛的場面也相當噁心。

遭受這樣的重傷，相信正常的犬隻一定活不成，但可惜牠們不是。牠們就像僵屍一樣活生生在你面前出現，是一群嗜血的怪物。

「咧——」牠們低嗚怪叫的聲音令人毛骨悚然。

此刻，被牠們團團圍著的感覺一點也不好受，莎婭更害怕得雙腳發軟躲在我的身後，心想難道要成為牠們嚴寒下的晚餐？

「莎婭，妳除了心靈感應，還有沒有什麼絕招沒使出來？」我拉著莎婭不斷抖震的小手問。身後的莎婭沒有回答，只「嘩」一聲怕得哭了出來。

無計可施之下，我挽著莎婭的手，一步一步地向著滑雪場的方向後退；群犬在未摸清我的底蘊前，也只是對我亦步亦趨，不斷收窄我們的活動範圍，但仍然不敢向我們發動攻擊，而我當然知道這只是權宜之計。

「咦？」

我拖著莎婭的手碰到她腰間一件硬物，腦海閃過巨奴跟我道別前送我的小皮袋，雖然不知是什麼，但直覺應該或可一用，於是慌忙從莎婭腰間取出它來。

「這……」

打開一看，裡面放著的並不是手槍，也不是手榴彈等武器，更不是咒術之類的符咒，它的形狀有點奇怪……等等……我腦海閃過一個影像……我應該見過這東西，但想不起在哪裡看過。這東西是一個握拳式的鉤爪，簡單來說，就是穿在手上模擬虎爪的金屬武器。

「媽的……這時候給我這個能做什麼？不如給我一把手槍更實際吧！」雖然我嘴裡這樣說，但現實情況是，有武器總好過赤手空拳對付犬群，與其束手待斃，不如就戴上這個虎爪跟牠們比拚。

我把右手食指和尾指穿過虎爪上方兩端鐵環，然後牢牢握著它，左手緊緊抓著莎婭。

我斜睨著身後不遠處的滑雪場商場，心想怎麼還沒到深夜，這裡竟已毫無人煙，想找個幫手也沒辦法，難道真的大限已到？

「吼吼……吼吼……」牠們不停低鳴地恫嚇我。

都說野獸最懂得狩獵的時機，其中帶頭的一隻灰色阿拉斯加雪橇犬，就趁我分神之際，竟向我疾衝而來。牠張開腥臭的嘴巴，亮出一排銳利的獠牙，向我頸上的大動脈張口準備咬下。

在莎婭身前的我，慌忙以雙手頂住那雪犬的頸項，跟牠展開角力。

「啊——」身後的莎婭尖叫起來：「諾生！」

血花四濺。

跟牠搏鬥期間，我身上愈來愈多恐怖的血痕，但已經沒有退路。被死亡籠罩之下，我鼓起最大的勇氣，向著眼前移動中的黑影胡亂揮拳。

「砰！」

拳頭沒入雪犬的肚內，虎爪無情地絞碎牠腹腔內的腸臟，而原本想一擁而上的野狗嚇得紛紛後退。

「砰——」我出力地把那隻阿拉斯加擲向狗群。

不知是否受雪犬身上受傷的血腥味影響，原本在狗群處於領導地位的牠，竟開始被身邊的同伴虎視眈眈地當獵物般盯著。

「吼吼……吼吼……吼……吼吼……」

牠們時而低吟，時而向著那雪犬咆哮……最後，竟忘記我們的存在，一擁而上狂噬牠們原來的首領。

難道這就是動物世界裡弱肉強食的法則？還是所謂物競天擇引發的獸性？

但我沒有時間再理會，心想這是千載萬逢的逃走機會，二話不說便拖著莎婭突圍而出，向著商場奔去。但我的舉動竟引起互相殘殺中的野狗注意，牠們捨棄了被咬得血肉模糊、肢離破碎的雪犬，開始向我們這邊跑來。

「完了！」

當我感到絕望之際，奇蹟竟然出現……

「吱吱……吱……」

那帶頭撲向我的瘋狗，竟離奇地迅速皮開肉裂，七孔更噴出血來……不止如此！在牠癱軟在地的瞬間……不消一分鐘，牠便化為一灘黏稠的血水。

「吱……」一隻接一隻，化為血水。

其餘的瘋狗亦陸陸續續似感染傳染病般失去生命，連痛苦的哀鳴也來不及叫喊，便統統化為同樣的一灘腥臭血水……只有一隻倖免，牠就是由始至終都沒有噬咬過那隻雪犬屍體的小犬。

我當時理不出所以來，但我此刻猜到，一切都應該和我把玩著的虎爪有關。是莎婭提醒我，這虎爪尖刃處在黑暗中閃爍著一些幽幽的綠光，她猜測可能巨奴在那裡餵了劇毒，而那些毒更是見血封喉，化膚蝕肌的恐怖毒藥。

「放心，我會小心點的。」我小心翼翼地把虎爪從指間套出，收回小皮袋內，續道：「你剛才沒受傷嗎？」

「我沒事，但你……」莎婭指著我身上一個又一個血淋淋的傷口，泛起淚光。

我撫著她的頭微笑道：「傻丫頭！沒事的，妳看，血已止住了。」

雖然血是止住了，但我絲毫沒有在意。身上那些深可見骨的傷口，怎會這麼快便能夠止血，部分創傷不深的傷口，更詭異地迅速癒合。

「諾生，你聽到沒有？」

「什麼？」我漸漸習慣莎婭這樣喚我。

莎婭臉色驟變地說：「在門外……我剛才好像聽到有女生的尖叫聲。」

我腦海閃出那個酷似「文頤」的臉孔，喃喃地說著：「女生？莫非……是她？」

我甩開原本莎婭緊抓著我的手，然後走近門前，把耳朵緊貼著門，仔細聽著外面的動靜。

「噠……噠噠……噠噠……噠……」

一陣凌亂的腳步聲。

不止一個人，有兩個……其中一個的腳步聲比較沉重，另一個似乎被拖行著，門縫間漸漸滲透進陣陣血腥味。

「咔——」門鎖被轉動著。

「噓……」我掩著莎婭的嘴巴，生怕她突然尖叫起來，引來更多的怪物。

「咔咔……咔咔咔……咔咔……咔咔咔咔……咔……」被我鎖上的門鎖不斷被大力轉動，而門也被搖晃得很厲害。

我心忖，那些瘋犬應該還未至於懂得開鎖吧！那外面的應該是人，難道是像我們一樣被襲擊的人類？還是……是文頤？

一念至此，我決定上前看過究竟，而同一時間，我伸手在小皮袋內拿出虎爪套上，所謂小心駛得萬年船。

「咔——」門鎖開了。

一團黑影從門外衝至，「砰！」那黑壓壓的身影把我撞得滾在地上，莎婭則怕得早已瑟縮在康樂室一角。

「是你？」一道驚魂未定的少女聲傳入耳中。

我稍稍清醒下，發現眼前的不是別人，就是那個我日思夜想、酷似夢中「文頤」的少女。而剛才把我撞倒的，是一個渾身浴血的少年，看他的髮型和身形，就是那個之前跟文頤很親暱的少年。

「妳怎麼會在這裡？」

「文頤」沒有理會我，第一時間走到那倒在地上一動也不動的男生身旁，道：「泳駿！你醒醒……你不要有事啊……駿！」

不知怎地，看見她關心眼前的少年，我竟感到滿心不是滋味，當下只把門關上再上鎖。

「咔！」

原本怕得躲在一角的莎婭，不知是憐憫心還是好奇心作祟，竟敢步近那個渾身是血的少年身邊，小心翼翼地把手放在他的頸後，然後細心觀察他身上的傷勢後，道：「他身上有多個深可見骨的傷口，脈搏很薄弱，咦……那些傷口又紅又青的，更隱約溢出一些紫色黏稠的液體……」

「是那些狗咬的，不知為何，牠們今晚都像瘋了一樣……原本每晚我們都會去後山餵食牠們，但今晚我和泳駿竟找不著牠們，準備折返宿舍的途中，牠們竟突然出現，並發狂地追著我們……嗚……」「文頤」忍不住哭了出來，續道：「泳駿為了救我，一個人引開那些狗……」

「那妳在哪裡找到他的？」莎婭問。

「我……我當時怕得躲在廚房裡不敢出來，後來……後來看見外面那些瘋狗突然一窩蜂地衝出商場，我便立即出來找泳駿。之後，就在不遠處的走廊看到他……我把他扶進廚房暫時避難，但我很害怕……泳駿的身體愈來愈冷，所以我便扶他出來，希望可以找人求助，誰知附近竟像一座死城，一個人也沒有……平日不是這樣的，怎……怎麼會這樣？嗚……」

莎婭聞言不語，只輕輕握著「文頤」的手，試圖給她一點安慰，然後轉身望向我。

但我完全沒有在意莎婭，更沒有把眼前少女所說的話聽進耳裡，因為羈絆……自從這少女再次出現眼前，那種強烈的羈絆感便不斷在心頭翻滾。

不止如此……望著她驚慌又楚楚可憐的樣子，不知怎地，是很熟悉的感覺……一種由憐生愛的感覺衝擊心頭。

我有種很想衝上前，把她一抱入懷安慰她的衝動，但同時又出現一種心酸的絞痛感……很難受……究竟為什麼？她究竟是誰？

「諾生！」莎婭抓著我的手叫喚我。

那少女聽到莎婭喊出這名字，竟臉色一變，望著我道：「諾生？」

此時，一陣電擊的感覺從莎婭的手心傳來，穿過我的大腦，更走遍我全身的感官神經。

剎那間，我好像被奪去五感，然後眼前漆黑一片，接著前方出現一股前所未見的強大牽引力，就像把我的靈魂吸扯離開我的軀殼，穿過莎婭的身體，一直向文頤那一端裡去……

「啊——」我感到暈頭轉向。

2

這……這裡是什麼地方？

那花園……那草地……還有那些小屋……不！是宿舍……怎麼會這樣？我應該未曾到過這裡，但又好像很熟悉這裡似的？

咦……那拿著拐杖的少年，還有走在前面的少女……等等！她不就是文頤嗎？但跟剛才那個女孩有點不同，莫非我又進入夢境，這是夢裡的世界？那這個少年又是誰？

我感覺身體慢慢向他們飄近，只聽那少年道：「文頤，妳別生氣啊！我上擂台跟灰狼比試是有原因的……」

少女生氣地說：「什麼原因？就只為了旖旎嗎？」

少年一臉委屈道：「我沒辦法告訴妳……但相信我，文頤……妳不是說過小妖精永遠都會相信大妖怪嗎？」

文頤走近少年，竟出其不意地伸腳踢向他的痛處，道：「衰人諾生，你的事我以後都不管了！」

什麼？他就是諾生？但他跟我的樣貌一點也不相似，但我擁有他的記憶又是不爭的事實。

我不可能是他！這到底……

就在我思緒再次陷於混亂之際，影像竟漸漸模糊，眼前的文頤和諾生消失遠去，隨之出現的場景，是在另一個宿舍外，那裡有一座小水池。

「究竟是怎麼一回事？」我望著四周喃喃自語。

突然，身後傳出一道聲音，是文頤……我認得是她！

「諾生……對不起，我應該早一點告訴你的。」

剛才那叫諾生的少年再度出現在眼前，只見他低首問：「是什麼時候開始的？」

「記得上次在咖啡廳問你的緣分問題嗎？」文頤道。

少年沒有回答。

「就在那時開始，我發覺自己對他有了好感，但那時我們還不認識，直到跟他在醫院重遇，他的眼神告訴我，他……他對我也有意思，他會愛上我。」

那少年語帶苦澀地問：「那妳呢？」

「我……我自己也不清楚，我見著他有種心跳加速的感覺，我們也是上星期才開始的。諾生，你是我最好的朋友，我想你也會替我高興的……對嗎？」

少年勉強擠出一點笑容……

然後，他的臉徐徐地向我這邊望來，不止一臉苦澀，還流著兩行血淚。他沒有回答文頤，只一直向我走來，直至走到我面前停下。

「吱吱……吱吱……」一陣撕裂的聲音，伴隨濃烈的血腥味湧至。

那少年竟用不知哪裡來的刀，剖開自己的胸膛，然後……竟把十指深深地插入血肉模糊的傷口內……不斷挖……不斷挖……

直至……

「吱……」

「怦怦！怦怦！怦怦！怦怦！」一顆還在跳動的心臟被他徒手挖出，在向我緩緩遞來。

「我的心很痛……求你……可以拯救我嗎？我不要這顆心了，我把它歸還給你……啊……好痛……好痛啊！為什麼我把心挖出來，還會這麼痛……告訴我……為什麼？啊——」那少年痛得在地上翻滾嚎叫。

我望著面無表情的文頤，問道：「為什麼要這樣對他？」

「我沒有……」

「他一直深愛妳，為什麼妳不愛他？還一次又一次去喜歡其他男子？」我握著那顆仍在冒血的心臟向她逼近。

「我也愛他的……」

「妳說謊。」

「沒有！我沒有說謊……」文頤掩著臉，兩串晶凝的淚珠從白皙的雙頰滑下。

「那這個又是誰？」我指著文頤左邊突然出現、躺在地上渾身是血的金髮男子。這男子手裡握著一把手槍，頸上掛著警察證。

「啟文？不！」

「這個呢？這個又是誰？」我指著她右邊逐漸浮現，被咬得遍體鱗傷、名叫泳駿的少年。

「我……我不知道……」

一股夾雜嫉妒的憤怒情緒令我喪失理性，衝上前雙手緊緊地掐著文頤細嫩的粉頸，彷彿要把她殺死，才能消解我心頭之恨。

「咳……咳咳……」看著她不斷掙扎，我的心坎傳來一陣難過的情緒，內心似有把微弱的聲音在急喚著我。

「不……你不可以傷害她……」

什麼？誰？是誰在呼喚著我？

這道微弱的聲音逐漸化為一股力量，最後竟變得像一個人形實體般，從後態抱住我……是一種捨身堅執的力量，「它」雖然微弱，但竟衝擊著我的思想，令原本快要掐斃文頤的手漸漸放軟下來。

同一時間，我驚悉一隻強壯的手掌緊緊扣著我的手腕，而不知何時，眼前竟出現另一個模糊的男子身影。

一股吞食天地的力量向我襲來，那力量很霸道，也很熟悉……雖然我說不出所以然，但我仍不得不鬆開緊抓文頤的頸部，因為我知道，若不鬆手，這股力量就會把我狠狠吞噬掉。

「不要再窺探這孩子的過去。」一道充滿壓迫力的聲音，從那男子身上發出。

「為什麼？」

那男子望著癱軟在地的文頤，道：「是我跟童諾生這個男生的約定。」

「我……我不就是諾生嗎？」

「你？」那男子打量著我，道：「魔障叢生的你，哪裡像我認識的童諾生，回去自己找答案吧！」

那男子說完，手裡發出一道耀眼的紫光向我擊來，我完全躲避不開，只感到身體像四分五裂般分解，最後化成粉末，隨那道紫光被擊散。

「不！」

文頤和那個男子瞬間在我眼底化為一個黑點。

「砰！」腦門傳來一下劇痛。

「啊——」我聽到莎婭的驚呼聲。

回到現實了嗎？

朦朧中，我看見莎婭，還有躺在地上渾身浴血的少年，而文頤則倚著牆邊，一臉驚慌地望著那扇氣窗外。

「砰！」我再一次站立不穩地跌倒地上。

一陣強烈的天旋地轉襲來，是剛受的重擊令我失去平衡感嗎？還是發生什麼事？我感到四周突然搖晃得很厲害……

「諾生！是地震……」

「什麼？」莎婭沒有說錯，我們身處的整幢建築物都搖晃得很厲害。

「那……那點紅光……」

我們朝文頤指著窗外那燒得正紅的地方望去，只見她大叫起來：「那不是富士山嗎？它……它要爆發了！」

「轟隆——」

一切都失控了。

五十五・歷劫〔莎婭〕

1

根本難以想像⋯⋯

雖然自出娘胎開始，我就在自己的世界不斷經歷地震、天災的威脅，但那終究是耳聞而非目睹。在一眾長老和護法們的照顧下，身為聖女，我根本沒有親身體驗過死亡的恐怖。

但現在身處這裡，我感覺到處也有一雙雙、一對對不友善的眼睛在盯著我，難道這就叫作「適者生存，物競天擇」嗎？

距離富士山爆發已經一日，我聽沿途的災民說，整個日本關東地區都差不多毀於一旦，就連東京上空，當我抬頭一望時，所見到的已不再是藍天白雲，太陽也早已被厚厚的火山灰塵掩蓋，空氣中滲透著一股難聞的燒焦氣味。

一路上，據來自日本救援自衛隊廣播的消息，富士山噴發出來的熾熱岩漿，已經把附近的山梨縣、神奈川縣部分村落、鄉鎮毀滅，死傷不計其數。再加上火山爆發期間，聽災民說，同步而發的七級以上毀滅性地震，令遠至東京、大阪等大城市都瞬間變成碎瓦頹垣、人間煉獄⋯⋯

這次超出科技監控的毀滅性天災，有的說震央在富士山之下，是什麼板塊內地震；也有人說，這次在日本境內竟有三個震央同步出現，更都超越七級以上，最終激怒了不情願甦醒的富士山。

關於富士山的故事，我來地球前早已從迦南姨姨身上略知一二，但我感興趣的是它風景美如畫的一面，而非兇暴地爆發熔岩。

東京以外的地區災情如何，沒人得知，因為身處在東京銀座的我，斷絕一切通訊設施，感覺已經是與世隔絕。

而連日來火山灰隨雨水傾盤落下，令四周視野模糊不清，加上斷斷續續的地殼餘震，令原本在災民口中繁榮一片的銀座變得如死城一般。

諾生說那條接通東京的鐵路幹線，在不斷出現的地震衝擊下已經全線毀損，而我們一行人曾經到過的銀座阪急時，整座商場中央也被震得恍似由上而下被切成兩半……搖搖欲墜，而其餘已倒塌的房子更變得難以辨認。

更恐怖的是，當我跟隨救援自衛隊逃難，經過「有樂町二」附近「東京高速道路」時，地震再度來襲！一行五十多人的災民隊伍，走得較後頭的，竟一剎那間在眼前完全消失。

是數十條生命在眼底完全消失。

那刻……我怕得要死！我是真的怕得失控尖叫起來。

我親眼目睹了原本走在平坦道路上的災民，竟突然被裂開的巨大裂縫所吞噬掉，一個又一個的生命……一聲又一聲驟然而逝的叫喊，都消失在那無邊黑暗的地下裂縫中。

當一眾心有餘悸的自衛隊隊員回過神來，紛紛趕往那裂縫邊緣看看有否災民倖存之際，天神彷彿再次動怒，讓大地震動再起。

「轟隆……轟隆……」

一聲接一聲令人毛骨悚然的慘嚎再次此起彼落，然後，我恍似聽到骨頭被肆意壓碎的聲音，原本裂開的大地竟突然拼合，再激烈相撞形成一座山脊般的小山峰。

數分鐘內，連一絲血腥味也無法在拼合的石縫中滲出，而一行五十多人的隊伍就只剩下不足十名虎口餘生、精神快要崩潰的災民。

一眾自衛隊員都先後殉職，而我，當下也只好繼續依附死裡逃生的民眾，繼續漫無目的地逃難。

此刻……我多麼希望阿爾瑪嬸嬸可以突然出現，帶我回到原來的世界。又或者，疼愛我的傑克叔叔可以出來救救我。而我更想起諾生……不知他究竟身在何處？他有沒有遭遇不測？

但一想起他，我又不自覺回想起他突然發瘋似地不斷高喊、不斷叫嚷「究竟誰是諾生」、「究竟他是否諾生」的模樣。他當時完全失去理智，更把我一手推倒在牆角上，雙手緊緊掐著我的脖子。

他瘋狂的樣子令我感到害怕，但我又覺得他很可憐……我怎麼到此刻仍在想這個人？眼前最重要的，不是應該想想如何活下來、回到原來的世界嗎？

若不是現在在我身邊的巨奴叔叔突然出現，剛才我早已在松屋百貨內被那些人殺死了！這世界怎麼突然變得這麼恐怖？大家都變成泯滅人性的惡魔？

難道真的只為了生存嗎？

但我從他們目露兇光的眼神內，感覺不到一分人性，更彷彿失去希望和生命氣息……

「告訴我，巨奴叔叔……我們應該如何是好？」我倚著巨奴叔叔碩大的身軀，腦海湧出剛才死裡逃生的片段。

一念之間，腦海的影像急速翻倒至大約三小時前。我還記得，在餘震下地裂變異中倖存後，我跟著剩下不足十人，摸黑走進距離該處東南方四條街之隔的松屋百貨內。

這決定是其中一位災民板本先生提議的，他說天色漸黑，夜裡是最危險的時刻，所以必須找到一個地方躲避，也好讓身體稍事休息。

累極的我當然無異議，而同行的人都被災變折磨得累了，因此任由板本先生擺布也未多言。

我們一行人花了三十分鐘，才越過原本只需十分鐘便到達的松屋百貨。途中可算險象橫生，先不論被地震所毀的道路有多崎嶇不平，附近的地下水管爆出的水柱、燃燒著的天然氣破折管道，還有突然倒塌的天花石屎窗戶，都令我們同行的人損折不少。

最終，順利到達松屋百貨的，就只僅剩包括我在內的兩男三女。

帶頭的板本先生，左手也不幸被壽司店突如其來的爆炸燒傷，但他沒有說什麼，到達松屋百貨大門後，只管叫我們小心入內，不要回頭，也不要想太多無謂的事。

他說，除了生存，現在什麼都不重要。

但人畢竟有感情，並不是一、兩句理智話語就可以忘記所有，尤其親眼看見一個又一個同行的災民蒙難，我也難以裝作若無其事，所以進入百貨公司後還是忍不住回頭一看。

我一看便愣住……也後悔了。

眼前出現的，是一幅只有在修羅地獄才看到的景象，除了大廈倒塌、四周滿目瘡痍之外，還有遍地都是屍體、斷肢，而部分更睜著血紅色的眼睛，似在控訴自己死不瞑目。

我最後的精神防線崩潰了。

原來剛才在黑暗中為了求存，我根本未察覺自己正踐踏著無數死難者的屍體，而部分身軀還在瓦礫中微顫著、生死未卜。

我無法原諒自己竟自私地為了生存而妄顧他人生死，我感到自己充滿罪惡，還滿手鮮血。

最後，我被同行的阿姨牽著手帶到一樓女裝衣飾部休息，我瑟縮一角屈膝而坐，眼淚不斷在眼眶內打滾。夠了，我好想回家……可以嗎？

不知過了多久，同行的阿姨和板本先生等人嚷著要出外尋找食物，其中一位同行女子鈴子小姐，說記得這百貨公司四樓有間餐廳。最後經決議後，他們留下阿姨陪著我，其餘三人出發找食物充飢。

這一去，就是二十分鐘。

「滴答……滴答……滴答……」大廳內的鐘擺不斷搖動，時間並沒有因可憐我們而停止。

一樓的燈光時明時暗，沒有多餘的聲響發出，我瞧見阿姨的面上流露著焦急的神情，而我也被四周肅殺的氣氛懾住，暫時收起眼淚，開始察覺到一股不太尋常的氣氛。

「阿姨……什麼事？」

「妳覺不覺得奇怪？他們都去了很久，就沒有一個人回來，按道理就算找不到食物，照約定也要回來集合好有個照應……」阿姨憂心忡忡地說。

我心裡泛起一股不祥之兆，但仍忍住不說，只道：「可能他們還沒找到食物，到了別處找，又一時間忘記回來通知我們吧。」

「莫非他們棄我們於不顧了？」阿姨臉色變得蒼白起來。

我連忙安慰她：「不會的，我看板本先生這人很靠得住……」

「不！在這災難當前，他們又不是我們的親人，怎麼會有道義去照顧我們！人性都是自私的，他們一定是找到食物又不願分給我們，所以一早走了！」阿姨似乎開始怕得漸失理智。

「不如我們一起去四樓找找他們，好嗎？」我勉強站起來，同時感覺到一陣天旋地轉。一整天沒有吃過東西，四肢開始發軟無力。

我抓緊阿姨冰冷的手，摸黑走到一樓左邊盡頭的樓梯，途中不僅要閃避倒滿一地的貨品，更要小心踏進那些因地震而出現的石縫。

「嚓！」我感覺小腿一涼，隨之而來一陣刺痛，應該被什麼割破流血了。

但阿姨並沒有像之前一樣看顧我，她不理我的傷勢，只抓緊著我的手，迅速向著四樓方向跑去。我知道她在想什麼，她怕我是裝受傷而棄她不顧而去。

我的感應力量告訴我，阿姨內心的魔鬼已開始佔據著她。

再這樣下去，甚至連我也會被她……

「噠噠……噠噠……噠噠……噠噠……」

終於到達四樓。

「那是什麼？」身旁的阿姨驚訝地指著前方。

我瞧著她手指望去，在昏暗的四樓大廳，隱約看見有一男一女的身影坐在餐廳門口的地上。

我內心泛起一陣不安……

「他們一定找到食物了！」阿姨一個箭步跑上。

「等等……」我稍一猶豫，仍是急步追上。

「你們……啊——」

阿姨的驚恐聲傳遍整個大廳，而一向膽小的我，也不顧一切跑到那男女的面前。

「啊——」我嚇得雙腳一軟，跌坐在地。

天啊！怎麼會這樣？他們是板本先生和鈴子小姐……他們深陷的眼窩血洞……還有脖子被領帶勒緊到連舌頭都吐出的模樣……

他們死了！是誰做的？他們竟被殘忍地虐殺了！

面對此情此景，身旁的阿姨嚇得張大嘴巴喊不出聲，更坐在地上失禁起來。

不止如此，當我適應四周黑暗，雙目視物更加清晰之際，我發現……不……不可能的……他們袖衫胸腔位置竟同樣鮮紅一片……

那血肉模糊的傷口，我隱約看到……板本先生的肋骨被打開，心臟還不翼而飛，而他身邊的鈴子小姐更是淒慘恐怖，不單胸腔被強行打開奪去心臟，一對乳房更被人割下。

嘩……好恐怖，好噁心！我忍不住吐了出來。我不想再看。

就在這時，我感覺到有腳步聲由遠而近向我們走近，直覺告訴我是邪惡的氣味，雖然沒有亨利叔叔那麼強烈，但已夠令人遍體生寒。

「砰！」

某個東西摔在因地震震得傾斜的地板上，向著阿姨方向滑去。

「這……是……是什麼？天……天啊……是心臟……是心臟啊……」阿姨撿起它大叫之際，更立即把那顆乾枯的心臟拋回原來的位置。

「噠——」一隻穿著皮鞋的腳，把滑過去的心臟完全踏扁。

然後，一道猙獰的聲音從黑暗中傳出：「嘿嘿……浪費……嘿……浪費啊……」

我沿著聲音的方向望，一個身穿保安人員制服的中年男人向我們走近，同時，我發現他手上握著一件正噴出汁液的東西……

「嘿……好喝！新鮮的最好喝！」是心臟，是另一顆還在跳動的心臟！

他一邊向我們走近，一邊用舌頭翻開動脈的血管壁，再用舌頭舔著那心臟不斷冒出的血液。好噁心……不知他手上的是板本先生的，還是鈴子小姐的。

「不……不要過來……」阿姨失聲尖叫。

但不止一個，在黑暗中，我正感覺到有兩個身影同一時間從後方步近。

我回頭一望，不知何時，身後竟同時出現兩個一老一少的保安人員，他們一個拿著兩團肉在大口大口地吃著，弄得一臉都是血漿；另一個，則拿著一顆圓圓的東西在挖著什麼，然後把它放入嘴內。

他們愈走愈近，我也愈來愈看得清楚……

是顆頭顱！那老保安人員拿著的，是跟板本先生一起去找食物的青年，他……他竟被弄得身首異處……不！不要！那老保安竟在挖頭顱內的腦漿在吃，還吃得津津有味！

他們一定是瘋了！一定是經不起地震的災變而瘋得失去理智……但他們怎會瘋得去吃人？不可能的……他們怎麼能夠這樣！

「餓……好餓……」

什麼？是餓極了所以食人？不……在我們的世界也沒有發生這樣的事……怎麼會這樣！不可能這樣的！

我的思緒變得一片混亂，死亡的陰影已經籠罩著整層四樓，眼前的三個保安人員，紛紛放下手裡的「食物」，向我們兩人靠攏，流露出貪婪的目光，嘴角流出混著鮮血的唾液。

我開始感到後悔，若當初肯認真接受阿爾瑪嬸嬸的教導，學習一些攻擊咒術，就不會像現在這樣只有待宰的份，虧我之前還跟美羅說，不相信會有用到攻擊咒術的一日……

這就是貪玩翹課的代價。

「啊！」一聲悽厲的慘叫聲從身後傳來，是阿姨。

她被兩個保安按在地上，用膝蓋壓著她的下肢，然後雙手各抓著她一條手臂。

「不！」阿姨厲聲叫道。

一道恐怖的撕裂聲，我闔上眼不忍再看，但仍感覺臉上傳來一道熱騰騰的腥血，然後，我默唸倒數，準備接受緊接下來的死亡恐怖。

「嗚——」頭顱傳來一陣劇痛，我感到有五隻粗大的指頭狠狠抓著我的頭顱，然後，嗅到一陣腥臭難捺的血腥味迎面而至。

「再見了……諾生……」我喃喃地道別。

千鈞一髮之際，我感覺到一陣破空聲由遠而至，隨之是割膚生痛的感覺，待我還未搞清楚時，一道黏稠的腥臭濃血已噴得我渾身都是。

我張開眼一看，嚇得差點暈過去。只見那保安正張開著他那血盆大口，準備噬向我脖子的大動脈，但他再也沒有反應，只見他眉心正冒著血……傷口正插著一個黑漆漆的東西。是一塊風車型的三面利刃「車手裡劍」。

「難道是……」

「喀嚓！」

在我還未喊出聲時，眼前原本與我不到三吋遠的保安，頭顱竟被甩飛開來，然後一道碩大的黑影從我身邊閃過。

「死，吧！」

這熟悉的聲音……是巨奴叔叔？

那碩大的身影向著那兩個殘暴的保安人員奔去，但不知是我眼花還是什麼，我竟看見他突然一分為二，然後在虛空中揮動手裡的傢伙，最後兩顆人頭擲地有聲，不出數秒，便令剛才還在張牙舞爪的兩個保安人員身首異處。

「砰砰砰！」三個失去頭顱的軀體齊聲倒下。

在黑暗中，他向我緩緩步近，同時把手裡的傢伙迅速收回黑色斗篷之下，低首向著我道：「我，來，遲了！」

我望著他，眼淚失控地奪眶而出，哭道：「巨奴叔叔，對不起，莎婭以後不敢了……」

我撲入巨奴叔叔懷裡，雖然平日他渾身散發著殺氣，顯得生人勿近，但此刻他就是我最親的人。只聽見他道：「可惜，那人，救，不了。」

是剛才跟我一起的阿姨，她四肢被扯斷失血過多，睜著雙目含恨死去。

「放心，一切都，結束，了。」巨奴叔叔的聲音把我從回憶中拉回現實。

「那我們可以回家嗎？」我倦極了，但仍撐住眼皮問。

「可以，阿爾瑪，在等，我們。」說時，巨奴叔叔從他的黑色斗篷內拿出剛才取去三個保安性命的武器。我此時才看清楚，那原來是一把鐮刀，而握柄的末端扣著一條鐵鏈。

「阿爾瑪嬸嬸沒事太好了……」我又想起生死未卜的諾生。

只見巨奴叔叔小心翼翼地用斗篷抹去鐮刀刀刃上的污血，然後把它收回斗篷內。

我好奇地問：「那東西形狀這麼奇怪？」

「鎖鐮，是忍者，專用，武器。」

巨奴叔叔回答的同時，再伸手入斗篷內，然後，拿出比之前給諾生那一個稍大一點的皮袋，放在我的手裡，續道：「阿爾瑪，吩咐我，把這個，交給，妳。」

我打開皮袋，道：「是豎琴？」

他沒有回話，我用雙手把精巧的小豎琴抱在懷裡，透過百貨公司那落地玻璃，望向仍舊被火山灰掩蓋的天空，喃喃地問：「這世界會滅亡嗎？」

巨奴叔叔跟我一起望著玻璃外的世界，他雖然沒有回答，但瞧他的眼神，竟流露出一種從未見過的傷感情懷。我心忖，莫非他曾跟這世界有什麼關係？

「明天，趕路，睡吧！」

我知道他不會給我答案，所以沒有再追問下去，只闔上眼，抱著豎琴，躺在巨奴叔叔懷裡，由他守護著漸漸入睡。

經歷這麼多事，我漸漸不再害怕聲音沙啞、說話怪裡怪氣的巨奴叔叔。相較於這世界的人，我更覺得面目可怖的他令我倍感安心。

雖然我暫時忘記去想，為什麼那三個保安人員會突然吃起人來，但始終未能釋懷的是，在地震發生以前，我對這世界所知所見的並不是這樣子。

想著想著，不知不覺間我累極入眠，在睡夢中，我又想起他。不知他現在脫險了嗎？

「諾生……」

同夜，在凡人望不見的灰黑夜空上，太陽系的眾星，正組成一個奇異的宇宙星象。

然後，持續數千年的地球公速自轉，開始慢慢減速……

而地上的人，則渾然不知。

2

翌日清晨，空氣中積聚的火山灰塵顯然比昨日更濃厚，遮掩著往昔在這時段從雲層中透出的晨光。

在斷電的情況下四周漆黑一片，相反，到處火光熊熊，在強烈地震下，部分倒塌的房屋都紛紛起火焚燒，而離我們比較近的築地本願寺，更因為地下瓦斯管道破裂點起連串火苗。

四處燃起的火苗，只可算是小火，遠方富士山那點不斷噴發岩漿的「紅光」，則比原來的太陽更刺眼。雖然遠離元兇富士山，但此刻人們就連空氣都不敢吸入一口，煙焰障天，那熱燻燻的煙霧加上濃烈的硫磺味，令氣管彷彿也快要被燙傷。

「嗄……嗄……」窒息的感覺真的令人很難受。

走在大街，雖然日本政府不斷透過街上的揚聲器廣播，呼籲市民要到內陸高地遷移避難，以防地震引發的巨大海嘯襲港。但巨奴叔叔沒有理會，只叫我跟著他，一直與人潮走相反方向，向著東京海岸處前進。

我沒有問，因為我相信巨奴叔叔。

走在這廢墟般的城市，我開始明白，這是雛型……是被天災摧毀的城市雛型。

為什麼這樣說？你可以笑我少不更事。

過去，我從沒有想過為什麼身邊的建築物都破破落落，是早已習慣？還是我根本對周遭的人和事漠不關心？我不知道，只一直以為世界就是這樣，那些破敗的建築是人們有意弄成的。

但錯了，當我現在親歷災劫情景，才發現過去是多麼無知。原來我那世界的人民都歷盡劫難。對於自幼生活在大神宮殿的聖女而言，此刻就像被揭破了童話世界的真相。

何其殘忍……一切都何其震撼。

而每隔數分鐘，或是數小時的一次餘震，身邊的一切就更多一分瓦解整個東京，甚至我感覺到整個日本孤島，都籠罩著重重的絕望氣息，而這股絕望氣息，把原先還能守望相助的人們內心扭曲，漸漸解開人類原有的道德枷鎖。

一雙一對的獸化眼睛在形同廢墟的都市內閃爍著，似狩獵，亦似在防衛；而我，每走一步就似要落入捕獸夾中，不安的感覺蔓延全身，每個毛孔不斷在冒著冷汗。

巨奴叔叔彷佛知道我的心事，罕見地伸出他的巨掌，把我緊緊貼靠著他並肩而走。這時我才發現，他那瘀黑色的皮膚除了膿瘡，更布滿著數不清的傷痕，就像一條條百足毒蟲在手臂上蠕動著。

走了大約三十分鐘，越過高低起伏、凹凸不平的破落街道，突然，街上的海嘯警告響起，我抬頭望著巨奴叔叔，顯得六神無主。

「沒事，相信我，阿爾瑪說，岸邊等。」巨奴叔叔拍拍我的肩膀，帶我繼續前進。

愈走近海岸，就愈發現人跡杳然……

當我們繞道經過築地魚市場，發現市場內竟傳來一陣嘈雜聲，仔細聽去，是一群男生的嘻笑聲。

但當我們進入穿越魚市場的必經之路時，聽到的，不止是嘻笑聲，還有一陣少女哭泣聲。

「咦……怎麼這麼耳熟？」好奇的我全然沒考慮安全，便甩開巨奴叔叔的手，急步轉身走向聲音的源頭處一看究竟。

「不……不要啊……」

「這聲音……」腦海閃過一個名字。「難道是她？」

「嘿嘿……嘿嘿……嘿嘿……」一陣衣衫被撕破的聲音傳出。

「不……」

是血腥味？還有，這是……燒烤的味道……

「嚓——」

「啊……不……不要，放開我……」

「住手啊！」不知哪來的勇氣，我竟喝斥了站在我眼前的一班少年。

原本按著那女生的兩個少年停下手來，然後差不多同一時間把頭徐徐地一百八十度轉過來盯著我，看得我心裡發毛。

而蹲在他們左邊的那個綠髮少年，並沒有理會我，繼續專注地旋轉著手裡的鐵叉，耐心地烤著鐵叉插著的東西。

肉香四溢。

我看不清楚那女生的模樣，但直覺告訴我：「她是莊文頤？」

說時遲，那時快，當我還未說出下一句話時，其中一個抓著少女雙腿的少年，竟以詭異的速度出現在我右側，然後一手扣著我的後頸，把我按壓在地上。

「痛……」

我感到一陣暈眩和臉頰傳來痛楚，但臉頰撞在地上的痛，都不比眼前的震撼來得痛楚。因為那綠髮少年隨手一拋，把手上的「食物」拋在我面前時，我看到……

「這……這是小孩？」

雖然是燒焦了，但仍然可以依稀看到那團東西的四肢，最令人不忍的，是那張被活生生燒成焦炭的扭曲臉孔，還有那痛得瑟縮一團的肢體……

「你們還算是人嗎？」我忍不住罵道。

他們沒有答話，只猙獰地高聲笑著，與此同時，我感覺到身後有人接近。

「他們……不是人……」真的是文頤，她氣若游絲地道。

「對，他們，真的不是，人。」

語畢，我感覺後頸一輕，原本把我狠狠按在地上的力度消失了，隨之見到的，是一顆在我跟前滾動、仍在猙獰嘲笑的頭顱。

「嘩——」我嚇得奮力滾在一旁。

是巨奴叔叔，還有他手上的那把鎖鐮，是它，瞬間割去了那少年的首級。

事情還未結束，只見原本正打算侵犯文頤的少年，和一直蹲在地上好整似暇的綠髮少年，都不期然收起猙獰笑意，目露兇光地向著我們逼近。

「喀嘞喀嘞……」我看得見他們赤裸上身的肌肉筋脈賁張。

「咧咧……咧咧……咧咧……」一道綠影向著我們急奔而至。

巨奴叔叔一手把我推開，厲聲道：「走開，他們是，屍化人。」

「屍化人？」

戰幔開打，但我從沒想過會是這般情況，一直以來戰無不勝的巨奴叔叔，交手下來，竟佔不到任何便宜，更被那咧著血盆大口的綠髮少年，用尖銳的獠牙噬掉頸側的肌肉。

血汩汩在流，但流出來的不是鮮紅色的血，而是詭異的紫黑污血。

「有，兩下，子。」巨奴叔叔沒有理會頸上的傷口，只見他拿起手上的鎖鐮，撥走刀刃上的一團東西。

「砰！」

是頭顱！巨奴叔叔竟出其不意地幹掉了站在文頤不遠處的少年！

也在同一時間，對峙的局面出現驚人的變化，而這變化，連一向目無表情的巨奴叔叔，都罕見地出現驚疑的表情，因為……

「鬼手，力量！」

那綠髮少年竟出現再一次異變，他原本已筋脈賁張的胸肌，浮現出一個標記……是大神的六芒星圖案，而它泛起的綠光，更開始瀰漫全身，我看得見他的皮膚開始蛇皮化。

「叔叔……」

「別，過來——」

鐮刀刀影一晃。

「喀嘞！」

一條碩大的臂膀在半空中旋轉，掉在我的跟前……它……還握著一個風車型的「車裡手劍」。

「嗚啊……」

一道低沉的慘嚎聲響遍築地市場。

五十六・圍捕〔莎婭〕

1

腥風血雨過後，下一刻究竟會變成怎樣？

茫然害怕的我，不敢去猜，更不敢去想，只知道，現在街外竟出奇地寧靜。

持續多天的餘震突然驟然而止，不斷憤怒地噴發著岩漿的富士山也彷彿沉寂下來，但究竟這是風雨欲來的預兆？還是真的預告一切令人喘不過氣的天災劫難，已經告一段落？

相信沒人知道……

我唯一了解的是，距離東京海岸不遠處的一個漁市場區域，早已杳無人跡，甚至連那些喜歡圍繞漁市場飛翔、等待覓食的信天翁和海鷗，都似乎老早從東京這片土地裡撤離。

就只有在漁市場附近，一戶在地震中倒塌了大半間樓房的木屋，窗戶內仍隱約透出點點搖擺不定的燈火，還有地下室透出淡淡的飯香。

一切都多虧不理政府勸告、誓死要留守祖屋的這對老夫婦，若不是得到他們的援手，無條件地暫時收留我們，我實在不知該如何安頓身受重傷的巨奴叔叔，以及精神恍惚的少女文頤。

畢竟，我對這世界很陌生……而且愈來愈感到陌生。

因為我在這世界遭遇到的一切，跟傑克叔叔所說的根本截然不同，一切都在改變。

但姑且不論如何，說到底能夠化險為夷、全身而退，都全賴巨奴叔叔不顧一切捨身成仁的精神。

否則，單靠我這個豎琴聖女，又怎有辦法把文頤帶離那個恐怖的殺戮戰場。

你可能會覺得奇怪，這裡離剛才發生戰鬥的築地漁市場只有數街之隔，敵人隨時可以搜捕得到我們，照道理應該逃得愈遠愈好，為什麼要選擇這個地下室來暫避。

這個我也不太清楚，只知巨奴叔叔挾著我、揹著文頤負傷逃走的時候，嘴裡咕嚕咕嚕地說了一句，什麼「最危險的地方就是最安全」，所以便往這樓房的方向走去。在最終不支暈倒前，我們幸運地遇到這對失明老夫婦，於是就這樣，我們選擇了這個地下室作為避難所。

雖然如此，我還是想說，一切都來得太快，一切都不太真實。

跟諾生和阿爾瑪嬸嬸失去聯絡已夠教人心慌，那些突然在東京街頭出現，與巨奴叔叔戰鬥的嗜血食人魔、「屍化人」更令人驚悚萬分。當然，還有那些突然出現，一身白衣不知是敵是友的人……究竟是什麼一回事？來這裡之前，阿爾瑪嬸嬸都沒有說過這邊的地球原來是這麼恐怖。

我更沒有想到，傑克叔叔口中美麗而充滿生機的地球，竟然會像我們的世界一樣，被地震、熔岩所折磨，文明歷史更陷於毀於一旦的邊緣。

這裡真的可供我們的子民生活嗎？再過不久，它會不會像我們世界一樣瀕臨滅亡？

我真的不知道，甚至開始擔心，我再也見不到好友美羅……見不到疼惜我的迦南姨姨……還有見不到諾生。

但一切的擔心是否多餘？因為我也不太確定，一旦失去巨奴叔叔的保護，下一秒，也許我就會成為他口中那些「屍化人」的點心。

我想起那個閃爍著綠光的六芒星圖紋……它不是代表大愛的「奎扎科特爾」大神的圖騰嗎？怎麼它竟賦予力量給這些可怕的怪物，去屠殺生命？究竟為了什麼？

太多超越我一直認知的事實衝擊著我，感到很混亂……我感到一股莫名的恐懼快把我淹沒、令我崩潰。

「叔叔，我求求你……你快點甦醒，告訴我一切真相……好嗎？」

巨奴叔叔沒有答話，自從到達地牢後，斷了一隻臂膀的他一直陷於昏迷不醒，只偶爾聽到他在痛苦低吟。

「滴答……滴答……」地上那一灘深紫色的血愈積愈多。

他斷臂上的傷口雖包裹著厚厚的布，但無奈地震過後物資短缺，一路上根本找不到治療的用品，加上東京市內的市民大都一早遷離，更遑論找到醫生替巨奴叔叔治療。

這裡僅有的，就只有老夫婦提供的一些布和舊衣服，勉強可以用來壓住巨奴叔叔身上那血肉模糊的恐怖傷口。

雖然如此，我還是小心避免接觸到叔叔傷口流出來的血水，因為替他料理傷口時，原本意識模糊的他，竟突然迴光返照般一手把我推開，再次昏倒前更吐出一句「我的血，有毒，生人勿近」。

我知道他就算傷重，也總是把我的安危放在第一位，而我也看見，一隻污穢不堪的蟑螂接觸過那灘污血後，走不出三步便化為輕煙的恐怖情景，所以更不敢掉以輕心。

否則，巨奴叔叔為我所做的一切，都變得毫無意義，連帶為我失去一臂……都變得毫無價值。

「滴……滴……滴……」

望著他斷臂的位置，我又想起剛才怵目驚心的對決，都是我害了他……

都說關心則亂，在漁市場之戰那刻，當我目睹巨奴叔叔渾身是血時，不知是自然反應還是什麼，我竟然不顧當時的形勢，雙腳不聽使喚地跑過去他的身邊，打算查看他的傷勢。

一聲毛骨悚然的叫聲襲來，一束快如閃電的綠色身影逼近，我來不及轉身，就感到一股腥風已在腦後出現，而同一時間，巨奴叔叔揚起他手上的鐮刀，那股銀光在我耳邊差不多同一時間掠過。

割耳生痛。

但原來，這是聲東擊西的誘敵之術，由始至終，那蛇皮化的綠髮少年目標一直都是巨奴叔叔。他心知面對面搏鬥，未必有十足擊倒叔叔的把握，便假意向我攻來，然後趁叔叔分神救我之際偷襲他。

那短短數秒間發生的事，快得連影子都捕抓不到，我只知，當自己回過神來時，巨奴叔叔已擋在我的面前，碩大的身軀半跪在地上，一雙虎目狠狠地盯著離他不遠處的綠髮少年。

同時，原本扣著一記「車裡手劍」的左手，竟被齊肩割下，掉在我的面前。

血不斷從叔叔那件黑色斗篷內流出，我感覺得到他痛極地顫抖，但仍強忍著為了不輸眼前的氣勢；我也知道，他寸步不讓的原因，是為了保護身後手無寸鐵的我。

我感到害怕，更感到內疚。我望著那一臉猙獰的綠髮少年，他胸肌上那六芒星，不再是「奎扎科特爾」大神神像上那種慈悲的感覺，而是屬於瘋狂、滅絕、嗜血的邪惡化身。

「咧……咧咧……咧……」他舔著染滿巨奴叔叔污血的手指，那長長的指甲上，還牽著一絲肌肉組織，很噁心。

「吵……」

他一步一步向我們行近，而離他身後不遠處的文頤，早已被嚇得昏過去。

「怎麼辦才好？」我問巨奴叔叔。

「走，不要回頭。」他鼓起餘勇，拿著鐮刀衝向那少年面前。

「哈！找死！」少年說著。

當刻，我也以為叔叔這麼一衝必死無疑，怎料，當叔叔快要被少年雙手貫穿時，他突然在我眼前消失，彷彿遁地般消失無蹤。

然後，只聽見叔叔巨吼一聲！

他那把巨大的鐮刀飛越了少年，牢牢直插他身後的地上，然後叔叔以詭異的速度出現在少年身後，待少年來不及轉身之際，叔叔手上那鐮刀的鎖鏈，竟早已神不知鬼不覺地在少年頸上套上一圈。

「喀嘞——」

鎖鏈牢牢勒住少年的脖子，而叔叔則死命用僅餘的右手狠扯鎖鏈，打算直接拉斷那少年的脖子。

但我還未開心起來，巨奴叔叔的勝勢便一閃而逝。

「砰！」一道黑影越過我上空，在我的身後重重摔下。

是巨奴叔叔，只見他咳出一口又一口的鮮血。

實在太強弱懸殊，那異變後的少年，竟無視被勒在頸上的鎖鏈，露出滿不在乎的笑容，然後只以一臂……反手拿著鎖鏈，直接把巨奴叔叔碩大的身軀抽起，連帶原本牢牢插在地上的鐮刀也被甩脫，最後把叔叔以倒頭栽的方式摔在我身後。

我感覺臉上一涼，是剛才飛脫的鐮刀，不經意地在我臉上劃出一條血痕。但我感覺不到痛，更沒有理會臉上的刀傷究竟會否留下疤痕。因為，若失去生命，一切都只是徒然。

而此刻，我真的感覺死神來了，而祂……就站在我的面前。

那少年，就是死神。

「哎……」我感到脖子一緊，是他，他一手抓著我的脖子，把我舉離原地。

「喀嘞……喀嘞……喀嘞……」

雙腳亂蹬的我快透不到氣，拚命地抓著他緊抓我的前臂，但無奈呼吸困難下，我漸漸失去意識。

諾生……我腦海再次浮現諾生的樣子……

面上傷口的血汩汩地流下，一滴、一滴地沿著臉蛋流向下巴，再滴在少年的前臂上。

「啊——」

一陣困在喉頭的痛苦叫喊逸出，同時我感覺喉頭一寬，跌坐在地上。

當我稍稍清醒之際，詭異的事再次發生了。剛才還威風凜凜的綠髮少年，竟死命地按著他的胸口，而他胸腔上的六芒星，竟變得暗淡無光；取以代之的是，我發現他剛才沾上我那血液的手，竟生出一道血紅色網紋，一直沿著手臂血管，向著胸腔的位置擴散。

最後縱橫交錯的網紋，竟匯集在少年胸口的六芒星上，乍眼看，更像是一個血紅色的網，把六芒星牢牢地鎖困住。

那少年顯得很痛苦，而我當時也沒有細想，這究竟與我的血有什麼關係。我只知道自己經歷剛才的生死關頭，大腦彷彿缺氧，感覺到一陣昏眩。

千鈞一髮之際，巨奴叔叔再次鼓起餘力，但並不是狙擊那少年，而是一手把我挾起，然後掠過那少年，再把已昏倒的文頤擱在背上，二話不說便往漁市場的出口處逃去。

我還記得，那少年不理胸口的痛楚，咧著血盆大口瘋了似地從後追來，但也在同時間，我似乎看見兩個穿著全白色裝束的陌生人，突然在那少年身後出現，還跟他纏鬥起來。

巨奴叔叔沒有理會，當然也沒有停下腳步。

而我，則感覺到喉頭一陣甜膩，是喉頭差點才被那少年掐碎的創傷。我咳出一口鮮血後，血往上一衝便昏死過去。

不知是幻覺還是什麼，在我闔上眼前，我隱約感覺到剛才來自少年的六芒星力量驀地消失，還有，那少年頸上的首級，猝然不見了。

然後不知過了多久，待我醒來時，已身處於這個樓房的地下室，而身邊，就躺著仍未甦醒的文頤、身受重傷的巨奴叔叔。還有那位一直帶著微笑，對我們三個不速之客雪中送炭的失明老太太。

還有她的丈夫，在我們昏迷期間一直無償地照顧我們，若不是得到他們幫助，相信我們或許早已曝屍荒野。

據後來老太太所說，巨奴叔叔把我們帶來這裡安頓好後，傷疲交煎的他才像一個洩了氣的皮球癱軟下來。在日月無光的地下室裡，不知過了多少個晝夜，巨奴叔叔還是昏迷不醒，情況一點好轉也沒有，只偶爾聽到他在夢魘中呢喃。

我真的沒有想過，有神殿格鬥場上號稱「最強戰士」的巨奴叔叔，竟會落得如此慘淡下場。至於文頤，她終於甦醒過來，但或許是驚慌過度，她醒來後一直不言不語，只瑟縮一角屈膝而坐，目光空洞地像失去了三魂七魄。

就算我向她走近，她也像沒看見我一樣，而放在她面前的飯糰和水，也從來沒再吃過喝過。再這樣下去，就算沒有被搜捕殺掉，她也會因缺水而死，但我還能怎麼辦？

「喀喀……喀喀……」地下室的木門傳來四下敲打聲，是老先生的暗號。

我連忙打開木門，迎上老先生，我猜應該到晚飯時間。

「軋……」

不出所料，是老先生。他專程來送上飯糰和三碗清湯，然後不發一言便離開地下室。我記得昨日曾問他，為什麼不和老太太搬去高地躲避，就算捨不得家園，也犯不著以身犯險，隨時跟這破屋葬身地震海嘯中。

我記得，當時他只笑了笑，牽著老太太的手，道：「都活到一把年紀，只要能夠跟老太婆在一起便足夠了。這裡的一草一木、每顆石頭都滿載著我們的記憶，就算幸運活下又再回來，記憶也將不復從前了。」

他頓一頓，撫著老太太滿布皺紋的臉，帶著傷感地續道：「老太婆說過，這裡是我們的家，無論如何，都要好好守護著。前年老太婆連耳朵也聾了，生存的樂趣，就只剩下用手去觸摸這裡熟悉的東西，喚回腦裡的記憶。咳……若一切都失去，我知道她一定捱不過去……老太婆一定不會願意在陌生的黑暗世界生活下去。」

老先生那一番話對我來說，雖然不是完全了解，但衝擊著我一直以來的認知。在我的世界裡，活下去才是人們最大的理想，但聽完老先生一言，我開始覺得就算面對死亡，人其實也可以選擇，選擇如何面對死亡。

望著老先生一拐一拐地步上通往地面的石階，不知怎地，我有種心緒不寧的感覺。

「軋……軋……砰！」木門再次關上。

我在懷中拿出巨奴叔叔送我的小豎琴，然後坐在床邊，輕輕地撫著琴弦，彈奏出一首有治療功效的柔和樂章。

雖然一個人獨奏的力量，比不上聖女團合奏時擁有洗滌心靈、驅走邪惡的大能，但此時此刻，我還是可以透過樂章的音階，撫平內心起伏不定的情緒，還有暫時令巨奴叔叔進入深層的睡眠狀態，遠離糾纏著他的夢魘。還有痛苦。

至於那個瑟縮在一角的文頤，在我的柔和旋律下，也不自覺變得昏昏沉沉、闔上了眼睛，放鬆一直繃緊的面容。這小小的地下室內，就讓我替大家做點事，慰藉大家受傷的心靈。

「這是我唯一能夠幫助大家的事。」我闔上眼，雙手熟練地奏出撫平心靈的樂曲。

琴聲在房間內迴盪，琴音傳入房內聚人的耳朵中，而我也盡量藉著撫琴平伏內心的擔憂和恐懼。

樂曲一首接著一首地奏著，身旁的巨奴叔叔發出祥和的沉睡鼾聲，而感到欣慰的我，暫時忘卻傷疲，繼續盡己所能演奏下去。

在悠揚的樂曲下，時間的流逝變得很慢，甚至不再重要，而究竟過了多久，我自己都不太清楚。只意識到，漸漸放鬆的我，在忘我境界中也快要入眠。

「嗚……」

……是文頤？我睜開雙眼。

「不！」地下室內充斥著她刺耳的嘶叫聲。

在驚疑之間，我發現琴音竟像有生命般，不知不覺偷竄入文頤的記憶內，這在過去從未發生過……怎麼一回事？

「嗚……嗚……嗚……」

是文頤，我感覺到她內心在哭泣……那景象……那男孩……我認得他，他是在雪山商場內被瘋犬襲擊至奄奄一息的男生，我記得他叫泳駿。

原來如此，怪不得在漁市場相遇時，只有文頤一個人。原來在離開武尊山後，她和泳駿跟隨的自衛隊小隊發生意外，泳駿連人帶車不幸地跌落山谷下，九死一生。

在危急關頭，泳駿一手把文頤推下車，她才倖免於難，但也因此，文頤內心充滿著愧疚感。

等等……這又是什麼，剛才的影像一閃而逝後，我跟隨音律運轉，似進入文頤記憶回溯的最深處，此刻再次出現另一個影像。

「這扇門是怎麼回事？難道，這就是文頤上了鎖的心扉？」此刻，我想起了諾生，他曾經說過，他確定文頤就是他夢中經常出現的那個女孩。但文頤竟似失去一段過去的記憶，莫非……她的記憶就在這扇門之後？

在這段意識裡的我，意念所至，驅使肉體加快撥動豎琴的琴音，強大的琴音準備衝擊向那扇門。

「轟隆！」那扇門還真被我轟得露出一條狹縫。

就在這時，一個模糊的男人身影出現在那扇門前，更一手把我的琴音力量迴盪過去。只見漸漸成為實體的男人低沉地說：「為什麼要窺探這人的過去？」

「……」我答不出所以然。

那男人輕托臉上的黑色粗框眼鏡，緩緩地說：「是因為出於好奇嗎？」

「不……」我想起諾生，耳背發熱地答：「是為了一個朋友。」

「有些事，忘記比記住來得快樂，所謂的真相，有時會令人痛不欲生……」他狠盯著我，續道：「我指的，是未得准許便肆意窺探的人。」

我無語，也開始猶豫，道：「但是……」

「一切皆是命，半點不尤人，妳要進入這扇門，我攔不了妳。」他搖搖頭，雖不情願，但仍挪動他的身軀，讓出進入那扇門的缺口給我，嘆氣道：「記著，一切都是等價交換。」

「你是誰？」我經過他的身邊，抬頭望著他問。

「暫時還未到時候告訴妳，但我們會再相見的，而我知道妳叫莎婭。」

「什麼？」我吃了一驚。

他伸出手臂，輕輕地撫著我的臉，道：「是那個『他』告訴我的。」

「他是誰？」我一臉狐疑。

那男人沒有答話，但當他的手接觸到我時，一股觸電般的感覺傳入，很親切，一種久違的親人感覺。一道模糊的身影在腦海閃過，很眼熟……他很像小時候最喜歡教我們一眾聖女唱聖歌的護法叔叔，但不知何時開始，他突然消聲匿跡，阿爾瑪嬸嬸等人更嚴令凡再提起叔叔，就必被嚴懲。

他是誰？我記得，他好像叫……什麼「月」……啊！是「項月」！

「去吧！妳生來就是被選定之人，繼承大能的妳，去撥動命運的巨輪吧！」他的聲線變得低沉而溫柔，語畢，他的身影漸漸在我身後化為一縷輕煙。

我回頭望著那扇門，右腳輕輕踏入門內，一束又一束的影像片段突入我的眼簾，瞬間把我的記憶佔據、再填滿。

「啊——」

我終於明白，怪不得我對諾生有種難以言喻的感覺……我終於知道了，原來是這麼一回事……

我和文頤之間，原來是這麼一回事。

2

我究竟又睡了多久？這裡是地下室，我又回到現實世界嗎？

「咦？這……這是什麼氣味？」我揉著睡眼惺忪的雙眼，感覺到一股難聞的氣味圍繞著我。

這股氣味並不陌生，這股腥臭味……是來自血液的腥臭味！

「滴答……滴答……」水滴聲？

「滴答……」難道巨奴叔叔的傷口又再爆裂，這是鮮血滴出的聲音？

不……這滴答聲不是來自我身後的巨奴叔叔，是從外面傳來的……但怎麼會來自地下室外面？

「等等……地下室外面？」一陣悸動不安的感覺浮現，我發現，原本牢牢鎖上的地下室木門，竟被人打開並隨手虛掩著。

是誰打開了木門？我轉身回望，發現巨奴叔叔仍舊躺在身後的床上，昏迷不醒。

「等等，文頤到哪裡去了？」

我驚覺文頤竟不在地下室裡，猶豫間，我決定出去看個究竟。

誰料，當我踏出地下室後，那股血腥味更形濃烈。我一邊沿著石階拾級而上時，雖然樓梯間暗淡的燭光未足以照明，但仍能感覺得到，腳底下傳來黏稠感。

「噠噠……噠噠……噠……喀嘞……」

是什麼東西？我感覺腳下踩到一些物體，而我似乎不小心把「它」踩破了。好奇心驅使下，我摸黑俯身把腳下的東西拾起，然後把「它」拿近有燭光照明之處。

「這東西圓圓的究竟是什麼？」我喃喃地說。

我慢慢把「它」翻過來一看。

「啊！」是眼球！我嚇得一手把「它」拋到老遠，然後顧不得一切，只管急奔至地下室出口那裡。

「軋……」我慌忙推開只呈虛掩狀態的地下室活板門。

然後，映入眼簾的……是屠宰場……沒騙你，我只能用屠宰場來形容眼前所見。

屋內四周盡被鮮紅色的血所染污，而老先生、老太太……死了……他們竟然不是被最擔心的海嘯地震所害，而是被殘忍地殺害了。

「嘩！」我怕得哭了出來，雙腳發軟頹然倒地，很想吐，真的很想吐。

那眼球……剛才撿到的眼球是老先生的，他躺在地下室活板門出口旁邊，一隻手還抓著用來掩護地下室的活板門，而身旁散滿一地的，是打算送給我們的早餐。

他臉上只留下兩個低陷且血肉模糊的眼窩，另一隻稀巴爛的眼睛則黏在前方的牆上，很噁心……怎麼會這樣？那低陷的腦殼……老先生的後腦竟被轟得稀巴爛，難道他一雙眼睛是因抵受不了那驚人的外力一擊，而被轟得飛離體外？

我難以想像那會有多痛苦。

從老先生頭顱流出來的血，把餐盤上的飯糰都染得通紅，而血一直沿著地牢入口流下石階。毫無疑問，剛才我聞到的那股血腥味就是老先生的鮮血。

那老太太呢？她坐在安樂椅死去了。

我不忍再多看一眼她的死相，因為任誰看過一眼，都會永遠牢牢記住她那驚慌得扭曲的面容。我相信她是被嚇死的，只是不知道，她是因為老先生被殺所以嚇得心膽俱裂，還是早在老先生被殺之前就已死去。

不論如何，看著兩位恩人慘死的模樣，我害怕得快要崩潰。他們是否是因為我們而死……我想起漁市場的那個少年，還有那班突然出現的白衣人。

等等……不……我真的太傻，現在不是傷感的時候，因為文頤仍然不知所蹤。

但我可以怎麼做，巨奴叔叔仍在地牢內昏睡不起，單靠我一個人，根本做不了什麼事，就算知道文頤被擄或遇害又如何？我可以做什麼？

「莎婭……」

文頤？是妳在呼喚我嗎？妳在哪裡？

「莎婭……啊——」

「不！」我高喊。

我不可以拋下她不顧！

因為……這是宿命；更因為，我們是為了平衡世界，血脈相連的雙生子！

3

是感應！

「啊啊……啊啊……」我知道沿著這方向走，就一定可以找到文頤。

自從在地牢那次，我用琴音進入文頤的感通世界後，我和她之間就似搭建了一條心靈感應的橋梁，雖然未必能知道她所有的事情，但至少，我可以知道她的存在、她的情緒，甚至她的安危……

「呼……是漁市場，文頤應該就在漁市場外不遠處那神社附近！」

但要走在地震、外加大雨過後一片泥濘的災區土地上，已實屬不易；再加上這區似乎曾經歷大火，街道兩邊的三層平房都被燒得通透，焦土處處……隨時有倒塌的危險。為了盡快找到文頤，我顧不得危險，選擇憑我們之間的感應，走進的窄巷小街，務求抄截徑快一步找上她。

我一直只管向前望，絲毫不敢向街道兩側、甚至瓦礫處處的地面張望，因為只要一看去，我好不容易才堅強起來的心，就會被埋在地下、偶爾在瓦礫間突出的殘缺肢體、一張張絕望無助的死者臉孔所摧毀。

所以我鐵著心腸地只管向前跑……一直跑……憑感覺繼續找文頤，而我確實感覺到她就在附近。

「噠噠……噠噠……」

不……這感覺……危險！文頤她一定遭遇危險！

「不！」我緊握著手上的豎琴，忘記了自身安危，只管繼續向前跑去。

正當我跑到神社附近，一陣熟悉的感覺浮現，源頭就在神社左側的一條小巷內。我敢確定，文頤就在裡頭。

「嘩——」一道少女驚喊聲伴隨一群貪婪的野獸笑聲傳來。

是巨奴叔叔口中的「屍化人」。他們一行七人竟把文頤團團圍住，玩著貓捉老鼠的心理虐待遊戲。他們流露出淫邪的表情，把被嚇得快要發瘋的文頤盡情羞辱，其中兩個長著獠牙的中年男子，竟動手把文頤的衣衫撕破；另一個小學生模樣的男孩，從後勒著文頤的脖子，準備向她的大動脈咬去！

「住手！」我壓抑著恐懼喝道。

一雙雙閃爍著貪婪、暴虐的目光，像發現新獵物般，轉身對我上下打量，我雖然感到害怕，但並不打算退讓。

「給我好好睡一覺吧！」

語畢，我的五指在豎琴弦線上翻飛。這是首安魂協奏曲，是我離開地牢決心尋找文頤後，在路上想到唯一的保命方法。

琴祭司曾經說過，安魂協奏曲是「奎扎科特爾」大神遺下的神曲，它擁有淨化罪惡和邪能之效；但我知道，要擁有至少三位聖女之力，才能發揮安魂協奏曲最大的效能。

我已經沒有選擇餘地，縱使過往我只曾獨力奏出這首樂曲，成功催眠一頭失常的獅子，但現在看來，唯有祈求大神保佑了。

我闔上雙眼，開始全神貫注地彈奏，而文頤哭得沙啞的聲音，也漸漸變得越來越模糊。

我完全進入忘我之境。

四周彷似進入真空般的安寧世界，只剩下我的柔和琴音，那班屍化人的猙獰叫聲也逐漸消失無蹤。

琴韻不斷在四周擴散，旋律不停迴盪著。當我彈奏完一曲、睜開眼睛之際，奇蹟終於發生。

那七個屍化人竟平靜地垂下頭，跪倒在地上一動也不動，就像被石化一樣。我心忖，莫非安魂協奏曲真的成功了？

我沒有再深究下去，停下演奏後，我小心翼翼地穿過身邊那班彷彿沉睡了的屍化人，走到文頤附近。嚇至失心瘋的文頤見我走近，二話不說便撲向我懷中大哭。

望著文頤身上陣紅陣青、深可見骨的傷痕，我感到一陣難過。

當接觸到她身上的鮮血時，一股至親的感覺衝上心頭。我放下戒心並把豎琴放下，雙手緊抱著文頤，輕拍著她好好安慰。

但……我錯了。

我再次被死神盯上。是剛剛那些屍化人。

難道我的安魂協奏曲失效了？他們漸漸向我和文頤靠攏，長著獠牙的臉上除了流露貪婪的笑意，還有狡黠的神情。

莫非剛才一切都是偽裝的？不可能……他們竟會偽裝騙人？

「哈哈……哈哈……好香……」

「不！不要過來！」我拉著仍驚慌得失神的文頤往後退，而我也怕得全身發抖，手腳完全不聽使喚。我知道這次可能真的難以倖免了。

對峙的局面終於失衡，站在最前的小男孩按捺不住首先發難，他張開血盆大口向我們撲來。

「吵——」

我閉上眼等待死亡。

「颯颯……」

一股烈風從後腦掠過。

「砰砰砰砰砰！」

然後，只聽到一下重重的跌撞聲。

我睜開眼，看到剛才撲上前來的小男孩，竟被牢牢地釘在地上，他的眼窩流著兩行血淚，是兩枚「車手裡劍」造成的！

「巨奴叔叔？」我回頭一望，一個熟悉的碩大身影出現在眼前。

雖然他滿身傷痕，更斷了一臂，但傷疲之軀並沒有消磨他的戰意。是巨奴叔叔，他那把握在手上的鐮刀閃閃生輝，似乎要迸發出最後的餘光。

「莎婭，帶她，走！不要，回頭。」我看得見巨奴叔叔的嘴角正不斷滲出血絲。

內心泛起陣陣不安。

「走！」

語畢，巨奴叔叔用了有別於昔日的作戰方式，是絕對的兇暴！是不要命地同歸於盡打法！

只見他一手擲出手上的鎌刀，越過前方三個屍化人，然後蹤身掠過他們頭頂，再落在他們身後，以迅雷不及掩耳的姿態把鎌刀尾部的鎖鏈纏在他們的脖子上，再狠狠地一勒，把三人抽離地面，再摔倒在地上。

其餘屍化人見狀，紛紛連成一線向著巨奴叔叔突襲！

「砰砰砰砰！」

巨奴叔叔不閃不避，任由他們三人把攻勢招呼在自己身上，咽喉、心坎、下腹分別被屍化人那鋒利得彷若利刃的手指洞穿，血汩汩地流滿一地。

但形勢並沒有一面倒地逆轉，巨奴叔叔疼痛至極但臉部只抽搐了下，隨即把全身肌肉向內收縮。黑色斗篷下鋼鐵般的肌肉，扣得屍化人們的手腕「喀嘞喀嘞」作響，差點當場碎掉。

那三個屍化人臉色一變，慌忙想著抽身而退，但巨奴叔叔半步不讓，更用盡最後一分力，把身後鐵鏈鎖著脖子的三個屍化人向他拉近，為的是與我們保持安全距離。

只見巨奴叔叔轉身望向我，吼道：「還，不走！」

我好像如夢初醒般，拖著文頤向著小巷另一處出口跑去。我不可以白費巨奴叔叔的一番心血，我知道他傷重未癒的殘軀，根本就不適合戰鬥，而他為了保護我，又再次不顧一切。

「喀嘞！喀嘞！」

身後傳來兩下頸骨折斷的聲音。

我回頭一望，巨奴叔叔把雙手插在他咽喉和心坎的兩個屍化人幹掉，但我還來不及高興，便同時看見一顆頭顱跟原來碩大的八呎身軀分了家。

「不——」我喊道。

然後，「喀嘞」，那熟悉的頭顱被人踏過稀巴爛。

是叔叔……在格鬥場上號稱無敵手的巨奴叔叔，終究被人當場殺掉，還死無全屍。

我強忍著內心痛楚，只死命地拉著文頤便往小巷盡頭那點光源跑，心想，不可以讓巨奴叔叔的死變得白費！

「噠噠……噠噠……」

我一直跑，拚命跑！

一道黑影從後追近，更瞬間掠過我們兩人，蹲在我們面前，不斷舔著手上那個混和著脂肪和紫色瘀血的器官。是心臟！

一定是巨奴叔叔的，我雙腳一軟，終於連唯一的逃生意志也崩潰了。

「哈哈……給我咬一口，好嗎？哈哈……」那令人想吐的恐怖嘴臉向我挨近。

他伸出那污穢不堪、散發著一陣令人作嘔氣味的舌頭。他舔著我的臉，而我怕得一動也不敢動，連豎琴都握不穩而掉在地上。

但我仍擋在文頤身前，閉上眼任由他羞辱我，因為我要保護文頤，儘管未必能成功。

「嗄——」

那獠牙即將快咬到我脖子上的大動脈。

「嚓——」

我睜開眼睛，一陣腥臭的污血濺在我身上，我看得見眼前那三道耀眼而銳利的裂紋。

而那個準備把我當「食物」吃掉的屍化人，則被人由頭到腳切成三份橫屍在地，死狀恐怖。

「諾生？」

我沒認錯，出現在我們面前的人，還有手上戴著擊殺那傢伙的虎爪，是巨奴叔叔送給他的防身武器！

他沒事，還突然出現救了我們。

我很想走上前擁抱他，但我發現，他只望著我身後的文頤，那關切的眼神直直穿透過我，彷彿我沒有在他眼前。

我感覺到，眼前的諾生已不再是我認識的諾生，他已是另一個人。

那種威嚴，那種冷酷，我也是第一次從他身上感受到。但現下形勢不容我去分辨，我們急需離開這裡，找一個安全的落腳處，再與阿爾瑪嬸嬸會合。

當我撿起豎琴，拉著文頤跟隨諾生跑出小巷之際，諾生停下腳步，因為眼前出現了三個不速之客。是那些白衣人。還有，他們身後步出一個穿著一身軍服，個子不高但滿臉鬍子，雙眼炯炯有神的中年男子。這男子咬著一支雪茄，好整似暇但渾身散發著濃烈的殺氣向我們逼近。

與此同時，我感覺到一股熟悉而淩厲的絕望氣息，從遠方急湧而至。

我忍不住脫口而出：「阿爾瑪嬸嬸！」

剎那間，東京灣海岸，風雲色變。

五十七・古城〔翟靜〕

1

時空急速倒轉，距離古馬雅民族預言地球末日，剩下不足兩個月時間，地點英國約克郡以北；一處倚山而建、依石開鑿而成的隱世古城，一個在地圖上不被標註的地方，這裡實則是祕警處另一個祕密據點的基地。

生活在這裡的人，有祕警，有平民，更有政要家屬，但彼此對鄰居的身分都不清楚，更心裡明白必須互不過問、互不干涉，因眾人都明白，這是住在這裡的遊戲規則。

也可以說是入住規則。失去自由，換來安全，一切都是合理的等價交易。

這裡在祕警處的龐大勢力保護下，被認為是地球上暫時最安全、最隱蔽的地方，連一些國際網路公司都跟祕警處有保密協議。為了某個原因，為了地球的將來，所以甚至在Google Map上，都找不到這失落古城的蹤影。

這舉措，是空前，更可能是絕後。

因為無人知道，這裡的和平之勢可以維持多久，更沒有人能預測得到，祕警處和「奎扎科特爾」教派之間從正邪之戰演變成的殺戮之戰，何時會突然降臨此地。若真的這樣，即同時意味著祕警處……不，甚至是人類的最後一道防線，都將土崩瓦解。

而在此前不久，位於香港的亞洲祕警處最高權力中心，連同香港特別行政區最高警備中心，在一夜之間，被人以同歸於盡的手法，來個血洗屠城。

該役傷亡人數為六十四人死、二十人重傷，死者包括祕警處亞洲區副總指揮官默迪遜爵士、總參謀長加騰康、祕研小組隊長馮少華博士與及三隊祕警防備小隊。至於香港方面，保安局局長李嘉超、警務處副處長陸炳強，連同十五位高級警務人員均不幸殉職，全部死狀恐怖。

其中李局長被輾碎了腦袋，而陸副處長則被人挑去了舌頭，再撕斷四肢慘死。

重傷的同僚，可以說更生不如死，有些靠維生器延續生命的，大半邊腦袋被屍化人啃掉，而大部分除四肢不全外，不是雙眼被挖出，就是身體被掏出一個大洞，失去若干體內器官。

這次慘劇過後，香港特區政府……甚至全球政府都感到紙包不住火，終於要向市民披露真相、確認「奎扎科特爾」教派的存在，更決定向這邪惡教派宣戰，而號稱代表正義一方的，就是祕警處。

宣戰誓辭一出，世界各地烽煙四起，其中，英國、日本、墨西哥、香港分別是兩派的主要戰場。與此同時，大自然的力量也決定不再袖手旁觀，不斷蠢蠢欲動，一股足以毀天滅地的力量即將潛藏待發，而首發之地，就是個半月後的日本富士山。

但不論如何，就算不計兩派交戰，此刻世界各地政權交替，亂局頻生，加上天災連連，人心思變，沒人知道下一刻將會發生什麼大事，更沒人可以確定自己可以度過關難。

尤其是大部分的人類，除了不知道自己已捲入一場早在三千多年前就種下的恩怨戰爭，科學家更忽略了地球將隨大陽系進入銀河系中心的影響，只道這宇宙常規的進程，只會帶來南北極磁場逆轉、太陽風暴禍害增生或氣候遽變；他們絲毫沒有察覺，一場另類的「進化」將會在那一秒開始啟動。

網上流傳的某某傳說指出，只有思想單純、思緒純正的人類，在嚴峻的逆境困難中，可以進化自己，與天地齊往，與世界共存；也有古文明學家相信，當地球跟隨太陽系進入銀河系中心時，不僅磁場逆變，宇宙釋出的淨化力量，更會驅使萬物進行善惡分離的自然排斥程序。

至於詳細程序實際會是如何?無從得知。

「淨化生靈」只是傳說中的簡單紀錄,但究竟何為「惡」,何為「善」?根本沒人可以得到解答,甚至哲人學者都對這兩者有如光暗同體、互相牽引但又不能互相消滅的價值感到無解。

只知道,屆時「善」得以進化。

而「惡」則被自然淘汰。

究竟只是哲學家形而上思考得出的結果?還是只是一場猜測?無從得知。

甚至這場進化是否已經展開?還是會悄悄地突然降臨地球,令生命被瞬間消滅?更無人能答。

有人說,這只是部分宗教擾人心智的把戲;更有人說,這只是媒體娛樂商家的生財工具。

但的確,時代的巨輪已經滾動,無人將會倖免,包括身在倫敦祕警處最後據點的其中一名警備人員——祕警處的高級警官,同時又是全球通緝犯司徒凌宇的紅顏知己。

就是我,幾番經歷生死邊緣的翟靜。

2

黃昏,斜斜的血紅色夕陽光,射入古城內一棟歐陸式的小白屋裡,把原本一室嫩白的玫瑰映照得如同血滴一般,瑰麗但滲出淡淡的淒清。

原本,這屋子的女主人入住後,總喜歡用紅玫瑰來裝飾一屋,說不只是因為紅玫瑰夠艷麗,更是她丈夫喜愛的花種顏色。

就因為丈夫鍾情,她也無條件地陪他去喜愛;儘管,每次面對紅玫瑰,她總會偶爾失神,心裡流露出陣陣哀怨。但她很快就把這種情緒強壓下來,因為她深愛她的丈夫,也因丈夫自從她遭遇那次意外後對她不離不棄，不因她的殘障而嫌棄她，更一直待她很好……很好。

雖然，她知道丈夫心裡有另一個女子殘影存在；雖然，她知道紅玫瑰其實代表的，就是那個女子的情意化身。但她沒有選擇揭破，或許是潛意識怕因而失去丈夫，又或者自卑自憐下，強迫說服自己應該安於現狀。

所以，她漸漸對紅玫瑰不感到反感，更偶爾學丈夫一樣，割開指頭以鮮血滴養玫瑰。她說不出此舉的原委，或許是種痴愛，甚至是一種與神交易的禱告。

她希望丈夫可以平安歸來，她希望丈夫可以救回最關心的妹子霍恩，她更希望……丈夫有天可以放下刑警的身分，與她在這片像極世外桃源的古城裡隱居，安安分分地度過餘生。

然後，每天推著她的輪椅，帶她穿梭古城石街，淋浴在和暖的陽光下，陪她細聽貫通古城那蜿蜒般的河道水聲，閒來到古城中央廣場感受小孩子嬉戲的愉快氣氛。

她沒有忘記，丈夫很喜歡小孩，但無奈，自從受襲導致半身癱瘓後，她早已被宣告不能替心愛的丈夫生兒育女。所以，她唯有懇求丈夫帶她來到廣場中，美其名是她喜歡親近小孩，但實際上，是她希望讓丈夫親近小孩，以彌補她未能盡到人妻的責任。

儘管，在旁人眼中，她是自欺欺人。

無奈，只有這樣，她扭曲的心情才稍微好過一點。

雖然她知道，一切都無補於事，但也算聊勝於無。

人生，就是這麼諷刺，當你擁有的時候，就不曾珍惜，只顧在珍貴的感情上尋求自我，因而亂在情人身上挑刺。等到失去時，這才萬般無奈，更妄想可以推倒一切重來，最後除了一聲嘆息，就只有空餘懊悔。

眼前的她，就是那位曾經放縱自我的女子，最後在酒吧被變態狂徒挑上、賠上寶貴一生的諾藍，即是香港警隊勇探霍華的妻子(注)。

兩個月前，她被祕警處接送到英國約克郡北部一座神祕古城內定居，為的是防止視霍華為眼中釘的「奎扎科特爾」教派狂徒把她擄去，再用以威脅霍華和警方。另一層意義，是希望已經下半身殘廢的諾藍，可以擺脫九如坊大廈被炸毀、眾街坊慘死的陰影。

總之遠離傷心地，一切都是為了她好過。

我相信經歷澳門一役還在昏迷的霍華，當時一定會認同我們的決定，而情報也顯示，一切與司徒凌宇有關的人物，都無一倖免被牽扯其中，成為威脅他的棋子。

所以我運用一切方法，令祕警處認同諾藍對緝捕司徒凌宇一事有益，更說服諾藍，藉霍華的名義騙她，說她的丈夫霍華稍後會前來跟她會合，夫妻倆便能雙雙在此古城隱居。

諾藍絲毫不知，住在這古城的人都不是一般平民；而她更不知，霍華已參加了新型人類進化科研計劃，計劃成功後，他打算出發去挑戰那個邪教。諾藍只以為，她的丈夫單純只是參與營救霍恩的任務。

她一心冀盼霍華早日歸來，每天用心栽種霍華喜歡的紅玫瑰，想給丈夫一個驚喜。不管花開花謝，她都會再重覆置換新的玫瑰，粉飾這小白屋。為的，只是那個重聚的心願。

至於我，每天到訪這裡、步入這間小屋時，望著漫天花海，心裡沒有一點興奮，反是更加沉重。因為我怕……我怕諾藍最終好夢成空；我更怕……怕那鮮紅欲滴的紅玫瑰，觸動我的記憶，引發我的恐懼，勾起我封存已久、對血腥味的厭惡感。

但今天，一切都不一樣。

注 有關故事可參閱《九如坊・讓我們再次遇見》。

當我踏入這小白屋開始，雙眼漸漸適應黃昏下的殘紅光線後，我發現，今天的花海跟平日並不一樣……不再是我最討厭的鮮紅玫瑰，而是換上清幽淡雅的白玫瑰。

我緩緩步入屋內，放下手上替諾藍買來打算製作蛋糕的材料，然後向著陽台那邊走去。我老遠便已望到這小白屋的女主人——諾藍，坐在她那輪椅上，一如既往，怔怔地從陽台遠眺著古城的唯一出入口，吊橋的方向。

我知道，她又再思念霍華了。

她一定在思緒中，幻想著霍華前來與她相聚。

「諾藍，妳要的材料替妳買來了，需要放進冰箱嗎？」我向著想得出神的諾藍問。

「哦？妳何時來的？」諾藍從思緒中返回現實，然後轉動著她的輪椅，從陽台移動回小屋內，問：「要來點花茶嗎？」

未待我回答，諾藍便逕自倒了杯香味四溢的玫瑰花茶，放在我的面前，然後拿著那袋製作蛋糕的材料，轉身移動到廚房內，道：「妳來得正好，正巧材料不夠再做一個蛋糕，今天孤兒院有派對，一個蛋糕不夠，兩個剛剛好。」

「要不要我來幫手？」我問諾藍之餘，對她罕見地用白玫瑰布置四周，不禁有點好奇。

諾藍在廚房說著：「我相信孤兒院那班頑皮鬼還是更喜歡跟妳玩捉迷藏，上次妳那個『鹹味』蛋糕，似乎被放到發霉都還沒有人捧場，哈哈……」

的確，若問我開槍抓賊容易，還是做蛋糕容易，我會說不用選，我寧願一生抓賊。因為烹飪這回事，我不止一竅不通，更是毫無天分。

「怎麼今天換了白玫瑰？是買不到紅玫瑰嗎？」語畢，我拿起那杯花茶象徵性地喝了一口，然後放下。說實在，到今天我只懂得欣賞花茶散發出來的香味，仍未懂得欣賞它入口的味道。

「不是，只是今天到市集買花市時，看到那些白玫瑰後，心血來潮就想換一換家中布置，如何？用白玫瑰布置感覺也不錯吧！」諾藍在她那杯花茶倒下一匙蜂蜜，然後拿起杯子仔細品嚐。

「白玫瑰……總覺得素了一點。」我道。

諾藍橫掃了四周一眼，放下茶杯，若有所思。

我問：「沒事吧？妳怎麼今天好像神不守舍似的？」

諾藍回個神來，笑道：「沒什麼……對了，有霍華的消息嗎？」

我心頭揪了一下，說道：「放心，他已經甦醒過來，還託我跟妳說，很快便來這裡跟妳會合。」

「是嗎……」諾藍抬頭望著天花板，喃喃地道。

我怕說下去露了口風，趕忙轉個話題：「你丈夫究竟是怎樣一個人？」

諾藍攪拌面前花茶內的蜂蜜，緩緩地說：「別看他滿臉鬍子、外表粗獷，其實他內心挺溫柔的。」她喝了口花茶，笑一笑續道：「不過我有時會懷疑，他愛她的妹子多於我這個妻子，但這世界已很難找到一個又愛家人、又重承諾和義氣的男人，所以我也不計較這麼多了。」

「重義氣這點應該跟凌宇很相似吧。」我道。

諾藍幫我添了點仍在冒蒸氣的新茶，道：「他們簡直是難兄難弟吧！相較於我丈夫，凌宇比較是個睿智的人。還記得當時警局的同僚替他們起了個別稱，好像叫做『文武判官』，我丈夫衝動而好勇，所以就是『武判官』。」

「但凌宇其實有時也滿衝動的，尤其是為了他太太傅詠芝。」一念至此，我頓時百般滋味在心頭。

「待一切都重回正軌，妳也是時候該認真面對自己真實的感受了，對吧？」諾藍一雙眼睛，彷似穿透過我的身體，直達我的心房，窺視著我上了鎖的祕密。

我默然不語。想起自從澳門一役後不知所蹤的凌宇，不知他此刻是否又再次獨闖龍潭，孤身對付那班兇殘的邪教教徒？

「雖然我跟凌宇夫婦也算相熟一場，但感情的事，從來都是自私而赤裸，要怎樣解決三角關係，不至於傷了三顆心，妳應該早已有答案。」

諾藍說得不錯，我知道凌宇自覺虧欠他的妻子，雖然我知道他們也許有的已不是愛情，只是親情；加上情報所示，傅詠芝就是凌宇一家滅門的元兇，照理說他們也很難和好如初。但這樣想又太理性自私，我所認識的凌宇，旁人根本無法了解他的內心世界，包括我也不能。

我不想做第三者，更不想主動拆散凌宇夫婦，但又控制不了自己對凌宇的愛……

我還可以怎麼做？

原本，我並沒有打算跟諾藍剖白我對凌宇的感受，但敏感的諾藍竟從我對凌宇關切的情感上洞悉了一切，而一直壓抑著的我，彷似決堤般把所有都告訴了諾藍。

她承諾替我保守祕密。

我信任她。

「對了，時候不早了，今晚不如留在這裡過夜，一個人生活也挺寂寞的，待會我去做晚飯，好嗎？」諾藍笑問。

的確，我也有此打算，但當我打算答允諾藍之際，手錶上的通訊裝置響起。

我按下接聽鍵，手錶原本顯示時分秒的表面，瞬間轉變為一個微型螢幕，當中出現一個熟悉的影像。是我在祕警處的直轄上司戴月辛。我知道，他的出現，代表下一個任務已確認下來了。

他說道：「半小時後，在古城山頂教堂外的城樓等，有一個人妳會有興趣見他。」

「是誰？」我問。

「到時妳便會知道，謹記，一切都是機密。」我知道他話中所指，是暗示我不要讓身邊的諾藍知道。

「好的，半小時後見。」語畢，我關閉手錶的通訊畫面，然後轉身望向諾藍。

我還未開口，諾藍搶著道：「正事要緊，下次妳再來，我準備天使蛋糕給妳品嚐。」

我笑著道：「一言為定！」

然後我拿起椅子上的風衣，步出小白屋準備離去，臨行前只聽到身後諾藍喚著：「翟靜，一切小心。」

我沒有回頭，只揮揮手便準備收拾心情迎接下一個任務。

同時，我慣性地輕拍風衣內那配備強力炸裂子彈的配槍，喃喃地說：「小傢伙，是時候再去彰顯正義了！」

心裡也暗暗地想，這次行動，會不會再讓我遇上失去聯絡的凌宇……

3

離開諾藍所住的小白屋，我沿著古城西邊的小路走，四周的家庭式商店早已打烊，而原本映照得牆身、石地泛紅一片的夕陽，都在不知不覺間躲得老遠。

這標誌著，黑夜終於來臨。

我記得，第一次得悉這座古城的存在是在三年前，也是我加入祕警處的第三個年頭。當年，還未升任祕警處亞洲分部指揮官的戴月辛，帶著我和一行十人，護送一名非洲國家政要抵達英國約克郡。經過周詳的祕密路線策劃，我們一行人避過「奎扎科特爾」教派的狙擊，終於到達這有如上個文明年代的古城。

當時，我跟著部隊徒步走過崎嶇的山路，就在越過那片茂密的樹林後，看見面前出現的，不是一座赤裸裸的古城，而是一道高聳入雲的巨大山壁。

曾縱橫列國的我，印象中從來沒有見過這樣子的高山，它不但高，山壁更形陡斜，從外表看來絕對是巧奪天工的天然屏障。

我跟隨部隊繼續走，進入山壁下另一處樹林，但這裡有點不同，它不是普通的樹林；在戴月辛帶領下，我們找到入口，更愈走愈深。我所指的深，是「深入」，因為我發現走著的通道，竟是以三十度傾斜向地底的地道。

一邊走，通道內的濕度愈高，氣溫也愈來愈低，四周的石壁更隱約滲出些許水珠，顯然這條地道是深入進一座地下湖。我們只能依靠地道內那二十呎才一盞的燈泡微光來探路。

約莫二十分鐘的路程，我們終於來到一個可以容納二十多人的等候處。那裡沒有守衛，乍眼看彷彿是一個古文明遺跡的遺址。當再向前走近，我發現牆身竟隱約有些凹凸的圖騰，當然，我並不知道如何解讀。

我記得戴月辛那時默不作聲，只一個人走近通道盡頭那道巨大的石壁前，用手輕輕按在石壁上，然後他的手便發出一些微光。我相信石牆只是晃子，石牆的背後一定擁有高科技的生物辨識系統。

「軋軋……軋軋……軋軋……」

不出我所料，石牆緩緩由右至左打開。

我沒有多說什麼，便跟著部隊繼續護著政要進入牆後另一處祕道，當我經過大門機關之時，我還記得在石牆的兩側最上方，分別有兩隻依石牆雕刻而成的美洲虎，那栩栩如生的猙獰表情，我至今仍歷歷在目。

之後又是通過一道長長的地下石道，但今次不同的是，我感覺得到它是向上而行，應該是朝著地面延伸而去。同樣是二十分鐘的路程，終於到達另一處石壁前，此時，隨行的副官發給我們每人一副太陽眼鏡，叮囑在離開通道前要戴上，否則雙目會被突如其來的陽光灼傷，甚至立即失明。

「軋軋……軋軋……」

石壁打開。

我還記得，第一次跟古城內的面貌相遇時，我整個人都呆住了。若剛才在入口那高聳入雲的山壁是驚世脫俗，那現下所見的建築，只可以說是鬼斧神工。

古城內，一幢又一幢的建築，揉合著多個年代、風格，有哥德式的大教堂建築，以及巴洛克式強調建築物中央突出的設計部分，更有古羅馬時代的小型圓形格鬥場，甚至乎，那鐘樓的垂直對稱線條設計，甚有文藝復興年代的遺風。

單看四周的建築，與英國本土的風格有點格格不入，我心忖，這裡究竟是何年何代建立的？

「翟靜，還不跟上來！」

我看得太專注，一時忘記跟上大隊，換來前方副官的斥責。

大步走上以凹凸不平的石粒鋪設的道路，四周有著一般平民在生活，廣場水池旁則有小孩們在悠然玩耍，也有老人在餵著一群不知飽肚的白鴿，一點也不像什麼祕密基地。

終於，我們到達一所大教堂外，那裡，就是祕警處在古城的最高領導中心。大教堂外表看是一雙高而尖的塔頂組成恍似魔鬼般的惡相，與教堂前方的大形十字架搭配下有種詭異感，而內裡其實是擁有高科技監測、控制的指揮室。

最令我嘖嘖稱奇的是，從教堂位置向東方遠眺，會發現那天然的巨大山壁城牆上，竟建有一些棧道，而棧道的盡頭，更有一座宏偉的城堡依附著山壁，好像屹立在半空之上。

後來我才知道，那城堡用以守衛古城，設計者把它建於東方，就是要居高臨下，俯視著山壁外四周的形勢，防犯敵人入侵。而那棟城堡最令人驚嘆的是，它不是由地下運上的石頭所建造，而是設計者安排工匠、雕刻家，依山壁一刻一劃地刻鑿而成；它不單是古城的心臟位置，更與保護古城的山壁成為一體。

而戴月辛透過手錶訊息通知我會面的地方，就是這個城堡上那城樓裡的教堂位置。一般住在這裡的平民，都沒有能力越過那陡斜的山徑，只有受過體格訓練的人，才有辦法越過峭壁到達教堂。

當然，就算一般平民到達城樓，在沒有擁有進入城樓的祕警准許證下，根本也難越雷池半步。

想著想著，在一盞茶的時間，我就已走過九曲十三彎的峭壁棧道，穿過西式四合院的建築群，來到連接兩座城樓的石橋上。這裡可俯視整座古城每一個角落，但此處異常風大，一個站立不穩，隨時被突如其來的怪風吹個四腳朝天。

「嗟嗟……嗟嗟……」我繼續向前走，前方就是城樓之上唯一一座建築物——古城裡最接近天空的教堂，這裡的人稱之為「聖堂」的地方。

雖然已經入黑，但憑著城樓聖堂門前那兩盞被吹得搖擺不停的煤油燈，我看見那裡有兩個身影。

「來了嗎？」那載著墨鏡、叼著雪茄的中年男人，正是戴月辛；他身邊站著一位體格彪炳的白髮老者。

「有什麼任務要給我處理？」我問戴月辛的同時，發現他身邊那位老者，不斷用他那銳利的目光上下打量著我，感覺不太友善。

「先來跟妳介紹，這位是泰茲爾博士，是祕警處重金禮聘的專家。」戴月辛語畢，身邊的泰茲爾博士收起打量的目光，向我伸手打招呼。

「妳好，妳就是跟司徒淩宇一同進入過異世界的翟靜探員嗎？幸會。」泰茲爾博士笑道。

我伸出右手跟他交握，發現他手背上有一個圖騰紋身，很眼熟……我在哪裡見過……啊！對，是地下通道內那對「美洲虎」，但他怎麼會紋有這個圖案？難道他跟這座古城有淵源？

我收斂臉上的疑惑，瞬間回復冷靜地答道：「兩年前受組織指示，的確曾到過異世界去。」

「泰茲爾博士是全球知名的犯罪學家，更是牛津大學歷史學系教授，另一個不為人知的身分，則是祕警處的超古文明學家，也是歐洲總部的副總指揮官。」

難怪戴月辛此時語氣恭恭敬敬，原來這泰茲爾博士不但大有來頭，在祕警處的職銜比戴月辛還要高。

因為在祕警處內，歐洲屬於總部，而其他亞洲、美洲、非洲、澳洲等地只算分部，所以就算同一個官階，在職系上也算低了一階，是故泰茲爾博士是戴月辛的上司，當然也算是我的頂頭上司。

我點點頭，等待泰茲爾博士說話。

誰料，泰茲爾博士竟別過臉跟戴月辛耳語一番，然後戴月辛一臉倖倖然的樣子，離開我們走到遠處的石橋上。看情況，是泰茲爾博士有話想跟我私下說。

雖然我不知道，究竟這博士葫蘆裡賣的是什麼藥。

只見泰茲爾博士待戴月辛走遠後，向著我說：「翟探員，妳有聽過墨西哥大神的傳說嗎？」

我怔一怔，想起對付鬼手傑克一役後，凌宇曾跟我提起有關「奎扎科特爾」教派的源流。的確，他們的存在，跟我們這邊廂的地球墨西哥大神傳說有關。

我答道：「你指的是那個『奎扎科特爾』教派信奉的蛇神傳說？」

「沒錯。」

我沒有回話，迎著愈吹愈烈的晚風，等待泰茲爾博士說下去。

「墨西哥傳說記載，當時在地球生活的人類，不僅民智未開，還嗜血殘忍。那個『奎扎科特爾』的出現，不單傳授知識、醫術給當時的人民，更引導他們遠離嗜血的祭典，學習互愛，一時間，無紛爭、無戰爭的烏托邦短暫地存在於人世。」

泰茲爾博士頓一頓，見我沒有回話，續說道：「可惜，傳說中『奎扎科特爾』蛇神的死對頭鬥爭之神『泰茲喀齊波卡』，趁一次機會連合起當地的土著，殺大神一個措手不及，最後……」

「蛇神敗走墨西哥灣。」我插嘴接下去。

「對！」泰茲爾博士笑道。

「你們叫我來，就是要跟我上一堂歷史課嗎？」我看著泰茲爾博士，從他一直盯著我的深沉眼神，我知道，他真正要說的還未到正題。

「哈哈……年輕人就半點耐性也沒有嗎？」他深深呼出那口雪茄濃煙，續道：「蛇神重生的關鍵，諷刺地就是祂一直最討厭人民所做的事，以血祭儀式挖出心臟，再用這心臟使其重生。」

「心臟？」我想起一個人。

「對，就是心臟。」他頓一頓道：「心臟是維持生命的核心，『奎扎科特爾』要重生，就必須要找到跟祂血脈相連的心臟繼承人。」

難道……是那個曾經被凌宇用禁鎖力量、幫助自毀的少年？

我記得他叫童諾生，但他已經死了，應該不再有問題才是。

但難道凌宇說要找的人，也是這個「心臟繼承人」？

「根據可靠消息，心臟繼承人將會重臨人間，而啟動重新力量的，就是七宗罪的邪能。」泰茲爾博士丟下菸頭，從大褸的衣袋內拿出七張照片。

「究竟所謂大神重生的詳情如何，暫時無法得知，但那邪教在蠢蠢欲動是不爭的事實。其中，我們相信，七宗罪的邪能跟他們七大洲護法有密切的關係，所以我們需要妳的幫忙。」

「我可以幫什麼忙？」說話的同時，我心裡隱然覺得有點不對勁。祕警處吩咐我做事，從來都只是指派，而不會像今天一樣找來高層和我商量，一定事有蹊蹺。

「我們需要司徒凌宇的消息。」他向我遞來手上的照片。

是已死的傑克、羅托斯，以及曾經在異世界和澳門遇上過的迦南、阿爾瑪、小華，還有那擁有紳士般外表的亨利。

我向泰茲爾博士遞上一張只有側臉的照片，問：「這個是？」

泰茲爾博士接過照片，輕托他的眼鏡，看了看道：「他叫項月，是七護法之一，傳聞數十年前失蹤，從此在地球上杳無音訊。」

「難道是……」

「怎麼？妳認識他？」泰茲爾博士露出狡黠的神情。

「不，只是覺得他的側臉有點像我一位故人罷了。」

「哦，是嗎？」

我轉個話題，問：「那關司徒凌宇什麼事？」

「翟警官，我們就別繞圈圈了，妳應該很清楚，司徒凌宇一身詭異的力量源頭究竟是什麼吧。」他在另一邊的大衣口袋拿出一根新雪茄，再點燃，用力大口大口地吸著。

「我要說的，早已跟戴長官說了，祕警處也有司徒凌宇詳細的追蹤檔案。說實話，我的確比你們更想找到他，但我相信，憑祕警處的先進科技和豐厚資源，先找到司徒凌宇的一定是你們，而非我吧？」

泰茲爾博士沒有動氣，笑著道：「可能是吧！但不論如何，翟警官，若妳見到司徒凌宇，請第一時間把這封信交給他，讓他一定要看，這個請求不過分吧？」語畢，他向我遞來一個白色信封。

我接過後，隨手把它放在風衣口袋內，然後問：「就這麼簡單？」

「就是這麼簡單。」泰茲爾博士笑道。

「那我先失陪了。」我轉身準備離去。

「翟警官——」我回頭望著泰茲爾博士，他續問：「妳相信世界會末日嗎？」

我不假思索便答：「相信。凡事有始有終，末日並不稀奇。」

「那妳有沒有留意到，太陽的顏色改變了？」他指著現下早已日落西山的太陽方向，道：「這就如當年蛇神敗走墨西哥灣前一樣，歷史在不斷重復，宇宙也在循環運轉；當一切整合起來，曾經差點毀滅地球的力量將會捲土重來。」

「我不明白你說的意思……」

「當自以為正義的一方打算以滅世來拯救世界，對待滅的民族來說，他究竟是正義、還是邪惡也未可知，但可以確定，代價必然很大。我相信司徒凌宇會明白我說的是什麼鬼話……」他叼著雪茄深深吸一口。

「我會依照祕警處規矩，有司徒凌宇的消息會通知總部，若沒什麼事，我先失陪。」

我雖然不太明瞭泰茲爾博士說的意思，但當見識過鬼手力量互拚帶來的恐怖破壞力，誰都聯想得到災害有多大。我雖然不知道凌宇身在何處，但我知道他一定在地球另一方與邪教展開激戰，為的是要尋找他的妻子傅詠芝。

只要他繼續堅持要做，早晚也會再次遇上其他鬼手護法，惡鬥當然難免。但泰茲爾博士說的末日會與凌宇有關，我則覺得未免荒謬。

「翟靜，司徒凌宇究竟去了哪裡？」站在石橋上的戴月辛一手擋著我的去路。

「我要說的都已說了，根據祕警處規則，我不可以洩密任務，要問，你就親自去問他吧。」我向戴月辛行了一次敬禮，便逕自離開這裡。

「我最後一次問妳，司徒凌宇在澳門之役後，究竟去了哪裡？」他流露出語帶不滿的語氣。

「我所知的，跟你所知的分毫不差，他的確失蹤了。」

「是嗎？那上星期妳在倫敦塔下等的又是誰？」戴月辛語帶譏諷地說。

「你派人跟蹤我？」我轉身向他怒目相向，同時心裡想，幸好凌宇當晚沒有出現。

戴月辛冷冷地說：「要記著，妳是祕警處的人，司徒凌宇已是全球各國的頭號通緝犯，妳犯不著為了他而成為下一個階下囚。」

「這個我曉得，謝謝關心。」

臨行前，我忍不住拋下一句話：「司徒凌宇和霍恩不也是祕警處的人嗎？在你眼中，他們只是棋子盤上的爛頭卒，隨時用完即棄，這就是你們口中的『正義』和『捨得』吧！」

「翟靜——」

我揮手作別，沒有再爭辯下去，幾個起落後，離開石橋一直往城堡下離去。

這晚的月色異常地紅，紅得彷彿在告訴我，一場由人類捲起的腥風血雨即將展開。

正義，真的是這樣演繹的嗎？

但我意料不到，在城堡城樓下，一對復仇的眼睛，正盯著我的身影，把我牢牢套著；命運的巨輪，再次把我捲進漩渦之中。

五十八・陷局〔翟靜〕

1

一星期後，正值十一月下旬，英國各地開始下起暴雪。

我收到由祕警處總部發出的任務密函，便跟諾藍道別動身離開英國古城，到達此次任務的目的地——墨西哥。

到達墨西哥之後，我輾轉進入一個叫圖拉的城市，在那裡，有祕警處美洲分部的祕警正等待著我，包括這次任務的總指揮官，美洲分部副參謀長艾德森中將。

說到這次任務，自從從異世界回來被編入祕密任務連後，就從來沒有像這次一樣，在出發前仍未能完全知曉執行的任務是什麼，更遑論自己在今次任務中所擔任的角色。

甚至乎，跟我一起執行任務的隊友究竟是誰，我都全然一概不知，一切都顯得有違常規。

這趟任務很神祕，也令我自登機離開英國開始，就生出一股不安感。

直至到達圖拉祕警處地下總部，我才知道，今次的任務竟然是突擊「奎扎科特爾」教派位於墨西哥東南部馬雅遺址叢林區的總部，也是傳聞邪教科研的大本營。

那些肆虐於全球恐怖活動的屍化人，據說正是從那裡的實驗室輸出至全世界，所以那地方一直以來都生人勿近，甚至墨西哥政府都不敢派兵進駐，任由那裡自成一角，猶如一座邪教的小型自治王國。

當然，也因為墨西哥國家內的政客、官員，與「奎扎科特爾」教派有千絲萬縷的複雜關係，令祕警處得不到當地政府的合作，所以明知他們的病毒科研大本營就在此，仍是遲遲不敢採取行動，更別說在墨西哥設置祕警處分部。

所以，祕警處美洲分部除了設置在美國境內，另一個就只好設在巴西的里約熱內盧。

這次的任務，為了避免敵方臥底滲透，或是過早被邪教截取任務指令，所有任務上的分工，都是抵達圖拉分部後才能收到指示。

而我，這次就是負責前線的先鋒小隊，主要任務是偵查科研大本營的正確位置。

怎麼，很矛盾嗎？沒騙你，真的是要我帶領一行六人的小隊，在叢林區偵查科研大本營座落的位置。雖然經過祕警處精密的情報網和高科技衛星的堪察，但仍未能確切掌握攻擊的目標位置。

若這次攻擊失手，打草驚蛇後就很難有第二次絕佳的攻擊機會，更何況根據線報，這次突襲科研大本營，除了可一舉瓦解邪教的恐怖生物科技實驗室，救出一眾被擄去的頂尖科學家外，更有機會生擒鬼手迦南。

沒錯！邪教美洲分支本來就是屬於迦南管轄，而她正是負責病毒研究的邪教主腦。

眾祕警個個摩拳擦掌，期望一舉成功，但我對此戰始終抱有一絲猶豫，尤其感覺到我們祕警的一方，似乎有著不尋常的安排。

「難道他們真打算以這點微不足道的軍力，一舉搗破敵方的重要據點嗎？」我心裡盤算著。

為什麼會有這想法？因為我發現，就算以兩支偵查小隊加上四支突襲小隊，一行共五十六人的精銳部隊，都未必有十足把握對付大本營中可能存在的屍化人，更遑論要生擒迦南那魔頭。

再加上，往昔的重要突襲行動，就算是為了保密，也很少像這次一樣拉雜成軍。雖然各祕警平日訓練有素，隊員當中更有號稱組織最強的「非洲獵豹小隊」成員，但畢竟欠缺默契，要應付突發情況，我是不太樂觀的。

更何況……在這次行動中，戴長官也有違平日習慣，沒有提早向我知會。

愈想……就愈覺得事有蹊蹺，感覺這次行動不是去狩獵敵人，而是一眾祕警自動自發地走進陷阱裡。

也許，可能只是我太杞人憂天吧。

這次行動的總指揮是美洲分部副參謀長艾德森中將，這人素有「沙漠狐狸」的稱號，在祕警內以足智多謀見稱，有他在此，斷不會是一次輕率的行動……

不知怎地，此時此刻，我想起了凌宇。

「咔！」最後一顆炸裂子彈上鏜後，我把手搶插回搶袋內便步出更衣室。走進會議室後，我與同僚們會合，聽著總指揮最後一次講解戰術。

「準備好了嗎？」艾德森發出指令。

殊不知，我竟不幸言中。

「準備好後，各小隊就立即出發！」

但更不幸的是，這個局，竟是一次螳螂捕蟬、黃雀在後的絕殺騙局……

2

三十六小時後，地點，不詳。處境，不詳。

甚至，我能夠帶領僅餘的偵查小隊隊員脫險的機率都是……不詳。

自問對墨西哥地理環境不太熟悉，我在出發執行任務前，更沒有足夠的時間讓自己確認地圖、熟背資訊；所能依靠的，就只有祕警處這副最新研發的「獵鷹追蹤鏡」，即是一種能給予指示前進的先進科技，能聯繫最先進的中國導航衛星，以點對點人工智能引導方向技術，鎖定已被輸入指令的目的地。

但很遺憾，這副價值三十萬美元的玩意，自從進入目標叢林之後，便起不了任何作用。是儀器失靈了還是其他原因？我毫無頭緒。

只知道，這種人工智能的高科技東西如同凌宇所言，一點也不可靠。

四小時前，我們兩組肩負偵查任務的小隊，隨美洲豹戰鬥直升機一直飛到目標的叢林上，然後機長匯報這裡已是可供飛行的盡頭時，我這才真切感覺到，這趟任務真的不尋常，而望向眼前這片太陽被茂密樹冠整個遮住的叢林，更覺殊不簡單。

這連綿數千里的叢林，就像有生命力般，阻擋一切電子儀器窺探它的內裡，不然，祕警處總部也不會要求我們以落後的人肉搜尋方式，冒險派員進入先行刺探虛實。

但一切都不容細想，尤其在艾德森中將的指揮下，兵貴神速。一聲令下，我和其餘七位組員便背著降傘躍出機外，以滑翔方式降落在叢林中。

一秒、五秒……約莫二十秒的時間，整個身體就沒入密不透風的叢林內。

當雙腳安全著地，解除背後降傘，打開頭上的「獵鷹追蹤鏡」時，經歷無數次兇險戰鬥的我告訴自己：「糗了！」

因為眼前的情況一定不是儀器失靈，更不可能是在跳傘過程途中出了什麼亂子。在「獵鷹追蹤鏡」開啟之後，鏡面螢幕顯示出的兩組英文字，分別是「disconnect」及「no signal」。即意味著身處的這片密林，具有阻擋任何波場滲透、穿透的能力……

我沒有騙你，祕警處科研人員曾經表示，這副「獵鷹追蹤鏡」擁有自動調適功能，可以因應周邊的情況，調整成世界上任何一種收發波長的方式，但很明顯，這次完全失效。

我當下立即按下右耳的通訊裝置，嘗試聯繫一同跳傘降落在叢林的隊員，不幸地，耳機只傳來一片「吵吵吵吵吵」的聲音。無論我以手動方式調較到任何頻率，都沒有任何反應，更別說傳來隊員的聲音。

我心慌了，下意識拔出腰間裝滿炸裂子彈的手槍，然後拿出強力雷射手電筒，在漆黑一片的叢林內摸黑前進。而同時間，我望著錶面上的電子指南針……

如我所料，同樣失靈了。

它不斷無定向地快速旋轉，顯示這叢林的磁場極度不穩，又或者本身就在干擾配備……的確，不然「獵鷹追蹤鏡」等工具也不會全數失靈。

但我知道此刻不是想這些事的好時機，連帶偵查邪教科研大本營的任務也變得次要，我腦海只剩兩個字——求生！

還有，作為小隊隊長，我有責任帶所有組員離開險地。

這是責任，因為自踏入這片叢林開始，我便感覺全身被一陣濃烈的死亡氣息濃罩，一雙雙等待獵物鬆懈的眼睛正牢牢地狠盯著我。

這感覺……似曾相識。但我不想承認，更不想去面對……是屍化人。雖然擁有無數次與屍化人正面交手的經驗，但在漆黑的環境下，失去天時、地利，單憑手上的炸裂子彈根本就難言勝望。

我想起凌宇，若此刻他在身邊該有多好。

「嚓——」

「是誰？」我向著剛有異樣的方向舉槍，全身戒備地一步接一步，緩緩朝那方向走去。

斗大的汗在臉頰上滑落，心臟緊張得「怦怦……怦怦……」在亂跳。

當雙眼開始適應四周的漆黑後，我矇朧間看見前方是一棵百年大樹，那些粗大的氣根長長地垂在我的面前。我一手把它撥開，然後是數片足有半個人高的樹葉阻擋住視線。

我扳下手槍的保險，舉起手槍指著前方。我的第六感告訴我，前方應該有「生物」存在。

「噠……噠……」

「……這是什麼氣味？」

是腐臭！只要曾待過戰場，就不會忘記的那種屍體腐化的氣味。難道是……

我伸手撥開面前的巨葉。

「嘎——」

果然是屍化人！

「轟！」

一發炸裂子彈激射而出，以迅雷不及掩耳的速度擊中目標，在前方那傢伙的身體爆炸開來。熊熊的火光把周遭照得通紅，被炸裂子彈擊中的那傢伙是徹底地掛了。

但我一點也不高興，相反地，對著那被炸得七零八落的殘軀，我呆住了……

那制服……那胸前的徽章……還有繫在腰間的裝備……分明是跟我們一起出發的偵查隊隊員！

「到底怎麼回事？」我腦裡一片空白，更不敢相信眼前事實。從降落也不過短短數分鐘不到，我的隊員竟變成一隻嗜血的屍化人？

這根本前所未見，過往跟凌宇出身入死這麼多次，更未曾遇過這等怪事。

「究竟是什麼一回事？」我半跪下，伸手打算檢查被我擊斃的祕警屍身。

突然，一道女聲在我上方大叱：「快閃開！」

緊接著，我感覺左方一股腥風撲來。

那黑影實在太快，我來不及舉槍自衛，只好拚命彎身向後，然後向著黑影朝天猛踢。

「嚓！」腰間的皮帶斷掉，同時踢出的腳結結實實踢在一硬物上。

正當我不知所措時，身後傳來一道冷峻的聲音：「翟隊長，再待在這裡，早晚妳也會成為他們一份子的。」

這碎布……是祕警處的制服！剛才撲出來的，又是變成屍化人的祕警？

兩次強光在我上空驟放，伴隨著一陣燒焦味後，一團團碎肉落在我的臉上。

是炸裂子彈？

「轟轟——」

我回頭一望來者。我認得她，她是第二偵查小隊的副隊長，非洲分部的探員，叫做尼瑪。

「究竟怎麼一回事？」我拾起斷掉的腰帶，把它重新圍在腰間，在其之上打了個死結。

尼瑪沒有看我一眼，只小心戒備地舉起槍橫顧四周，道：「剛才撲向妳的那傢伙是我的隊員，原本我和他一同降落在叢林內，相隔不到七呎，但不幸地，他在降落時，被隱沒在叢林的樹枝割破了頸上的大動脈，在落地後不久就斷氣死了。」

「什麼？」

尼瑪沒理會我，續道：「當我確認他死亡後，便準備離開此地，與其他生還的隊員會合……應該約莫數十秒間，這名隊員的身體便彷彿感染了病毒般急速變化，蛻變為一具屍化人，然後跟我開始一追一逐。原本我打算藏在大樹上等他離去，但多虧妳的出現……我想應該要多謝妳，若不是妳引開他，我也不能順利解決他。」

我沒有回應，一陣不安的感覺湧現。

僅數十秒內便變成一具屍化人？他們沒有被屍化人咬，更沒有接觸到屍化病毒……莫非……

「這裡的植物有毒？」我驚道。

「應該不是。」尼瑪蹲下，以戴著保護用厚手套的手，沾下一小撮泥土，放入剛拿出的小試管內。

「難道問題出於泥土？」我記得在出發前的簡報會上，尼瑪說過她本身也是非洲分部的植物學專家。

「還不敢確定。」她指了指我身後那兩具屍體，然後轉身離去，道：「怎麼，妳想跟他們一起留在這裡嗎？」

我斜睨著那兩具屍化人，一陣毛骨悚然走遍全身。可以確定的是，我不想死在這裡，更不想成為下一具屍化人。

「剛才那隊員妳原本認識嗎？」說時，我一邊走一邊全神戒備著。

「認識。」她頓一頓，平靜地說：「他是我的男友，約翰．瑟頓。」

然後，她逕自向著漆黑的前方走去。

我默然，之後我們沒有再交談，剩下的就只有為生存而戰鬥。

因為在緊接的四小時內，腰間的炸裂子彈愈來愈少，身上厚厚的保護衣留下無數的抓痕；在傷疲交煎、飢寒交迫下，我和尼瑪都心知，生存的隊員是見一個少一個……因為他們都無一倖免地成為了屍化人。

更全部死在我們的槍下。

如今與尼瑪背靠背坐在一起的我，渾然不覺自己的衣衫背後，已染上一片濕稠的液體。是血……從不知何時被割破的傷口中，流出的鮮血。

「尼瑪，妳知道這裡是什麼地方嗎？」

尼瑪沒有回應。

「妳猜……我們有命離開這裡嗎？」

「嘎——」

五十九・神廟〔翟靜〕

世事往往峰迴路轉，更出人意表。

曾經有相士贈言，說我天生一副「柳暗花明又一村」的命格，凡事否極泰來。我一直不信，覺得只是江湖術士的子虛烏有之談。但今天，我信了。

我更相信，手掌上那長而彎的生命線旁，長有那條暗紅色的平衡掌紋，是為我帶來周全的保護力量，令我屢次逢兇化吉。根據相士之言，那力量更是源自於異性，而那異性，今日再次在我身邊出現。

沒有他，我無法多活片刻；沒有他，我今日可能只剩下一堆碎肉，死得不明不白，長埋墨西哥的詭異叢林中。又或者……永不超生，成為另一具屍化人。

他就是凌宇，司徒凌宇，我一直傾慕的極惡刑警。

為什麼他會突然出現？他何時走進這詭異叢林？他何以這麼巧合地遇到我，還把我救離險境？

我此刻只感到焦慮不安、擔憂萬分，因為一切問題我都無從回答，更無法向凌宇詢問；在我身邊的凌宇已呈半昏迷狀態，他身上的傷痕更多到無以復加。我不確定他是否失血過多，但可以肯定的是，他部分失去的血液，正在我身體的血管裡流動。

它替我抑制住體內的屍化病毒，勉強復元了脖子上近大動脈的傷口。

至於尼瑪，我只能說……她已經死了。

但總好過繼續半死不活下去，做她最討厭的屍化人。

什麼，不明白？聽得一頭霧水？好吧，讓我先放下傷重的凌宇，趁敵人還未追至時，在這個豎立著一排排千根白柱的隱蔽之地，一一道來吧！

而一切，都應該從尼瑪說起。我記得……

「嗄——」一股腥味從後撲來。

同時間，我感到後頸傳來一下劇痛，自然反應下，我用盡全身力量擺動身軀，務求脫困。

「嚓！」

血花四濺，劇痛襲來，一塊皮肉被撕掉。

然後，在我還未鎮定下來之際，我感到一股外力把我推開，令突然失去大量鮮血的我踉蹌跌倒。

是她，尼瑪！原來她已被屍化病毒入侵體內，是屍變……她正逐漸屍變。

但同時，救我的又是尼瑪，是她將我一手推開，然後我看到她的一雙手，竟詭異地以交叉姿勢緊掐著自己脖子，勒得「喀嘞喀勒」作響。

雙目暴凸，舌頭吐出，隱約看到她長出一對恐怖的獠牙……

「尼瑪……究竟是什麼一回事？」我用手按壓著大動脈的傷口，但鮮血仍是不斷從指逢間流出。

「嗄……啊啊……走……啊啊……嗄……走啊！」尼瑪面容扭曲地痛苦大叫。

「不可以！」出於惻隱，我向她走近查看究竟。

但此時我感覺到，自己放在尼瑪背脊的手掌，傳來一陣黏稠的感覺……

是血……還有一個超過三吋乘三吋的血肉模糊傷口，我看得見被強行撕開肌肉的傷口下，部分白森森的肩胛骨，還有收縮膨脹得異常快速的東西……那血淋淋的東西是……是心臟！

一定是剛才跟那群屍化祕警作戰時，尼瑪在寡不敵眾的情況下殺瘋了眼，絲毫未覺被屍化人所傷，還傷得如此嚴重。

我瞧她滿布紅絲的雙目，靜脈曲張的皮膚，還有漸失理智的神情，經驗告訴我，她已經沒救了，早晚都會成為屍化人。

「嗄……啊啊……殺……殺了我……啊啊……殺……快……啊啊……啊——」尼瑪流露出懇求的眼神。

「不……不可以……」望著尼瑪漸漸屍化的眼神，我雖舉起手槍指著她，但雙腳仍是不斷後退……後退……再後退……直至沒有退路，退至一棵看似至少有百年以上歷史的大樹下。

「殺……殺了我啊！快……嗄……」掐著脖子的尼瑪向我走近，哀求道：「嗄……我……我不要變成屍化人……殺了我……殺……嗄……啊啊……」

我按下手槍上的安全鈕，把炸裂手槍對準尼瑪的眉心。但要親手格殺認識的同伴，雙手發抖的我遲遲下不了決心。

「不……不要怪我……」我闔上眼，準備開槍。

「嗄——」尼瑪終於控制不了地向我撲來。

「啊——」

突然，一股殺氣由尼瑪的後方叢林湧至，差不多同一時間，我感覺得到一股濃烈的血腥味在我面前噴發。

「喀嘞！」

我睜開眼，鮮血灑得我渾身腥紅。

一顆頭顱在地上慢慢滾動，一直滾到我的腳前，我往下一看……是尼瑪！那頭顱是尼瑪的！

她的身軀還站立在我的面前，雙手仍舊拚命地以交叉姿勢掐著脖子，而頭顱則不見了……連接著頭顱的脖子，則恐怖地像扭紋般一圈又一圈被絞上。

死狀恐怖，但很明顯地，不是她自己失心瘋把頭顱分家的。

是外力……而血仍像噴泉般，從頸部血肉模糊的傷口上噴出。我看見一個人影從尼瑪的屍身後閃出，瞬間出現在我左邊身旁。

他由頭至腳都是一身白色打扮，那白色面罩……他的裝束……很眼熟，怎麼好像在哪裡見過？

「司徒凌宇在哪裡？」他冷冷地問。

「凌宇？」我乍聽這名字有點吃驚，但隨即記起在哪裡見過類似的白衣人。

我全神戒備地舉著槍，向著眼前的白衣人說：「我想起來了，你就是在澳門出現的那班白衣人！你為什麼會出現在這裡？你到底是祕警處的人，還是『奎扎科特爾』教派的人？」

他沒有回答。

而我，則想起那個失蹤的無間臥底，澳門司警碧格斯。就是他，當日跟一班白衣人，連同被催眠的凌宇妻子傅詠芝、霍華妹子霍恩突然出現在混戰現場。

澳門一役，我還記那班白衣人是怎樣輕鬆地格殺掉屍化人，更無法忘記在他們僅僅三至五人聯手下，就算是擁有異能的凌宇，以及那些擅於戰鬥的邪教護法，與其對戰下來都顯得有點狼狽。

事後，我曾追問過戴月辛有關白衣人的來頭，他都表示一無所知。

但我知道現在不是細想的好時機，因為那白衣人面罩下那雙激射出殺意的眼睛裡，我感受得到，他把我也視為獵物，搞不好下一分鐘，我就會落得跟尼瑪相同的下場。

「說，司徒凌宇究竟躲在哪裡？」他向我愈靠愈近。

「我怎麼會知道？」語畢，我決定先發制人，趁他垂下手沒有防範之時，近距離送他一記炸裂子彈。

在這生死關頭，無謂的仁慈都應該放下，我寧可殺錯一個，也不願成為那白衣人的手下亡魂。

「砰！」火焰四濺，血肉橫飛。

煙霧在數秒間漸漸退卻，白衣人在我眼前憑空消失，但他不是死了，剛才擊中的只是另一副殘軀……是尼瑪……她失去頭顱的身軀被炸裂子彈炸得粉碎。

混和著焦味的脂肪、內臟布滿一地。

我無暇傷悲，立即舉槍轉身，但遲了，指出的槍口被一隻套著白色手套的碩大粗糙手掌封住。

那手掌隱約帶點紫光，牢牢地封著我正要發出炸裂子彈的槍口。

但我身後的這個白衣人，並不是剛才那位，他的體格沒剛才那麼魁梧、粗獷，但在緊身白衣下，仍然可以看出他充滿線條的身形。

他壓下我的槍管，眼神示意我不要輕舉妄動，然後轉身，把整個背部都交給了我。如果現在我要致他於死地，我相信沒十成也有八成把握能得手。

但我沒有這麼做，因為剛才一與他四目相交，我便感覺到，他不像剛才那白衣人，他雙目隱含情感，給我似曾相識的感覺。

等等……似曾相識？難道他是……

「妳猜對了。」

什麼？誰跟我說話？

「是你嗎？」我輕聲問。

他沒有理會我，背著我蹲下繼續「料理」身後那團東西，只聽見一下又一下毛骨悚然的骨骼碎裂及被扳斷的聲音傳出，然後，他好整以暇地站起來，走過我身邊，向著我後方步去。

此時我終於發現，他剛才忙著「料理」的，正是那個追問我凌宇身在何方的白衣人……他一身骨骼相信已經粉碎，現在的模樣，只可以說是一個肉球：一個頭顱被塞在中間，全身四肢詭異地向著不合理的方向扭曲，然後成為一個球狀物體。

毫無懸念下，那白衣人被宣判死亡……

更是在不知就裡，電光石火之間被身後的「他」秒殺掉。

從白衣人臉上的表情看來，我知道他不甘心，更滿布困惑。瞧他剛才輕而易舉地宰掉屍化後的尼瑪，我相信自他出任務以來，從沒想過會被人以更快更恐怖的手法奪去生命。

所以他眼神是空洞的，嘴巴更張得大大，彷彿有話要問但已無法言語。

雖然他可能是敵人，但我實在不忍心再看下去，唯有轉身追上另一個「他」。我要確定，他是否就是我心中的那個男人……那個我朝思暮想、失蹤已久的男人。

在我追近他身後時，發現他背脊的衣衫上竟有三數個血肉模糊但已止血的血洞。我實在無法想像，這種傷出現在其他人身上時，究竟還能否挪動身體……甚至生存下來。

「你的傷……」

「不要出聲！」

「噢？」

他伸手把我拉近，然後掩著我的嘴巴，再牢牢地盯著叢林四周。我感覺得到他的心跳，還有體溫，更聞到一陣熟悉的體味。

而他掩著我嘴巴的手，不會錯，那格格不入的膚色和粗糙感……

我敢確定，他就是凌宇……他一定是司徒凌宇！

雖然身處險地，但我仍掩不住興奮的心情，但就在不到數秒間，我從興奮轉為擔心——他臉上流著斗大的汗水，面部肌肉更不時抽搐著。

目光雖然仍舊銳利，但背脊傷勢的加劇令他開始感到不支，而他漸漸渙散的眼神告訴我，形勢正急轉直下……

我示意他可以放心，然後舉著槍橫顧四周戒備。

但在幽暗的森林內，那些巨大的樹葉、比正常粗壯十倍的樹木氣根，都令人不禁心寒；更可怕的，我說過，是寂靜……是這叢林罕見的寂靜。

身處其中，我感覺不到任何生物的氣息，究竟凌宇是真的感應到敵人存在，還是精神頹靡下開始精神錯亂？

但如果真有敵人，我也希望是屍化人，好過那些白衣人。

至少，若凌宇真的不支，我也可以用炸裂子彈獨力應付屍化人，但若是白衣人，我們就只有待宰的份了。

「走！」

「什麼？」我不解地望著身邊的他。

只見他深呼吸一下，然後鼓起似乎是僅餘的力氣，在我身後築起一道一閃而逝淺紫色的氣場，完成後他急道：「跟著我，寸步不離，走！」

他拉著我的手狂奔，我從來沒見過他這樣落荒而逃的樣子，心裡充斥一陣不安，忍不住邊走邊問：「凌宇，究竟是什麼一回事？」

「呼……我的力量正隨背脊傷口流失的血液而減弱……」他拉下面罩，喘著氣續道：「原本還以為只有兩隻小鬼，嗄……嗄……殊不知竟惹來另外兩隻索命惡鬼……」

我們愈跑愈快，絲毫沒有停下來的打算，身邊的樹影像急速倒帶般，在我眼底掠過。

「什麼小鬼？什麼惡鬼？凌宇……你又為什麼會來到墨西哥？」我問。

凌宇緊抓著我的手，別過臉道：「還不是為了妳！」

「我哪需要你管！」雖然口中這樣說，但內心感到一陣心甜。

就在這時，我腳下一滑差點跌倒在地，慌忙間凌宇扶我一把，但同一時間，我見到他臉色一沉，我頓時感到一絲不對勁。

「這種似曾相識的感覺……」

「是她！迦南……該死，竟在此時出現。」只見凌宇另一隻手祭起他獨有的紫光，一股貪食的慾望破體而出。

但相較於他昔日的全盛狀態，我知道現在的他已是強弩之末。

一聲轟然震動來自我們剛離開的後方，然後上空閃過一陣強烈的紫光。凌宇臉色一變，轉身拉著我道：「該死，我盡全力布下的禁鎖結界，竟這麼快便被他們破壞掉，快走！」

「噠噠……噠噠……」

「到了！」

是光，我看見前方傳來一陣微弱的光線，我心想，應該是出口……我們快可以離開這詭異的叢林，之後便可以用身上的通訊裝置，聯絡總部派出支援。

「凌宇，我們快可以脫險了。」

「還早……」凌宇嘴角咳出一絲血，道：「待會妳什麼都不要管，他們都是衝著我而來的，只要我引開他們，妳就可以離開……」

「不！」我急得要哭出來。

「聽著！這一切都是設好的局，什麼進攻『奎扎科特爾』教派都是藉口，他們的目標是我。媽的！他們早已算準我得悉一切後，一定會前來救妳，嗄……嗄……所以才讓妳進入叢林，然後一早潛伏在這裡的白衣人只待我出現，便格殺勿論，可惜……嗄……」

「可惜什麼？」我感到凌宇的手不再像剛才那般溫暖。

「可惜，他們不知道『奇真伊札古城』這片叢林，是……啊啊……是……一片養屍地。」前面的光點愈來愈大，快要到叢林出口。

「養屍地？」我腦海閃過偵查隊隊員死後紛紛變為屍化人的情景，這才恍然大悟：

「小心！」

凌宇暴喝一聲，一手把我推向前方，轉身以祭起紫光的雙手，迎上高速而至的黑影。

「轟隆！」

「凌宇！」

凌宇似斷線風箏般，全身癱軟被飛甩開去，而剛全力撞上的黑影則被轟個四分五裂。斷裂的四肢、破爛的頭顱、血肉模糊的身軀紛紛反彈回去，依稀所見，是一個人……一個穿著白色衣衫的男人。

但我最關心的還是凌宇，我連忙跑去看過究竟。

「靜……快走……嗄……不要理我……嗄……自己……走……」語畢，凌宇終於不支暈了過去，同時，他一隻鬼手竟自動釋出紫光，從五指沿著經絡向全身擴散開來，像一顆光球般包裹著身體。

我無暇探究下去，只管用盡全力把陷於昏迷的凌宇擱在我的肩，以最快的速度離開叢林。我當時絲毫沒有發現，原來這是一場貓捉老鼠的遊戲，一切都是局，但不止一個局，還是局中有局的陷阱。祕警處要對付凌宇，邪教更將計就計待我們兩敗俱傷後才現身討便宜，凌宇先前在叢林以寡敵一眾白衣人，已是傷痕累累，更虛耗不少異能。

到最後，凌宇更為了保護我，不惜聚起僅餘的力量雙手硬拚迦南擲出的白衣人，終被重創。

我不可以讓凌宇有事，一直以來都是他保護我，今次就由我來保護他！

「呼……呼……」叢林外的太陽正曬得猛烈。

經過了後來我才知道名為「千柱林」的地方後，面對四野空曠，我無從選擇，只好拖著凌宇，一步一步走上那九十一級石梯的馬雅金字塔，向著塔頂走去。

我不確定那裡的狀況，但那已是附近最好的避難所，而這避難所，就是墨西哥猶加敦半島北端奇真伊扎古城最出名的「庫庫爾坎神廟」。

我獨力托著一個陷入半昏迷的男人，在極度疲累的狀態下到達塔頂後，立即放下凌宇，坐在地上不斷喘息著。

「凌宇……凌宇！」我輕拍著他漸漸回復紅潤的臉龐。

只見他闔起的雙眼眼皮漸漸睜開，看來一時間沒生命危險，我這才稍稍放下心中大石。

虛弱不堪的凌宇舉起仍泛著紫光的手，指向神廟下方，道：「她追來了……走……嗄……走……」

他以僅餘力氣用手把我推開。

「什麼？」我回頭一望，見到神廟下出現一個女子身影，她手上隱約可見抓著一個首級。

我認得她，她就是迦南，凌宇的死對頭。

我握著裝滿炸裂子彈的手槍，心忖：該怎麼辦才好？

突然，我感到腳下一陣異動，腳下踏著的石磚竟向下凹陷，與此同時，整座塔頂的平台猛然震動起來。

「轟隆！」平台竟瞬間消失，我感到腳下一虛，抓著凌宇的手，一同掉進塔內的無底深淵裡。

「啊──」

這次，應該九死一生了。沒想到，我和凌宇竟然喪命於此。

「靜，闔上眼！」

凌宇──

六十・毒王〔翟靜〕

1

究竟過了多久？我死了嗎？

難道這裡是地獄？否則，怎麼四周瀰漫著一股腐爛的死亡氣味？

不……我還感覺得到痛楚，我應該還沒摔死。但從這麼高的地方跌下，我怎麼可能沒事？對了……我依稀記得……是凌宇，當我闔上眼後，便感覺到一股暖暖的力量從凌宇手上傳來，然後「轟隆」一聲，我就失去了知覺。

一定是他用僅餘的力量保護我，所以我才只受點輕傷，否則一定九死一生。

但這裡是什麼地方？怎麼石地上都是黏稠稠的東西……還發出一股凝固的血液腥味？

我記得，剛才在塔頂時，我誤觸地板機關，所以跟凌宇一起掉進這地洞內。不曉得這地洞有多深，我只感到此刻全身骨骼好像斷裂了一樣。

「啊……好痛……」右手舉不起來，似乎是脫臼了，應該是剛才掉下來時不知怎麼撞到的。但現在不是痛苦呻吟的時候，我需要脫困，更需要找回凌宇。

「不知剛才掉下來的時候，凌宇有沒有受傷？」四周伸手不見五指，剛甦醒的我一時間也不知身在何處，更不知凌宇是否在我身旁不遠。

我試圖伸手啟動還戴在頭上的「獵鷹追蹤鏡」……很遺憾，螢幕顯示仍是花白一片，但我知道，它並非是剛才跌下來時弄壞的，而是還在失靈，仍接收不到訊號。換句說話，此刻的處境不會比在詭異叢林好，甚至更慘。

我脫下追蹤鏡，然後舉起左手放近嘴巴，再用門牙壓在手套上方的電子按鈕開啟裝置，手心隨即射出了一束光線。

這副照明系統真不錯，是祕警處那個沉迷《鋼鐵人》漫畫的武器設計師特別製造的。起初我覺得這裝置挺古怪，但現在看來，倒還滿實用的，至少在當前黑暗的環境中，它暫時可以給我一點光明和希望。

但我想，若這不是單純的照明系統，而是像漫畫主角那樣，可以發射激光來自保，那該有多好？至少不用這麼狼狽，更可以助凌宇一臂之力，打退那些白衣人和邪教護法。

我一邊想，一邊舉著手，把手掌的射燈照向四周。

這裡根本不是什麼地洞，更不似是什麼機關陷阱，我身處的地方是一條長長的通道，兩邊看不見盡頭。

我抬頭沿著光查看，發現管道天花那些石塊並沒有異樣，看不出有移動的空間讓我得以從上方跌下來。因此，我還不敢確定，此刻身處的地方是第一案發現場，還是我曾被人搬移送來這裡。

當然，再毫無人煙的塔內，唯一能這樣做的人只有凌宇。

但凌宇究竟去了哪裡？我環顧四周都看不見他的蹤影，地上更沒有一絲血跡或鞋印之類的灰塵印。難道在跌下來的途中，我們失散了？

我喃喃地說：「還是……不！不會的……」

一股不安在心底浮現。

現在不是胡思亂想的時候，我需要爭分奪秒尋找出路，更要尋回凌宇。我清算過，身上還有二十發炸裂子彈和兩管用以解除屍化病毒的血清。這些就是我唯一的活命本錢，至於是否足以對付迦南一干人等，不用說也知道答案。

但對現在的我來說，有總比沒有來得好。

「噠噠……噠噠……」我沿著左邊的管道直直走去，不是因為知道出口在哪裡，而是憑感覺，我直覺認為這邊較有生機。

走在這密閉空間裡，時間好像凝住似的。此刻身處在「庫庫爾坎神廟」內，詭異的是，我發現一直走，不單走不到盡頭，通道更像是無限地延伸。如果這感覺沒錯，我敢說，「庫庫爾坎神廟」內在的空間比它外在看到的尺寸還大……更可能大了數十倍。

但這不可能啊？莫非這裡是另一個空間？

我開始感到慌張，必須要繼續找出路，等等……這是什麼？這裡的牆上竟依稀可見一些圖案。

我把光源照向它們。「這些圖案我好像在哪裡見過？」

我一邊走，一邊伸手去摸牆壁上的圖案，沿著它的紋理由上而下，再由左而右地摸著。

「咦？這是……」

我退後三步，然後把手掌的光照向牆上，一幅壁畫完完全全地出現在我面前。

是戰爭……我敢確定這壁畫上所刻著的，是一場戰爭，更是一場殘酷無比的屠殺！

那些人的臉上，盡是驚慌和懼怕的神情，那圓睜的雙目、扭曲的面孔，被活靈活現地刻畫出來，呈現畫中人對死亡的恐懼……

「咦……等等……不是這樣……」

不是屠殺，那些人臉上雖然流露著痛苦神情，但站在後方手持武器的士兵，根本沒有任何舉動，與其說屠殺，不如說他們是在痛苦受刑。

「莫非是中毒？」我看見其中一些人，雙手掐著自己的脖子，伸出舌頭痛苦的模樣，是比死更難受的苦況。

我更發現，壁畫上有兩種不同的族人。受刑的一方身上的衣飾很簡單，只有一件披在肩上用以蔽體的衣服，和插在頭上的一根羽毛；而他們身後那些勝利者，服飾比較浮誇，身上披著類似獸皮的東西，頭上、頸上則配戴很多裝飾物。

我再向前走，另一幅壁畫再現眼前。

「這……這是……」

是邪教信奉的「奎扎科特爾」蛇神？

我認得祂，壁畫上祂的造型，跟我在異世界那廣場上看到那尊巨大的神像有九成相似，同樣是頭插羽毛，身上披著一件蛇皮披肩，還有那長長的鬍子……分明就是祂，「奎扎科特爾」蛇神！

這是怎麼回事，祂身後偷襲祂的又是誰？難道是祂的死對頭「泰茲喀提波卡」？

但又不像……在傳說中，「泰茲喀提波卡」的造型是披著虎皮、頭戴老虎頭皮。而這個把雙手插進「奎扎科特爾」背脊的人，則是全身赤裸，像個凡人一般。除了猙獰的樣子，就只有身上布滿一點點類似毒瘤的東西。

很噁心。

我繼續向前走，是另一幅壁畫。

只見剛才偷襲「奎扎科特爾」的男子，他置身於一個瓶子內，此刻他闔上了眼，在他身邊的是……是「泰茲喀提波卡」？

「那虎皮和虎頭造型……凌宇曾經提及過，錯不了……」我忍不住叫了出來。

我再踏上前，把光照向牆上，眼前出現兩個男人，他們一個垂頭半跪在地上，另一個則伸手按著對方的頭。情形就是一方在跪拜，而另一方則似皇者般接受覲見一樣，瞧祂們的衣著造型，祂們毫無懸念是「奎扎科特爾」和「泰茲喀提波卡」。

垂頭半跪的是「泰茲喀提波卡」，而另一個則是「奎扎科特爾」，我仔細看，發現「泰茲喀提波卡」藏在後方的手竟握著一把匕首。

「我明白了，這四張壁牆的順序應該要倒來看，那也就是說……」

我開始想到一些事，眼前的壁畫，似乎是關於一段傳說，或者是一段隱世的神魔交戰真相。

如果我推斷沒錯，在「泰茲喀提波卡」後裔寄居的馬雅遺址內，這張壁畫就是記戴著當年他們的祖先如何把大神「奎扎科特爾」驅逐的經過。

若這壁畫記戴的是真相，那我們世界現存所知的，還有當年在異世界那小伙子賽門在廣場壁畫所看到的，都只是傳說的部分真相。

我開始明白為什麼在異世界那役，我和凌宇在廣場上感受到那蛇神怨忿、懊悔的情緒……我更明白，凌宇曾經說過，蛇神原本是代表善良的大神，七宗罪的鬼手力量是戰敗後流落異世界時才激發的。

一定是這樣……

「奎扎科特爾」被他信任的「泰茲喀提波卡」出賣，「泰茲喀提波卡」利用那個身上布滿一點點類似毒瘤東西的男人偷襲「奎扎科特爾」，然後更把祂的族人全數殺清……滅族！

所以「奎扎科特爾」後悔自己一念之仁，更後悔錯信「泰茲喀提波卡」，令他的子民受害，從而惡念叢生，令七宗罪在祂身上滋生。

一定沒錯！

這壁畫記載的才是傳說最關鍵部分，也是兩族之所以成為仇敵的箇中緣由。說我偏見也好，或者信任凌宇多一點也好，我總覺得，這個「奎扎科特爾」原本並不是壞人……甚至祂根本不是壞人，祂的後代之所以要滅絕人類，都是「泰茲喀提波卡」害的。

等等……奇怪……是誰把這真相雕刻在「庫庫爾坎神廟」裡？這些壁畫又是何時刻上的？

就在我想得入神之際，通道內突然傳來一陣劇烈震動。我跌倒地上，那餘震也令我一時間無法站起來。憑藉多次見識凌宇跟邪教護法戰鬥的經驗，我知道這不是地震引起的，是力量互拚造成的……一定不會弄錯，而這股震動的源頭來自我後方。

「莫非是凌宇？他跟人開戰了？」我沒有再細想，待餘波散去後，便掉頭向著後方跑去。

心裡想，就算那裡有多危險，大不了就和凌宇死在一起，也勝過自己在這恍似迷宮中的地方孤獨死去。

更何況，身受重傷的凌宇可能正陷於險境，這次無論如何都換我守護他。

他跟我還有一個約定，他不可以死去！

「啊啊……啊啊……」

距離愈來愈近，那震耳欲聾的戰鬥聲也逐漸靠近我；同一時間，我感覺呼吸愈發困難，一陣作嘔的濃烈臭味由前方急湧而至。

還不止，我聽得到心臟急速跳動的聲音，是那死亡的壓迫感，這感覺……比我在異世界遇上那暴烈的羅托斯時更形激烈。

究竟在前方的是誰？

凌宇真的和「那傢伙」戰鬥著嗎？

「啊啊啊啊啊……啊啊啊啊……啊啊啊啊啊……啊啊……」一陣困在喉頭的怪叫聲突然響徹通道內，它那聲嘶力竭的回音不斷迴盪著。

很難受，耳膜也快被它的音波刺穿，我被轟得一陣暈眩，根本無從阻止那怪叫聲衝入我的耳窩內。

不知怎地，我開始幻象頻生，在我眼前彷似有無數個冤魂突然出現，再繞著我不斷團團轉。他們在哭訴，他們在怨恨，有的更似向我哀求；我開始失去自我意識，雙腳一軟便跪倒在地上，視線也漸漸變得模糊不清……

莫非，我還未找到凌宇便會先命喪於此？

「啊啊啊啊……啊啊啊啊……啊啊……」又是一陣怪叫，距離我愈來愈近。

朦朧中，我看到兩個身影向我逼近……不……是三個……四個？

還有，那令人窒息的腐爛味此刻終於填滿一室，那難聞的氣味令我嗆咳。

「轟隆——」一下激烈的互拚，眼前閃過一下金光。

我被激射而來的沙石打中臉頰，剎那的痛楚令我稍稍回復意識。我抬頭一望，發現眼前站著一個男孩，而他手上正勉強挾著一個渾身是傷的男子。

「凌宇！」

那男子轉身望向我苦笑。

「真的是你！你沒事太好了！」我急撲向凌宇懷中。

誰料，他一手把我推開，吃力地站起來說：「不要過來，那怪物渾身都是病毒，妳一沾上，就會變為那些醜陋的屍化人，走……快走！走得愈遠愈好！」

我來不及說話，他身邊的男孩也附和：「他說得沒錯，這隻毒王在神話時代就已存在，身上的病毒就是用來提煉出製造屍化人的元素。我們還有鬼手力量可以自保，妳在這裡只會拖累我們，幫幫忙，趕緊讓自己逃命，朝我們相反方向逃走吧！」

語畢，男孩在褲袋裡抽出一根已碎了半邊的棒棒糖，無奈地向著凌宇道：「那怪物的拳真的很重，如果我們還有命出去，記得欠我一根棒棒糖。」

凌宇笑道：「沒問題，送你一箱都可以。」

此時，我終於在微弱的光線下看清楚，那男孩是小華，是已脫離「奎扎科特爾」教派的前七鬼手護法之一，那不老不長大的小華。

在異世界一役，就是這個一直被其他護法嗤之以鼻的小華親手宰掉了羅托斯，更因為他的出現，打破阿爾瑪和迦南聯手對付凌宇的困局，最後更一夫當關地把凌宇和我送回地球。

不知他現在是否為人類的朋友，但看來，他不會是我們的敵人，至少此刻不是。

「咔！」我扳下手搶的保險，走近凌宇身邊，道：「我不會拖累你的。」

凌宇苦笑道：「妳這個硬性子，始終都不肯聽我一次。」

我報以嫣然一笑，舉著槍，向著黑暗的盡頭，已準備隨時把手上十發已裝入手槍的炸裂子彈全數發出，道：「你還欠我一個約定，你死了，在黃泉路上也要遵守約定。」

「死了又怎麼守約？」

我笑道：「你死了，我會跟隨其後，那樣你便可以在黃泉赴約，不是嗎？」

凌宇微笑不語，抹過嘴角上的血，慢慢祭起他那鬼手力量，只見一股淡紫色的光沿著他雙手經絡，一路擴散全身；他身上流血的傷口迅速止血，雖未到完全癒合，但已暫時不礙事。

「你們打情罵俏夠了沒有？我幻化出來的傢伙阻不了「毒王」多久，要逃的快逃，確定不逃的就準備拚命，那傢伙快到了！」小華拋掉手上半根棒棒糖，再次祭起他那鬼手力量。

那金光燦爛的力量把整個通道照得通明，此時我才發現，通道的四壁都布滿令人毛骨悚然的抓痕，還有一塊又一塊已經乾涸的污血。

小華瞟了我一眼，道：「怎樣，要改變主意嗎？」

「誰說的？」我收斂心神，望著前方即將到臨的死神。

「啊啊啊……啊啊啊……啊啊……」

「來了！」凌宇喊道。

我感到一股恍似由地獄而來的壓迫感湧至，毒王……終於出現在我的眼前。

但兩秒、三秒過後，炸裂子彈並沒有射出，因為我呆住了……是嚇得呆住。眼前的毒王，不止奇臭無比，外形更令人反胃，根本不似一個人形……應該怎麼說……就像一個泥人……不！是漿糊人……是布滿膿瘡的漿糊人。

我分辨不到它渾身似泥又似漿糊的東西是什麼，只隱約看到有些像蟲的東西在當中游走、穿插、蠕動，弄破那些膿瘡。我不確定它究竟有沒有肌肉或骨骼，只知自己根本不願意走近他，更遑論跟他正面搏鬥。

唯一可以確定的是，它是有生命的，更是猙獰地笑著。它牢牢盯著我們，張開口噴出那黑色的污氣，然後向我們慢慢行近。

「噠……噠……」

當它愈走愈近之際，我看見它雙手拿著一些東西，而右手拿著的，仍在抖動著。

「看來，你得多謝他替你解決所有敵人。」小華向著凌宇笑道，但臉色愈發難看。

我腦海閃過那些追殺我們的白衣人，斜睨著凌宇想問個究竟。凌宇沒有說話，似乎與我心靈相通，點頭確認了我心中所想。

那傢伙與我們只二十步之隔，我終於看見他左手拿著的，是一隻穿著白褲的斷腳，而右手拿的，則是一個連著頭顱的上肢，瞧那上肢身上的衣飾打扮，沒錯……正是一直追殺我和凌宇的白衣人。

剛才我看到在抖動的，就是還藕斷絲連附在上肢的頭顱。

那頭顱不斷地晃著，更咧著嘴瘋了似地不斷對空氣噬咬著；從他失去焦點、失去靈魂的眼神看來，他完全不像是人……但……怎麼會這樣？

「凡沾上毒王身上的病毒，不出數秒便會變為喪屍；而之所以是毒王，它那些病毒最霸道之處，就是除非完全燒掉屍體，否則都仍然可以讓病毒寄生，再等待機會另覓宿主而重生。」小華望了望凌宇，續道：「一出手，就要全力以赴。」

「等等。」凌宇突然把手伸向我的臉，把已祭起泛著紫光的力量注入進我身體。我頓時感到說不出的舒暢，更再也聞不到那作嘔的腐爛味。

小華搖搖頭，道：「到這種時候還把力量分給這女的，看來你跟她真的交情匪淺。」

凌宇沒有說話，而他趁我不留意時，竟一手猛力把我推得老遠。

「凌宇——」

凌宇的舉動令正在吞噬著斷腳的毒王感覺異樣，他拋下斷腳，向著小華移動過去。

「嚓嚓嚓嚓！」毒王手上的屍化人頭顱竟詭異地一百八十度扭了一圈，然後發狂般一口又一口噬向毒王的前臂上。但毒王正眼也沒有看他一眼，只不斷用鼻子朝四周嗅聞著。

小華看出端倪，輕聲向著凌宇道：「看來這隻毒物只憑嗅覺行事，視覺和聽覺都應該不太行。」

「早知如此，剛才就不用跟他硬拚吧！」凌宇雙手終於再次發出耀眼的紫光。

然後，隱約看到一隻猙獰的貪食魔鬼在雙掌間浮現。

但比起凌宇狀態極佳時的戰力，我心裡清楚，他現在只是勉強自己，更可能打算孤注一擲。

「去吧！」小華暴喝一聲，準備推出手上兩個蓄勢待發的能量光波。

怎料，凌宇卻突然伸手阻止。

「喀嚓！」是骨頭被咬碎的聲音。

我呆了……

那屍化人終於死透。他整個腦殼連同大腦，都被毒王生吞掉！

一定是毒王按捺不住被屍化人不斷噬咬，雖然不痛不癢，但感到煩擾之下，便把原本打算當「玩具」的食物當場吃掉！

那已變黃發臭的腦漿瀉滿一地，我相信那屍化人已不可能再靠毒王的病毒而重生，但更詭異的是，與小華只有五步之隔的毒王，竟沒有立即向凌宇他們攻擊，反而像小孩子一樣盤膝而坐，拿著那個剩上肢的屍化人不斷噬咬。

吃得津津有味，嘞嘞作響。

凌宇向著小華道：「我有另一個計劃，但需要你付出十成力量，就看你肯不肯。」

小華笑了笑，答道：「有何不肯？難道怕你出賣老子嗎？」

「還有，你真的知道出口在哪裡？」凌宇問。

「小時候來過一次，信得過老子就跟著來。」

小華語畢，凌宇在他耳邊輕聲說了幾句，轉身便向我疾跑過來，一手把我挾在腰間，用盡力氣狂奔。

我來不及問個究竟，只見小華把原本祭起的光波，幻化為兩個身影，兩秒過後，該身影完完全全地立體化出現在毒王面前。

是兩個毒王！

小華利用他的鬼手異能，模擬出兩個與毒王外形一模一樣的東西……還不止，這兩個東西有生命、有思想，他們竟不約而同衝向正吃著「食物」的毒王那裡發動攻擊！

一瞬間，整個通道轟起一下又一下猛烈的震盪，似快要塌下來似的。

凌宇挾著我不斷跑，貫滿力量的鬼手替我格擋從通道頂部掉落的石塊，而不知何時，小華已追上來跟我們並排而跑。

小華喘著氣道：「呼……呼……出口就在前方分叉口轉右，呼呼……跟著我來。」

「你沒事吧！」我問。

小華還未回答，凌宇便搶著問：「你沒有使出十成力量嗎？」

「呼……八成應該已足夠纏住那傢伙，只是這麼短時間……呼……要製造出一個連氣味也有的東西……的確挺花力量。」小華開始感到力有不支，看來他剛才付出的，不止是口中的八成力量。

突然，管道後方傳來一陣爆裂聲。

「不好！」小華驚道。

我回頭一看，發現其中一個小華製造出來的「假毒王」，竟已被轟得四分五裂，而另一個則被「真毒王」一手扯斷它的右臂，雖然左臂仍揮舞得虎虎生風，但敗象已呈。

與此同時，毒王身邊的通道四壁，竟漸漸出現一些黑壓壓的東西，而那東西，更以驚人的速度向我們移近。

一陣腥風從後方揚起，向著我們襲來。

「是……是蟲！還有蜘蛛、蜈蚣……」一想到可能被這麼多毒物爬上身，我就怕得全身乏力，差點連手上的槍都握不緊。

凌宇和小華沒有停下腳步，而我們三人終於經過分叉口，同時轉右，繼續往前跑。

但當進入右邊通道不久後，竟再次傳來一下爆裂聲。小華臉色一變，同時右手再次祭起光波向後推出，最後一個「假毒王」再次出現，擋在分叉口前。

「啊啊啊啊……啊啊啊……啊啊啊啊……」那令人膽喪的喉頭叫聲再次傳來。

「來不及了。」小華一個不留心，腳下一虛竟滑倒地上。

凌宇沒有猶豫，連忙轉身挾起小華繼續奔走，後方傳來一下又一下猛烈的轟擊聲，而那些黑壓壓的東西與我們就只有十呎之隔。

我把心一橫，奮力舉起握著手槍的手，然後……

「砰砰砰砰砰砰砰砰砰砰！」

「不好！」凌宇來不及制止我。

十發炸裂子彈連續轟出，衝進那堆毒物爆炸焚燒，一時間火光把通道燒得通紅，更瀰漫著一陣燒焦的味道。

「劈里啪啦！劈里啪啦！劈里啪啦……」

的確，那堆毒物被燒得七零八落，但同時這股燒焦味也吸引起毒王的目光，替它指引狩獵的方向。

「啊啊啊啊……啊啊啊……」

「轟隆——」

最後一具附有金光鬼手力量的截擊者，都被興奮莫名的毒王劈開兩邊，殘軀被毒王踏為粉末，再被它身上的病毒蠶食得一乾二淨。

「出口就在那裡！」小華指著前方不遠處管道上那塊平凡無奇的石頭，續道：「用力向上推，出口就會出現。」

凌宇放下我倆，二話不說便跟著小華所說的做，當那石頭被推開時，十步開外的石牆竟露出一個缺口。

「走！」凌宇用力把我和小華推向出口處，然後，單人匹馬站在通道內。我知道，他要為我們爭取時間，所以決定個人之力阻截毒王。

「不要……快走啊！」我被小華強行拉走。

凌宇望了我一眼，瞬即鼓起最後的力量，雙手紫光大盛、筋脈賁起，然後，只見他開始旋動雙手，牽引通道內的氣流，在他面前築起一道無形的氣牆。

「砰！」

凌宇無視毒王猛然轟向氣牆的拳頭，繼續催鼓身上僅餘的禁鎖力量，背後漸漸生出一隻猙獰的飢餓嘴臉；同時，他嘴角、耳窩、鼻孔、雙眼分別溢出鮮血來。

是催鼓過度。

「司徒凌宇，不要啊！再這樣你會死的，跟我們走吧！」小華拉著我走，但我寧願跟凌宇死在一起，也不想獨活，所以死命拉著出口外的粗藤不願放手。

「靜……相信我，我跟妳還有約定在身，妳跟小華先走，我們在老地方見！」

「凌宇——」我終於不敵小華的力氣，被他強行拉走，但我仍看得見凌宇旋動中的一雙鬼手釋出一個巨型的紫色電網，向著毒王轟去。

然後，凌宇從通道內急躍而出。

突然——「颼颼！」一道白色的身影從我和小華身邊急速掠過。

「迦南？」小華驚道。

「休想得逞！」我舉槍指著迦南的背影，打算發出炸裂子彈。

「咔。」

但無奈，子彈早已耗盡，而我也乾瞪著眼看著凌宇在與迦南雙雙糾纏下，再次落入神廟之內，生死未卜。

「庫庫爾坎神廟」之役發展至此，也就此落幕，之後毒王再沒有出現遺禍人間，而它的事跡也只繼續隱沒在墨西哥馬雅民族的大神傳說中。

無人得知，無人過問。

後來我才知悉，那個毒王，原來就是淩宇曾經提及過，當年賈力博士和高澤光司教授在南美洲考察時，偶然在一處馬雅遺跡內的古墓發現的木乃伊。

當年他們就為了研究，不顧後果地把毒王從古墓釋放出來，令附近的村落差不多全數被毀。到最後，在村民的幫助下，不知賈力博士他們用了什麼方法，才把毒王引回「庫庫爾坎神廟」內，再用神廟裡面的機關將其封印其中。

毒王身上的屍化病毒基因圖譜，就被高澤光司教授兩人帶回日本做研究。後來，研究計劃中止，化屍病毒的資料輾轉經過依附邪教的政客、落入邪教手裡，但我相信邪教中人也意料不到，這些病毒原來就是他們大神的死對頭「泰茲喀齊波卡」所製造。

他們更想不到，這病毒到頭來竟會反過來毒害「泰茲喀齊波卡」現存世界的後裔，被他們作為復仇之用。

一切似是錯綜複雜的因果孽報，誰勝誰負到此刻還未分曉。

2

兩星期後，黃昏，墨西哥灣，阿爾卡斯島港港口。

面前停泊著一艘遠洋遊輪，旅客陸續登船準備展開他們的海上旅程，而在岸邊，站著兩個死裡逃生、不打不相識的人，他們分別是一個男孩、一個年輕女人。

而那女的就是我，翟靜。

「你會到哪裡？」我那隻脫臼的右手被繃帶纏得緊緊，只能用左手跟小華握手道別。

「還不知道，船停到哪裡就到哪吧！」小華叼著我送他的棒棒糖笑道。

「希望下次再見到你時，我們不會是敵人。」

小華拿起行李準備登船，回頭答道：「我已厭倦了戰鬥，可以的話，我完全不想跟任何人交戰，做一個平凡人是我此刻的唯一心願。」

我點點頭，目送他登上甲板。數分鐘後，遊船的引擎開始慢慢發動，船下送行的親友，紛紛跟船上準備遠行的人揮手道別。

我轉身離去，同時把左手插入口袋，發現裡頭有張對摺的紙條。

我取出紙條打了開來，發現是一堆小孩子東倒西歪的字跡，當繼續讀下去時，心中感到無比震撼。字條裡寫著的，是失蹤的凌宇妻子傅詠芝藏身之處。她在美國紐約布魯克林的一地下水道實驗室，而字條也寫著，凌宇好友霍華的妹子霍恩也疑似身陷其中。

縱使未知那裡是否龍潭虎穴，但至少我相信小華的情報，是出於善意。

我轉身望向已駛離港口的遊輪，雖不見小華的蹤影，但仍對著那方向說著：「謝謝你。」

遊輪愈駛愈遠，漸漸在廣闊的大西洋中成為一個黑點，身邊的人潮開始陸續散去，而我也隨人潮準備離開港口。就在此時，一個披著斗篷的男人擋著我的去路。

他開口跟我說話。

而我，被他那熟悉的聲音牽引情緒，從驚訝轉為激動，忍不住擁著他哭道：「你終於赴約了，我還以為你竟捨得就此離去。」

男人用與他身體膚色格格不合的手，撫著我的臉，道：「我怎麼會就此死去。」是凌宇，他沒死，他再次出現在我的面前。

「凌宇，答應我，永遠不要再拋下我去冒險，好嗎？」

這說話觸動凌宇某些回憶，他沉默下來，而待他回過神時，他說道：「我最終還是來不及跟小華道別。」

「他很好，我相信你們還會見面的。對了，你是怎麼離開那古廟的？」我問凌宇。

「先別說這個，我收到消息，霍華獨自去了紐約救霍恩，我們得趕去支援他。」凌宇說完，執起我的手準備離去。

「不止霍恩……小華說，你妻子傅詠芝也在那裡。」我知道凌宇心裡仍掛念著失蹤的妻子。

凌宇停下腳步，我感覺得到他的手在顫抖著。

我笑著說：「發什麼呆？救人要緊，你不是說過，我們要為屬於自己的正義而戰嗎？」

然後，我們離開墨西哥，出發前往美國紐約。

凌宇心繫著他的好搭檔、好下屬，還有……他的妻子。

而我，到今時今日早把祕警處的身分、任務拋諸九霄以外，我心繫的……就只有身邊的凌宇。

再過不久，紐約，將會上演一場足以改變末日結局的終極好戲。

六十一・囚牢〔莎婭〕

一個月後，英國倫敦祕警處地下囚牢，一個被稱為魔鬼煉獄的地方。

據傳聞，被關進魔鬼煉獄內的人，十之八九只能夠妄想重見天日，更多的只會成為軍方暗地裡的實驗品。

但祕警處一直不肯承認此處的存在，就算被各國政要提請聯合國派員調查，都不得要領。沒人知道這囚牢究竟何時開設，更沒人知道這囚牢內囚禁著哪些重犯。

更重要的是，除祕警處內少數高層和負責這囚牢的祕警，外面根本不知道這號稱魔鬼煉獄的地方，原來就在祕警處倫敦總部底下三百多呎深的地下城內。

而自從富士山爆發，邪教和祕警在東京灣海岸港口爆發的激戰落幕後，這裡就多了四個失手被擒的階下囚，其中一個，就是「奎扎科特爾」教派的聖女莎婭，就是我。

「放……放開我……快放開我啊！」

這裡究竟是什麼地方？你們為什麼要抓我來這裡？

我不要再受這種折磨，快拿開綁在我身上的鐵鍊，我不要……我不要啊！

為什麼要用這麼重的鋼鎖把我雙手鎖在一起？為什麼要把我狠狠綁在這張冰冷的鐵椅上？我究竟犯了什麼錯？我已經把我所知道的全都告訴你們了，為什麼還要日以繼夜地折磨我？

諾生呢？諾生在哪裡？你們是不是用相同的方法折磨諾生？他什麼都不知道……是真的……我要說多少次你們才明白？他只是剛重生的男孩，他不知道我們世界的事，他是無辜的……我求你……我求你放過我們好嗎……

「啊啊啊……咕嚕咕嚕……咕嚕……咕……」一口又一口污水從鼻孔、嘴巴如貫湧入氣管和口腔內，我坐著的鐵椅再次沉到那特製的玻璃箱箱底。

無論我如何掙扎，無論我如何隔著玻璃向你們哀求，你們都無動於衷，但我從來沒有想過，你們竟會對一個弱質女子使用這種酷刑。

我那雙被特殊鋼鎖緊扣在一起的手，被牢牢勾在天花垂下的鐵鍊上，把我整個身子、手臂拉得筆直，而我那雙腳，則被另一對鋼鎖扣在鐵椅椅腳上，動彈不得。

最要命的是，當你們每次按動那個紅色按鈕，打開地板上的機關，令我坐著的鐵椅沉到玻璃箱底部時，我那被拉得筆直的雙臂，每每都有種快被扯斷的感覺。

痛得離魂。痛得想死。

我不知自己還可以撐多久，我更怕逐漸瘀黑的十指，會因為壞死而再也不能彈奏我最喜歡的豎琴。若是這樣，我這個豎琴聖女究竟還有何用？

「咕嚕咕嚕……諾生……」陷於半昏迷的我，不自覺吐出一個名字，隨即又嗆了幾口污水。

朦朧間，我看見玻璃箱前站著一個男人，他慢慢向我走近，然後把臉貼著玻璃，牢牢盯著我一臉痛苦的樣子。

他在笑，他在猙獰地笑著，那笑意還帶著一點淫邪，變態似地享受著眼前的虐待遊戲。

還有，他在偷窺我……

「不……不要看……下流！」我羞愧地闔上雙眼，心裡不斷在喊著，眼眶忍不住溢出淚水。

隔著充斥霧氣的玻璃，我知道就算我此刻張開雙眼看，都只可以看到外面模糊的環境和那傢伙模糊不清的輪廓。

但他就不同，對穿著一件單薄白色囚衣的我來說，浸在水中，就有如赤身裸體一樣，那變態傢伙就在玻璃箱子外駐足看著我的身體，我還是第一次被男子這樣看著。

我感到很羞恥，更恨不得可以立即死去，也不想被這人污穢不堪的雙目肆意蹂躪。

我急得不斷掙扎，無視手腕被鋼鎖弄得皮爛，甚至流出鮮紅的鮮血，而同時，更多的污水湧入我的嘴裡，我感覺快要窒息。但那人一點廉恥之心也沒有，我感覺得到他仍然盯著我的胸部，更肆意用他淫邪的目光，掃視我那被水浸得近乎透明的衣衫下的少女胴體。

他猙獰地咧嘴而笑。我聽得出他在享受著我那痛苦的哀嚎。

「咕嚕咕嚕……咕嚕咕嚕……」我感覺空氣呼的多、入的少。

在我快要失去意識時，腦海除了再次閃過諾生的身影，更想起已死的巨奴叔叔，還有……前來東京灣拯救我們的阿爾瑪嬸嬸和亨利叔叔。

一切都在不久前發生，戰局也竟在短時間內塵埃落定。

我的回憶不斷倒帶。

有人說，人之將死，昔日發生的種種就會湧現眼前，讓你再次感受匆匆而過的一生。那此刻，我是否快要離開人世？

「諾生，我捨不得你……」

然後，身體漸漸變得很輕，隨水波漂浮在玻璃箱內。

我再也感覺不到痛苦，身體的觸感逐漸被無情地剝奪，一切都快將失去，除了記憶……失去五感的我，思緒反而變得愈來愈清晰。

我還清楚記得，在東京灣海岸一役，發生了什麼事……

是巨奴叔叔，我無法忘記他當日為了救我們，毫不理會身體重創未癒，拚了命似地一夫當關，截住追來的三個屍化人，更以乾淨俐落的手法把其中兩人格殺掉。可惜重傷在身的他，有如風中殘燭般，把生命燃燒過後便力有不繼，被剩下的一個屍化人梟首殺掉，最後落得死無全屍。

原本，我還以為一切都完了，我和文頤最終難逃劫數，在東京街頭被屍化人當食物撕吃掉。誰能料到，在最危急的關頭，諾生竟如飛將軍般從天而降，更一手把正要向我下毒手的屍化人卸為三塊，拯救了我。

他的出現，本來令我感到一陣心寬，更令我生起想撲進他懷裡的衝動。怎知……一切都似乎變了，諾生已不再是我認識的諾生，他不止變得冷酷，望著他，我更覺得陌生。他失去了原來的陽光氣息，換來的，是一種帶著怨念的深沉模樣。

他經過我身邊，只冷冷地瞟了我一眼，便轉身走向他關心的文頤身邊，扶起她，關切地問候她。我覺得很難受，那感覺我從來沒有過的；是絞痛，我覺得心突然絞痛起來。但我知道不是向諾生發問的時機，所以我選擇理智壓下我的難過，一手抓起文頤的手跟著諾生離去。

就在那時，沒錯……是那個我後來才知道叫烈特的大鬍子突現出現，而在他身前，還有三個穿著連身白色緊身衫褲裝扮的男人出現。

他們自稱屬於什麼祕警處，要把我帶走。我還記得，當時在他們身後，停泊著一艘足有一個格鬥場那麼大的鐵船，後來我才知道，那艘船他們叫作「雅典娜號黃金戰艦」。

烈特那三個手下向我們愈逼愈近，而穿戴著虎爪在手的諾生，則準備隨時向攻擊我們的白衣人還擊。

我不知道諾生究竟有什麼遭遇令他彷彿脫胎換骨、擁有秒殺那些屍化人的能力，但憑著感應，我知道眼前散發著凌厲殺氣的三個白衣人，任何一個都是諾生惹不起的。

我們不斷後退，一直後退……退至巨奴叔叔屍首所在的窄巷內。我放開文頤的手，改而一手緊拿著豎琴，一手放在琴弦上，準備待會奏出我唯一懂得的一首攻擊樂曲「柏修斯之舞」。

記得琴祭司說過，只要我肯學，任何樂曲我都可以手到擒來。但可惜我太任性，只選擇自己有興趣的樂曲學習，不似美羅，總是用心地把所有琴祭司教授的樂曲一一學會，包括攻擊類樂曲。

而我，因為對這些樂曲一點興趣也沒有，只勉強學得一首低階的「柏修斯之舞」，而這首曲子充其量也只能令敵人產生幻聽，說足以自保都是自欺欺人而已。

但又能如何？除了後悔，就只能盡力了。

原本，我還以為就此結束，誰知，當那個大鬍子烈特咬著雪茄，面容帶笑地向我們走近時，天空突然變得漆黑一片，然後，狂風暴雨接踵而來。

我感受得到，一股更凌厲的殺意由遠方急湧至東京灣這裡，而那殺意的主人，身上更帶有無可匹敵的絕望氣息。

我幾乎可以確定，來者就是阿爾瑪嬸嬸。

我記得，當時我還脫口大叫她的名字，而原本胸有成竹的大鬍子烈特，臉色則驟然一變，隨即命令那三個白衣人向我們攻來。

「帶文頤走！」諾生開口第一句話，也是那天的最後一句。

一切都變得太遲，我想，就算巨奴叔叔還活著，當日的戰局結果也仍會一模一樣……一敗塗地。

因為強弱實在太懸殊，那三個白衣人身影一動，其中一個便落在我的面前。我不是沒有反抗，而是當我翻動五指奏出「柏修斯之舞」，把攻擊音律轟向那白衣人時，他竟憑空消失了！

他瞬間避開我的攻擊，再落在我身後的文頤面前。我心感不妙，但當我轉身時，已看見文頤被他擊暈，更被他一手挾在腰間。

我想呼喚諾生，無奈諾生已失陷在那兩個白衣人的手裡，他手上以精鋼鑄造的虎爪，已被較魁梧的白衣人抓成一堆廢鐵。但諾生也不是沒有反抗，至少，在那個較魁梧的白衣人身上，他成功留下一道怵目驚心、深可見骨的虎爪傷痕。

阿爾瑪嬸嬸那股絕望氣息已經愈來愈接近，烈特也再不敢怠慢，立即吩咐那些白衣人把我們押上「雅典娜號黃金戰艦」，而他自己也二話不說便登上戰艦，準備回到指揮塔上。

我被帶到艦內囚禁前，離開甲板時最後一眼看到的，是一隻令人懼怕而又憤怒的兇獸，覆蓋了已被絕望氣息籠罩的天空，而那兇獸的主人不是別人，正是阿爾瑪嬸嬸。

她終於來了。

「阿爾瑪……」一隻碩大無朋的手掩著我的嘴，把我帶到陰森的囚禁室之內。

我無法看到阿爾瑪嬸嬸對付他們的英姿，更無法知曉他們派出去對付嬸嬸的人有多少，但我深信，阿爾瑪嬸嬸是不會輸的！她是我們族人最崇高的七護法之首，我曾見過她祭起手上黑色六芒星所發出的威能，足以媲美一次小型地震的破壞力。

更厲害的是，傑克叔叔說過，阿爾瑪嬸嬸擁有強大的幻術，可以同時令一支五百人的軍隊產生幻覺，所以她不會輸的……

她不會像巨奴叔叔那樣捨我而去……不會的！不會的……

陸上的戰果我無從得知，但我當時唯一可以確定的是，阿爾瑪嬸嬸最終仍然是救不了我們。因為「雅典娜號黃金戰艦」已經毫無阻礙地駛出太平洋，離開飽受地震海嘯摧毀的日本國土。

但一切還沒有結束，我相信那大鬍子烈特作夢也沒想到，在太平洋公海上，他會遭遇一生最大的威脅。

我還記得，那是一個橫渡太平洋的夜晚，當晚海上颳著七級颶風，湧起的海浪足有十五呎高。

「雅典娜號黃金戰艦」突入暴風內，囚牢室裡的桌椅都被風浪拋得左歪右斜，連站立都顯得步履不穩。

在風暴的衝擊下，任戰艦如何堅固，難免都有意外的破損，所以，就連原本看守囚牢的祕警，都被召喚到機房去支援了。

一時間，囚牢室內外顯得格外死寂，置身其中，我也感到有點不寒而慄。

那刻，我只好抱著膝，瑟縮一角，靜待風暴過去。

「滴答……滴答……」時間一分一秒地過去，一切都彷彿相安無事。

誰知，此時囚牢室外出現一陣騷動，演變到後來，就算隔著厚厚的牆，我也感受得到外面正發生擊烈的戰鬥，甚至……我聞到一陣似曾相識的氣味。

那腐爛味，是那些令人心生懼怕的屍化人！是殺害巨奴叔叔的屍化人！

「砰！」囚牢室的大門被人轟開，一陣作嘔的氣味從外湧入，然後，突入眼簾的，不是那些白衣祕警，而是一隻全身浴血的屍化人。

我心想，難道自己真的要命喪於此了？同時間，我想到諾生和文頤，不知他們現在是否跟我一樣身陷險境？

「嗄嗄……嗄……」那流著泛黃口水的屍化人向我走近。

然後，他站在我那牢房前，伸手抓著那些粗大的鋼柱，然後用力向兩邊拉；不出十數秒，他就把鋼柱拗得彎曲，形成一個「出口」。

但奇怪的是，他並沒有進一步行動，只恭恭敬敬地站在「出口」旁邊，垂下頭一動也不動。

在我滿心疑竇又揮之不去恐懼時，一個男子身影快步進入囚室內。他的臉色蒼白，更顯得嘴唇格外紅潤；他穿著一身祕警處白衣人的裝束，但明顯地，衣不稱身。

他沒有那些白衣人那麼魁梧，但瘦削的身形絲毫沒有減低他渾身散發的威嚴殺氣。我第一眼看見便就有種親切的感覺，他有點像傑克叔叔……

「莎婭。」一道溫柔的聲音響起。

「你是？」我放下戒心，走向屍化人製造的「出口」前，抬頭問。

那男子脫下臉上的白色面罩，露出一雙令人陶醉的紳士眼眸。望著他，我開心的淚水如斷線珍珠傾灑而下，二話不說便撲向他懷中，叫道：「亨利叔叔！」

我哭了，壓抑已久的情緒一下爆發開來。

我還記得，當時亨利叔叔柔聲地安慰我，說很快會帶我回到原來的世界，之後便牽著我離開囚牢室，直奔至甲板上。

途經走廊，我見到的盡是血跡斑斑、怵目驚心的情景，有屍化人的殘肢，也有一般士兵的屍體。

當我隨亨利叔叔走到船艦甲板之際，我看見一個人站在中央。是烈特，他四周圍著一班白衣人，但看情況，那班白衣人不像在保護他，反過來似乎是挾持著他。

亨利叔叔示意我跟在他身後，挺起腰板回復一貫傲氣，然後向著烈特說：「意想不到吧？」

但我覺得有點不安……

因為在烈特的臉上，一點也沒有恐懼的表情，反之……是輕鬆得令人感到詭異。

亨利叔叔似乎也察覺到不對勁，就在瞬間，雙方形勢逆轉，原本似乎挾持著烈特的白衣人，竟反過來摩拳擦掌向著叔叔靠攏過來。

當時，叔叔突然抱著頭半跪在地上，令人不解地痛苦喊著：「痛……頭好痛……為什麼……他們已全部被我注入屍化病毒成為屍化人，怎麼會……不可能……他們怎麼會突然回復正常？屍化痛毒不可能有解藥的……不可能……」

烈特得意地笑道：「若我說，他們由始至終都沒有中毒，這樣你是否會明白一點？哈哈……」

原來，一切都是圈套，更是計中有計。

亨利叔叔的計劃，一早便被烈特悉破，連他殺掉白衣祕警、喬裝潛伏艦上，然後向艦上的祕警放毒，這一切看似完美無暇的布局，實則都是烈特精心策劃的計中計殺著。

叔叔的所思所想，從他上船那刻開始，由始至終都被祕警派出的精神專家牢牢控制和監控著；對方賴以致勝的，是艦上一組精密的高科技精神控制儀器。

但詳情是如何？我不清楚。但這已夠折磨亨利叔叔，一直自視甚高的他，據說從沒如此徹底地被計算過。

之後的結局，不用我說，面對超過二十名白衣祕警，叔叔縱使釋出他最大的鬼手異能，都只有被弄得傷痕累累的份，最後束手就擒。

而烈特更在我面前，在亨利叔叔脖子大動脈上，打入一管深藍色的液體，然後叔叔便一直沉睡下去，直至「雅典娜號黃金戰艦」越過所有風浪、回到倫敦，我再也沒有見到亨利叔叔一眼。

至於諾生、文頤，我猜想他們也跟我一樣，被獨立囚禁著。生死未卜。

希望他們不用像我一樣，日以繼夜要遭受酷刑逼供。

最終，被浸在這玻璃箱內，快要被活活淹死……上演一幕被凌虐的慘劇。

「咕嚕咕嚕……」

失去意識前，朦朧中，我看見玻璃箱外一個女子走近，她站在那男子身旁，而那男子仍舊目不轉睛色迷迷地望著我。

她說道：「一切都辦妥了。」

男子滿不在乎地說：「是嗎？妳看，她的身體多純潔多美，就這樣死掉，可惜了點。」

「是的。」

「這樣吧，我把她交給你，替我好好洗去她一身記憶，我要的，是她的胴體。」

那男子轉身離開，走不了五步，向著那女子拋下一句：「這顆心，應該是最好的祭品。」

什麼？我竟然是他們的活祭品！

究竟，我是為什麼而生？

「咕嚕……」

終於，我失去僅有的意識。

沒想到，不久之後迎來的，是更悲慘的末日結局。

第六章
終結者

六十二・失憶〔亨利〕／〔穆爾斯〕

1

「每個人都有自己的身世，有屬於自己的故事，無論過去是活得艱苦還是輕鬆愉快，有過去、有回憶的人原是幸福的。」

這句話，印象中是一位老者跟我說過的，但可惜，到今天我壓根想不起他的樣貌、他的聲音、他的氣味，甚至他跟我的關係。

我曾經也有懷疑，他究竟有沒有真正存在過，又或者在我眼前真的出現過。但無法否認的是，在我的記憶裡，他的確留下很多讓我有跡可尋的說話痕跡。

我記得，他還說過……

「只有那些無根的人，或是失去記憶、被掠奪記憶，甚至被強迫洗刷記憶的人，他們才是天下間最悲慘的人物。」

而偏偏……很可惜，我竟然被他不幸言中，我就是這種世上最悲慘的人物。

諷刺……的確很諷刺吧。

生命本來就在極端的諷刺中飄搖成長，一個連自己的記憶都不能掌控的人，竟然擁有可以自由進入任何人的大腦，去攝取記憶、窺探記憶、抄錄記憶，甚至改寫記憶、刪除記憶的特殊能力。

你說，如果這世界真的有那他媽的造物主，祂是不是有心在玩弄我、羞辱我，要讓我痛苦，讓我愧疚……

我不明白，自己為什麼擁有這種有別於家族遺傳的特殊能力，我多渴望自己擁有的能力不是這樣。

年輕時，我曾為此冒險進入人類世界中，位於倫敦的大英博物館神祕學說實驗室裡查證。在扳倒幾個持有重裝武器的特警，忍受肩上被散彈槍子彈洞穿帶來的極度痛楚後，我在血泊中翻找與我有關的家族歷史紀錄，發現他們統統都沒有我這種奇怪的異能。

我的家族有的是自我痊癒能力，或可以操控兇殘的狼群、嗜血的蝙蝠、令人噁心的昆蟲能力，再高等級一點的，據說連氣候都可以操控，但就沒有紀錄記載族人擁有凌駕別人記憶的能力。

換言之，我竟然是唯一。

是獨一，更是無二。

本來應該值得高興，但可惜我說過，最諷刺的是，擁有這種能力的，竟然本身是個沒有記憶的人。

我一直無法感受到「有記憶」是怎樣的一回事，所以我漸漸從羨慕，慢慢變成嫉妒。

嫉妒可以擁有記憶……有過去的人。

也因為這樣，從我意識到自己擁有這種特殊能力開始，就肆意窺探別人腦袋內的所有，慢慢地，我愛上篡改記憶，甚至完全刪除別人的記憶。

看著他們突然變得一臉茫然、跟我同樣痛苦，我就感到多一絲快感。

而漸漸我意識到，把敵人殺死並不是最高明的手段，凌虐對手都只是剎那得到的快慰。

只有在目標人物記憶加插一個片段，甚至簡單加上一句說話，然後躲在黑暗裡看著他們的人生偏離原來的軌跡、逐漸扭曲，犯下無法彌補的過錯，承受極端的內疚自責，最後不是自毀就是發瘋，這才是最高的虐殺境界。

那快感是無可比擬的。

相較於從敵人身上注入我這鬼手上的病毒，那痛楚根本太短暫。我更享受剝奪敵人人生的樂趣，嘿嘿！

只要更多人得到與我相同的痛苦，我才感覺到真實的存在感，也不再覺得自己特別悲慘。

我，爵士亨利，是吞食記憶的魔鬼。

但我跟先祖輩不同的是，雖然我跟他們一樣都喜歡漆黑的夜晚，但我並不是因為討厭陽光，而是只有在夜裡，我才可以待在這副黑色發亮的棺材裡作那個夢……

一個每晚重覆又重覆出現的詭夢。

只有在夢裡，我才會感覺到痛……是自從心臟停頓、肌肉僵化後，已經很久沒有過的心痛感覺。

也只有那一刻，我才擁有稍稍接近人類的情感，令我想起，自己曾經也是一個不折不扣的人類。

「軋……」囚禁倉的大門緩緩打開。

他們又來了，還帶著兩個不懷好意的新客人。

但這並不足以恫嚇我，你看，氣窗外那血滴般的彎月正高高掛在天上，告訴我，是時候去感受每晚一次的撕心裂肺痛楚。

但不要誤會，那些人類仍然沒有這樣的本事令我感覺到疼痛，我說的痛是源於夢境。

縱使我正失陷在敵人手中，無時無刻受盡皮肉上的折磨，但那又如何？哼，我還是要去作夢……是每晚都要去作的夢。

等我。

我就來找「你」了，穆爾斯叔叔。

然後，雙眼眼皮自然地闔上，落入遠古之夢。

2

十九世紀末，英國，倫敦，某郊區。

在一個嚴寒的夜裡，一棟簡陋石屋孤獨地屹立於湖邊，它是當地唯一的旅館。

一點微弱的燭光偷偷在不起眼的柴房氣窗前隨風搖晃，屋外怒吼中的風雪掩蓋了屋內一個狀似野獸的男人那微弱的痛苦低吟聲，他忘記自己渾身浴血，只小心翼翼地在破爛的皮革裡取出一張染血的對摺汗巾，而裡頭正收藏著主人叮囑他要小心保管的遺物。

在房內，那受傷野獸粗獷的叫聲逐漸隱沒，隨之而來的是人類痛苦的呻吟聲。

「吼……吼吼吼……啊……啊啊……」

身上原來染血的粗長毛髮漸漸褪去，部分傷口上的血也慢慢凝結痊癒，唯獨那些沾上純銀的傷口，該死……它不止沒有癒合，更開始急速潰爛開來。

但管不了這麼多，我要趁他們還未追來，一定要把這個祕密告訴少主，就算他此刻不明白，將來一定會了解發生的是什麼事……

我翻開汗巾內那張微黃的紙，開始輕聲讀出當中以秀麗書法寫下的最後內容：

……

我知道這不是容易的決定，但現實是一切都失控了，這已經不是我……不！應該說，這已不是整個德古拉家族可以掌控的情況。

我們不得不放棄先祖們辛苦建立的百年基業，只因這次的敵人太強大，太有部署，太有與敵俱亡的決心。

穆爾斯，我知道你是最好的忠僕，此刻你本應可以為了生存而一走了之，沒必要留在這裡陪葬。但我知道你不會，你一定會遵守我們契約的最後約定，把孩子帶到最安全的地方，然後讓我們的家族再次獲得繁衍，繼續替那個人守護那個祕密。

之後，你便會自由了，身上綁著一百年的詛咒束縛，都會一筆勾銷、煙消雲散。

但當然，你可以選擇留下我的幼子，或者把幼子交給強大的敵人，代表著來自東歐羅馬尼亞的吸血鬼一族，將在倫敦這片土地上毀家滅族、徹底消失。

隨之而來的是，詛咒會在你的家族裡如影隨形，你的子孫生生世世都只能活在黑暗中，受盡世人鄙視，過著如畜牲般的茹毛飲血生活。

一切的一切，你都可以選擇。我一向討厭脅迫別人，哪怕你是我的僕人，還是我的敵人，穆爾斯。

我承認，德古拉家族是敗在我的手裡，我不應該漠視族人的忠告，甚至你也曾向我示警，說人類愈向你示好就愈不安好心，因為人類太狡猾。是我太單純，還以為只要向人類伸出友誼之手，我們一族就可以跟人類和平共處。

直至我見到一大班獵人的出現，還有森林閃爍著一次又一次的可怕銀光，我知道被出賣了。而出賣我的，就是我的枕邊人，即是城堡的女主人，你身旁幼子的母親，戴美娜夫人。

一切都是個局，更是人類設下的十年殺局。這場吸血鬼跟人類的婚姻，騙過了我的理智，使我賠上整族人的性命。

但我沒有後悔，因為我還有這個幼子，這個集合了人類和吸血鬼優越基因誕生出的後裔。

只要他能夠生存下去，一切都變得不一樣。他擁有我族前所未見的異能，是足以統治人心的異能，但一切，都需要他能存活下來。

否則，一切只是空談。

穆爾斯，除了保存我的幼子周全，你要謹記，你還有一個很重要的任務。

當一切狀況都比想像中壞，連你都無法保護他之時，你就要打開我給你那個盒子，按照裡頭的指示去做。但在此前，未到最後非不得以，我都不希望這盒子裡的東西被啟用。

好好保重，請代我跟我的幼子說：「亨利，我愛你，我愛德古拉家族，更深愛出賣我的妻子，你的媽媽戴美娜。」

德古拉伯爵七世　絕筆

「嗄……少主，有用心記著剛才我所讀的每一個字嗎？」

坐在我身前的小孩，他輕吮著那血肉模糊的「食物」，似是而非地點點頭。我知道他有記住，所以，這遺物也不需要再保留。

「啪嘞……啪嘞……」隨著一縷輕煙升起，德古拉伯爵七世的遺書瞬間化為灰燼。

「少主，若不是已到了這個境地，我也不希望把你父親唯一給你的遺物燒毀，嗄……咳咳……」我忍不住，咳出困在喉頭那一口濃血。

「但若被他們取得這遺書、知道你的身世後，就一切都完了，而所有人的犧牲都白費。」

我用手按著腰間那血肉模糊的恐怖傷口，沒想到解除獸化武裝後，那原本被銀槍刺得已潰爛如拳頭般大的傷口，竟似有生命般急速擴大。經過剛才的一輪惡戰，已差點耗盡力量的我，連帶自我痊癒能力都一併下降，否則這點槍傷原本根本不能對我構成任何威脅。

「少主，要喝就得快點了，這『人奶』可是我拚了命替你拿回來的，咳咳……你要知道，這裡已不是城堡，再沒有人會在你左右侍候。」我用力地掩著不斷流血的傷口，望著氣窗外的月亮，喃喃地道：「媽的……看來我這臭皮囊撐不了多久，唉……可憐這孩子，三歲仍像個娃娃般喊著要喝奶，除了奶，吃什麼就吐什麼，真難為你爺爺我要在這麼混亂的時勢，替你去找新鮮的人奶。」

話雖這樣說，望著眼前那個蹲在地上的小孩，不斷用手指挖著那團血肉模糊的乳房，我還是不由得對他由憐生愛。雖然他此刻滿面都是混和著鮮血的奶汁，但這是他的天性，他嗜血，是不能改變的血統，並無減他的可愛。

尤其他那對碧藍色的大眼、高挺的鼻梁、尖削的臉龐、白皙的膚色和滑順的皮膚，令我想起他優雅而帶傲氣的父親，以及美麗得令任何人都心動的母親。

他更有別於他的哥哥、姊姊，至少身上並沒有殘留那種令人厭惡的屍臭味，更沒有露出那對令人遍體生寒的森冷獠牙。

他擁有的，是這時代難得的天真純品。

可惜，這一切都不知還能維持多久。

「咳咳……咳咳……」我把一口墨綠色的濃血吐在地上，地上隱然爆出一些侵蝕泥土的「滋滋」聲。

「穆爾斯，你沒事嗎？」一直沉默寡言的少爺竟會關心起我這個老僕人。

我抹一抹嘴角，道：「沒事。」

「你那裡不斷流血啊！」他指著我腰間的傷口。

「別管那麼多，喝完奶後我們還得換個地方才安全。」我透過柴房那窄小的窗，盯著外面的情況，沒有一刻放鬆，也絲毫不敢再掉以輕心。

我承認，作為狼族之首的我，自從敗於主人德古拉伯爵七世那雙獠牙巨爪，歸化於德古拉家族成為終身僕人後，得以被賜予更高強的變身能力。終日化身為人類生活的這數十年間，我已差點忘卻本身的獸性本能，更嗅不出四周的危機。是老了嗎？還是過於享受人類的身分而真的退化？

不管如何，我剛才差點有負主人所託，在那酒吧內失掉性命，落入圈套內被趕來的一眾獵人團團圍困。

「老爺子，很陌生啊，是從外地來的嗎？怎麼色迷迷地望著人家一雙胸部啊？」當時那穿著低胸裝、露出一對豪乳的妖艷酒保，一邊搖著調酒器，一邊隨音樂節拍擺動著她的上肢。

我知道在場的男人無不被她吸引著，但除了我，這已對性沒多少興趣的老頭例外。我會望著她，是因我發現，眼前的一雙好「東西」，可能是少主需要的……「食糧」。

「一杯威士忌。」我坐在吧檯前，眼睛不時偷望四周警戒著，然後續問酒保：「哪裡有在賣離開倫敦的貨船船票？」

「哦？你要離開倫敦嗎？去哪裡？想帶我一起去嗎，嘻……」那酒保俯著身子，將那雙豪乳擱在酒檯上，伸出舌頭作狀在遞給我的那杯威士忌上留記號，雙眼不斷打量著我，等待我的答覆。

我記得，當時酒吧內突然有十多對不懷好意的眼睛在場內向我射來。我不知道他們是出於嫉妒，又或是什麼原因，至少感覺不到他們是跟蹤過來的敵人，因為他們沒有那種氣味……一種經常穿越墓穴而沾上的霉爛、腐臭氣味。

所以，他們對我不能構成威脅，至少我認為那時還算安全。

我一手接過威士忌，正眼也沒有再看那對我拋媚眼的酒保，便放下酒錢道：「失陪。」然後轉身離開吧檯。

那時，身後傳來一道嬌滴滴的女聲：「你不是要買離開倫敦的船票嗎？」

我轉身一望，發現身後根本就沒有人。

「難道是幻聽？」我喃喃說著，心裡奇怪一怯，立時提高警覺。

「你不是幻聽，只是看錯另一個方向罷了。」那道我發誓永遠不會忘記的嬌嫩聲音，彷彿穿越在場嘈雜而喧鬧的人聲，直接穿透入我的耳中。

我循聲音的方向再望，不禁愣住了。那裡除了有部破爛不堪的點唱機，以及兩個爛醉如泥躺在地上不省人事的白髮醉酒工人，根本就沒有其他人。

「究竟是誰在裝神弄鬼？」我心裡暗罵。

我實在沒時間在此糾纏下去，除了船票，我還要為少主找來食物。更何況，在外逗留多一刻，被我藏在旅館柴房的少主就多一份危險，加上，我開始覺得這裡有點邪門……有一對眼睛正死命盯著我。是不懷好意的眼神。

但憑我的能力，竟然找不到對方的身影……

突然，我感到背後一陣酥癢，立時轉身一望。一個約莫五歲、梳著一頭服貼金髮的小女孩站在我的身後，用木枝在搔弄著我。

她沒有說話，只向我露出帶著陰詭的微笑，然後指示我向另一個方向走。我憑直覺肯定她不是剛才聲音的主人，應該也沒有能力加害於我，於是出於狼的好奇天性，我跟著她走到酒吧盡頭，穿過布簾後那道狀似石牆，實為暗道的入口。

裡頭是只有一人寬度的簡陋隧道，兩旁只有每十呎才一盞的昏黃小燈。

隧道內濕度極高，雖然視野不太清楚，但我總感覺到鞋底傳來一陣陣濕漉的觸感，加上牆身隱約透出的陣陣寒氣，我猜想自己身處的地道正向地底伸延，要不，就像主人德古拉伯爵七世所興建的城堡一樣，擁有一條可穿越城河的水底隧道。

只有在地底或身處河流之下，才會這麼冷還有充斥濕氣。

「究竟誰會住在這種鬼地方？」我一邊緊貼著那小女孩，一邊喃喃地說。

「到了。」

女孩擋在我的身前，在隧道盡頭的石牆裡不知弄些什麼，數秒不到，石牆便「轟隆轟隆」地動起來，露出一個成年人需要彎身才能穿越的洞口。

像我這種比常人高大的人，要穿越這洞口比較困難，若在往昔，我早已用蠻力把洞口擴大了。

好不容易進入那個山洞後，發現映入眼簾的不再是濕漉漉的石壁，而是充滿田園色彩的少女房間，而站在我面前的，是位擁有金髮、體型豐腴、樣子雍容華貴，膚色白皙得發亮的少婦。

望著她，我竟有種不知所惜的感覺，與其說是被她的容貌吸引，不如說被那似曾相識的粉紅色瞳孔弄得很疑惑。「抱歉，妳是……」

「不用說，我什麼都知道。」那少婦的聲音雖然不像剛才我聽到的那樣嬌滴滴，但從語氣、語調看來，她必定是那聲音的主人。話說回來，從她帶點冷漠的語氣看來，我覺得她似乎極不願意見到我在此出現。

但若是這樣，她又為什麼要命人帶我到這裡……

「這是你要的。」少婦把兩張船票丟在桌上，然後續道：「快離開這裡，不要給我帶來任何麻煩。」

我把那兩張船票放在大衣口袋裡，忍不住問：「妳跟德古拉家族有什麼關係嗎？」

那少婦聞言彷彿全身觸了電，睜大雙眼吼道：「我跟他們一點關係都沒有，你別到外頭亂說什麼！我幫你，只是可憐那個孩子，誰會跟吸血鬼一族有什麼關係，我是人類，不是那些怪物……我並不是害怕外頭那些獵人，我永遠也不會跟德古拉家族有任何關係……永遠不會……不會！我不會跟那班可惡的人有什麼關係……」

她激動之下，原本白皙的肌膚迅速浮現一道又一道縱橫交錯的血管網紋；看著她聲嘶力竭的猙獰模樣，我著實嚇了一跳，而原來站在我身後引領我到此的小女孩，則早已瑟縮在衣櫃後，連大氣也不敢喘一口。

突然，石洞內揚起一陣響亮的鈴聲，而眼前的少婦一聽見鈴聲，竟臉色瞬間變得鐵青……不止如此，她更緊張地把拳頭握得啪啪作響，而躲在衣櫃後的女孩則怕得突然發抖起來。

「究竟發生什麼事？」我問那少婦。

「走！快走……從那邊的地道離開！」她迅速抱起躲在衣櫃後的女孩，然後打開眼前的衣櫃木門，一手撥開裡頭的衣飾，出現另一條更窄的隧道。

她二話不說便跳進裡頭，而我雖不知就裡，但瞧她剛才的表情，應該是有更危險的東西衝著我們而來。

「莫非是那班獵人？」一念至此心裡一驚，我連忙跟隨少婦跳進隧道內。

「噠噠……噠噠……噠噠……噠噠……」

走在這隧道裡，沒有小燈，也沒有火光，裡頭盡是漆黑一片。我憑野獸的獨有觸覺在裡頭辨路，而一邊走，我愈感不安……愈來愈不安……令我原本一直刻意掩飾的本能逐漸破殼而出……

是危機，令我需要變回一頭狼。

一頭擁有敏銳反應、全身皮堅肉厚的人狼，更迅速長有十指又尖又長又彎，足以刺穿銅板利刃的指甲。

「咕咕……」我嗅到前方盡是一陣濃烈的血腥味，便急速往前奔跑。

但我一點也不感到興奮，因為這血的味道，並不屬於人類。

那是我最熟悉的……吸血鬼氣味。

我沒有退路，與其叫我走回頭路、返回那地底石洞，我更寧願到外頭避免一場困獸鬥。

「呼呼……呼呼……」見到了，是那點光，那裡應該是出口了。

我愈跑愈快，拚盡全力地去跑，同時發現，無論我跑得多快，也追不到走在前頭的少婦，就憑這點，我雖疑惑，但更確定她不是人類。

她是另一頭活躍於夜裡的惡魔。

「噠噠……噠噠……」

血腥味充斥整條隧道。

「咦……那是什麼？在洞口那黑影……」在逆光下，我看見洞口橫躺著一個人，瞧那身形……

「噠噠……」

到達洞口。

「吼——」

是剛才帶我進入山洞的女孩？

而她再也不會感到恐懼，因為女孩早已身首異處。

我看得見，她那十隻小指還在微微抖動著，是神經反應，代表她剛被殺死不久……但她的頭顱在哪裡？等等……這是……

「吼！」手指傳來一陣火灼的痛楚，在暗淡的月色下，我看見自己被燒得血肉模糊的右手五指上，竟泛著閃亮亮的東西。

「是銀？」我心裡暗叫不妙。

獵人！

我沿著牆身再看，發現剛才觸碰到的地方竟是一個大坑，而坑上布滿不少凹凸不平的小孔，裡頭破損的石牆正泛著零星的銀光。

真的是銀……

不會錯，除了那班吸血鬼獵人，誰會把武器塗抹上一層昂貴的銀，一定是那班獵人追來了。

我蹲下身子，檢查那女孩的屍首。那女孩的頭顱並不是被斬甩得不知飛到何處，而是被人轟得稀巴爛；在她屍身附近，盡是一些已發臭的腦漿，還有僅餘未被破壞的一隻眼睛和滿地碎牙。

兇器一定是流星錘，更可能是滿布狼牙尖刃的流星錘。

那班沒人性的獵人，竟連弱小的女孩也不放過！枉他們自命什麼替天行動的神聖獵人！

沒推論錯的話，那班獵人一定是早潛伏在洞口附近，待她們從山洞走出來時便痛下殺手。那女孩就是在迅雷不及掩耳下，被人用流星錘橫掃時轟破頭顱落得慘死，而洞內流星錘轟陷牆身上的痕跡，就是那時留下的。

「吼——」我忍不住高聲狼嚎。

該死！那少婦呢？

我左顧右盼，想尋找她的身影，但洞口前只剩下一處茂密的森林，眼前聳高的杉樹更把天空都遮擋住。在黑壓壓一片的森林入口處，最離奇的是四周竟沒有任何打鬥的痕跡，濃烈的血腥味也僅止於此。

不尋常……四周安靜得有點可怕……

彷彿是大戰將近，連空氣都不禁凝住。我的獸性本能告訴我，附近充斥著濃烈的貪婪氣味，敵人靜待狩獵的機會，而我就是被狩獵者看中的獵物。

突然……

「轟——」

「嘩啦！嘩啦！嘩啦……」

一下震耳欲聾的巨響在左邊傳出，那撲面而來的狂風，連我也差點站立不穩跌倒地上；迎面吹至的斷木和碎石，弄得我一時間睜不開眼，我感覺到一股龐大的壓力從那方向湧至，還有一股……殺意！

我奮力在狂風下睜開眼睛，簡直不敢相信眼前所見。雖然不是第一次目睹，但沒想到會在此見到這麼大的一隻蝙蝠，一隻比成年馬匹還大的蝙蝠，竟出現在我眼前！

不止如此……牠竟擁有人的頭顱！

牠就是那少婦……那蝙蝠的面孔分明就是那少婦的模樣，這情況我見過一次，是那晚……德古拉城堡被屠殺的一晚……主人他奮身化成一隻人頭蝙蝠身的巨大吸血鬼，擋在我和少主面前，任由那些吸血鬼獵人用手上的銀槍、銀劍等武器往他的身體刺去，浴血護著我們逃離。

我記得，在最危急關頭，主人還幻化成一陣駭人的巨大龍捲風來個玉石俱焚，將城堡內所有獵人統統捲走殺掉，而他最後也油盡燈枯，化為灰塵。

他曾經跟我說過，這是吸血鬼的最後殺著，非必要時他不會使出，而能夠使出的，就只有吸血鬼一族擁有純正血統的皇族後代。

我思慮至此，莫非眼前這位少婦真的如我所料……她就是德古拉家族被逐出的愛慕嘉西，即主人的同父異母妹妹？

「砰！」在我沉思期間，一個黑壓壓的東西從我上方半空掉了下來，我慌忙閃身避開。

「吼——」是剛才那個風騷的女酒保，她不單渾身浴血，更只剩下血肉模糊的上肢，衣衫破爛的她還露出了一邊乳房。

我抬頭再望，發現少婦幻化的吸血鬼蝙蝠身上也傷痕累累。能夠在吸血鬼身上弄出這麼大的傷口，除了用銀製造的武器，就別無他法，而這也意味著，獵人已追至附近。

我不斷四處張望搜索著、警戒著。

突然，一道粗獷嗓音從林中傳出：「嘿嘿……老大，這隻大蟲真夠命大，竟然在我們三人合擊之力下都能逃過一劫，不過老二那支改裝過的小型『手裡炮』也真夠勁，一炮就將這隻大蟲轟出森林。」

我記得，那三個在森林內走出來的獵人，就是鼎鼎大名的「十字軍獵魔兵團」。他們頸上均掛上一個銀製的特別吊墜，樣式是一把劍橫插在一個倒十字架中間，傳聞是代表獵魔的意思。

而剛才說話的，就是剛步出森林，身上帶著一把比他本人還要高的十呎巨劍的年輕男人，而站在他身旁緩緩步出的，是個滿臉鬍子、一身西裝，拿著拐杖像個紳士的中年男人，應該就是他口中的老大。而站在他們旁邊、好整似暇地吹熄手上仍冒煙槍筒的那瘦削男子，瞧他一身迷彩裝扮，應該是軍旅出身，也是那人口中的老二吧。

我記得，他們三人也有參與德古拉古堡的殲滅戰，而負責守城的年輕吸血鬼洛克子爵就是死在他們三人手下，落得被挫骨揚灰的收場。

「咦，老大，看來我們今日另有收穫！」那個年輕男人用閃耀著銀光的巨劍指向我。

「吼——」我被他們盯得心頭發麻。

「是狼人，傳說吸血鬼身邊總會有狼人化身為僕人，原來是真的。」那個瘦削男子把槍插回腰間，再從背後抽出一把獵槍，但他的目標不是我，是在上空飛盪的愛慕嘉西。

「吼吼——」我記得，我那刻已準備垂死一戰。

「咳咳……玩夠了，別理那隻狼人，收拾上空那隻大蟲要緊。幹掉她，德古拉家族就在英國這土地上正式消失，咳咳……咳……對了，別忘了我們要得到她身上那個盒子。」語畢，那拿著拐杖的紳士轉身。此時，我隱約看見他身後原來還站著一個短髮男孩。

但我還來不及細看，眼前那兩個獵人已向著天上的巨大蝙蝠發動攻擊。

「嗞！嗞！嗞！嗞！嗞！嗞！嗞！嗞！嗞！」帶著銀光的子彈穿破空氣，向著天空上的愛慕嘉西攻擊。

一聲痛苦的長嘶。

然後，一陣血花漫灑下，在上空盤旋躲避的愛慕嘉西受傷了。

我顧不得這麼多，強忍著對獵人的恐懼，一躍而上，鼓盡全力向著已躍上半空、準備揮劍斬殺嘉西的青年撲去。

誰料……

「嚓——」

是個陷阱。

那人早預料我會上前求援，竟使出反手劍，我還來不及擋格，便感覺腰間一涼，那巨厥劍竟已沒入我的體內，而那些銀毒，瞬間在傷口擴散、燃燒，但我仍是死命地抓著劍身，而那人亦意識我的意圖，竟鼓盡力氣順著我的墜勢把我狠狠釘在地上。

「砰！」

我感覺頭暈轉向、渾身無力，沒想過我竟然連一招也接不上便敗下陣來。

是真的太老了嗎？我……我辱沒了狼族……

「咕嚕咕嚕……」鮮血不斷在喉頭湧出，身上的獸化毛皮也開始逐漸剝落。

是銀的效用，被注射了吸血鬼血液的我，雖得到永生，但也同時令銀成為生命裡的剋星，失去了狼族的尊嚴。

這是敗給德古拉吸血鬼的代價。

在傷重中，我看得見那年輕劍手向我走來，他舉臂一揮，把插在我身上的巨厥劍抽出，然後雙手緊握著劍柄，準備向我粗大的頸項斬來。

「颼——」

銀影一揮。

「撲通！」

「不！」

「噝！噝！噝！噝！噝！噝！噝！噝！噝！噝！噝！噝！噝！噝！」

是血，我被噴得一臉是血。

但我笑了，因為很久沒嚐到這麼甜美的人類鮮血……

然後，我看見一個巨大而漂亮的身影籠罩著我，更見到那個被拔出頭顱的年輕劍士搖搖晃晃的，終於癱軟在地。

「主……主人？」傷重間，我的意識竟開始錯亂，以為眼前替我解決敵人、擋去一身子彈的巨大蝙蝠，是我的主人德古拉伯爵七世。

其實是愛慕嘉西。

「拿著它，不要被他們奪去，這是關乎世界存滅的一句咒語，是德古拉家族千百萬年來守護的祕密……記著，除非那個頭插羽毛、身披蛇皮的男人來找你，否則，這盒子要一直由我們的子孫保存下去。」

愛慕嘉西把手上鑲有繽紛色彩寶石的盒子，塞入我身上的皮衣內，然後轉身，伸展著她那對巨型蝙蝠翼，向那兩個憤怒的獵人怒目相向。我記得，她在最後一刻，隱約喃喃地說：「哥，枉你聰明一世，要我帶著那個祕密嫁給凡人，以為這樣隱世埋名就可以成功。可惜……我們還是有負對祖先的承諾……哼……你這兩個獵人，我不單詛咒你的後代不得好死，更要你們兩個給我陪葬！」

之後的事，我就失去記憶了。

只隱約記得，在失去意識前，我看見愛慕嘉西化作一股龍捲風，同時更見到她背上被銀槍轟出怵目驚心的數個血洞。

之後，我感覺被一股巨大的風力吹得很遠……很遠……

醒來之時，我再也沒看到愛慕嘉西，也不見那兩個獵人。在毫無人跡的四周，除了我，就只剩下那個只剩上半截身軀的女酒保。

我走近她身邊，驚見她裸露出的一邊乳房那乳頭竟溢出乳汁，應該沒有錯，這個女酒保剛不久前生產過。太好了，我雖然替她的死難過，但她竟然成為少主的「救星」，少主經已很久沒有吃過東西了。

我用手上的鋒利指甲，割下她的乳房，然後捧著它一拐一拐地尋路回到旅館。幸好，那班獵人還未找到這裡，少主只是餓得失去力氣在馬槽裡睡著。

我把愛慕嘉西交予的盒子放在少主的衣袋裡，之後在傷疲之下昏沉睡去，直至少主醒來。

「喝飽了嗎？」我接過少主遞來那個皺成一團的乳房。

「嗯。」他仍舊是那麼深沉寡語。

「衣袋裡的盒子要好好保管，不要弄丟，知道嗎？」我撫著他的頭，不知怎地，心裡突然泛起一絲不安，就好像自己在交代遺言一樣。

「知道，你那裡還痛嗎？」

「不礙事……」我笑道。

「咦？」少主突然臉色一變，瑟縮在我身後，而我也開始覺得有點不對勁。

這氣息……怎麼如此詭怪？

四周充斥著一股令人絕望的氣息，令人作嘔……更有種想自我了斷的感覺……

難道是獵人？

不……吸血鬼獵人沒有這種能耐……

「轟——」身後的磚牆突然倒塌。

我立即轉身護著少主，但無奈傷重之下，無法變身成為狼人，只能以人類的軀體作戰。

「噠噠……」在灰塵下，一個身影踏進柴房內。

「你是……」

「哦？原來是個狼人，很好，身後的應該是吸血鬼。來……來我的身邊吧。」那披著黑色斗篷的男人，伸出他滿布皺紋的手。

而灰塵落下，我看見他手上提著一個「東西」，是顆還在滴著血的頭顱，那滿臉的鬍子……

「是那獵人？」我驚訝得不敢相信，眼前的老人竟把「十字獵魔團」的團長克布斯格殺了。

同時，我看見他身後跟著一個黑色短髮的小孩。

「那東西就在你身上，嘿嘿……」那男人指著我身後的少主，雖然看不到他的樣貌，但他那絕望的眼神恍似穿透過我的身軀，直達身後的少主。我感覺一股凜冽的寒意……是死亡的感覺。

突然，一陣瘋狂的絞痛由胸腔傳來。

「啊——」

怎麼回事？我……我的心臟好像快被人挖出來似的……

「喀嚓！」

不！不要……啊！我睜大雙眼，看著自己胸腔的肌肉被人撕開，兩旁肋骨被人強行扯斷，那恐怖的碎骨聲……我看見血花……看見那還在「怦怦怦」的心臟竟離我而去……

「少……主……」

我的焦點慢慢出現黑角，意識愈來愈模糊……

在嚥氣前的一刻，在殘餘的五感中，我聽到那披著黑色斗篷的男人問了一句：「你叫什麼名字？」

「亨利・德古拉八世。」

是少主，不……不要跟他走……

跟在那黑色斗篷身後的男孩說道：「我叫項月。」

是那獵人之子……

主人，我有負所託。

「劈啪——」

一切都是宿命。

六十三・回溯〔莎婭〕

1

「咕嚕咕嚕……嗄……」

我……我這算是死了嗎？

究竟發生什麼事？有沒有人可以告訴我，一切都是假的，假的……一定是可惡又可恨的睡魔偷偷潛入我的夢裡，在不同的陰影處，撒下恐怖的夢魘種子，教我不分晝夜地做著一個又一個可怕的惡夢。

那個夢實在太可怕，我那自幼養育我的琴祭司不再是平日慈愛和善的模樣，她出現我面前時，活像個嗜血的魔鬼，我看見她飄懸在滿布斷肢血手的血池上，不斷瘋狂地彈奏豎立在大神廣場、象徵聖女貞潔的血色豎琴，祭出一首又一首攻擊型的豎琴樂曲，將無形的音律化為有形而又割膚生痛的利刃，不斷攻擊著我。

她猙獰的笑聲響徹四周，我怕得哭出淚來。

我無處可逃，雙腳更不聽使喚牢牢釘在地上，彷似被綁在無形石柱上，任由那惡魔利牙般的音律把我的幼嫩肌膚割開。而我那傷口上流出的血，則一點一滴流向琴祭司腳下的血池。

那凌遲般的痛楚令我只能嘶叫嚎哭，到後來更把喉嚨都喊啞，眼淚也流乾，渾身浴血地精神幾近崩潰的狀態。

但我仍無法就此暈倒，我多渴望在極度瘋狂且十級痛楚下狠狠暈過去就算了，但無法……我不明白自己究竟被施了什麼魔法，竟要眼睜睜看著自己一塊又一塊的肌膚、皮肉被割開來……

一定是夢……

不可能是真的！

「啊——」我身上的血……我感覺得到它們的溫度，難度這不是夢境嗎？

諾生！你究竟在哪裡？亨利叔叔！救我！救救我好嗎？

嘻嘻嘻嘻嘻嘻嘻嘻……哈哈哈……嘻嘻嘻……哈哈……嘻……

你不要再笑了，我不要再受這樣的折磨，放過我可以嗎？阿爾瑪嬸嬸……妳究竟在哪裡……巨奴叔叔，帶莎婭走啊……叔叔……

「叔叔？不……不要啊！」我看見在琴祭司兩旁，竟出現失去頭顱的巨奴叔叔，還有滿臉是血的亨利叔叔。

「那……那個蹲在亨利叔叔身後的是誰？」我忍著額角流下的血掩住眼睛的痛楚，望著亨利叔叔身後的男人。那男人低著頭，神情頹靡地緩緩向著我這方向轉來。

他一身青綠色的西裝打扮，怎麼如此似曾熟悉？

「啊——」

那男人舉起手，但他竟已被人齊腕斬掉手掌……他想向我走來，但他的一雙腿也被人齊膝斬掉。他是……

「不！不會的！一向疼愛我的傑克叔叔這麼仁慈，不應該有這種遭遇的！」我不斷掙扎著。

我忍著渾身傷口傳來的劇痛，不斷擺動身軀希望掙脫束縛。我想走近傑克叔叔身邊查看他，但無法如願……遠望著失去往昔英氣的叔叔，我感到很心痛……

「你說什麼？莎婭聽不到啊！」

我嘗試集中精神力，與身上的無形力量抗衡之際，一度停止發出攻擊樂曲的琴祭司，竟突然面露兇光，在豎琴上五指翻飛，發出比剛才更凌厲的攻擊。

但目標並不是我……

「不……不要這樣！」

「劈啪！劈啪！劈啪！劈啪！劈啪！劈啪！劈啪！劈啪……」

不止傑克叔叔，還有亨利叔叔、巨奴叔叔，他們都在我面前瞬間被攻擊音波完全粉碎，化為玻璃般的粉末……

「嗚……不要……嗚嗚……不要啊……叔叔！」我忘記渾身的痛楚，大聲地哭嚎。突然，眼前光影交集，腦袋傳來一陣脹痛，噁心的感覺充斥心頭。我眼前一黑，便短暫失去知覺、昏死過去。

2

「莎婭，妳終於醒啦！妳睡了這麼久，我還以為妳要做一睡不起的睡美人呢！」

這聲音，怎麼這麼耳熟……我似乎有點印象，但感覺又不太真實。

我揉著還未適應四周光線的雙眼，問：「這裡是？」

「妳是不是睡得太多，人也變得痴傻了？這裡不就是妳的房間嗎？」面前那模糊的身影漸漸變得清晰，坐在我床邊的，是一頭深咖啡色鬈髮，臉圓圓、帶著兩個梨窩的少女。

她是……

「怎麼啦，連我也忘記了嗎？」那少女一臉不可置信的樣子，續道：「我是美羅啊！妳還記得自己是誰嗎？」

「我……」望著四周的布置、陳設，這裡的確是我的寢室，那放在窗旁的大豎琴，是我八歲那年傑克叔叔送給我的禮物。

莫非我真的回到原來的世界了？

難道我一直以來經歷的……都是一場夢？那麼諾生……還有在滑雪場遇上的女孩文頤……

「喂喂！還在發什麼愣？妳忘了今日是什麼日子嗎？」美羅站起來，替我挑選了一套純白色的絲絨衫裙放在床邊，再走到睡床後的衣櫃，不斷翻箱倒櫃地找什麼。

我嘗試記起所有事情，但腦裡空空如也，只記得眼前這少女，跟「美羅」這個名字的確應該是配成一對，所以我壯著膽子問：「美……美羅，妳在找什麼？」

美羅沒有回答我，只繼續不斷東找找、西找找，打開衣櫃、拉開抽屜後，又走到房門側的書櫃前，站在椅子上，甚至找到書櫃頂部去。

望著美羅背影，我感覺有點不對勁。從零零碎碎的記憶組件裡找，眼前的少女應該是美羅無誤，但她的動態、表情，卻又令我有說不出的奇怪感覺。

不止這樣……

甚至是眼前這寢室，當我意識愈來愈清醒之際，我發現，雖然四周的擺設、裝飾我都似曾相識，但總覺得有點詭異。

我左顧右盼四周，希望找出感覺奇怪的地方，但一時卻說不出個所以然。

「莎婭。」是美羅，她不知何時竟出現在我的身旁，更坐在床上抓著我雙手，臉色凝重地對著我說：「那東西收藏在哪裡？」

「什麼東西？」我被問得莫名其妙。

「妳知道的。」

美羅把我的手抓得很緊，更愈來愈大力，好像想把我的手碗扭斷似的。我痛極叫道：「妳弄痛我了！我不知道妳要找什麼東西，就算要我幫忙，也總得說出那東西是什麼吧！」

「妳不可能不知道的，只有妳，才知道那東西的所在……」美羅低下頭，語調變得深沉，狀似自言自語地道：「快幫我想一想，妳最重要的東西究竟被妳收藏在哪裡？而『它』，又究竟是怎樣的東西？」

她不是美羅，美羅不會這樣對我……

「只要把最重要的『它』交給我，最後的步驟就會完成，一切的一切便會大功告成！快！不要阻礙著我！」

「喀嘞！」

「啊！放手……放手啊！」我感覺手指骨快被掐碎，手腕同時傳來火灼般的痛楚。

更恐怖的是，在白衣下，竟隱約浮現一灘又一灘的血跡，而那痛楚，就隨著那些血跡一直由手碗，再蔓延全身，我忍不住痛得高聲嘶叫。

還不止，我感覺得到，臉上那刺痛，還有那濕稠的感覺……我感覺到臉上開始出現一個又一個糜爛的傷口，而鮮血正在那些傷口裡慢慢流出。

「啊啊……」

我歇斯底里地叫喊，更發瘋似地希望把手能從美羅裡抽離，但無論怎麼做，她都死命抓著我不放，還露出一抹陰沉的笑意。

不知是驚慌得神智開始錯亂，還是失血過多造成的錯覺，我開始發現寢室內所有東西都變得扭曲變形，甚至連美羅，她的樣子都扭曲得不似人形，但她仍保持著笑意，我仍舊甩不開她死命抓著我雙腕的手。

「哐——」床邊梳妝台上的相框被撞跌在地上。

我望向地上的相框，不由得一驚。照片中的人，不就是傑克叔叔和那年才五歲的我嗎？但……怎麼會這樣……頭好痛。

別的事我不太記得，但這照片我沒可能忘記的，因為這張我騎在傑克叔叔背上玩騎馬遊戲的照片，早已在前年聖壇遭遇大地震災變時，隨整個塌下的聖女宿舍被統統燒毀了，斷不可能在這裡出現，不可能的，除非……

「一切都是假象！妳不是美羅，這裡根本就不是我原來的家！」我大喊，道：「妳究竟是誰？為什麼要製造這些幻象來騙我？」

四周扭曲的空間突然凝住，拼湊成一張不能置信的詭異畫面，而眼前的美羅，則是五官逐漸剝落，最後成為一張沒有五官的恐怖面孔。

在劇痛和驚恐交纏下，我已虛弱地無力掙脫她，而她並沒有罷休，竟把沒有五官的恐怖面孔向我靠來，然後與我額貼額地貼近。我耳邊傳來她的笑聲：「既然妳那麼不識抬舉，軟的妳不接受，我就跟妳來個硬的，烈特那老頭喜歡的，不代表我也要喜歡。我只是依任務而行，嘻嘻……把妳逐次記憶消除實在太費時，一次過把腦裡所有記憶像電腦硬碟般『格式化』最方便，嘻……嘻嘻……那老頭也只是貪戀妳的身軀，妳變成痴呆還智商差了點應該也不礙事的。來吧！會稍微有點刺痛，過後妳便永遠不會再感覺到痛楚……」

她頓一頓，厲聲道：「因為到時妳已經是一具活死人了，嘻嘻……」

「不！」

「啊──」

我感覺到一股強大的能量由腦門湧入，它竄擾著我的自主神經，再強行突入我的記憶裡。我感覺腦袋脹大得快要爆裂，意識漸漸瓦解。模糊中，一幕又一幕的記憶片段在眼前隱約出現，再逐漸消褪，然後化成粉末再散落一地。

最後，竟隱約出現一個又一個熟悉的面孔。

是亨利叔叔……

「喃！」

美羅……

「喃！」

阿爾瑪嬸嬸、傑克叔叔！

「喃喃！」

迦南姨姨、小華叔叔、巨奴叔叔、琴祭司，還有一群跟我一起成長的聖女們……

「喃喃喃喃喃喃喃喃喃喃喃喃喃喃——」

文頤！

「喃！」

是諾生！停啊！

「不！不可以！啊——」

「砰！」一下狂烈的撞擊聲後，眼前重新變得漆黑一片。

不知過了多久，我被那寒徹入骨的感覺凍得開始恢復意識……但那遍體生寒的感覺……這裡是地獄嗎？我再次死掉了嗎？

「啊啊……嗄……」這道混和著鐵鏽、濃烈刺鼻的藥水味道，似曾相識。

我奮力睜開浮腫的雙眼，隱約看見遠處一個穿著白色長衫的人，倒在凌亂的碎裂石牆之下，而身後的牆壁遺下怵目驚心的裂紋。

但我渾身的痛楚加上頭痛欲裂的感覺，令我仍感到渾渾沌沌，意識開始再次變得模糊……

在我再次昏迷前，我感覺有人步近，然後用他那粗糙的手抓著我的頭髮，說了聲：「廢物！」便在我眼底消失。

他在罵我嗎？我不知道，而我，在傷疲之下終於失去知覺。

後來我才得悉，那個入侵我意識裡、扮作美羅的人，名字叫「查普曼」。

3

「文頤……文頤……醒醒啊！是我啊！我是莎婭啊……」

困在這不見天日的地牢很久很久，已經不知過了多少日與夜，當我再次突破幽暗，恢復意識，睜開雙眼，漸漸適應過四周陰暗的環境後，我第一眼見到的，就是曾經跟我在日本東京灣走過生死關頭的女孩——莊文頤。

她沒有遇害，更沒有受到嚴刑拷問，面容憔悴、神色頹靡的她只是仍失去意識，在地牢內那冷冰冰的地板上昏睡不醒，日以繼夜地夢囈，我聽得出她在做夢……做著一個接一個的惡夢，想逃，但逃不出、逃不掉。

我為什麼會知道？

若在以往，以我的能力，就算有豎琴在手，我也要在文頤清醒時加以配合，利用她本身的精神力量，才可以解開她腦海裡鎖著夢境的大門，讀取她的記憶。

但自從甦醒以後，我發覺自己擁有的讀取記憶能力竟大大增強。我不知該怎樣形容，感覺就像我能隨意縱橫穿梭別人的記憶空間，不用豎琴力量的輔助，更不需得到對方的同意。換言之，就算是文頤這種陷於昏迷狀態的人，我都可以進入他們的記憶裡，偷窺他們的所有。

這種力量很神奇，就像一把能開啟任何鎖頭的萬能鑰匙。

我原本也不知道自己擁有這種力量，就是一個巧合……我記得，剛醒來時，發現文頤已和我一起被囚在同個囚室內，她一直癱軟在囚室的角落，一動也不動。

起初，我還以為她已經死了，更怕得不敢接近她，只好瑟縮在另一角遠遠盯著她的「屍身」。

豈料，當我忍不住傷痛、迷迷糊糊睡著之際，我聽見文頤的「屍身」傳出細微的痛苦呻吟……不止如此……還夾雜著一個人名。

「諾……生……」

那刻我才知道，文頤還沒死！她只是昏迷不醒而已。

我抱著還有一線生機的念頭，拖著傷疲的身軀，忍著渾身傷口傳來的劇痛，爬到她身邊，然後在她耳邊不斷輕聲喚著：「文頤……我是莎婭啊！妳不要再睡，醒來啊！快醒過來……再這樣下去妳就會一睡不起了！」

我鼓起僅餘的力氣，用力地搖晃著文頤，最後還打了她幾個臉光，但她仍始終沒有醒過來。

一時間，我無計可施。

「諾生……不……不要……不要啊……」

陷入惡夢的文頤，臉色陣紅陣白，時而痛苦得面容扭曲，時而流出淚來。我望著她，心裡竟生起一陣苦澀的感覺……是因為諾生嗎？

是因為嫉妒文頤想起諾生，所以我感到苦澀嗎？

我不知道，更不敢細想。我告訴自己，在這危難之中，不應該再想些令我愧疚的事。

囚室的氣溫愈來愈低，低得鼻孔呼出來的空氣也冒出白煙。我緊緊抱著仍未甦醒的文頤，身體不斷發抖。這間囚室根本變相是另一處虐待囚犯的行刑之地，不止四周密不透風的牆壁以精鋼打造，甚至地板也是以同樣材質製成。

我穿著單簿的衣衫，雖然抱著文頤一起取暖，但仍是冷得全身發抖。在失溫的狀態下，我不知自己還可支撐多久，只有從後緊緊抱著文頤，就像兩人合為一體那樣。

而一切，就從這裡開始。

在迷迷糊糊的精神狀態下，我感覺到，有一股力量從身體上湧現，它慢慢包裹著我和文頤。在裡頭，我開始感覺不到寒冷，反之有種被保護的溫暖感。

我漸漸進入半睡半醒，而最詭異的是，我竟感覺到自己好像變成無實體的透明東西，慢慢融入文頤的身體內，穿越她的身軀，進佔她的靈魂，然後……

不自覺地到達她最隱祕的記憶深處。

在我的面前，是一扇門，一扇外表再簡單不過的木門。

我扭動門上的把手，然後──「咔！」門鎖開了。

我輕輕地推開這扇門，然後一束光突入我的眼簾，直射入我的視網膜上，我一時間痛苦得目不能視：「嗚──」

待十五秒、三十秒……

過後，我揉著痛楚剛過的雙眼，慢慢從模糊的影像中恢復過來。我發現，此時身處的地方已不是剛才冷得要命的囚房，而是一處被溫暖陽光曬照著的學校後花園。

在我前方不遠處，站著一男一女。

直覺告訴我要走近，所以我躡著腳步向他們走去，然後躲在一棵大榕樹下。我望見那男生，是一個個子不高、一臉稚氣又有幾份剛強的短髮男生，我敢肯定，我從未見過他。

而那長髮女生，則背靠著我，一時間我看不到她的臉，但看背影，好像似曾相識。

我雖然聽得不太清楚，但從那男生失落的神情，加上斷斷續續的對話，我猜得到，那女生在跟男生說，她有了別人。

我嘗試再走近一點，躲在離他們幾步遠的草叢內，而他們好像察覺不到我存在，只聽見那女生道：「你以後也會繼續對我好嗎？」

「什麼？」那男生一臉愕然。

「我希望你以後會像從前一樣對我好，雖然我們不會再像過去那樣經常走在一起，但……我不知應該怎麼說，我就只希望諾生你繼續對我好，做我的大妖怪……」

什麼？這男生就是諾生？怎麼跟我認識的諾生外表一點也不相似？

那男生苦笑道：「當然……有小妖精就有大妖怪，沒人會被人遺棄。」

語畢，那女生把頭伏在男生的肩上，但我已聽不到她說些什麼，因為眼前的兩人，竟漸漸化作一縷輕煙，而原本我置身的校園環境，也迅速化為一束束光影褪去。

「發生什麼事？等等……那女孩的聲音……莫非她是……」

就在我思索間，身邊一束束光再次匯聚在一起，然後不到數秒，就在我眼前組成另一組影像。有個令我置身其中、感到寒意而渾身不自在的地方，是室溫，這裡的室溫有如冰櫃一樣。

我望望四周，左右兩邊排列著的，都是一格格的巨型抽屜。我從沒來過這裡，也不知抽屜內究竟放著什麼東西。

不寒而慄的感覺變得更加強烈。

「咦……這哭聲……」我循著那哭聲走，在左轉之後，竟見到一名少女伏在一張蓋上白布的鐵床上，而在白布下，隱約是一具類似人形的東西。

在少女身邊，站著一個身材姣好，穿著低胸衫加超短褲的長髮女子，我看見她腰間插著一把手槍。

我愈走愈近，我知道他們根本看不見我。不然，早在我剛出現時，他們就已經發現我的存在而有所行動。

那少女哭得很悽厲，而那哭聲，我聽得出是源出於愛。

「嗚……怎麼會這樣……嗚……典子姊姊，究竟發生什麼事？」聽這少女的聲音，和剛才在學校後花園的少女是同一人。

那女人紅著眼，忍著淚道：「我也不太清楚，只知道……是自殺，展長官開槍把自己殺死了。」

「不！不可能的……他怎麼捨得丟下我一人……他答應會照顧我的！啟文不會自殺的……不會！不會！」那少女哭得呼天搶地，更一個不慎，把蓋在屍體上的白布扯開了。

「嘩——」我忍不住叫了出來，更有種想吐的感覺。

那屍體的死狀只可以用恐怖噁心來形容，那頭顱……不，我不知這還算不算是頭顱，那血肉模糊的模樣，除了「稀巴爛」二字，我再想不到其他形容詞。

是真的自殺嗎？有人可以把自己毀成這樣嗎？

實在太血腥、太恐怖……我怕得不敢再看，耳邊只迴盪著那少女的哭喊聲，而我終於看得見她。

我竟然返回到她的過去?!

是文頤，看樣子是比現在年輕一點的文頤……

在我心念急轉之際，眼前的景物竟再次褪去，當影像再次重新出現之際，我被眼前的景物嚇呆了……

「那神像……祂不就是『奎扎科特爾』大神嗎？」我驚疑著。

不……有點不像……這尊巨大的神像，跟蛇神廣場上那尊，雖然外形相似，但這尊的外貌和流露的氣息，都帶著絕望和肅殺。望著祂，我的心臟竟急促地跳動，更愈跳愈快，最後更傳來一陣絞痛感，我慌忙避開祂的目光望向另一邊。

我發現，自己竟身處在一個擁有巨型透明天幕的圓形廣場上，四周圍都是狀似瘋狂、不停叫囂的人；廣場中央站著兩男一女，而在祭壇之下，則躺著一個女孩。

我向著場中央走近，不知怎地，內心竟泛起一陣不安的感覺。與此同時，我發現躺在祭壇下的女孩不是別人，正是文頤……又是文頤！

這裡究竟是什麼地方？他們又為什麼要戰鬥？

突然，場中紫光大盛，只見那戴著黑色粗框眼鏡、外型剽悍的男人，雙手竟可以祭出一張如蜘蛛網般閃耀著的紫光，瞬間籠罩著半跪在地上的男孩。那男孩痛苦的面容有些抽搐，仍轉身望向不遠處的文頤，緩緩地說：「可惜，我再也無力照顧妳了……我要為自己犯下的原罪贖罪。我愛妳，只有這樣，我才可以保護妳……還有所有善良的人。」

他是諾生！他就是剛才在後花園見到的諾生……

諾生掌心竟湧出一團紅色烈火，再瞬間蔓延至身體上每一寸肌膚。

我急得哭了，雖然他跟我認識的諾生樣子不同，但看著他自焚，不知怎地我竟有種心痛的感覺。而我看見伏在地上的文頤彷彿回復知覺般，望著場中那團熊熊烈火，然後輕聲喚了句：「……大妖怪。」

我開始明白是什麼回事……

原來文頤被困在夢裡，不斷夢到自己的所愛一個接一個死去，每天不斷循環目睹再感受那失去至愛的傷痛……好殘忍……怎能如此……

「文頤！跟我走……」我拉起伏在祭壇下的文頤，要把她帶離這個夢裡。

「不！我不走！」

「為什麼？妳何苦要這樣折磨自己？」我雙手緊抓著文頤手腕，跟她展開角力。

「妳不會明白的……沒有人會明白我的……」文頤低頭哭出血淚來。

「我明白！」

「不！妳不會明白！妳不明白失去所愛究竟有多痛……妳不明白，我只有在夢裡才可以跟他們再次相聚，哪怕是要我經歷再一次失去他們的痛，我都願意……因為我很掛念他們……啟文……還有諾生……」文頤掙脫我的手，雙手掩面伏在地上痛哭，續道：「你們說過要照顧我……永遠不會丟下我的……我不要一個人孤伶伶地在世上，我不要再做孤兒，嗚……你們別離開我……不要……嗚……」

「文頤……不要這樣……」我蹲下輕撫著失控的文頤，同時，感覺到四周的景物開始出現異動。

「又要轉換場景了嗎？」我喃喃道。

「嘣嘣——」

「什麼？」四周的影像竟開始分崩瓦解，就像玻璃被擊碎一樣，逐塊逐塊地在我眼前碎裂……包括文頤，她臉上開始龜裂，被我抓著的手指竟一根接一根斷掉，然後不到十秒……

「嘣嘣嘣嘣嘣嘣嘣嘣嘣嘣嘣嘣！」在我眼前粉碎得只剩下一堆粉末。

「究竟發生什麼事？這氣息……啊！」

我身上也出現刀割的傷痕，而那氣息……是諾生，這分明是諾生的氣息！

不止如此，還有殺意！這股殺意就似在東京灣時，諾生手刃那屍化人時流露出來的那樣……

但……他怎麼會攻擊文頤的記憶？

他不是喜歡文頤嗎？

「不……不……不要……啊啊啊……」我感覺渾身被撕裂般，被強行抽離文頤的記憶空間。

「砰──」

四周復歸漆黑一片。

我感覺回到現實世界，而身上也出現一條又一條剛被割傷的鮮紅血痕。

「這不是夢……」我望向仍未轉醒的文頤。

「妳說得沒錯，這不可能是夢，莎婭小姐，妳做得很好，嘿。」一道粗獷的男聲在我身後響起。

我轉身一望，然後頸後傳來一下劇痛。

「長官，對付一個弱質女子，有必要下這麼重手嗎？」

「我只知道，對付異類，從來不需要手下留情。把這兩個女子一併帶到B505室。」

「遵命。」

「叔叔……」我無力地吐出最後兩字，眼前一黑，再次暈死過去。

「莎婭……啊啊……嗄──」

一對兇暴的眼睛逐漸張開，一雙復仇的獠牙……在遠處正蠢蠢欲動。

他，素來狂妄。

他的狂妄，繼承嗜血的偉大祖先。

六十四・生天〔查普曼〕

1

《日月新聞》集團報導：「**根據馬雅文明記載，在末日那天，當黑暗降臨大地後，人類就再永遠見不到每天迎來的黎明……而地球將會隨太陽系於本月二十三日落入銀河系的中心……**」

《路邊社》報導：「**……傳言，當地球、太陽和銀河系的黑洞成為一直線時，地球將會被強大的黑洞引力所牽引，屆時南北極突然逆轉，太陽風暴迅間襲地球，人類會否遭逢大劫……**」

《西方日報》頭條：「**究竟誰可以拯救世界？**」

《革新報》標題：「**究竟傳言是否真確？**」

「馬雅末日預言友聚會」網站最新貼文：「**你和我，又是否能夠避過一劫，逃出生天……**」

一切都未知，確實是未知。

距離古馬雅末日預言之日還有兩星期，全球籠罩著一片死亡的恐慌，連平日慣常喜歡趁機到電視台、電台發表一堆似是而非高論的末日學者、陰謀論專家、科學家、天文學家、宗教人士、風水專家，均對末日話題顯得噤若寒蟬。

自從半個月前日本富士山大爆發後，對所有人來說，沉默，是近日唯一可以做的事，而未知，則誘發出人類對死亡的原始恐懼。

原本在富士山爆發事件初期，全球仍有為數不少的學者、專家不斷為火山爆發解釋，更有不少嘩眾取寵、唯恐天下不亂之輩，釋出用什麼來對證馬雅末日預言的論調，去接受訪問、發表演說，藉此提升知名度，從中獲利。

但自從緊接而來的兩件世界大事發生後，大家都意識到，眼前出現的天災似乎並不是鬧著玩的事，就連那些陰謀論學者，都拒絕再發表任何言論，有人說他們開始擔心，自己所說的隨時變相成真。也有人說，他們開始為災難來臨前作好準備、儲水儲糧，希望還能做瀕死前的求生掙扎。

但不論如何，那兩個隨富士山大爆發而來的異象，已經教人頭皮發麻，寢食難安。

第一件異象，率先由美國《路透社》報導，據報美國的地質學家追蹤，美國黃石國家公園發生持續性異常地震，以及不斷在公園各處冒出帶毒的蒸氣，而更有傳言，其中一些原本噴發泥巴的地熱洞口，曾經噴出大量岩漿。雖然這些消息未能得到美國政府證實，但黃石國家公園的超級火山蠢蠢欲動，似乎已經成為不爭的事實。

而此事如果成真，它不僅將毀滅整個美國國土，所噴發出來的硫酸氣體，更會在兩週內覆蓋全球，屆時全球氣候都會因此劇變，冰河時期也可能在未來兩至三年內在地球重現。

但相較於黃石公園的超級火山爆發，更駭人聽聞的是，有科學家、地理學家聯手宣布，表示一個隱沒在大海裡的史前文明大國，將會隨地殼板塊移動而於大西洋海域上重現於世。但這並不值得高興，因為隨之而來的代價，是地球上的五大洲，將會有一洲永遠消失於地球。

這一洲就是美洲，亦即是說，美國、加拿大、巴西、祕魯、哥倫比亞、阿根廷等國家，都會隨之陸沉海底……

有實質證據嗎？

並不重要……為什麼？

因為各地專家自然會搬出一大堆證據加以闡述、辯解。但無法否認的是，大西洋海底正出現異常的地殼變動，更有傳言，在百慕達三角洲附近，時而在海面隱約冒出那座古國的蹤影。至於原因？抱歉，坊間有太多不同解釋，要從中分辨真相並不容易。

但重點並不在此。

按照往常慣例，當坊間出現這些關於末日話題的事件後，一定會在全球炒作得熱烈。但這次正好相反，不止那些素來喜歡出風頭的「專家們」都消聲匿跡，政府、媒體更一致口徑，不再發布、轉述或解釋任何關於可以聯想到末日的事。

有傳言，是各地政府在聯合國以不公開的方式，一致通過了一項有約束力的議案，禁止全球任何有影響力的人士、機關，再循公開發表渠道談論有關末日的言論，希望藉此消除人民日益高漲的恐慌情緒。

至於為什麼要這樣？真相沒人知道，唯一可見的是，這世界似乎突然沉寂起來。

愈是接近十二月二十三日這傳聞的終結日，連帶國與國之間的衝突也驟然消失；甚至有傳言，世界上一直視對方為死敵的聖戰組織、武裝部隊，不僅講和停戰，雙方間的仇恨更突然就此一筆勾銷。

究竟是地球跟隨太陽系落入銀河系中心，以致如一些神祕宗教所言，人類向至善的道德水平推演，所以有此這樣的結果？

還是，地球人終於回復野獸本能，嗅出在地球上有另一場潛伏已久的巨大風暴即將爆發，所以選擇放下利慾仇恨，回歸和平自然，攜手團結以求度過厄運？

仍是一句，不得而知。

但祕警處和奎扎科特爾教派的一場終極風暴，關乎人類存亡的一戰隨著司徒凌宇、霍華在紐約地下水道開打戰幔後，已進入關鍵一戰的時刻。

而此前，在地球另一邊廂，一場攻防戰，也一觸即發……

2

倫敦祕警處總部地下囚牢，位於倫敦近郊山區一處地底三百多呎深的地下城內。

這裡由祕警處最高科技人工智能二十三號保安系統所嚴密監控，亦由歐洲總部直接管轄。祕警處內，除了七大洲分區總指揮官及副總指揮官，一般的祕警處高層及探員均不知有此地下囚牢的存在，更遑論擁有進入的權限。

因為這裡被囚禁的人，都是被認為是地球上最危險的人物。

過往，一些被指對全世界人類安危構成威脅的人物，都被監禁在內，直至老死或在囚室內「自然消失」。就如中東的恐怖組織第二、三號人物，都曾被關在這裡嚴刑逼供，然後無聲無息地人間蒸發，往後連曾經在世上生存過的資料也被刪除得一乾二淨。

近年，這裡所囚禁的，不再是一般恐怖組織高層人物，而是祕警處……不，應該說是人類最大的敵人——「奎扎科特爾」教派，亦稱「邪教」的核心人物。

非正式統計，被關在這裡的「奎扎科特爾」教派核心人物，可以重見天日的機率是零。因為對祕警處來說，這班教徒莫不是喪心病狂或精神極度錯亂的變態份子，所以每每被送到這裡，都要經歷一系列地獄般的酷刑。

但我想說的是，這些酷刑並不是奪去他們性命的主因，甚至可以說，在祕警處的酷刑之下，他們根本一早就視死如歸。

記得五年前，那個還未升任歐洲總部海軍戰鬥群總司令的大鬍子烈特上將，他就曾率領歐洲總部屬下的精英小隊黑豹特擊隊，擊破「奎扎科特爾」教派位於德國柏林分部的屍化人部隊，該役除了擊斃五十隻屍化人，更生擒邪教七護法綽號「維京人」羅托斯手下最得力的助手，拳霸米斯爾。

當時，那名曾六奪中量級地下拳擊世界冠軍的米斯爾，就被送進這個地下囚牢，被烈特日以繼夜用不同的殘酷方法折磨，希望令他供出羅托斯的大本營所在。

但令人咋舌的是，那些拔指甲、灌水倒吊、釘板壓胸等方法都不能令米斯爾屈服。我還記得，他吐出滿口混著碎牙的鮮血時，甚至還在囚房裡發出令人毛骨悚然的笑聲：「嘩哈哈……哈哈……嘩哈……」

盛怒下的烈特，敲碎了米斯爾的膝蓋，抽掉他的鎖骨，更徒手挖掉他一隻眼睛。但米斯爾都不為所動，不肯供出羅托斯的底蘊，看情況已是一心求死。

「哈哈……沒有招了嗎？啐！廢物！」

終於，祕警處歐洲總部副總指揮官，也是科研部主管泰茲爾博士，想到了一個方法。就是利用新研發出來的精神武器，直接進入米斯爾的大腦記憶裡，破壞他的意志，奪取他的記憶，而在他的記憶中種下一個又一個虛構的恐怖經歷、影像，令他崩潰，再而變得痴呆，成為一具活死人。

當時執行任務的人就是我，俗稱「潛能者」的查普曼。

我無法忘記那天。我當時只是個剛被徵召入伍半年的潛能組高級探員，面對已近乎不能稱之為人的米斯爾，我戴上泰茲爾博士研發的精神武器，先潛入米斯爾記憶進行一連串的破壞。

破壞他的記憶屏障，摧毀他本來堅定的意志。

最後，我成功截取到有關羅托斯暗殺部隊獵殺各國政要的名單，成功瓦解一次有可能觸發世界大戰的危機。最後，我更在他記憶深處埋下一段烈特要求植入的虛擬記憶，就是他妻兒互相殘殺再化為食人魔，最後被米斯爾自己分屍的恐怖經歷。

「啊啊……不……不要！不要殺我的兒子，不！不要吃他的肉，不要啊！啊啊……」

但事實上，米斯爾是一個孤兒，更是個還未結婚的男人。當我完成任務，解除潛行記憶狀態，準備返回實驗室之際，眼前的米爾斯再也無法發出笑聲了。取而代之，是不斷發出一陣困在喉頭「咕咕……咕咕……」，令人雞皮疙瘩的哭喊聲。

看著他那滿布血絲、睜得不能再大的眼睛，還有因恐懼而失去自制能力的身軀，我終於明白到，肉體的攻擊根本不算得上什麼，精神的攻擊才夠致命。

自此以後，我就不斷運用這種特殊能力，幫助祕警處窺探失手被擒回來的敵人記憶，還有……協助烈特虐待囚犯，讓他坐在指揮室內靜靜欣賞，滿足他的變態嗜好。

而漸漸，我也開始樂於享受這種快感。

服役以來，我擅長的精神攻擊從未遭遇一次失敗。直至兩日前，我被烈特命令進入那個異世界少女的記憶裡，我終於首次嚐到人生中最大的一次挫敗……

「喀嘞……」一想起那失敗的經歷，我就恨得怒火中燒，緊握拳頭狠狠盯著螢幕中的白衣少女——莎婭。

她的精神力系數原本不高，我也滿有信心可以簡單快速完成任務，誰料，當我打算模擬她記憶中的親人，對她發動致命一擊時，她的精神力竟急速增生。我不但未能攻破她瞬間築起的記憶防禦，甚至差點被她反彈出來的力量震斷頸椎，一命嗚呼。

她竟然是少數擁有極強精神力的潛能者，憑經驗我可以肯定地說，她擁有的精神力，比我們五人小隊所有人加起來都還要強大。據我了解，世界上根本沒有任何潛能者可以達到這種等級，甚至是被喻為祕警處內最強潛能者，已故的「比比上師」，都望塵莫及。

她擁有的，已超越人類極限。但慶幸的是，這股力量暫時仍存留在她的潛意識中，尚未完全甦醒；她可能自己還未知曉，更無法隨心所用。

所以，此人不得不除。

「查普曼，你的傷不礙事吧？」

我怔一怔，從思緒中回到現實。

是泰茲爾博士，他那親切的語氣總教人毛骨悚然。全祕警處都知道，他對人愈親切，就代表對那人愈不滿，殺意也愈濃烈……

他殺人，從來都是無形的。

我裝作若無其事，恭敬地點頭答道：「皮外傷而已，不礙事的，謝謝博士關心。」

他斜睨著我踱步而過，沒有再說什麼，只輕輕地拍了我肩膀一下，便逕自走到指揮室裡，跟烈特上將並排而坐。他們旁邊還有兩位來自新加坡和香港的客人，據說，他們是來自亞洲分部的特別行動組總指揮官和副總指揮官。

一位叫唐納，一位叫戴月辛。

前者渾身肥肉，那肥胖的程度令人覺得他連走路都有困難，而他的長相，十足地跟一尊笑面佛一樣。很難想像，他曾經是全球綜合格鬥技冠軍，更是亞運短跑銀牌得主。

至於戴月辛，這些年間在亞洲一直跟「奎扎科特爾」教派內的傑克、亨利、迦南等狠角色周旋，身上添上數之不盡的傷痕之餘，臉上更有一道從左眼角劃至右臉頰的疤痕。據說那是在一次突擊「鬼手傑克」的行動中，被一群屍化人所噬咬造成的。最終性命雖然無礙，但臉上就留下那條深紅色似百足亂舞的恐怖紅痕，令人望上去更感驚心。

「博士，一切都準備就緒，想先從哪個開始？」我站在控制台前，戴上擴大精神能力的輔助頭盔，一邊操控著面前的超級電腦，一邊等待泰茲爾博士的指令。

泰茲爾博士隔著特製強化玻璃，禮貌地望向身邊的唐納和戴月辛，示意實驗即將開始。只見唐納嘴角上揚，絲毫沒有掩飾他的興奮，相反地，他身旁的戴月辛仍然保持一貫冷漠，默然不語。

「就從那個擁有比你還強的精神力女孩開始。」

泰茲爾博士的說話似在諷刺我，我心裡恨得牙癢癢，但無奈發作不得，只有別過臉，按下控制板上那個印著阿拉伯數字「1」的黃色按鈕，準備將所有憤怒發洩在即將出現的不幸者身上。

「軋……軋……軋……軋……」機器發動。

實驗室的中央位置緩緩升上一條圓形透明玻璃柱，而柱子內，更懸浮著一個滿身傷痕的長髮少女，她就是那個為我帶來恥辱的異世界少女莎婭。

「咦，是總部的新把戲嗎？那個少女怎麼有辦法懸浮在柱子裡？」我聽得見是唐納在發問。

泰茲爾博士道：「是電子懸浮監禁倉，一般人單憑肉眼，是看不見犯人四周布滿著電子的。」

唐納從衫袋拿出手帕，抹著臉上不斷滴落的汗水，笑著問：「用鎖扣將她綁起來就成了吧，搞什麼電子監禁倉，月辛，你說是不是？」

戴月辛瞄了一言不發的烈特，道：「泰茲爾博士這樣做，一定有他的深意。」

唐納向著泰茲爾道：「對，他這人的鬼主意多的是，快說吧！是什麼新型拷問工具？」

泰茲爾博士沒有回答，而我的耳機則收到「進行」的指示。我斜睨著還在昏迷的異世界少女，迫不及待地按下藍色按鈕。

原本呈透明狀的玻璃柱，裡頭漸漸閃爍著一些細微的藍色閃光，這些閃光更愈來愈多，愈閃愈快，而同一時間，玻璃柱內傳來一聲慘烈的痛苦叫聲。

「啊！啊啊……」是那少女莎婭。

原本還在昏迷中的她，被那些突如其來的藍色閃光弄得雙眼翻白、口吐白沫，全身不斷抽搐之餘，更失禁起來。

「啊……啊啊啊……啊啊……啊……」

莎婭的慘叫聲在拷問室內迴盪不止，而我感到絲絲快感之餘，更忘形地準備加大能量，想要一舉把眼前曾經帶給我恥辱的少女殺掉，化為灰燼！

「啊啊……啊……」

「嘿嘿……嘿嘿嘿……叫吧！儘管大聲叫吧！」是烈特，那男人已無視身分，盡情在少女的痛苦呻吟聲中尋找高潮。

「啊……」

三十秒已過。

莎啞的痛苦叫喊聲開始變得愈來愈虛弱……

只聽見唐納道：「嗯……對付一個少女，這……會不會下手太重？」

「哦？你可憐她嗎？」泰茲爾陰沉地斜睨著唐納，然後向我下達指令道：「停。」

我按停機器後，那異世界少女神情頹靡地垂下了頭，連丁點力氣也沒有，就似全身肌肉鬆弛地繼續懸浮在玻璃圓柱內。

戴月辛開聲打破尷尬氣氛，問：「那些電子既可以釋出高壓電量，又不會弄死犯人，同時又可以聚合成懸浮電子鎖禁住目標的活動能力。我看……這姑且稱之為『電子』的東西，應該並不存在於現有物理學理論裡所知的任何範疇，我說的對嗎，泰茲爾博士？」

泰茲爾臉上閃過一陣陰霾，隨即面露笑容地向戴月辛點頭稱是，然後雙手放在身後，盯著玻璃柱內的異世界少女莎婭。同時間，身旁的烈特開始向莎婭拷問：「你們邪教究竟有什麼陰謀？」

剛被折磨得失神的莎婭，似乎聽不到他們的說，只痛苦地低頭飲泣顫抖。

烈特續問：「日本東京的火山爆發，是不是你們所為？」

莎婭仍舊沒有回答，全身劇痛的她，身體不停抖震。

欠缺耐性的烈特向我發出指示，我隨即在控制板上輸入一組指令，而同一時間，我透過頭盔內連接神經源的儀器，不斷監視著那少女的腦電波變化。

除了測謊，還準備捕獲她記憶細胞中突然出現的畫面。

在指令輸入不到五秒，玻璃柱內再起變化，這次再沒有懸浮中的電子，取以代之的，是先出現一層霧氣，然後霧氣漸漸結成晶體，將飄浮在柱中的莎婭從四肢開始，一直蔓延全身結晶化起來。

「嘿嘿……好戲就在後頭……」烈特興奮地把椅柄緊抓得吱吱作響。

我一直監看著少女腦內的變化，而數據顯示，她的大腦並沒有任何異樣，嚴格來說就像在冬眠狀態，而有這種情況的人，除了植物人外，就只有瀕死的人。

「長官……」

烈特咬牙切齒地說：「加大能量！」

我扭動面前的把手，把能量值調較到接近最高等級。只見玻璃柱內的結晶詭異地出現一條接一條細微的紅線，而那些紅線從那少女身體釋出，逐漸把所有晶體都染得通紅。

是血，那些結晶正像有生命般吸吮那叫莎婭的少女體內的血液。我看得見電腦顯示她的生命讀數正不斷下降，而我很清楚，被那些結晶吸吮血液的過程，就好像有千萬隻長有鋒利獠牙的吸血蟲，在皮膚上肆虐。

痛不欲生。

但奇怪的是，眼前的少女除了不斷扭動她的身體，希望從幻覺中擺脫那些吸血蟲的攻擊外，就只有斷斷續續發出痛苦的呻吟聲。她寧願承受著一般壯健男子都捱不過二十分鐘的酷刑，都不打算回答烈特他們的任何問題。

我開始有點欣賞她。

矛盾地，我對她的恨意則更形濃烈，因為……

「不可能！這世上怎會有這種能力的人……她的精神系數愈來愈高，竟無意識地運用精神力去抵禦身體上的痛楚……她不是人，一般人並不可能擁有這種高階的精神力量！」我盯著不斷發出呻吟聲的少女，喃喃說著。同時，不自覺地輸入加強能量的指令。

儀器顯示，能量值快到達最高等級。

「給我去死吧！」我忍不住脫口而出。

「啊——」

「查普曼！」

一下充滿威嚴的喊聲把我漸入瘋狂的思緒喊停。是泰茲爾，他微笑地說：「誰讓你擅自行動的，你……也想進入玻璃柱內經歷一下嗎？」

我不禁打個寒顫，全身冒冷汗地在電腦上輸入「停止」的指令，而少女身上的結晶隨之消失。但在剛才的酷刑下，她身上已找不到一塊完好無缺的皮膚。

「再問妳一次，你們究竟有什麼陰謀？你們的總部設在什麼地方？」烈特已經顯得十分不耐煩，語畢，他從衣袋裡抽出一根雪茄，不理會實驗室禁煙的指示，逕自點燃並大口大口吸著，似乎想要穩定煩燥的情緒。

「博士，現在該怎麼辦？」我問，房內的唐納、戴月辛也一起望向泰茲爾博士。

「把那個人帶來。」

「哦？」烈特的神色染上一絲興奮。

我在電腦再輸入指令，然後把手掌放在掌紋器上確認。一分鐘後，在囚著少女的玻璃柱相隔不到兩呎地下，突然開啟一個暗格，一個全身被高能量鎖鏈綑綁著的男人緩緩在暗格內升起。

戴月辛一見此人，立即顯得緊張萬分，而身旁的唐納竟臉色發青，閃過一刻恐懼的神情。

那男人就是「奎扎科特爾」教派的七護法之一，綽號「爵士」的亨利。雖然他此刻精神頹靡，但那對閃透著陰森森感覺的碧藍色眼睛，仍教人與其對望時感到懼怕。

「你們竟成功活捉到亨利？」唐納吃驚地問。

烈特面帶不屑地說：「有什麼好驚奇？這傢伙自己走上我們的船，我們就來個請君入甕。什麼鬼手護法？還不被我們手到拿來。」

烈特呼出一口濁菸。他其實心知，為了活捉亨利，他們海軍戰鬥群也付出了沉重的代價。尤其在「黃金雅典娜戰艦」上，有過半的士兵被亨利製造的屍化人幹掉，剩下的三分一也遭受屍化病毒感染。嚴格來說，一個亨利，就已差點消滅他們一整艘船艦的人。

所以烈特雖然嘴硬，但其實對那晚海戰，仍心有餘悸，也特別有恨。

他恨不得可以把亨利剁成碎塊，以洩心頭之恨，同時以慰一班出生入死的袍警亡魂。

「這……沒問題吧？他會不會突然發難攻擊我們？」原本因肥胖而不斷出汗的唐納，一見到亨利出現，就如見閻王一樣，頭上冒出的汗多到滴在地上，形成水窪。而身旁的戴月辛則一直目不轉睛地盯著被禁鎖住的亨利，顯得若有所思。

烈特向唐納報以一個嗤之以鼻的神情，然後與泰茲爾博士交頭接耳一番後，便透過廣播向我發出指令：「弄醒那個女孩，然後，進行C計劃。」

「C計劃？」唐納滿臉疑竇。

我接過命令後，手指飛快地在電腦輸入指令，只見玻璃柱內的莎婭，被我用兩秒高壓電流弄得雙眼暴凸、奄奄一息，但當她甦醒過來後，一直沉默地超乎常人的她竟叫了出來。

「亨利叔叔！是亨利叔叔嗎……你怎麼了？叔叔——」

亨利沒有哼出半聲，也沒有多餘的臉部表情。他一雙陰森的目光仍舊盯著控制台位置。我被他瞧得冷汗直流之餘，感覺到他的目光彷彿穿透過我的身軀，直射在我身後隔著特製玻璃裡的泰茲爾博士等人。

「叔叔……」

原來，邪教護法亨利的出現竟是用來要脅莎婭的，只見烈特透過廣播向莎婭說道：「最後一次問妳，若不希望妳尊敬的亨利叔叔受到傷害，最好還是乖乖合作，將我們想知道的都老實說出。」

莎婭急得哭道：「我已經把我所知的都全都告訴你了，那個火山不是我們引爆的，嗚嗚……我們沒有陰謀……嗚……一路以來，我就只有被你們地球人追殺，連巨奴叔叔都被你們殺了……嗚嗚嗚嗚……放了我……放了亨利叔叔……」

烈特脾氣暴躁地把手上的雪茄丟到地上，激動地說：「看來妳始終不肯乖乖就範了。好吧，是妳逼我的，就讓妳這位叔叔替妳受罪吧！查普曼，動手！」

「不……不要啊……」實驗室迴盪著莎婭的哭喊聲。

「奇怪，為什麼不直接盤問那個亨利，硬要虐待這個少女？真是……」唐納別過臉跟身旁的戴月辛道。

戴月辛臉上一直不動聲色，只淡然地說：「答案即將揭曉。」

唐納一臉不解，但再沒有問下去。對於一個只憑人事關係、踏著同僚屍骸而攀上高位的他而言，這次倫敦之行只是為了向總部述職，同時順道來這裡探望留學的兒子而已。他根本沒有仔細參閱總部發給他的指令郵件。

相較於一直尋找機會表現自己的實幹型警探戴月辛，唐納能坐上亞洲分部特別行動組總指揮官高位只是運氣較好，一直官運亨通，但連他自己也不想到，運氣，也有到盡頭的時候。

「咦……月辛，我不知道你有紋身的習慣？」唐納在戴月辛的後頸位置發現一個虎形紋身。

「這不是紋身。」

「哦？」唐納滿臉狐疑。

「是胎記。」戴月辛指著拷問室內的莎婭，道：「開始了。」

待我輸入烈特要求的指令後，整間拷問室的燈光全滅，只剩下一盞射燈照向面容僵化的亨利，同時，亨利坐著的特製拷問椅開始出現變化。

「軋軋……軋軋……軋……」

只見釋出電子光束鎖扣著亨利兩邊手腕的椅柄竟一同向前移動，然後再在椅前合二為一，而兩個電子光束鎖接觸過後，整合為一個更大型的光束鎖扣。不止如此，除了手腕，接近前臂近手肘的位置也出現一個電子光束，接著亨利的頸項、整個上肢，都被牢牢地鎖得一動也不能動。

接著，拷問室更傳出「吱吱……吱吱……」的火光聲和燒焦味道。

但亨利仍然沒有哼聲一句，是超乎常人的硬漢。

好戲還在後頭，這時，在亨利頭上那位置出現一隻金屬機械手，而在機械手的尖端處，則有一道刺眼的紅點釋出。紅點漸漸凝聚為一條一吋粗四吋長的紅線，向著亨利被電子光束鎖扣著的一雙前臂方向移動。

莎婭見狀感到不妙，高喊道：「不！不要啊……」

烈特露出興奮神情。

泰茲爾博士一直只是牢牢盯著莎婭。

唐納嚇得猛吞口水。

旁邊的戴月辛則緊握雙拳，靜待著結果。

而我，則專注地望著面前的電腦螢幕，等待攝取影像。

「啊……啊……啊啊啊啊……啊啊啊……」一陣悽慘的叫喊聲頃刻在四周迴盪。

「吱吱……吱吱……吱……」四周充斥著燒焦味……還有血腥味。

那對手注定報銷了。

亨利那對鬼手，被那把超高溫電子脈衝刀鋒狠狠切入前臂肌肉內，然後在他堅硬的白骨上再割磨……

「吱吱……吱吱……」

然後慘嚎聲消失，只剩下莎婭失神地不斷驚慌叫喊：「不要啊……不！不要啊……住手……住手啊……」

同一時間，我發現電腦螢幕開始出現一些影像……是莎婭大腦傳來的一些影像……

「咦？這……這影像……」我轉身望向泰茲爾博士。

「怎麼會這樣？那地方……不！那星球的情況竟這麼糟，是末日來臨了嗎？」唐納驚道。

在莎婭傳來的影像上……

太陽變得暗淡無光。

大地上沒有一處不是被地震所蹂躪。

四處都是腐爛的人類屍體。

遠處有火山噴出紅紅的熔岩，天空被厚厚的火山灰所籠罩。

「這種地方還可以有人能生存？」唐納嚇得連原本在手上的咖啡杯都摔碎在地。

泰茲爾博士突然脫口而出：「我終於明白了——」

「哦？」烈特不解地望向博士，正當他準備開口詢問時，突然……

「轟隆轟隆轟隆轟隆轟隆轟隆轟隆轟隆——」地面上方傳來一連串猛烈的爆炸聲，弄得深在一百呎地底的囚牢室也搖晃不止，而我眼前的電腦系統也受到波及，全數癱瘓。

「哇……發生什麼事？」唐納嚇得跌倒在地上。

戴月辛警戒地拔出腰間配槍環顧四周，而身旁的烈特和泰茲爾則臉色發青，相顧而望。

此時，我的無線電耳機傳來一個訊號，聽到後，我站在原地愣住……

泰茲爾博士問道：「究竟發生什麼事？」

我從茫然中回復意識，吐出一句：「我們被突襲了。」

六十五・激鬥〔莎婭〕

1

吼——

轟隆轟隆轟隆轟隆轟隆轟隆——

哎……啊啊啊……

唰啦！

轟轟……轟隆轟隆轟隆……

瘋狂的爆炸聲響徹不絕，掩蓋著在地下囚牢通道內徘徊不散的痛苦呻吟聲和蘊含絕望的求援聲，而那作嘔的血腥味、猶如惡夢般的屍化味，正在通道不斷蔓延。

但瞬間出現的戰鬥仍沒有停止的跡象，而一開始被不斷屠殺的一方，劣勢漸漸被逆轉過來。是陷阱？還是逆襲？抑或是計中計？還是……一場復仇遊戲？

原本在倫敦近郊祕警處三百多呎深的地底囚牢內，通道縱橫交錯，各處要道均設有精密的電腦保安防護系統，一邊遇襲，另一邊就會啟動防衛程式，將通道與通道之間緊緊封閉，而用以阻隔的關卡更是用十六呎厚的強化金屬鋼板所造，一般的炸藥槍炮根本無法動之分毫，困在裡面簡直插翅難飛。

但這是在正常狀態下……

今日，所有牢不可破的防衛系統，都被人狠狠地徹底破壞。

負責操控防衛系統的祕警到死都不知道，犯下這絕大過錯的人，竟然是他們一直賴以自豪的百勝將軍「烈特上將」，而在地底最深最隱祕的牢房內拷問莎婭的那人，也沒有想到，自己竟然被騙了……

無疑是引狼入室。

不！應該是引入一隻比狼更狠、更嗜血、更擅偽裝的傢伙。

「咕嚕……呼……感覺好了點嗎？ㄚ頭。」

「嗯……」我點點頭，然後打算轉身一望。

「不要看過來，只管喝著妳手上的能量包好了，嘶……妳姨姨我要補充失去的養分，咕嚕咕嚕……我最討厭人看著我『進食』。」

我倚在左邊未被剛才戰鬥破壞還算完整的管道牆壁一邊喘著氣，一邊吸著迦南姨姨不知從哪找來的補充體力的飲料。

「姨姨，亨利叔叔會沒事吧？」我低著頭，想起剛才在拷問室內被割去一雙手的叔叔，忍不住流下眼淚。

「那隻臭蟲死不了的，妳別擔心他。嘶……咕嚕咕嚕……嘶……咕嚕咕嚕……咕……呼！」迦南姨姨呼出一口氣，霎時間空氣內的血腥味顯得更濃烈，她問我：「妳可以自己走路了嗎？還是要我繼續揹著妳離開？」

我試圖伸一伸麻痺感漸褪的雙腿，開始感覺能活動自如，答道：「應該沒問題，我可以……」

「討厭！」迦南姨姨突然怒道。

「哦？」我被她突如其來的怒叫聲嚇倒，然後眼前一道白光高速閃過。

「颼──」

「嚓嘞！」耳邊傳來一下清脆的頸骨折斷聲。

我轉身一望，發現不知何時，迦南姨姨竟跑到我的身後，而她右手正抓著一個穿著白色制服的男子頭顱。那五隻晶瑩剔透留著長長指甲的尖指，深深插入那男子頭顱之上，流下五個恐怖的血洞。很明顯的……他死了。

那個男人的頸項呈現出扭麻花的詭異模樣，頭顱被迦南姨姨以一百八十度扭轉……他暴凸的雙眼，伸得長長的舌頭，還有五官溢出的濃血，令我感到懼怕。

「差點就被你壞我大事！」迦南姨姨手一鬆，那無處著力的頭顱便隨那屍身橫陳在地上。此時我終於見到，那男人手中握著一把手槍，而槍口正指著我的方向。

「丫頭，我若來遲半步，妳一天內就已經死了兩次。」迦南姨姨舔乾淨指甲上的鮮血，盯著我續道：「若不是阿爾瑪，我才不會放棄屠殺那班祕警的機會，獨自深入地底來冒險救妳。」

我望著迦南姨姨身後堆積如山的屍首，發現部分屍體皮膚變得枯乾之餘，更是斷肢處處，牆壁上染滿一片又一片的血跡。

而從迦南姨姨眼中，我看到的，是仇恨……是一種怨毒的仇恨。

她一定是為了已死的羅托斯叔叔。我曾經聽美羅說，從前的迦南姨姨是我族最美麗、最動人的女人，但自從羅托斯叔叔死後，她臉上就蒙了一層陰霾，更不時自言自語，終日一副生人勿近的仇怨模樣。

一些較年長的聖女說過，迦南姨姨那兇暴的手段，是要欺騙自己的靈魂，妄想與已死的羅托斯叔叔合而為一；只有這樣，她才會感覺得到羅托斯叔叔仍然在生。

每次看到迦南姨姨發出白色的極光，我都感受得到在極其霸道的力量下，掩飾著她悲從中來、瀕臨崩潰的情緒。當她釋出的力量愈霸道，那種充滿嫉妒和濃烈的兇暴殺意便愈旺盛。剛才，就是迦南姨姨這股情緒，把我從昏睡中的狀態解放開來。

我記得，當時的情況很危急，亨利叔叔被那班自命正義的地球人殘忍地準備切割掉一雙手，而被困在滿布電離子空間的我，則被嚇得失了心神，眼前一黑昏了過去。

在朦朧之間，不知怎地，我彷彿在夢裡看見許多故鄉遭逢劫難的情景……雖然我不敢確定，但在意識中，我聽得見人民活在災難裡的哀嚎，更見到離圓形格鬥場不遠的聖殿火山大爆發，那些熾熱的熔岩流向村莊，把人畜統統都焚毀掉……

我著急了……

我不斷在夢中跑著，渴望找到琴祭司、長老們……更希望見到美羅、阿爾瑪嬸嬸他們。我一直走……一直走……走到聖殿裡，穿過長長的城堡走廊，發現任何地方都空無一人。

但我知道不可以氣餒，我決定轉身走到聖堂大殿，向著往常我們聖女聚集的祭壇方向跑……一直跑……一直跑……

我感覺得到那裡有我想要的答案，感覺得到一種力量在那裡等著我……

然而，當我一邊跑的時候，我感覺到有許多不懷好意的目光在背後死命盯著我，從四面八方盯著我。

「呼呼……呼……到……呼……到了嗎？」我感覺呼吸愈來愈困難，更詭異的是，雙手手腕……不！連一雙小腿都傳來一陣麻痛感覺，全身肌肉好像突然僵硬起來。

「咦？那道綠芒……」我隱約看到前方那點朦朧的光，是源自那尊巨大神像的眼睛，它發出的綠芒直透上天，令天空漸漸捲起一陣雲層漩渦。

我愈跑……愈近，就在我快要到達大殿祭壇之際，我感到一股不安的感覺瀰漫全身。

我回頭一望，竟見到身後出現四個似聚又散的黑影向我追來，他們來得很快……更瞬間穿越我的身體，直向祭壇那點綠光裡去！

這感覺……是惡意……它們一定不懷好意！我直覺它們會對那神像不利！

「不！」我一個踉蹌跌倒在地上，只眼睜睜看著它們衝向那裡；絕望，我感到絕望……我覺得自己很沒用。

突然四周傳來天崩地塌般的連續轟天巨響，我忍著渾身痛不可擋的感覺，連爬帶滾地躲到走廊一旁，同時間，前方傳來一陣巨大的爆裂聲！

「劈啪！」

只見祭壇上的天空竟裂開了……不！是被強行打開了！

我見到一對手，一對晶瑩剔透的透明巨手把天空強行扯開，然後，那雙手以迅雷不及掩耳的速度，把衝向神像那四個黑影統統逮住，再掐至煙消雲散。最後，那對手竟然向我伸近，但四肢僵硬的我躺在地上根本動彈不得，無法逃走，只得任人魚肉。

它把我放在掌心，然後牢牢把我整個身軀握在手裡。奇怪的是，我竟不覺得疼痛，更有種莫名的親切感，更重要的是，原本僵硬得有如結晶化的四肢，竟被掌心傳來的暖流開始恢復感覺。

一陣暈眩傳來，我再一次感覺開始昏昏沉沉，被帶離了那個世界。當身體跟隨那對手穿越天空上的裂縫，並經歷多次恍似在急速漩渦裡轉動後，我一覺醒來，見到的就是迦南姨姨。她站在我身前守護著我，而我仍身處在那個冷冰冰的拷問室。

「丫頭，靠在我身後的牆，待我把他們殺光，我們就離開這裡。」

我無力回答迦南姨姨，只向她點點頭。剛甦醒的我，感到全身上下均傳來火灼的感覺，很難受，那陣痛感令我意識變得模糊，雙目開始失焦。

那時究竟發生什麼事我不太清楚，憑感覺，迦南姨姨似乎釋出很強……很兇暴的殺氣，然後一度白光在房內不停高速跳躍，接著傳來很多槍聲，伴隨的是一下又一下震耳欲聾的爆炸聲。

還有充斥四周濃烈的火藥味。

我怕得瑟縮一角，而四周颳起的風，令原本已被灼傷的皮膚更添血痕。

我記得，一道粗獷的男聲在房內高喊：「博士你們先走，這裡交由我應付！」

「等……等等我。」是另一道滿帶恐懼的男人聲音，但不到兩秒，傳來的是另一聲尖叫。是剛才那男子，他那殺豬般的哀嚎傳遍拷問室，令人毛骨悚然。

我嗅得到一陣血腥味湧至，還有一些油膩的東西灑在我的臉上，那氣味令人作嘔！但傷疲的我已近乎目不能視，所以根本不知道眼前發生什麼事，只單純地擔心迦南姨姨的安危。

「唐納——」一道憤怒的老人聲。

「死……死定了！快撤退……撤啊！」這聲音是剛才那位粗獷男子。

「去死吧！」較年輕的男子怒叫。

之後，身邊又颳起一陣狂風。我感覺得到，室內只剩下迦南姨姨和剛才那年輕的男子氣息，但憑著微弱的感應，迦南姨姨應該穩操勝券，而那男子的氣息則愈來愈弱。

但世事往往難以預料，就一剎那間，周遭似乎激起一股不尋常的氣氛，我心忖：怎麼四周的空氣好像凝住了……不！不是空氣……是空間……時間……都一併凝住停止了。

「嘩啦！」是迦南姨姨，她被突然擊退倒在我的面前，更把我壓在身下。

那黏稠稠的……是血！是迦南姨姨身上流出來的血液，她受傷了！

只見迦南姨姨猙獰笑道：「好……好得很！你竟然一直深藏不露留有一手，咕嚕……」又一灘鮮血咳出，弄得我一臉都是。

然後，我聽到拷問室傳來一陣野獸的低鳴怪叫，十秒……不，僅數秒間，一陣夾雜腥風的黑影向我和迦南姨姨撲來。我再次昏倒，也不知那刻究竟誰勝誰負。到我醒來之際，就發現自己已身處在地牢下四通八達的通道內，而迦南姨姨正手刃一眾前來增援、穿著一身白色制服的敵人。

眼前一行二十人的祕警，就這樣被迦南姨姨狠狠虐殺掉。

「姨姨，妳腰間的傷不礙事吧？要不要找個地方先治療一下？」我看著她腰間不斷冒血的傷口，一臉擔心地問。

迦南姨姨以左手掩著腰間的傷口，然後釋出一點白光，傷口傳來陣陣燒焦味道。一分鐘後，原本還在流血不止的傷口止血了，但同時，迦南姨姨的臉色陣紅陣白，偶爾閃過痛苦神情。

我想起叔叔，問：「亨利叔叔呢？怎麼不帶叔叔一起離開？」

迦南姨姨忍住痛楚，轉身答道：「亨利？他哪會需要我救他？」

「妳沒看見叔叔嗎？他……他被那班人割下了那對手，難道妳沒看見他嗎？」我急問。

「我沒有見到那臭蟲，我從玻璃柱救妳出來後，除了那四個祕警和妳，那裡就沒有其他人了，包括屍體。」迦南姨姨收起手上的白光，腰間的血也暫時止住了。

難道我看到都不是真實的？

莫非我又中了什麼幻象攻擊？

但不可能的，那毛骨悚然的切割聲是如此真切……

不！不……迦南姨姨一定對的，這就表示亨利叔叔沒有遭遇不測吧……想到這裡，我的心不禁寬慰了點。

「還在想什麼？想留在這裡再給人抓去做實驗嗎？」迦南姨姨再次祭起她那對鬼手，那晶瑩剔透得看得見手臂內縱橫交錯血管的手，仍是教人看得心裡發毛。

我搖搖頭，抱著小腿道：「姨姨……不如妳先走吧。」

「說什麼傻話，我來這裡就是要帶妳離開的！」她一邊說，一邊將那對發著白光的鬼手沿著金屬牆壁一直移動，似乎在探索什麼。

「但我的腿不知怎地僵掉了，我想，我是走不了多遠了……我不想再拖累別人，我已經害死了巨奴叔叔，我不希望……」一想起巨奴叔叔，我的眼眶不禁紅了。

「就是這裡。」迦南站在一面鋼牆前，續道：「巨奴保護不了你們，本就該死，根本不用為他的死而傷心。」

聽著迦南姨姨所言，我感覺更難受，低下頭不知如何回答。

迦南姨姨向我走來，一手把我放在她背上，道：「抓緊了，不要掉下來，一會兒遇到敵人，就閉上眼睛，很快我們就可以見到阿爾瑪。」

語畢，她將僅餘的一隻右手貼在鋼牆，只見白芒愈來愈盛，她的前臂更完全結晶化起來，與此同時，原本堅硬得不易破損的鋼牆竟開始融化，漸漸形成一個可供穿越的洞口。

就這樣，迦南姨姨一邊揹著我，一邊破牆，我感覺得到她開始有點喘息，但我不敢打擾她，怕打亂她的使勁節奏。

待穿越六層鋼牆之際，迦南姨姨停了下來，抹著額上斗大的汗珠，然後跟我露出一抹詭譎的笑容，道：「莎婭，妳感覺得到這牆後有些什麼嗎？」

我沒意料到她會有此一問，呆了半晌後集中精神力感應牆後的世界，道：「嗯……是兩個生命體……應該有兩個生命體在那裡！不止這樣……我還感應到一股時隱時沒的力量……很熟悉，是……是小華叔叔？」

「沒錯，是小華，但不是他的人，只是他的殘留力量。」迦南姨姨頓一頓，道：「他這是告訴我們，我們找到出路了，嘿嘿……抓緊我！」

「啊——」我緊緊抱著迦南姨姨。

「轟隆——」

是一陣比剛才刺眼十倍的白色極光，然後一陣猛烈的爆炸聲加割面生痛的疾風夾雜沙石飛過。不到五秒，眼前原本厚厚的鋼牆，就被迦南姨姨瞬間弄出個大洞，但這次不是融化鋼牆，是用更強更霸道的力量將其炸毀。在灼熱高溫下，我嗅到一陣難聞的燒焦氣味。

「呼呼……呼……呼……」迦南姨姨喘著氣把我放下，然後穿過洞口，來到地下囚牢的另一邊管道，回頭跟我說：「安全了，快過來。」

我跟隨著迦南姨姨身後慢慢地走，看到她造成的破壞十分驚人，但同時發現，姨姨竟一下子似衰老了十年，眼角更浮現出魚尾紋。

「咦……這是……」我感覺到踏著的亂石有點奇怪的質感，軟綿綿的。垂首一看，發現在亂石下竟突出了一隻只餘前臂的斷手！我嚇得雙腳一軟坐在碎石上，摸到身後一些黏稠的液體。

我回頭一望，霎時間尖叫出聲：「啊！這是……是……」我摸到一堆血肉模糊的腸臟。

迦南姨姨好整似暇地說：「別大驚小怪，若不是為了妳，我也不需耗用這麼巨大的能量，毀牆之餘再瞬間殺掉這兩個祕警。他們這樣死掉也算幸運了，若不是時間緊迫，我一定會把他們折磨得不似人形，以洩心頭之恨！」

「姨姨……」

「又什麼事？」迦南姨姨露出一臉不耐煩。

我顫聲說：「可以幫我救出諾生和那個地球少女嗎？」我不敢正眼望向迦南姨姨。

「哼！到這刻還在關心人家，待我們逃出這裡才說吧。」她斜睨著通道黑漆漆的一端，臉色凝重地重新把我揹起，再向著另一端急跑。

「姨姨……」

「閉嘴！敵人來了——」

2

「噠噠……噠噠……噠噠……噠噠……噠噠……」迦南姨姨收起臂上的異能，把全身力氣用在奔跑之中，同時我也開始感應到，身後不遠處有五股不尋常的殺氣正向我們急速接近。

「噠噠……噠噠……」

「咯噔咯噔……咯噔咯噔……咯噔咯噔……咯噔咯噔……」那皮靴奔跑聲愈來愈近。

「噠噠……噠噠……噠噠……噠噠……」

快追到了！我怕得緊閉上眼，抓緊迦南姨姨。

「就是這裡了！」

迦南姨姨把我放下，轉身按下身後的按鈕，然後只聽見背後「軋軋……軋軋」作響，迦南喝道：

「還蹲在這裡做什麼？快進去！」

迦南姨姨一手把我推了進去，我睜開眼，是一座電梯。與此同時，我看見通道的黑暗盡頭出現五道飛快的白影，向著這方向跑來。

「那些難纏的傢伙終於被他們追上了。」迦南姨姨語畢，收起笑容，鼓起全身力氣，登時殺意大盛。

「快按那一樓的按鈕，然後關門！」迦南雙手祭出的白色極光中，暗帶著一團白色的火焰，而這火焰更似一條白龍，圍繞著迦南雙手不停遊轉。

「不！我不可以丟下姨姨！」我哭道。

她回頭怒道：「再這樣婆媽，我就先殺了妳！阿爾瑪在等妳，快給我走！」

那五道白影已經清晰可見，是五個穿著一身白色緊身衣束的白衣人，他們手裡分別拿著不同形狀的武器，向著迦南姨姨衝來。

電梯門徐徐關上，我的眼眶滿載淚水。我看見迦南姨姨在電梯門前釋放出一道暗帶火焰的極光電網，然後，一聲猙獰笑聲下，化作一隻復仇厲鬼般衝向那五個白衣人身邊。

「波！波！波！波！波！」

一個接一個白色極光光球在通道來極速遊走爆破，同時爆出一道又一道不知是屬於迦南姨姨，還是那些白衣人的血花。

慘叫聲此起彼落。

「姨姨！」

電梯門快要關上之際，突然一個被撕下半邊面罩滿面披血的白衣人衝至我的面前，打算在電梯關門前，徒手撕掉阻隔著的電網。

「吱吱……吱吱……」是一陣燒焦的肉味。

「啊——」夾雜一聲怒吼。

我嚇得退到電梯的一角，眼睜睜看著那白衣人冒死把電網撕出一個缺口……他一雙溢出黑血的血目十分恐怖。他把上肢完全跨進電網內，更伸手要截停正要關上的電梯門。

電光石火之間，一道悽厲的叫聲，兩個噴得牆身、天花漫天血花的畫面，把我嚇呆了……

「不——」我驚叫道。

「砰！」電梯門闔上。

電梯以高速上升著，但我仍然未能從剛才的畫面中抽離……

那悽厲的叫聲是那白衣人的，他慘叫過後，就再也無聲息。是迦南姨姨……她突然閃身出現在白衣人身後，然後硬生生把他的脊骨從體內抽出，那瞬間的轉變令白衣人全身彎曲加上面容扭曲地嘶氣而亡。

血像噴泉般直噴上電梯天花板。

但迦南姨姨來不及反應，就被身後不知何時出現的斷臂白衣人，用僅餘的右臂把刀子插入她的後肩。

血噴得牆壁像開了血杜鵑般……

「不……不可以死……姨姨！」我不斷按著電梯內數字「五十」代表最低層的按鈕，但電梯上的樓層螢幕顯示，電梯正不斷以高速上升。

三十、二十九、二十八……二十三……二十……十五……

我腦海空白一片。

十二……八……七……六……五……三……

「砰！」電梯突然猛烈搖晃了一下，把我拉回現實，螢幕顯示電梯正停留在「二樓」的位置，但電梯門並沒有打開。

「啪！」電梯內的燈突然全滅。

我怕得抱著雙臂不停發抖，不斷在漆黑中視察四周，我已經想不到將會發生什麼可怕的事……

「軋……」

是一陣刺耳的金屬扭曲聲。

我噤聲，一直望著電梯天花上方。

「軋……軋……軋……」

那刺耳的聲音竟突然從電梯四方傳來？怎麼會這樣？

「軋軋……軋軋軋……軋軋軋軋軋軋軋……軋軋軋軋軋軋軋……」

我感覺到電梯在不斷搖晃！

「啊！」我怕得抓著電梯內的扶手，不斷尖叫著。

「軋——」一束強烈的光線由電梯一角射入。

一對不懷好意的眼睛由那缺口直盯著我，我雖目不能視，但仍能感覺得到……是殺意。

然後……忽然腳下一陣劇烈的晃動。

「什麼？」我感到腳下一虛。「啊——」

電梯的底部竟憑空消失了？不……不可能的！

我死命抓著電梯內唯一的救命扶手，在搖搖晃晃、生死牽於一線間。我在漆黑中看見又一對不懷好意的眼睛在死命盯著我……

他們都面戴著白色頭罩！

「不！不要過來……」是剛才和迦南姨姨對上戰鬥的那些白衣人。

他們向著我這邊小心翼翼地爬過來，我聽得見一些手指洞穿金屬鋼板的聲音，他們就像蜘蛛一樣抓著電梯牆壁向著我爬來。

無助、絕望的感覺令我瀕臨崩潰。

到此刻，我更想起諾生……不知道他此刻脫險了沒？嗚……我傻了嗎？難道這是臨死前的思念？我感覺到自己已經無力抓著電梯扶手，懸空的身子快要跌進電梯槽下的無底深淵，即將粉身碎骨。

「跟我來。」上方那個白衣人與我距離最近，他把手伸向我，打算把我攔腰抱著，而下方的白衣人則對我亦步亦趨。

抓著扶手的手腕傳來陣陣痠麻，我知道自己已支持不了多久……我感到絕望，但已決定不再回到那間地獄般的拷問室……我寧願死，也不願再受那班變態的折磨。

「對不起……迦南姨姨，再見了……諾生……」我閉上眼，放開抓著扶手的十指，身體急速向著電梯槽下墜。

「該死！」「媽的！」那兩個白衣人驚喊。

急速的下墜速度令我差點昏厥，但就在差不多同一時間，我竟被人憑空攔腰抱著，再急速爬升。那股對衝的衝力令我五內翻滾，差點吐了出來。在模糊間，我聞到一陣女子體香……

我脫口而出：「迦南姨姨是妳？」

「轟隆！」一陣爆炸聲從上方響起，一堆堆沙石鋼筋急速下墜，吸引著兩個白衣人的注視。

「接著！」那抱著我的人大喝一聲，便用力把我向上拋出。

從那聲音、身影，她一定是迦南姨姨無誤！她沒有死！

迦南姨姨那一拋的巧勁，蘊含著極大的動能，我只感到有如脫線風箏般極速地往上飛，更快得瞬間掠過本想伸手把我擒住的白衣人。

同一時間，迦南姨姨化作一束白色極光，向著那兩個白衣人疾衝，與此同時，我感覺不由自主向外拋飛的身體，竟瞬間在高速中停了下來。

在暈眩間，我看到一張滿面皺紋枯乾的臉，她對著我微笑，而此刻的我正伏在她的懷裡。雖然暈眩的感覺令我看不清她的樣子，但她抱緊我的感覺很熟悉……很溫暖……

就像小時候每次撒嬌不去入睡時，那個人總會一臉嚴肅，然後抱著我以仁慈的眼神哄我入睡。

她是……

「莎娅，安全了，不要哭，再沒有人可以傷害妳了。」那個披著黑色斗篷的老人，抱著我徐徐在空中飄落，最後落在一片草原上。

「嗚……嗚嗚……阿……阿爾瑪……嗚嗚……嗚……」我忍不住大哭起來。

「傻丫頭，我知道妳吃了不少苦。」她輕撫著我手臂上的傷痕，續道：「誰傷害妳，阿爾瑪要他十倍奉還！」

阿爾瑪把我放在地上，同時間身後傳來一陣悽厲怪叫，我回頭一望，見到兩道黑影從剛才被爆裂的洞口飛彈而出，再跌在我的身前。

我急急向後爬，怕得渾身抖震起來。

是剛才在電梯槽內的白衣人，他們都死了，瞧他們全身扭曲得不似人形，分明是全身骨骼都被擊碎了。他們的眼神均流露出絕望的恐懼，似乎在臨死前看到什麼令他們極度驚恐、喪失意志的東西。

這時一個渾身浴血、猶如惡鬼的人，在洞口躍出，落在我的眼前。

「阿爾瑪，都解決了。」是迦南姨姨，她傷得很重，頸後的傷口還在冒血，把她一身白衣染成血衣。

阿爾瑪斜睨了她一眼，便一直盯著草原不遠處的森林。

「想不到，這班祕警的實力竟比上次強了這麼多……」迦南姨姨忍不住吐出一口濃血。「但還是賺到了，竟讓我們毀掉這個倫敦近郊的總部……」

「來了。」

阿爾瑪嬸嬸化成一團黑影疾速向前。

「什麼？」迦南姨姨受傷勢影響下，反應慢了一拍。

然後，前方傳來一下耀眼的金光及連環爆破聲，阿爾瑪嬸嬸的身影再次出現在我們面前，而她身邊多了一個人……一個無論何時何地，遭遇任何危險都喜歡咬著棒棒糖的小孩。

「小華叔叔！」我忍不住喊了出來。

小華叔叔轉身望向我報以微笑，道：「好久不見了。」他的臉上、雙手布滿恐怖的血紅傷痕。

他向著阿爾瑪嬸嬸道：「情況……比想像中惡劣，若要全身而退，單憑我們三個傷疲之軀……」他舔一舔手上的棒棒糖，道：「除非有奇蹟出現。」

一向高傲的阿爾瑪嬸嬸沒有回話，只見她那件黑色斗篷慢慢隨風鼓起，周邊同時捲起數個細小的龍捲風，而每個龍捲風都蘊著一種令敵人聞風喪膽的力量——

絕望！

阿爾瑪嬸嬸雙手散發黑芒的同時，雙腳也漸漸浮上在半空中。已經無力再戰的迦南姨姨抱著我離開戰場，而小華叔叔則好整似暇地一口含著棒棒糖，同時伸出他那對金黃色的手，在阿爾瑪嬸嬸身後幻化出一個巨大的防護磁場。

而同一時間，森林內步出一群黑壓壓的……敵人。

他們均身穿緊身衣，遠看就像一支機械人軍隊，而帶頭的，我認得他，他也曾出現在拷問室……我不會忘記他臉上那道由左眼角至右臉頰的恐怖疤痕。

那個叫戴月辛的男人。

「又是那個怎樣也死不了的人，啐！」迦南姨姨吐出一口血痰，狠狠盯著那帶頭者。

這時，我發現天空上竟出現一個異象，不禁喃喃道：「怎麼這麼多閃亮的星星排列在一起？等等……那形狀……怎麼像十字架？」

迦南姨姨聽到我的說話，也抬頭望著夜空，驚道：「是九星十字連星？」

「什麼？」小華叔叔也被分了神。

就在小華叔叔分神間，戴月辛那方的白衣祕警向阿爾瑪嬸嬸他們發動總攻擊！冷不防地，一道比疾風還要快的身影迅速掠過迦南姨姨，然後在她身旁放下兩個沉甸甸的東西，再像野獸般一躍而過小華叔叔製造出的防護磁場。

他怪叫一聲，倒過來幻化成一堆黑壓壓的東西，捲起一陣令人作嘔的腥風向戴月辛一方疾衝而去。

小華叔叔喜出望外道：「蝙蝠！」

「什麼蝙蝠？是臭蟲！」迦南姨姨望向那黑影。

我跑去剛跌下來的兩個東西跟前，喊叫道：「是諾生！文頤？你們沒事吧？快醒過來啊！」

「嗯……這裡是……」諾生率先甦醒過來。

我開心地緊抱著諾生，哭道：「你沒事就好，是我啊！我是莎婭啊……」

諾生突然一瞬間回復知覺，脫口而出叫道：「文頤呢？文頤在哪裡？」

我的心，突然揪了一下。

「啊——」一陣悽厲的叫聲突然從交戰中爆發，剎那間將血戰中的雙方分隔開來。

全場的目光都被那叫聲吸引著，而那叫聲的主人正是戴月辛。他以手掩著流血不止的左耳，怒視著場中一個雖然滿身傷痕，但站姿仍然優雅的男人。

那臉色蒼白的男人，正手執著一些東西放在嘴邊咀嚼著，然後一口啐在地上，道：「肉質太老，還是臭的，傑克那傢伙怎麼會喜歡吃人肉。」

「亨利叔叔！」我差點以為自己作夢，亨利叔叔不是已被人割去雙手了嗎？怎麼竟完好無缺地出現眼前？

戴月辛像隻受傷的野獸在咆哮：「嗄……你……你死定了！」

「就看是你先，還是我先了，哈哈。」亨利祭起他一雙像藍寶石般的鬼手，釋出陣陣屍化毒氣。

「噗！」

「什麼？」

「噗！噗！噗！噗！噗！噗！噗！噗！噗！噗！噗！噗！噗！噗！噗！」

那班傷痕累累的白衣祕警，收到戴月辛的指示，竟同時間在腰間拿出一支細針筒，然後把針筒上的針插在手臂上。不到五秒，一場意想不到的逆轉竟出現眼前。

戴月辛怒吼：「今日，嘿……你們這班怪物休想活著離開這裡！」

在劍拔弩張之間，在場的人均沒有發覺，在九星十字架的天文異象下，一個少年，身體竟開始出現不尋常的異變……

他怔怔地望著天上的九星十字。

瞳孔閃現遠古圖騰。

皮膚逐漸變得白皙，閃耀出蛇皮紋理。

然後……

他，轉身，遙望交戰中的眾人。

流露厭惡的神情，喉頭發出低鳴怪叫……

兇性，瞬間，爆發！

六十六・殘局〔莎婭〕

1

英國，倫敦。

距離「倫敦市機場火車站」只有七分鐘路程的地方，一個當地居民很少進入的地帶——「泰晤士河畔工業區」（Thameside Industrial Estate）。

一直以來，在這裡往常出入的都是一些皮膚黝黑、身材壯碩的煉鋼工人，而在工業區進進出出的，都是一些安裝著巨大輪胎用以運送鋼材的大貨車。

但約在一年前，這裡出現一些變化，住在附近的居民再見不到煉鋼工人在此出入，更見不到一輛接一輛的大型貨車進出工廠。雖然如此，工廠的煙囪仍然在日間冒著白煙，而運送一些原材料、燃料的貨輪，仍然定期停泊在工業區的碼頭上。

據聞，這所煉鋼廠因為生意不景氣被迫賣盤易手，買家是中東某的油王富商。也有人流傳，這所煉鋼廠受歐洲經濟瀕臨破產影響，最終被中國政府屬下華資集團購入，所以引起英國國會反對派的不滿，準備入稟法庭興訟云云。

最後還有傳聞，煉鋼廠早就已經不煉鋼，但究竟他們日以繼夜煉的是什麼，又無從得知。唯一知道的是，煉鋼廠似乎不需要人手，因為打從一年前開始，附近的居民就不見工業區內有工人的蹤影，活脫脫就像一座死城。

夜裡，他們還會聽到不應出現在城市中的野獸低鳴怪叫。

因此，這裡漸漸變得人煙罕至。有傳聞曾經有人誤闖入內，最後人間蒸發，連手持搜索令的警方也束手無策。也曾經有人目睹，一些擁有四肢似人非人的爬行怪物從工業區走出來，惹得四周的流浪狗與「牠」展開追逐戰。翌日，該些流浪狗被人發現肢離破碎地散落附近一處岸邊的排水道，死狀恐怖，而那些似人非人的爬行怪物則仍未被發現。

也沒留下任何蛛絲馬跡……所以未能引證。

此後，工業區內工廠的煙囪仍每日規律地釋出白煙，但這區，已成為附近居民口中生人勿近的鬼域。

究竟真相是如何？不得而知。

而最奇怪的是，這區域竟沒有引起祕警處的注意，當地警區也沒有將此一連串的怪事向上級通報。究竟是巧合？還是別有原因？

唯一可以知道的是，「泰晤士河畔工業區」現在的持有人，按國家登記冊上註明是為德古拉家族持有，據聞家族當世的繼承者是一位世襲伯爵，名字好像叫……Henry XIII Dracula。

中文翻譯為，亨利．德古拉八世。

三日後，全球媒體報章、電視新聞、電台廣播繼續瘋狂報導一件國際大事。

倫敦近郊一處村莊離奇地消失在地球表面上，那突如其來的大爆炸所造成的破壞，從衛星影像看來，那片足有十座國際標準足球場面積的草原土地，不僅彷彿被巨大隕石襲擊而毀於一旦，地表更深深地凹陷下去，煞是恐怖。

是飛彈恐怖襲擊？難道一直為爭奪稀有的北冰洋天然資源而冷戰的英國、俄羅斯，兩國終於開戰？

還是英國政府擁有不可告人的地下核武計劃，因技術操控不當，而發生毀滅性的爆炸？

抑或是馬雅末日預言的先兆，地殼下突然出現不尋常的地熱，所以那處突然被消耗掉巨大能量，因而異常深陷下去？

同樣不得而知。

英國政府，甚至其聯盟國家美國、聯合國，均對此事諱莫如深……

英國政府更罕見地以事件仍在調查中為由，抵住媒體連日來的追訪壓力，而諸如美國、中國、俄羅斯，甚至歐盟諸國，均表示人造衛星當日探測不到任何異樣，更異口同聲地說，各國國防部翻查過所有資料都未能找到答案。

不止倫敦的居民感到恐慌，這事件引發的「未知」恐懼正不斷蔓延，更在全球開始發酵。

人類……認真脆弱得很。

「他們早就該只配當成食物，啐……」滿身污血的迦南，一邊細嚼手上還在滴血的新鮮肉塊，一邊盯著貨倉的大門，戒備之心前所未見，只因……

貨倉之內的一干人等，經歷倫敦祕警處總部血戰一役，不是傷重得失去戰鬥力，就是像小華一樣堅拒補充眼前的「營養素」，而顯得頹靡不堪。

「嗚嗚嗚嗚——吼！」

「吼吼吼吼！嗚嗚……」

「亨利，管好你那些『狗』，叫牠們別再在這裡『狗咬狗』、自相殘殺，很煩人啊！」迦南隨便在地上那堆血肉模糊的肉塊中，撕下一塊大腿肉拋給亨利。「沒想到我們要淪落到吃些下等生肉。」她瞄了一眼蹲在貨倉門口那些「看門狗」，露出一臉厭惡的神情續道：「叫牠們走遠一點，我不想再看到牠們那醜陋的模樣。」

亨利抹掉嘴角不斷溢出的黑血，接過迦南拋來的大腿肉塊，放在嘴裡大口撕吞著，吃到最後，連大腿骨骼上的軟體組織、夾雜著骨骼中的骨髓都不放過，然後才不捨地吐下一地碎骨，深深呼了口氣，向著迦南冷笑道：「嘿……有沒有聽過一句說話叫『知恩圖報』？若不是牠們，妳可以吃到這麼新鮮的『食物』嗎？」

迦南沒有回話，只斜睨了亨利一眼。若非她腰背受創甚深需要倚牆靜養，藉此減少活動令傷口盡快癒合，她早就忍不住要向亨利動手……至少，像過去一樣，誰頂撞她，誰就要捱她巴掌。

亨利如是，傑克、羅托斯、項月、小華等等也如是，除了大姊阿爾瑪，自幼刁蠻的迦南一直受大家忍讓。

「軋軋軋……」貨倉門被推開了。

亨利指著貨倉門前一道漸漸走近的黑影，乾咳一聲，笑道：「還是一號最得我歡心，嘿……咳咳……咳……咳咳咳……來……來給我看看，咳咳……你帶回什麼獵物……嘿嘿……」

「別讓莎婭看到。」迦南輕聲道。

「嗯？」剛被阿爾瑪嬸嬸用力量救醒的我，聽到我的名字，雖然體力仍未恢復，視力仍矇矇矓矓，但仍好奇地循亨利叔叔所指的方向望。可惜，只能看到亨利叔叔的側面身影。

但我感覺得到，有一隻類似動物的東西，拖著一件沉重的物體，向著亨利叔叔那方向走去。

「咳咳……嗄……實在太好，太好了……很新鮮，嗦嗦嗦……這些血很香，一定很鮮甜……咳咳……」在幽暗的貨倉內，憑著那昏昏沉沉的殘黃燈光，我好像看到亨利叔叔嘴裡那隻尖長的獠牙在冒著寒光。

「變態。」迦南姨姨別過臉，喝著她手上鐵罐裝著的「飲料」。

「妳有資格說我？嘿……」亨利叔叔冷笑著，然後低著頭繼續大快朵頤。

「嚓！咕嚕咕嚕……嚓嚓……咕嚕……咕嚕咕嚕……」

阿爾瑪嬸嬸沒有理會亨利叔叔和迦南姨姨，逕自走到貨倉另一角，查看傷得比亨利叔叔、迦南姨姨輕，但此刻正全身乏力、氣若游絲的小華叔叔。她低語道：「仍是要那麼堅持不吃不喝嗎？」

小華叔叔搖搖頭，勉強地掀動嘴唇笑道：「我好不容易才戒掉它……不吃了，大姊……妳剛用『移動黑洞』把我們送離險境，損折了不少力量，又為了照顧我們，輸送了不少元氣，我那份就留給妳吧。」

望著小華，阿爾瑪臉上罕見地抽搐了下，轉眼間回復平日的深沉冷漠。她轉身拾起地上那鐵罐裝著的「飲料」，即亨利口中的「食物」，一邊喝，一邊走到貨倉內另一個角落。

「大姊，謝謝妳。」

「……不用謝，你不計前嫌回來幫忙，就算扯平吧。」阿爾瑪孀孀的身影隱沒在昏暗的燈光中。

我望著遍體鱗傷的小華叔叔，突然想起另一個人……一個我愈來愈牽腸掛肚的人。諾生呢？諾生他怎麼樣了？他在哪裡，有……有逃得出來嗎？

我雖然疲倦地連舉起一根指頭都覺無力，但仍然依靠視力，不斷在燈光驟明驟暗的貨倉內搜尋，希望找到諾生的蹤影。

但我的願望……又再度落空。

莫非他真的……不！不會的……你不會甘心就此死掉的，你還未找到你心目中的那個她……一念至此，一個接一個的幻象在腦海重新湧現，其中，更出現一個女子的身影。

「不！你已找到她……但那又如何？這樣你就可以死去嗎？」我喃喃地說。

我陷入難以自拔的零碎回憶當中，喃喃地續道：「我記得……在爆炸前的一刻，諾生……諾生他與我擦身而過，他不是跑來保護我……他甚至連正眼也沒有望我一眼，就越過我的身邊，直奔向文頤那裡……當時四周燃起灼熱難擋的爆炸高溫，那一個接一個的猛烈炸彈，令腳下的土地都彷彿要下陷！我記得……我記得當時離我不遠的地方爆出震耳欲聾的巨響，一片又一片鋒利似刀的碎石向我襲來，我好像被人凌遲一樣……很痛，一抹又一抹的血花從我被割開的傷口中散開，而我也被爆炸的巨大衝力擊飛向半空……

「我感到全身骨骼都好像碎了，暈頭轉向之下不自覺地再喊了一聲『諾生』……但你沒有聽到……在我失去意識前，我隱約看見……你死命抱著文頤，把她擁在懷裡，寧願用整個背項抵受爆炸的衝擊和碎石的傷害，都沒有捨她而去……她真的對你很重要，甚至賠上了性命也要保護她……之後一個像火球般的東西在我眼前出現，把你……不，應該說把你和文頤從我的視線裡分隔……再消失無蹤，而我在猛烈的衝擊下，就似斷線風箏般彈飛老遠……在失去知覺前，我見到一件黑色斗篷在我眼底飄過，最後再也感覺不到痛楚……」

我緊抱著雙臂，身體忍不住顫抖起來，我咬著唇自言自語：「是阿爾瑪嬸嬸，她救了我……」

2

當時究竟發生什麼事……

迦南姨姨……阿爾瑪嬸嬸……

我想起來了。當時情況真的很危急，當我被阿爾瑪嬸嬸從地底電梯槽救回地面之際，諾生和文頤也被亨利叔叔救了出來。

但同一時間，在廣闊的草原上，竟陸陸續續出現一班穿著白色緊身衣束的男人。雖然我只是豎琴聖女，很少參與戰鬥，但從那班人身上，我也感覺得到濃烈的殺氣和鬥氣。

尤其為首那個血流披面的短髮瘦削男人，我記得他……他叫戴月辛！他那雙眼透射出來的，是一陣懾人的壓迫感……我從他眼神感應到，他有一種渴望著毀滅一切……包括眼前的人，甚至所有生命的慾望。

還不止，那個曾經在拷問室窺探過我記憶的男人，雖然我們只有很短暫的精神力接觸，但我仍然憑感應力，隱約看到他擁有一股非比尋常的邪能，而這股邪能像極一隻想要撕天毀地的老虎。

當他再次出現眼前時，我就已有種不祥之兆……

果然，在他一聲令下，那班原本實力遠遜於亨利叔叔他們的白衣人，竟不知弄了些什麼，變得兇猛暴戾無比。阿爾瑪嬸嬸無法再向他們輸以絕望的幻象，傷重的迦南姨姨更不能用透明鬼手，令敵人迷失理智互相廝殺；她們只有以純粹肉體的方式戰鬥，以一敵十力挽狂瀾。

至於亨利叔叔，他為了保護我們，以身擋在我們和那個瘦削男子之間。叔叔時而幻化蝙蝠飛到敵人背後使出偷襲攻擊，時而化為巨大的黑龍捲風，把敵人牢牢地困在風暴中，再施以突襲。

他那雙獠牙和那對長滿十指長甲的利爪，把那個叫戴月辛的人瞬間化為血人，我聽得出亨利叔叔的笑聲，他是在虐敵……完全享受著敵人被他凌虐的滋味。

我雖然知道他為我們而戰鬥，但我無法騙自己……我感到很心寒……

戰鬥的殘忍，戰鬥的血腥，令我不自覺流出兩行不知所以的淚來。

我很想說服自己，眼前的都是幻覺。

但一想到巨奴叔叔的慘死模樣，自己剛才在地下牢房被凌虐的痛苦，心底就有股渴望，一股希望亨利叔叔盡情把敵人折磨、好替我們報仇的慾望，光明和黑暗的情緒對立，令我瀕臨崩潰。

突然，一聲從我背後喊出的慘叫，把我的思緒拉回戰場上……

「啊——」

是文頤！

我回頭一看，一股濃烈的血腥味迎面湧至，我的臉、衣衫都被突如其來的鮮血所染污！那個白衣人在文頤面前，被人徒手撕成兩半……肝腦滿地、血脂遍地，死不瞑目。

而殺人者，只低首望著文頤不發一語。

在暗淡的九星十字映照下，那人隱約顯現在白皙皮膚下的蛇皮紋理，閃閃生光清晰可見；他的雙手還沾著黏稠稠的皮肉，指甲邊還滴著的血水，我感到很陌生……

「諾……諾生？」

他當時聞聲，回首凝視著我，接著突然狀似痛苦地半蹲在地上，抱著頭哀嚎，我和文頤都不敢靠近他。

此時，形勢又再度逆轉，過程我不太清楚，只知道一道黑壓壓的身影突然從天而降，直直轟落在我和諾生之間。

「亨利叔叔！」我驚叫。

他整個人被轟入地上、口吐黑血，在被爆破的袖衫上，出現四個深陷胸膛的駭人拳印。

「別過來……」

說時遲，那時快，一個黑影高速從上落至，更狠狠踏在亨利叔叔脆弱的頸動脈上……是那個戴月辛，但當我望著他時，感覺他又再一次起了變化。

他赤裸上身的肌肉雖然堅實，但竟是彷彿失去彈性般地枯乾，而最明顯的變化，是他一雙瞳色竟變成暗紅血色。

不似人，更似一隻惡魔。

「喀啦！」他似乎快要踏碎叔叔的喉骨，而在遠處戰鬥的阿爾瑪嬸嬸、小華叔叔等人鞭長莫及。

我怕得雙腳不停地發抖。

就在這時，那傢伙身後突然出現一陣野獸般的吼叫，然後，詭異的事發生了……原本勝券在望的戴月辛，隨著一下爆裂的聲音響起，原本堅實的背肌，竟突然高高鼓起……還隱約看見一條脊骨的紋理在表皮顯現。

我記得，他那暴凸的雙眼充滿不解、恐懼和不忿，然後來不及反應，身後再來一聲吼叫後，他整個人就像炮彈般被轟出三十多呎外。

是諾生，那是諾生的吼叫聲！

待揚起的沙塵落下時，我看到的，竟不是威風凜凜、維持出拳狀態的諾生，而是突然收起狂態，雙目流露柔情，已準備扶起文頤的模樣。

但這畫面只維持五秒？兩秒？甚至更少……

之後，地面猛然震動，那突如其來的大爆炸取代本來下一秒將要發生的劇情。

告訴我……一切都是錯的。

告訴我……我感應到的都不是真的。

我竟然不希望諾生回復記憶……我更不想知道，心底渴望諾生永遠失憶的原因……

因為，我竟然愛上了他。

只為了一個連我也不弄清楚的理由。

然後，影像快速褪去，思緒回到現在，我終於在昏暗的貨倉內，找到心心念念的人。

諾生。

他不知何時，已默默坐在這貨倉唯一的窗戶下那三層貨架上，而他的目光，沒有一刻離開過躺在不遠處，仍在昏睡中的文頤。

是守候。更彷彿在守護最重要的人。

「滴答……滴答……」

「這是什麼？」一些黏稠的液體滴落在我肩上，將我的注意力抽離諸生。

我沿著液體滴落的方向向上望……

逆光下，那黑壓壓的東西究竟是什麼東西？

「嗄！」一陣腥風迎面向我撲來！

我慌忙急步後退的同時，終於看見……是……是怪物！

很噁心，那長有人類頭顱，但四肢扭曲得像蜘蛛爬行狀態的怪物，正黏著牆壁爬下向我逼近……

牠咧著長有無數倒勾狀獠牙的嘴巴，滴著奇臭無比的唾液，還揮動長有尖刺的前肢在恫嚇著我！

「嗄——」

「噗！」血花四濺。

我忍不住驚叫出聲。

「嘰哩咕嚕……」一顆圓圓的東西在地上滾動，一直滾到迦南姨姨身邊。

然後——「喀嘞！」

碎了，那怪物的頭顱被迦南姨姨踏得稀巴爛。

迦南姨姨冷笑道：「你不是說一號最得你歡心嗎？竟然趁你一個不注意就差點吃掉莎婭。」

亨利叔叔在衫袋拿出手帕，抹掉手上的綠色液體，不慍不火地說：「養不熟，就人道毀滅。」他斜睨著瑟縮在貨倉門前一角的那兩個黑影，意有所指續道：「別以為懂抓幾隻獵物回來就敢放肆，認清楚這裡誰才是主人。」

「我實在不明白你，非要將這裡的工人弄成這般怪物模樣……哦！難不成是你研究病毒出錯，他們才變成這麼醜怪？還是你一直沒變，天生就喜歡製造怪物？」迦南收起笑容，道：「這些怪物除了樣子醜陋外一無是處，若不是老娘今日落難，我才不會住進這個臭氣沖天的地方。」

「夠了，你們兩個吵夠了沒有？」坐在一角冥想中的阿爾瑪忍不住喝道。

亨利叔叔沒有理會迦南姨姨，俯身扶起我，問：「莎婭，有沒有弄傷妳？」

「不礙事的，叔叔你們不用擔心。」我嘴裡不說，但其實心有餘悸。

這時，虛掩著的貨倉被一陣強風吹開，街外微弱的月光光線，照著貨倉門前剛才亨利叔叔用餐的地方。我瞟了一眼，同時驚住……

「叔叔……你們……」我感到一陣暈眩，想起剛才亨利叔叔進食的模樣……

還未吐出最後那兩個字，我的腦袋已一陣熱血往上衝，失去知覺暈倒地上。

是「食人」。

六十七・祭品〔莎婭〕

翌晚，子夜，「泰晤士河畔工業區」海堤邊的一處落貨碼頭。

河水很靜，水面很清，雖然這裡是工業區碩果僅存兩個落貨碼頭之一，但看到附近殘破的荒廢設施，我想，這邊的碼頭應該很久沒人使用過了。

但那又如何？對我來說，這裡只是一個給我喘口氣、排解心裡鬱悶的地方。

亨利叔叔說，兩小時後，我們就可以離開這個叫倫敦的鬼地方，然而下一站到哪裡？叔叔沒說，我也沒有問。

也許在我內心深處，早已覺得到哪裡都是一樣。

不是被追捕，就是被拷問、虐待、宰殺……坦白說，我開始後悔來到這裡。

原本還未出發到地球前，我一直憧憬著這個世界有多美麗，生活在這裡有多美好。至少，不會像我的出生地那樣，生活在那裡的人民每天受盡天災折磨，世界也瀕臨毀滅。相反地，這裡可供呼吸的每一口空氣，清新之餘亦沒帶著半點火山灰塵的燒焦味道。

但一切都是我的先入為主，我開始發覺，這世界原來也開始瀕臨崩壞，尤其人心。

我感應到，四周圍的花草樹林、飛鳥昆蟲、大地海洋都在恐懼哭泣，牠們告訴我，這世界不知何時開始，被人類黑暗的心靈所污染，世界竟步入生命倒數終結之期。

但那又如何？對我來說，這世界何時終結、被誰終結，如何終結都好……一點都不重要。

因為一切的一切，都抵不上我現在承受的痛，是心痛。

「嘩啦嘩啦——」外面開始下著摻著雪的雨。

世界末日關我什麼事？我本就只是個微不足道的豎琴聖女，拯救世界根本與我扯不上任何關係；我來到這個世界，就只是為了那個在血池重得新生的諾生。

是他，告訴我失去記憶有多痛苦，所以他要尋根；是他，令我初次感覺到原來「愛」是怎麼一回事，原來「愛」一個人而又無法得到，那種痛又是怎麼一回事。

此時此刻此地，我多希望自己可以忘情割愛，把滿腦子諾生的影像都消除，內心無時無刻記掛著諾生的感覺可以消退。我很想知道……很想明白……自己究竟為什麼會愛上諾生？

是因為可憐他的身世？

不是的。我內心堅定地答。

是因為欣賞他追求愛情的執著？

我搖搖頭。應該不是。

還是，因為看見諾生捨身去愛文頤，而偏偏知道這份愛情自己永遠無法得到，從欣賞轉化為嫉妒，更令我盲目地去偏執愛著諾生，渴望得到他的垂青？

「我不希望這樣……不……根本不是這樣，不可能……怎麼會……」我感覺胸口傳來一陣絞痛。內心很矛盾……昨晚，我竟然為了一己私心，背棄道德地偷偷潛入諾生的記憶裡。我感覺得到，他內心那扇閉鎖著的門已經開啟，所有前生記憶都已經解鎖。雖然窺探不到他的記憶內容，但我可以感受得到，他對莊文頤有一份深切濃厚的愛。

原本，我應該替諾生開心，但當見到諾生對我冷淡的態度，又奮不顧身捨命去救文頤時，我就感到難受……更恨不得……恨不得文頤未曾跟諾生重逢！

「不！我不可以這麼想……我怎會如此自私……」我滿腔罪惡，抱頭低聲哭泣起來。

而這刻，我渾然不覺，一個身影早在不遠的暗處，一直盯著我。

「噠噠……」

他有如鬼魅地突然閃身在我身後出現。

「誰啊？」我回頭一望。

「是我。」

「亨利叔叔？你……你為什麼知道我在這裡？」我抹乾臉上的眼淚。

「叔叔見妳一人心事重重走出貨倉，擔心妳的安全，所以便跟著妳來到這裡。」亨利叔叔頓一頓，笑道：「叔叔也是善解人意的，見妳想得入神，便只站在遠處不來打擾妳。」

我點點頭，然後轉身倚在欄杆，望著底下的河道，不發一語。

「妳喜歡上那個小子了？」

我沒有想過亨利叔叔有此一問，只能流露愕然的神情，不知如何回答。

「叔叔已經知道了。」他伸手輕撫著我的臉，道：「喜歡一個人並沒有錯，叔叔年輕時也曾愛上過兩個女子。」

「兩個？其中一個是迦南姨姨？」我好奇地問。

「當然不是。」亨利叔叔雙眼閃過一絲傷感，然後抬頭望著天上正飄下的雪花，道：「她們兩個都是地球的女子，其中一個長著一頭金色直髮，長得很美，渾身散發出令人不得不愛的魅力……」

「叔叔一定很愛她。」

「我真的很愛她，我們還一起生活了一段愉快的日子，可惜……」亨利叔叔臉上閃過一陣陰霾。

「可惜什麼？」

「可惜她是祕警處派來的臥底。」叔叔嘆氣道。

我心頭一震，問：「叔叔你……殺了她？」

亨利叔叔收起笑容，若有所思地說：「沒有，但她最終是死了。」

我沒有追問，叔叔隔了五秒，這才續道：「她被我發現了臥底的身分，但我實在太愛她，所以不忍痛下殺手，最後便放走了她。而我從她的記憶中窺探到，她接近我，其實是為了另一個男人……」

叔叔在衣袋裡抽出一根菸，再用指甲輕快刮了下金屬護欄，用那摩擦出來的火花來點燃著手上的菸。他深深地吸了一口，道：「那男人同樣是祕警，為了逮捕我，他派自己的女人來色誘我，想引我落套，可惜被我揭穿了。」

「利用感情的傢伙，真卑鄙！」

叔叔呼出一口菸，嘆息地說：「我真不應該給她走……她回到祕警後，那男人懷疑她變節了，便對她嚴刑逼供。她承受不了，就在倫敦的地下囚牢內被活活打死。」

我想起自己也差點死在那裡，內心猶有餘悸。

「可惜直至今天，我還未能找出那個殺人兇手。」

叔叔拋下還餘半截的菸，低首望著我道：「雖然叔叔在地球人眼中是無惡不作的惡鬼、異類，但我也曾經愛過。愛一個人真的很磨人，而究竟該怎樣去愛，叔叔教不了妳。如果要強迫自己不愛，叔叔會說，不如就隨心讓自己去愛，結果如何並不重要……重要的是妳經歷當中的過程。」

我默然，腦裡反覆在想亨利叔叔的話。

「時候不早了，我們回貨倉與阿爾瑪會合吧。」

我跟在叔叔身後，走過路邊昏黃的街燈下。望著他的背影，腦裡突然湧起在貨倉內看到的噁心畫面，心裡盤算著該不該說出內心的疑問。

就在我仍猶豫時，走在前頭的亨利叔叔沒有回頭，但竟彷彿看穿我的心事，突然開口道：「莎婭，妳是不是想問我，為什麼我們會吃人。」

「嗯。」既然叔叔直接問，我唯有坦承地點點頭。

「我和阿爾瑪、迦南他們，跟妳不同，要補充戰鬥流失的精神元氣，最直接的，就是把那些邪惡後裔吃進肚裡，將他們的骨肉血都轉化掉……不然，就會像妳那個小華叔叔那樣頹靡虛弱。敵人是不會給予喘息的機會，弱肉強食的世界就看誰比誰恢復體力得快。」

說著說著，我們已走到大家所暫住的貨倉外，亨利叔叔一手便推開貨倉大門邁步而入。但當我踏入貨倉後，卻感到有點不對勁……

「怎麼……亨利叔叔……我……很暈？」一時間我站立不穩，跌坐在地上。

亨利這時也察覺到情況有異，全神戒備之餘，也發現原本守在貨倉門口的兩隻異變人竟昏睡過去，而就在不遠處的迦南和小華更是全無警戒地昏睡著。

朦朧間，我望向文頤和諾生所在的二樓方向，隱約見到一個黑影在迅速移動，同時，那黑影手上釋出一個似是帶電的光球轟向文頤，驚道：「叔叔……那裡！」

「大姊？」亨利向那裡疾衝。

「啊！」我聽到，是文頤的慘叫聲。

但我顧不了她，因為同一時間，我全身似被電擊一般，很痛……痛得令人想死！

「啊——」我痛極喊了出來，雙目亦隨即失焦，一股絕望的恐懼隨電擊蔓延全身，我有種靈魂快被抽離軀體的感覺。

全身感覺很輕……很輕……再也感覺不到痛楚……是要死了嗎……

咦？那道門……難道是傳說中的地獄之門？等等……我還不想死……我還有話要跟諾生說……

「軋……」門打開了。

這股吸力……不！不要把我吸進去……不要啊！

「抓住我！」

是亨利叔叔？

「快，抓緊我！」

「嗯！啊——」

兩股力量互相吸扯下，我快要被扯碎了。

「啊——」

「行了！」

一陣劇痛，一束極光，數秒間，我感覺靈魂再次回到軀體內。當我稍稍回復知覺時，聽到數道聲音在耳邊響起……

「怎麼會這樣？我打出的一擊，莎婭竟無緣無故幫她承受了一半的傷……」是阿爾瑪嬸嬸。

「咦？你們看！她們兩人的背部都有一個蛇型胎記。」是迦南姨姨。

「難道……」

「沒錯！是雙生子……一定就是當年的雙生子！」阿爾瑪嬸嬸罕見地驚叫出聲。

「莫非這個地球少女，就是二十七年前被項月擄走的那個？」小華叔叔虛弱地說。

「大姊……那誰才是大長老口中的……祭品？」

什麼？

「走！亨利，帶我們去找那個瘋子……」

等等……什麼祭品？

阿爾瑪嬸嬸、叔叔……我……竟是祭品？

六十八・承諾〔司徒凌宇〕

1

六日後，二〇一二年十二月二十二日，夜裡。

被暴風雪圍困了超過兩星期的紐約，暴雪雖然罕見地停止，但氣溫仍只回升至零下十五度，是有紀錄以來紐約最寒冷的一個冬天，也可能是紐約市民度過的最後一個冰封的冬天。

在紐約市曼哈頓最南端的巴特里公園，已經沒有多餘的遊人，更沒有市民願意冒著寒風在這裡逗留片刻。避寒是其中一個原因，更大的理由，是他們寧願花費可能是人生最後一秒鐘在跟家人團聚的機會上，也不願白白浪費僅餘不多的時間。

沒有聖歌、沒有聖詩班的聖誕夜前夕，只有一個沒有家的男人，願意獨自坐在巴特里公園臨海堤岸旁上，無懼風雪，無懼凍傷，無懼孤寂，一直耐心地等著……等著不知是人，還是某些事情的發生。

那個戴著十年如一日黑色粗框眼鏡的男人，迎著凜冽的海風，孤獨地遙望著象徵自由的女神神像。他竭力抑壓身上無時無刻散發的濃烈貪食殺氣，一邊沉思，一邊提筆打算寫下他人生中的最後一篇日記。

同時，思緒回到三日前的一番對話。

「凌宇，天地間，究竟是不是仍然有一種不可動搖的真理，名叫正義？」在遊輪上，翟靜站在船頭，遠眺著快要看得見的紐約海岸，剎有其事地問身邊她一直傾慕的男人，司徒凌宇。

「沒錯。」

「那你的正義又是為了什麼？」

我沉默半晌，道：「為了愛。」

這答案似觸動了翟靜的情緒，她別過臉幽幽地說：「愛？這樣做，值得嗎？」

我不假思索地答：「值得。」

「那你愛的究竟是誰？」

我沒有回答，也不知該如何回答。我知道自己此時應該要回答她，可惜，此刻的我根本不配……因為在我的愛裡，佔據著兩個女子身影，而我對她們就只有辜負、愧疚、悔恨、無奈，還有剩下……彌補。

所以，我的愛，只能把它繼續藏於心底，而推動我執行正義的力量，就從私愛轉化為大愛。我要在所餘不多的時間，運用雙手寄存的鬼手力量，以暴制暴，拯救所有人類，實踐我心中的正義。

而這，就是我現在所說的愛，我的正義。

也是跟霍華最後一次在香港見面時，在九如坊大廈天台上說過的男人與男人之間的承諾。

「呼——」

海岸颳著的風愈來愈烈，把我思潮起伏的情緒「冷凍」下來，接著，我揮動手上的筆，寫下最後一篇日記：

……

已經找了兩日，仍然沒有霍華的半點音訊，我的焦慮，已漸漸演變為恐懼。我不容許再有人因我而失去生命，詠芝如是、霍恩如是，今次就輪到霍華……

自從異世界回來地球那天開始，恐懼的感覺就沒有一刻離開過我。因為我不確定，寄存在我體內的魔鬼何時會違背承諾，把我的軀體、意識完全佔據，然後令我真正成為人類的公敵，一隻嗜血的惡魔，最後不單失去理智手刃親人，更造成生靈塗炭。

我現在唯一可以做的，就只有記錄。記錄我這些年所做的一切，要人知道司徒凌宇究竟為何而戰、為誰而戰，而極惡刑警根本不是坊間所傳的那個十惡不赦兇徒；他的存在，是為了正義。

但我其實早已厭倦了戰鬥，更討厭那帶著濃烈血腥味的地獄戰場，但我知道必須要繼續戰鬥，至少還有這一次。

因為這是男子漢一個鐵價不二的約定，一個摯友間誓死相隨的承諾。霍華，你很勇敢，你終於為了生命中的所愛，明知強弱懸殊，還是踏上了戰場。

但你不會感到孤寂。我答應你，就算你被趕進黃泉彼坡之上，我也會來跟你作伴，更會把所有敵人拉下陪葬。

終結的一刻快要來臨，等我，我們約定要為正義而戰，為屬於自己所愛而不惜犧牲一戰！

司徒凌宇　絕筆

鋼盒子內。

「啪！」寫下最後一句後，我蓋上日記本，然後小心翼翼地把它藏在一個有電子密碼鎖保護的精

「嗶嗶，嗶嗶嗶……嗶，咔！」輸入十六位密碼，鋼盒鎖上，我把它放入大衣衣袋內。

這個由高科技保安系統保護的鋼盒，是翟靜專程拜託祕警處加賀博士所造。我不知道她編了什麼謊話令加賀博博士肯首製造，但可以確定的是，這個看似平平無奇又極其纖薄的鋼盒，據說連精鋼製造的爆破子彈都可以擋下，尋常的解密系統根本就無法動其分毫。

很誇張吧？為了一本日記要這麼大費周章。

沒錯，這是一本日記，但同時也可能是一本足以命名為《世界末日真相》的書籍。因為日記內記錄的，除了我每日的心情起伏、這兩年間對付「奎扎科特爾教派」的細節，以及他們種種的陰謀外，更有另一個人的筆跡……那個總趁我精神鬆懈時突然現身的傢伙。

他是肉身已死的「奎扎科特爾教派」七護法之一，項月。他跟我一樣喜歡寫日記，而他寫的，大部分是關於異世界的災變，更有一些關於他小時候接受訓練、長大後接受大長老任務的經歷，當然，少不了他在日記內容埋藏「奎扎科特爾教派」準備滅世的因由。

雖然他沒有說，但我感覺得到，他跟我有相同的想法，都希望將「真相」保留下去，讓往後碩果僅存的人類……或者說讓他自己的族人，可以得悉箇中的原委，警惕他們的後代。

但我深明世界還未到末日，充滿野心、肆意擺怖陰謀的人都不希望這本日記傳世，所以我唯有暫時把它好好收藏著，以免它被人發現、銷毀。

「奎扎科特爾教派」的人當然是邪惡的佼佼者。

祕警處的人也不見得都是代表正義，甚至……擁有更陰暗的一面。

而我可以信靠的人就只有兩個，一個是翟靜，另一個是霍華，所以打開鋼盒的密碼就只有他們兩

人才知道。翟靜我已經親口跟她說過，而霍華，翟靜說她會替我打點一切，務求密碼可以交到他手上，而又不會中途被人攔截。

我信任翟靜。

所以沒有多問就交由她處理。

話說回來，那個怪異的天文異象雖然令人分辨不到太陽是旭日初升，還是日落西山，但幸好在九星十字連星下，時間和空間還沒有遭遇任何影響，手錶上的時分秒針仍是不分晝夜地運轉。

我垂首看一看手錶，現在已六點四十三分，一向準時的翟靜怎麼到此刻還未出現？

「不是說六點三十分在巴特里公園見嗎？難道我的記憶力真的退化到連這些都記不了……」我拿出手機，準備打電話聯絡翟靜。

我用「常用聯絡通訊」快速找到她的電話號碼，然後按下「Daisy」的名字，電話撥出，等待接通……

「嘟……嘟……嘟……嘟……嘟……嘟……」

五秒……十秒……十五秒……直至電話被轉接到語音信箱，我只好掛斷再次撥打。

「嘟……嘟……嘟……」

翟靜一直沒有接聽。

「發生什麼事……」我泛起一絲的不安。

我記得翟靜說過，昨晚戴月辛透過衛星電話聯絡她，說祕警處已經掌握「奎扎科特爾教派」位於紐約分部的詳細資料，示意她去布魯克林區一間叫「Blue Bar」的酒吧收取資料，還有一個任務要她執行。

我當時聽到後腦海閃過一絲不對勁，然而又說不出所以然。但翟靜笑說，若她帶著我這個已是祕警處頭號通緝犯的人招搖過市，更會引人懷疑，所以我才決定不隨行，改相約在這裡會合。為了避開耳目，我更特意要求翟靜替我易容，相信就算是霍恩，也難以輕易認出我。

試問有誰會想到，司徒凌宇竟然會是個手拿拐杖，佝僂著腰，臉上布滿皺紋的老人？

「請於嗶聲後留言……」

「嘟！」不安令我失去耐性，掛斷手機後，我隨即打算動身離開巴特里公園，直接到「Blue Bar」找翟靜。

忽然，雪地上傳來一陣「噠噠……噠噠……」的腳步聲。在身後。

我轉身斜睨著，原來是一對中年男女牽著一個綁著雙髮辮、笑容可掬的小女孩，在公園內散步。他們沒有理會我，冒著開始下的飄雪，向著我這邊的堤岸走過來。

「噠噠……」

我把頭上的貝雷帽壓得更低，掩蓋雙眼位置，然後拿著拐杖，裝作看不見他們，一步一拐地向著公園出口方向步出。

與他們擦身而過。再逆向而走。

「啪！」

「什麼？」我吃了一驚。

「啪！啪！啪！啪！啪！」雙手突然傳來六次極度的痛楚，我勉強拿著拐杖不讓它摔落在地上，同時看到，曲張的手背上那些暴漲的青筋在亂跳著。

但十指痛徹心扉的感覺，比不上我此刻心頭的震撼……是預警？但這次的預警代表……

「莫非翟靜遇到什麼危險？」我暗自心驚，我沒有忘記，每次預警出現時，除了向我警示危機將至，更代表著我身邊的人將會遇到不測。不！我要阻止它發生，翟靜……她對我很重要……不！不可以。

我腦海同時閃過已死的孟芷琪、不知所蹤的詠芝。

當我收起手上的拐杖，準備跨出一步急奔至公園入口時，腳下竟傳來一陣異樣……

「咦？這震動……」

不止我站著的地方，就連……連整座公園都傳來一陣不尋常的猛烈震動，四周的樹林被震得左搖右擺，一陣劇烈的暈眩感襲來。

「難道是地震？」我被迫半蹲在地上，喃喃地說：「等等……這龜裂的聲音……」

我垂首一看，發現一條又一條的裂紋從我剛才坐著的那堤岸開始蔓延開來，我隨即想起，剛才在我身邊經過的那家人……

當我打算回頭一望時，雙手再次傳來一下令人痛得離魂的痛楚……

「啪！」

是第七次預警？

「啊！」這慘叫聲……是剛才的女童！

來不及了！

「轟隆轟隆轟隆轟隆轟隆轟隆……」一下接一下震耳欲聾的爆炸聲從地下響起，整個巴特里公園的地面剎那間分崩瓦解，瞬間地陷！

我頓時感到腳下一虛，整個人急速下墜，同一時間，我看到不遠處那個女童。她的父母不見了，只見她跟隨四周的碎石，一同向黑得不見底的坑洞墜下。

在生死危急關頭，我再顧不得被可能潛伏在附近的敵人發現蹤影，立即祭起那對剛平復預警痛楚的鬼手。霎時間，一陣奪目的紫色光芒從我雙手散發出來，像一個保護罩般把我全身緊緊包裹，一股貪食的惡魔形相在我身體浮現。

我趕緊憑著鬼手的力量，再借助下墜之勢的石塊，化作一個如鬼魅般的黑影，向著正在以自由落體速度下墜的女童撲去。

「嗚——」那女童下墜的速度很快。

我轟開數塊巨大石塊，穿過一堆割體生痛的碎石，以高速直撲至女童身邊，然後繞過她的身後，再把她攔腰一抱入懷。

「抓緊我！」我感覺到她用力抓著我的手臂，小手的指甲甚至深深插入我的肌肉內，但我無暇叫痛，因為我們還未脫離險境。

我藉著飛墜中的巨石，發力向橫一蹬，再鼓盡全力於十指之間，就像利勾般把十指狠狠插在岩牆上穩定身形，然後毫不猶豫地再發力一蹬。

「啊——」一聲如魔鬼叫嚎下，我化作一陣紫光從下陷的地洞直撲而出，再落在離公園出口不遠、還未被波及的土地上。

前後不超過三十秒。

是生死懸於一線的三十秒……

我猶有餘悸地望著身後一片土塵，以及傳來零星落石聲的坑洞，不禁抹一把汗，心忖：究竟發生什麼事？剛才並不像是人為的襲擊……

此時，我終於留意到日漸入黑的夜空，天上原本已排列成九星十字的星體，這晚竟詭異地綻放出九種不同的星光。

我喃喃地說：「是我看錯嗎？」

不是。

「項月？你何時甦醒過來的？」

就在你發動貪食力量時。

我默然不語。

嘿嘿……剛才的地震，就是預兆……嘿嘿……終於要啟動了，這個每三千多年才出現一次的契機……

「是你說過的那條通道？」

沒錯……當九大星體連成十字，太陽落入銀河系中心時，這股由眾恆星一同引發的超強引力，嘿嘿……終於將兩個身處於不同空間，同生同體的子母星球……地球的通道……嘿……也可以說是缺口，就即將完全接上了！

「嗯，似乎要來的終究要來，仍是無法人定勝天。」我半跪下，打算把懷內的小女孩放下。

還欠關鍵之物。

「什麼關鍵之物？」我感覺到懷中的小女孩把我抓得很緊，絲毫不願意離開我，而她插在我肌肉上的指甲位置傳來一陣麻癢。

那個「蛇神之鑰」，嘿嘿……大長老說過，是用最純潔之物，加上最邪惡之心所引發出來的鑰匙，嘿嘿……關鍵……是關鍵啊！

「小朋友……快下來！」

咦……這感覺……不對勁！

「什麼？」我橫顧四周，發現公園內突然開始煙霧瀰漫，而在濃霧中，我看見一堆黑壓壓的人影從公園入口出現。

「咧咧咧……嗄……」

這腐爛味……

「屍化人！」不止一隻。「五……六……十……十二……十五……」是超過二十隻屍化人正向我咧著它們的血盆大口，逐漸向我這裡移近。

「啊啊……咧咧……啊啊嗄……」

那對長長的獠牙……

不對勁……！快毀掉它！它是……

「我當然知道！」

當我鼓起一對鬼手力量之際，頸項傳來一下劇痛，接著是一下電擊感覺。

「啊——」我用力一手甩開懷內的小女孩，她被我拋飛老遠！

我感到暈頭轉向，半跪在地上，一手掩著頸項上不斷噴出鮮血的傷口，雙目牢牢盯著剛才差點撕破我頸側大動脈的小女孩。

她竟長有一雙寒森森的獠牙，滿嘴鮮血，以天真的笑容發出猙獰的笑聲。她不斷向我逼近，而她身後的一眾屍化人也朝我亦步亦趨，似要把眼前獵物撕成碎塊方才罷休。

「奇怪……呼……怎麼被她一咬，突然有種使不上力的感覺？」我把全身的禁鎖力量貫注在還冒血的傷口上，等待傷口開始慢慢凝結。

「咧咧咧咧……嗄……」那小女孩與我只有十步之遙。

想不到……

「又想不到什麼！」我感覺剛驟然失去的力氣開始恢復，雙手原本暗淡的紫光也逐漸凝聚。

老對手……嘿……是吸血鬼！嘿嘿……想不到在此讓我再遇上故人後裔。

「你該不會是說，紐約原來是傳說中德古拉伯爵的巢穴吧！」我已消除完那女孩注入我體內的病毒，然後站起來，緩緩把鬼手力量運遍全身。

嘿嘿嘿嘿……不是德古拉伯爵，是他的八世子孫亨利……嘿……我想，這裡應該是他的老巢，所以連那些屍化人也滿有他的特色，嘿嘿……給你一個建議，若你再耽誤片刻，你那朋友……

「翟靜……」

只會成為另一隻不生不滅的怪物……吸血鬼，嘿嘿……

「不可以！」我急忙向著公園出口躍出。

同時間一個黑影向我襲來。

「咧咧……嗄……抱……啊啊……抱抱……咧……」是那滿口鮮血的小女孩。

「別擋我！」一下紫影斬出。

「嗄……抱……」

「嚓——」

一顆帶笑的首級，一具無頭的屍體雙雙墜地，然後，惹來一班瘋狂的變種屍化人爭相噬咬，毛骨悚然的折骨聲、撕裂聲此起彼落。我趁這混亂的一瞬間，一個翻身，數個起落終於奪路而出，奔至公園出口處。

我停下腳步，轉身望向那班屍化人。

還不走？

「不，還差一步。」

哦？

我緊閉雙目，伸出右手向著那班同類相食的兇殘屍化人身上，然後左手搭在右手前臂上，再鼓動潛伏在體內那隻飢餓而貪婪的惡魔……緊接的兩秒，一股比屍化人更兇殘的形相，籠罩著整個巴特里公園上空。

嘿……我明白了。

「它餓了！嚇！」

一幅巨型的紫色電網從我的手心釋出，直奔向驚覺大難臨頭的一眾屍化人身上。他們來不及走避，更無從走避，而一接觸道那貪食電網，他們霎時被電得不斷嘶叫，廣場內充斥著一陣令人雞皮疙瘩的野獸慘叫聲！

嘿……精彩！

「還沒結束！」我暴喝一聲，然後右手五指猛力一合，吼叫：「破！」

紫電巨網迅速收縮、聚合，然後……

「啪嘞啪嘞啪嘞啪嘞啪嘞啪嘞啪嘞啪嘞啪嘞啪嘞——」

一連串的爆破、慘嚎、骨折、撕裂聲此起彼落，五秒過後，只剩下令人作嘔的腐臭味飄盪在空氣中。

魔鬼啊。項月嘆氣道。

「是嗎？」我冷笑一聲。

對敵人仁慈，就是對自己殘忍。我已受過無數教訓，更何況，他們早已不是人，只是一堆惡意下產生的怪物。

「嘟！」手機響起，是接收到短訊的響聲。

螢幕顯示「Daisy」。是霍靜！

「終於收到訊息了！等我，我這就來。」

2

十五分鐘過後，紐約市中心華盛頓市場公園附近。

一道劃破夜空的刹車聲在寂靜的街道上響起，隨之而來，是一陣輪胎因急速刹停而發出的難聞溶膠味。是焦急，令我失去平日的冷靜，我只想確認翟靜此刻是否平安無事。

雖然如此，下車後，我身上那貪食惡鬼力量警戒著。這裡並不比剛才巴特里公園安全，至少，以軍人打仗的術語來說，身處在這條橫街上，就有如軍人身處最怕打的巷戰環境。

敵在暗，我在明，只要稍有不慎，就足以帶來丟掉寶貴生命的下場。我竭力提升戒備意識，而從離開車廂踏足這街道開始，我就運用鬼手異能，釋出一種又細微又不顯眼，像樹木氣根的絲線，向著四面八方一公里內的範圍探索。

只要我體內的貪食魔鬼生起一絲食指大動的念頭，我就知道屍化人的藏身之處，或是其行走路線，到時要迴避還是將其獵殺，我都享有絕對的主導權。

當然，這也是像霍華終日掛在嘴邊，那他媽的等價交易。

這種異能，由於涵蓋面積較大，所使用的力量也較多，只能短暫持續二十分鐘左右。在那過後，還會有五分鐘異能耗盡、需要回復力量的真空期，所以非必要時，我也不想使用。

但我已無法顧慮這麼多，我再說一次，自從進入這區域開始，我便感到渾身不自在，一雙雙不懷好意的眼睛從四面八方的幽暗之處打量著我。為免身分過早敗露，在我體內的項月也相當知趣，乖乖回到意識深處，潛伏，待發。

「噠……」我站在閃耀著五光十色霓紅燈的酒吧側門前，鞋上沾滿地上發出異味的嘔吐物。

「Blue Bar，就是這裡。」我用大衣掩蓋著正發出暗淡紫光的雙手，然後小心翼翼地推開眼前的木門。

「軋軋軋……」

門打開了，隨之而來的，是一陣強烈的重金屬音樂直貫入耳，震得我雙耳欲聾。我稍稍定神之際，望向酒吧內，呆住了……

「怎麼會這樣……」

我還以為在強勁的音樂下，酒吧內應該是站滿一堆堆重金屬音樂狂熱份子，第一眼看到的，應該是一群瘋狂、打扮超前衛，隨著強烈節拍起舞叫囂的男女。

但我錯了。

那強勁的重金屬音樂仍然在播著，但現場並沒有一個人……不……不，應該修正地說，是現場沒有一個活人。

但更詭異的是，我沒辦法說眼前有一堆死人……嚴格來說，我眼前的是貨真價實的一堆「死屍」，是一堆疊著一堆死透了的屍化人。

我嗅不到腐臭味，因為這酒吧內的酒香太濃郁，完全掩蓋了屍臭的氣味。

我敢肯定，他們沒一個「活」得成。

處理掉他們的人很專業，一槍解決一個，還要每槍準確地轟向頭顱正中央，把整顆屍化人頭顱都轟破。所以我才敢說，躺在地上、橫陳吧檯、掛在窗邊的，都是如假包換「死透了的屍化人」。

難怪我釋出的貪食絲線，一直感應不到附近有屍化人。

「很專業。」我滿心疑惑，檢查其中一具屍化人的屍身傷口。

「……是霰彈槍。」

此時，我的絲線感應到一點異樣，是來自我背後的吧檯，那裡有一個生命氣息。

「難道是翟靜？」

我不敢大意，鼓起手上的鬼手力量，登時「吱吱」作響，然後一個箭步跑到酒吧位置，再跳過吧檯準備查看究竟。

「救……救我……咕嚕咕嚕……咕嚕……嗄……」

不是翟靜，瞧那人的衣飾，我相信是這酒吧的酒保，但他的情況只能用慘不忍睹來形容。

「救我……救我啊……救……咕嚕……」他咳出一口接一口的污血。

他沒救了，只剩下上半身，腸臟、肝臟、肺臟外露的人又哪有可能還有救？他可以存活至今，只有一個原因。他皮膚下那些正蠢蠢欲動、像極毛蟲爬行的血管，九成是已被屍化病毒感染。那些病毒透過血管供應存活的能量，維持心臟的跳動，所以他這才沒有死去。

「這樣子，與其求生，不如求死吧！」

我祭起手上的鬼手力量，然後把力量集中一點，準備滴在他的眉心間。不出數秒，我就可以解除他身上的痛楚，永除罪孽。

「住手！」我感覺到一把槍管抵著我後頸上剛癒合的傷口。

我沒有轉身，但憑感覺，身後的無疑是一個人，而他手上的槍，是屬於雙槍管改裝舊版的雷明登870泵動霰彈槍。毫無疑問，他就是解決酒吧內所有屍化人的高手。

「收去你那點紫光。」從聲音辨識出，他應該受傷不輕。

我冷笑一聲，不止沒有聽他指示，更把手上的紫光移近快要變成屍化人的那男子額角上，道：

「我認為，這是最好的解脫方法。」

「他是我的兒子……你敢！你不要命了！」他雖然單手提槍，但手臂仍沒有一絲抖震。我為什麼會知道？在我左前方有一面鏡子，它清楚反映出我身後那人的模樣。

「命，我早就打算不要了。」

我頓一頓，續道：「那我們就賭一賭，看誰出手比較快！」

「你——」

「不！」一道熟悉的女聲從身後男人的方向響起。

「翟靜？」我稍一分神，手指上的紫光釋出。

「砰！」

一下清脆的槍聲，數百粒充滿強勁殺傷力的金屬彈丸散射襲來。

「啊——」

血濺，當場。

六十九・遺憾〔司徒淩宇〕

1

美國紐約布魯克林行政區，第五街地下水道，一處比想像中複雜的幽暗荒廢水道。

走這裡頭的兩個人，一個憂心忡忡，一個神情肅穆。前者緊握著手上裝有炸裂子彈的特製半自動手槍，目光一直離不開面前只有三步之隔的男人背影；後者不需用任何武器，因為他本身已是一把極其危險的兇器，而此刻他將注滿紫光的鬼手力量散遍全身，全神貫注地不斷感應漆黑一片又危機四伏的水道環境。

他們是誰？

好好記住他們的名字，那女的就是剛決定脫離祕警處組織的翟靜，而那男的，就是原本受著市民愛戴，一路上堅守自己的信念去追求正義，可惜自從由異世界回來開始，慘遭奸人所害，最終不容於黑白兩道的「極惡刑警」司徒淩宇，就是我。

而話說回來，對對錶，此時，離馬雅末日預言的審判之日，其實只剩下不到兩分鐘。

這兩分鐘，即一百二十秒後，世界會變成什麼樣？不知。地球還會有人類生存嗎？不知。甚至簡單地問，身處在地下水道內的翟靜和我，究竟命運將會如何？

是福？是禍？

一概不知。

但唯一可以知道的是，我們早已視死如歸，此時此刻此分此秒擁有著相同的目標、相同的信念，就是守護自己心裡最愛、最關心的人。

你問我，我無時無刻都渴望憑著自己手上的鬼手力量，把無辜墜入邪教組織的詠芝救回，更希望實踐與生死相交好友霍華的承諾，一起並肩作戰，消滅邪惡。縱使此際受傷不輕，縱使可能面對敵眾我寡、強弱懸殊的情況，但都不能撲熄我心裡那團火……

那團足以吞滅一切的貪食之火。

至於身旁的翟靜，雖然她沒有說出口，但我知道她由始至終都只抱著一個念頭，就是為了我赴湯蹈火、在所不辭。我從她的表情、微細的肢體動作感受得到，她已鐵了心要在末日前，把一切道德枷鎖放下，豁出她最大的力氣去愛一個不應該愛的男人。

而這個男人就是我。

雖然她是知道，自己付出的愛未必有回報，而在我的心裡，永遠都存在著詠芝的身影；雖然她也知道，無論我的妻子做了多麼令人震驚、傷天害理的血案，我仍會選擇原諒詠芝，甚至全心全意去拯救她。

翟靜她無悔，亦無恨，她曾經告訴我，只因不知在何時開始，只要能跟著我的背影一直走、一直走下去，她便感到無憾。在不知還有沒有明天的今晚，翟靜仍然跟在我這個不苟言笑的男人身後，但和往昔不同的是，我們將會面對空前的危機，甚至是稍有不慎，便隨時可能會丟掉性命的危機。

所以我更要她緊跟著我，甚至不願有一刻讓她從自己眼底失去蹤影。雖然她沒有說出口，但我知道，這個外剛內柔的女子，實在有著願意跟我同年同月同日赴死的勇氣。

是情根深重嗎？我想，或者連她自己也不太知道原因。

是緣分嗎？如果真的有這回事，那司徒凌宇啊，司徒凌宇……你一定和翟靜前生結下深厚的孽緣。

「凌宇……對不起……你對我是多麼重要，你知道嗎？」是翟靜的內心語，我聽得到，沒錯，自從跟項月老鬼融合後，只要我想，我就可以讀取到十六呎範圍內的人腦海中的想法。

我知道她對兩小時前那驚心動魄的一刻不單止心有餘悸，更感到內疚，因為她那聲驚喊令我一下分神，更令我的反應神經慢了半拍，身後的老普巴那記毫不猶豫的槍擊，差點就要了我的命。要不是我身負異能，身上胸腔那滿布恐怖彈孔的重創也難以迅速自癒。

我記得當一刻，我聽到翟靜的叫聲轉身時……

「死吧！」一道絕望而沙啞的年邁老漢叫喊。

「砰！」一聲近距離震耳欲聾的槍聲。

我的胸腔隨即傳來劇痛。

我見到翟靜正踏步向我衝前，她被我胸腔爆出的血花嚇得呆住了……她沒想到自己魯莽的一喊，竟會令我當場被轟得重創。

我那鍛鍊得堅實寬大的胸膛，被霰彈槍的子彈轟得不止皮開肉綻、慘不忍睹，那血肉模糊的血洞，更似要立即宣告我的死亡。她哭著跑到我身邊，六神無主下只顧雙手按著不斷如噴泉般冒血的傷口，無暇理會一拐一拐著的老普巴早已經過她的身旁，走到那個被我的力量淨化、只剩上半身，再也沒有活動的兒子身邊。

酒吧內除了我微弱的呼吸聲，就只剩下翟靜的哭聲……

「醒……醒來！不要睡……不要死啊！」翟靜眼眶中的淚水早已淹過視線，她絲毫沒有察覺到，當時躺在地上的我身體正出現變化……不！是異變。

一切都多虧潛伏在我體內的項月，若不是他嗅到死亡的氣息立時甦醒，再替我發動貪食力量抗擊那快如閃電的奪命子彈，此刻的我不止胸膛血肉模糊，以這距離、那改裝槍的威力，我一早就被轟成上下兩截，反魂乇術，又怎可能啟動體內的自我癒合機制，不僅保住性命，還可以在短時間內痊癒……

至少在外觀上，除了穿在身上的袖衫血跡斑斑外，身體跟受傷前根本沒有兩樣。

「凌……凌宇！你沒事……太好了。」這個面對兇悍敵人眉也不皺一下的剛烈女祕警，那刻就只抱著我不斷哭著……

我記得，她除了哭，臉上還有一絲感激的寬慰笑意。

而當時受傷的我，實在再沒法壓抑自己，緩緩抬起原本失去知覺、渾身無力的雙手，從後擁抱著正哭泣的她。我是真切感受得到翟靜的痛，我更感受得到這個一直壓抑情感的女人，原來對我早已變得無比重要，甚至……我更相信，眼前這個女人原來早已不知不覺間，將我藏在內心深處的詠芝模糊化……再不知不覺間取代了詠芝。

「啊……」我的一聲呻吟聲，止住翟靜的淚水。

因為，她知道我又死不去了。

翟靜待我清醒後告訴我，她看見我的胸前出現一條又一條恍似有生命力般的紫色絲線，在我受傷的傷口不斷交織出一個又一個絲網，直至再也見不到傷口，直至血不再從那裡冒出，紫色的光芒才漸漸褪去，功成身退。

「凌宇……」我恢復知覺第一眼看到的翟靜，就是一副哭笑難分的樣子。

但危機仍未解除，我驚悉一股殺意湧現，雖然身體還是很虛弱，我大叫一聲：「小心！」然後，一手把翟靜擁在懷裡，更一百八十度轉身，把背部完全賣給了突然出現在翟靜身後的黑影。

翟靜驚道：「老普巴！不要！他是自己人……」

「咔！」槍膛上彈。

我雖然已經因自癒而消耗大量鬼手邪能，但仍是把僅餘的力量注入背脊。我心忖就算死，也要保護懷中的女人。

「不要！」翟靜喊著。

老普巴沒有向我射擊，他把剛上膛的半自動手槍轉而指向自己的頭顱，悲慟地向著已死的兒子喊：「我唯一的親人也死了，紐約街頭又全都是屍化人，活著還有什麼意思……」

翟靜急道：「我們還需要你啊……」

老普巴冷笑一聲：「我為祕警處付出也夠多了……妳要的地下水道地圖已弄到手，我最後的任務也完成，這世界沒救……鐵定要玩完了。」

他闔上眼睛。

「你寧願兒子也變成屍化人嗎？」我望向他，但仍用身體擋在翟靜的身前。

「我並不恨你……安德魯的笑容很安祥，我知道我的兒子寧願死，也不願意變作父親最討厭的屍化人……」老普巴的眼角溢出淚來，嘆了口氣續道：「是我一時失心瘋，我錯了……」

「你沒錯……若換了是我，我也會做一樣的選擇！」翟靜搶著道。

「祝你們好運……」

「不！」

「砰！」一聲槍聲，混雜著腦髓的血漿從老普巴左邊頭顱太陽穴爆出，再噴灑在酒吧的酒架上。

翟靜愣住。我默言無語。

又一個犧牲者。

我握拳發誓，不再讓悲劇延續下去，更不會給機會讓那邪惡之徒繼續肆虐。

之後兩小時，我們躲在酒吧地下室內，等待我的鬼手力量恢復七成戰鬥條件，便沒有再逗留片刻，立即坐上車去下一個目的地，也可能是葬送生命之地前進。

我們要到的地方，就是現在身處的美國紐約布魯克林行政區第五街地下水道。而邪惡的氣味，已經濃濃地籠罩著我們。

我和翟靜都心知，死神就待在身邊，準備隨時向我們揮出手上的勾魂鐮刀。

2

「噠噠……噠噠……噠……」

地下水道內四周充斥著一股難聞得要死的氣味……是死老鼠味，還有屍化人出沒過後殘留的屍臭味。這些味道對我來說，只有厭惡的感覺，但對我身後的翟靜來說，就不止是厭惡，更會不知不覺間奪去她的性命。

所以就算她不同意也好，我還是把十分之一的力量傳到她身上，加強她的抗毒能力。

因為我不希望，手上的鬼手再次傳來那七次痛入心脾的預警訊號，然後，又要我親手把至親、最愛狠狠地幹掉……孟芷琪那次已是人生當中最大的遺憾，所以更不可以再發生一次。

尤其她是翟靜，就算她變成屍化人也好，瘋得要把我剮掉也好，我也無法痛下殺手。

只因欠她實在太多，我不會忘記在多次的絕地戰中，沒有她，司徒凌宇根本就不可能再站在這裡。

縱使我現在不能去愛她，但我仍然可以在末日之戰守護她……一直守護她。

但話說回來，自從進入這個地下水道後，我們就發現，情況比想像中壞得更不能以筆墨來形容。

除了那股氣味，這地下水道終年不見陽光，更沒有任何照明系統，走在裡頭根本伸手不見五指，更遑論要仔細搜查霍華進入地下水道後留下的任何蛛絲馬跡。

翟靜說，可惜沒有帶齊加賀博士給予的裝備過來。

我笑說，難道妳不知道我也是一盞暗裡明燈嗎？

的確，雖然身處在地下水道內，真有種落入黑洞的感覺，因為在沒有一絲陽光的情況下，實在是不知方向、舉步為艱。但這只是對一般普通人而言，對我司徒凌宇就是另一回事。

雖然剛耗用大量鬼力異能去自癒傷口，無法使出絲線探測四周方向的異能，但我還是有另一種異能可用，那就是藏在我眼裡的超然視力。

自從跟項月老鬼融合後，我這雙眼已變得有如夜視鏡般，無論天有多黑、環境有多幽暗，我都可以看得一清二楚，有如貓目一樣。項月說過，他是獵人，這是他家族遺傳的異能。

我問他：「那你都獵些什麼？」

他笑說：「獵吸血鬼！」

我還笑他，那裡這麼多吸血鬼給他獵；他只道，自己的目標都從來只有一個，想獵，卻不能獵。

我沒有再深究，但很明顯，此刻多虧他這異能，我才可以在水道的轉彎陰影處找到一個個螢光藍色的交叉符號，以及阿拉伯數字。

「翟靜，妳看！」我蹲下指著牆角的阿拉伯數字「5」。

翟靜走近，再蹲下觀察著。我道：「剛才我們看到的有『2』、『4』、『1』……這說不定是一種順序指示。」

翟靜開口道：「一定是霍華留下的，這種藍色螢光物料是祕警處偵測小隊常用的訊號劑。加賀博士說過，霍華離開香港前，他送了一套祕警裝備給霍華，所以……」

我突然感應到什麼，伸手作狀掩住翟靜的嘴巴，示意她：「不要出聲！」然後起身向前摸黑走著。

這感覺……是殺氣！還是瘋狂而紊亂的殺氣！

「這氣味……」

這洶湧襲至的濃烈氣味……很熟悉……是屍化人！但怎麼好像有些不同？

「凌宇！」

是翟靜的驚叫聲！

「啪！啪！啪！啪！啪！啪！啪！」手上傳來一秒七下極速的預警劇痛。「啊——」手上的痛楚令我痛得離魂，但心坎更傳來一陣不祥之兆！

「啊！」

我強忍著痛楚，鼓起手上的鬼手異能，在重創剛癒下，身上的貪食形相較於平日狀態，顯得不夠兇、不夠霸。

「不！不可以……」我轉身衝前，祭起一對晶體化的紫色鬼手。

但同一時間，我發現迎面而來的，不是一個，也不止兩個，是至少六個速度驚人的屍化人以不同角度向我襲來。

霎時間，四肢被人牢牢牽制之餘，頸後更傳來一陣劇痛，我感覺到某個鋒利的東西深深插進了我的後頸肌肉……

更要命的是，迎面而來另一雙粗壯但皮膚略帶乾癟的手，竟趁我一瞬間動彈不得之際，一手抓著我兩邊肋骨，然後死命地把十指狠狠用力插入兩側肌肉，令我感到快要骨裂肺破的感覺。

「喀嘞！喀嘞！喀嘞！喀嘞……」

這種距離，這種情況，我清晰可見那個向我突然施以致命一擊的屍化人，究竟是何方模樣！是個紐約警察！

一個雙目無神、眼眶充滿血絲，咧著血盆大口的黑人警察，但從他那半邊被噬掉的爛臉可知，他死前應該受著凌遲般的痛苦。

「吼！」他張開滿口腐肉味的嘴巴，露著利齒，一口咬住我右邊肩頭。

死亡的感覺頃刻把我完全籠罩，但氣門被制、四肢被擒著的我，連換上一口氣的力量也沒有，難道我只能坐以待斃了？

「凌宇……啊！」

「靜！」

「砰！砰！」是炸裂子彈的爆炸聲。

我急得無計可施之下，叫道：「項月老鬼，你還不出來！」

沒有反應，換來的是被狠狠噬咬住頸上的大動脈……血流如注。

「死老鬼——」

「……嚓！」滿口鮮血的屍化人迎面撕下我肩上一塊肌肉，我痛得暴叫一聲。

他意猶未盡，再向我的左邊耳朵咬來。「嗄……」

「老鬼！」

就在電光石火之間，一下突如其來的力量，一個充滿爆炸性的重拳……

「砰！」一顆頭顱飛得老遠。

那黑人警察被我轟得身首異處，抓著我胸前的雙手也漸漸軟垂下來，原本抓著我右手那屍化人，更被我突如其來的蠻力甩開來！

「終於肯出來了嗎！」

我反手抓著背後把我箝住的屍化人，然後發力一扭，扭斷摘下他的首級，然後左手像自動手臂般發出一股強大的力量，連人帶拳地將抓著我的屍化人，狠狠完全嵌入地下水道的石牆內。

不用說，他掛了。

哈哈，輕而易舉吧！

「還有呢……」我語帶不滿地說。

真麻煩！

然後，不消兩秒，死命抓著我一雙小腿的兩隻屍化人，頭顱被詭異地踏得像稀泥般，而身為這軀體主人的我，竟不知項月老鬼是如何出腳，用什麼手法……不，是以什麼「腳法」把屍化人就地正法。

但危險還未遠離……翟靜！

我顧不得身上的創傷，鼓起全身的力量，從右手掌心釋出我最拿手的貪食形相，然後怒喝一聲，把這隻飢餓得快要瘋掉的貪食惡鬼，轟向正準備襲擊翟靜的長髮屍化女人身上。

「咕嚕咕嚕咕嚕……咕嚕……」

一口，就簡單一口，那屍化人就被貪食魔鬼由頭到腳鯨吞進肚內，連慘叫聲也來不及叫出，一滴不漏、屍骨無存。

「妳沒有受傷吧。」我扶起翟靜，查看她的傷勢。

「沒……沒事。凌宇，你後頸在流血！」翟靜撕下她的衣袖，按著我血如泉湧的傷口，然後再把衣袖當作紗布裹在我的傷口上止血。

虧你這時候還顧著把妹，哈哈……你看那些是什麼來的？

我望著翟靜身後那堆向著我們衝來的黑壓壓東西，驚道：「什麼？」

「吱吱……吱吱……吱吱……吱吱……」

「是老……老鼠啊！」翟靜驚叫道。

沒有看錯，那些長有尖齒的兇殘巨鼠比三個成年人的拳頭還要大，渾身血紅色的巨鼠似嗅到這裡充斥著血腥味，所以獸性大發地一窩蜂洶湧而至，其中帶頭的那幾隻巨鼠，口裡還咬著一些人體斷肢。

我已經無暇細想究竟是人類遭到毒手，還是那些該死的屍化人不幸遇上這群嗜血的怪物，我心裡飛快地盤算著，要趕快把翟靜送離這裡，然後將眼前這些巨鼠一股作氣地殲滅掉！

因為我意識到，若讓這些巨鼠離開地下水道，將會是一場足以毀滅紐約……不！是毀滅全球的災難！

「走！」我跑到翟靜身前，示意她不要回頭，只管一直往前跑，我負責殿後。

翟靜二話不說便往前跑，而我決定再次釋放我那鬼手最大的異能，將快要湧至的巨鼠統統鯨吞掉！

「喝！去吧！」

一張猙獰的貪食惡魔嘴臉再次由我掌心釋出，它迎著那些巨鼠，張開它的血盆大口肆意地把那些兇殘的小動物一隻接一隻地吞掉……

「咕嚕咕嚕……咕嚕咕嚕……咕……」

血肉橫飛。

但巨鼠數量實在太多，我甚至開始懷疑，那張吞下無數惡魔的貪食嘴臉，這次是否能把眼前的所有巨鼠都吞滅。

「凌宇……」

「不要回頭！去找霍華……」我渾身汗如雨下，體力亦漸覺不支，但同時發現，巨鼠的數量似乎愈來愈多。唯一值得安慰的是，翟靜的身影已愈跑愈遠。

「吱吱……吱……」

喂，有點不對勁……

「誰都看得出來吧！」我苦苦支撐著。

再這樣下去，我看你就算耗盡一雙鬼手力量，也未能盡殲這些醜怪的巨鼠……

我喘著氣道：「那你有什麼辦法？」

……項月沉默不語。

「快說，你也不希望跟我死在一起吧！你不是說還有心願未了嗎？」我釋出的貪食惡相開始瀕臨崩裂。

唯一方法，不能力抗……

「……只有智取！沒錯！我竟然完全忘了！」一念之發動，我手上的紫色異能瞬間出現變異。原本已經被巨鼠衝擊得滿布龜裂裂痕的貪食惡相，一眨眼變為一面充滿彈性的巨型能量牆。然後，我將腦裡剛想到的意念，完全融入這片能量牆之中。

「砰！砰！砰！砰！砰！砰砰砰！砰砰砰！砰砰！砰砰！」一隻隻巨鼠一頭接一頭栽在能量牆上，不是被電擊成炭灰，就是被後來湧上的巨鼠群壓成肉泥，再爭相撕食。

兩秒內，一幅看似密不透風，但細看下其實由一條條縱橫交錯的網紋組成的巨型蜘蛛網在通道形成，將那些巨鼠完完全全跟我分隔開來。

嘿嘿……我發覺你滿喜歡蜘蛛的。

我深呼吸一下，調節紊亂的氣息，然後冷笑道：「是嗎？可能我說不定就是蜘蛛人吧！」

說實在，你的笑話一點都不好笑，嘿……

我沒有再回話，因為比起鬥嘴，我有更重要的事要做，就是找霍華和剛已走遠的翟靜。我心裡想：千萬不要出事，等我！

「噠噠……噠噠……」

轉一個彎，又轉另一個彎，我循著翟靜在地下水道管道內殘留的氣息，一直追尋，同時在管道內結下一幅幅以異能化成的巨型蜘蛛網，以阻截那些突然蜂擁而至的巨鼠。

通道上的人體殘肢愈來愈多，水道的地下水也被染成腥臭的鮮血味道，牆壁上更時不時看見炸裂子彈遺下的爆炸痕跡。我愈來愈焦急，擔心到下一秒鐘、轉下一個彎，見到的，會不會是翟靜的屍體……

「等等，這地下水道內怎麼會有這麼大直徑的地洞？」我跳過前方一個直徑足有八呎的地洞，隱約看到地洞內有一個巨型的反光裝置。

一定是「奎扎科特爾教派」實驗室內的什麼鬼裝備，但現在還是先救人要緊，待會救出霍華等人才回來破壞它！

「噠噠……噠噠……噠噠……」

我繼續向前走，同時發現，這區域內的管道並不如之前那般漆黑一片，至少在每相隔十呎的地方，裝置了一盞光亮的牆燈。莫非這裡是什麼重要的區域？

當我再跑前右轉之際，發現前方遠處有三道人影在激戰著，是二對一的戰鬥。

「這氣味……是炸裂子彈！翟靜？」

還有兩個屍化人！

我祭起鬼手力量，然後趁戰鬥中的屍化人不留意，衝上前把背向我的其中一個屍化人梟首，然後雙手再注滿力量，把手上還滴著血的首級，狠丟向與翟靜糾纏中的屍化人身上。

「砰！」

一聲巨響過後，那個被我當暗器擲出的首級，狠狠地嵌在遠處的石牆上，而剛想對翟靜下殺手的屍化人，胸膛穿了個血肉模糊的大洞，然後緩緩癱軟在地，再也不動。完全死透。

「有沒有受傷？」我緊張地查看她身上有沒有傷口，生怕她被屍化病毒感染。

翟靜抹一抹臉上的污血，笑道：「現在才來擔心會不會太遲了些？原本還沒有那麼多血噴在臉上，你這麼重手把他胸膛弄出個大洞來，你看！如果我受病毒感染也一定是你害的吧！」

我語塞，但見這時候翟靜還在開玩笑，我頓感輕鬆不少，也不自覺伸出手替她抹去眼角上的血跡。

「對了！差點忘記跟你說。」

「是發現什麼嗎？」我望向她戴在手上用來追蹤霍華身上儀器位置的軍用GPS衛星手錶，只見代表霍華座標的星狀標記仍然沒有出現。

「剛才當我跟屍化人糾纏時，隱約看見一個穿著實驗室工作人員裝束的中年男人，抱著一個箱子不知從哪跑出來，然後很快消失在通道內。」她頓一頓，續道：「莫非是邪教實驗室的人員？」

我不置可否。說實話，我對這個突然出現的人並不感趣，更何況在剛才一路上，別說是人類，我連一個活口也未見到。

翟靜見我沒有反應，也不再說下去，只垂首忙著替手上的手槍補上炸裂子彈。

我繼續横顧四周，發現這裡的牆壁跟剛才的又有所不同。我輕敲牆身，聽到出現有別於天然石牆的反震回音。我把雙手放在牆上，然後嘗試用貪食力量去感應牆內有沒有生命體的存在。

只要有生命跡象，寄存在我雙手的貪食魔鬼一定會蠢蠢欲動，露出它的貪食兇相。就好比一套人肉雷達。

「凌宇？」

「等等……就是這裡……」它告訴我，牆身後應該有不只有一個生命體存在。

凌宇……

是誰？

凌……宇……

這微弱的呼喚……這道女聲……這悽怨而痛苦的女聲……不是翟靜……究竟是誰？

救我……救……救救哥啊……

是——

「啪！啪！啪！啪！啪！」

啊！又來了……那見鬼的預警劇痛！他媽的究竟一日要痛多少次才夠？

「啪……」是第六次！

我轉身望一望身後的翟靜，她跟我四目相交，被我恐懼的神情嚇到。

「凌宇，什麼事？」

「啊……痛……痛啊！」這種痛甚至比屍化人咬我更痛，痛得我面容扭曲額角上青筋暴現，而貼在牆上那雙鬼手，手背上的筋竟像有生命力般不斷胡亂四竄。

「不……不……不啊！」

凌宇……

牆後的……是妳嗎？

「不！不要啊！」

「啪！」是第七次的預警痛楚！

從指尖傳遍全身的劇痛，把我折騰得死去活來之際，一股力量作出反噬抗衡，然後……

「啊——」我暴喝一聲。

「轟隆轟隆轟隆轟隆轟隆轟隆轟隆！」面前的牆被我摧毀了，而灰塵散去……換來的是翟靜的尖叫聲，還有一個驚心動魄的景象。

眼前出現一男一女，那熟悉的面孔，但完全陌生的感覺，我望著他們，心臟恍似停頓下來。

那個女的，曾經是我的下屬，她很能幹，她叫霍恩。

而那個男的，是跟我多次出生入死的好搭檔，我司徒凌宇一生人最好的朋友，他叫霍華。

他們是相親相愛的一對兄妹……

但現在，失去人類氣息的霍恩，她那雙手……竟狠狠插入霍華兩側肋骨內，更以不可能的詭異方式把霍華高高舉起來。

霍華身上流出來的血，沿著霍恩的手指、手掌、手臂，一直流落地上。而霍恩空洞的眼神，則目不轉睛地牢牢盯著被她高舉過頭的霍華。

她一動也不動，而全身癱軟、四肢垂下的霍華，更沒有絲毫生命跡象。

「華——」我想搶上前，但雙腳竟不聽使喚、寸步難移。

「凌宇！她是……」

我望著翟靜手指向的地方。

「詠芝？」

七十・犧牲〔司徒淩宇〕

1

「如果要我司徒淩宇選擇，兩情相悅的愛情重要，但兩肋插刀的友情更重要。」

華，我記得，你曾經問我……

「那你找到要保護的人嗎？」

我笑著回答：「找到了，」然後也問：「那你呢？」

你帶笑地緊握拳頭，抬頭望天，毫不猶豫地說：「當然是我最疼愛的妹子。」

然後，我們曾經約定……

「就為屬於自己的正義而戰。」

「你記得嗎？」

「霍華！你記得曾經答應過我什麼嗎？」

「男子漢大丈夫你怎能食言？你怎能就這樣離開？」

「霍華！你醒醒啊！時間到了，不要再賴床，不要再睡下去啊！」

「你答應過我的，你說過我們還要一起對付那教派的惡徒，我們要為芷琪、霍恩，所有的死傷者討回公道，你不記得你說過什麼嗎？那班惡徒還在外面肆虐，你就只顧著在這裡睡死嗎！」

「啪！啪！啪……」我瘋了似地不斷出手一掌接著一掌刮著霍華的臉。他依然一動也不動，但面如死灰的他臉上竟隱現一抹微笑。

「諾藍呢？難道你忘了你的太太諾藍嗎？她在等你……她一直等你回家，你怎能這麼狠心撇下她不顧？她需你要照顧下半生，你答應過要照顧她的，你忘了嗎？快醒來，快跟我一起回家！我們現在就回家好嗎！」

「凌宇，他是真的死了嗎……」

「霍華……華！醒來啊！」

「你說過的！怎麼你說過的所有事你都不算數？」

「那我來這裡又有什麼意思？我不要見到一具死屍，你知道你的死相很難看嗎？難看得人見人恨教人欠揍嗎？你再不起來，我就用鬼手力量把你吞掉！」

「起來！起來啊——」

「你不怕嗎？我真的會把你吞掉！我不食言，我司徒凌宇會變成一隻惡魔，把你、把所有人都吞掉！」

「你不是說過，如果有一日我化成惡魔危害人間，你會毫不猶豫用你手上的槍把我殺掉嗎？你說過就算做鬼，也要逃離地獄，重回人間把我就地正法，不許我危害人間！」

「我現在就化為惡魔！」

「我現在就將所有人都吞掉！」

「霍華！你聽到我說的嗎？霍華——」

我按著霍華兩旁肋骨的傷口位置，不斷釋放雙手的癒合異能，但無論我怎麼做，都……徒勞無功。雖然血止了，傷口癒合了，但霍華的脈搏仍然沒有重新跳動的跡象……

「凌宇，他是真的死了。」翟靜傷感地說，轉身走向實驗室一處那些巨大玻璃瓶附近，小心翼翼地用手上手錶的掃描器，檢查那個半跪著的男人。

「是碧格斯……原來他就是『奎扎科特爾教派』人稱『騙子』的十大通緝犯！」翟靜讀出掃描器上的分析結果，然後按了按碧格斯頸後大動脈，接著道：「他也死了。」

我手上的紫光逐漸消褪，同時一道聲音從體內傳出，是項月……是那老鬼強行把我的力量禁鎖住。

不要浪費力量在死人身上，保留實力應付敵人，這才明智。

我看向整個身體陷入右邊牆身的霍恩，她垂下頭一動也不動，全身被我用禁鎖力量封鎖在牆身內。她還未死，我自信這份力量足以牽制住已失去理性的霍恩。

紫光終於完全從霍華身上消褪。我站起來，經過霍恩身邊，再走到翟靜身旁，但不是為了確認那個已死的碧格斯，而是坐在他身旁，被翟靜照顧著的「她」……

是詠芝……是我那失去聯絡的妻子傅詠芝。我終於找到她，她終於再次出現在我面前。

我知道你想做什麼，我管不了你司徒凌宇，但別說沒提醒你，你想救她，我不阻止你，但我感覺得到她並不簡單，小心陰溝裡翻船。項月老鬼罕見地收起他輕蔑的笑聲。

「凌宇，她……」

我揮手示意翟靜不需多講什麼，因為我什麼都知道。

「這年來，辛苦妳了。」我蹲下如往常般輕柔著詠芝的髮絲，望著她木然的表情，我續道：「沒事了，不用再害怕，有我在，沒人可以再傷害妳……」

她恍似聽得懂我的話，空洞的雙眼流出淚來。我一手把她抱入懷中，輕撫著她的背，柔聲道：「以後再也沒有人會被遺留下，知道嗎？我這就帶妳走。」

詠芝沒有反應，除了兩行眼淚，神情仍然痴傻。

站在我身邊的翟靜眼圈也紅了，她沒有說什麼，因為她很清楚，傅詠芝的一生已完了；她不再是昔日聰穎可親的詠芝，更不是那個穿著一身白衣袍的高級外科醫生。

她的意識被剝奪，她的人生被剝奪，她生命中的一切都被剝奪了。

只剩下軀殼……只剩下裡頭無法表達情感的靈魂。

奇怪的是我應該有恨，但我沒有，甚至不想有恨。連死在詠芝身邊的碧格斯，我也不想對他帶恨……不，應該說，別逼我，我壓根不想恨你們每一個人。

因此我只瞄了一眼那個臉上掛著極度失落和遺憾神情死去的碧格斯，就再沒有看他一眼。

被漠視，有時更顯得可憐，可悲。

「慘了……凌宇！那些老鼠已跑到地下水道外，該怎麼辦？」

我轉身望向實驗室內那台大電視，影像傳來紐約市政府各主要監察路面監視器傳來的畫面，雖然聽不到聲音，但可以確定，地面上的世界，是人間煉獄。

痛苦的表情，絕望的面容，被群鼠噬咬得血肉橫飛的慘狀，除了恐怖，還是恐怖。

但最令人費解的是，巨鼠不僅噬人，連地面上的屍化人也不放過。牠們群起而攻，將原本一直橫行無忌的屍化人撕成碎塊。而部分單獨落單的巨鼠，就跟人類一樣成為屍化人的食糧。

被生吞，被活剝。

一直自稱睿智高等的人類根本沒有想到，自己竟會在末日之期剛開始之際，面對的不是預計的洪水地震，而是被人家當為食物鏈中的一環，更是最下一層只供獵食且無還手之力的「食糧」。

「我們上去吧。」

我脫下身上的袖衫，披在詠芝身上，然後把她交給翟靜照顧，再逕自走到霍恩面前。

「凌宇……」翟靜流露出憂心的神情。

「她是霍華最疼愛的妹子，更是我最得力的下屬。救她，是承諾，也是還霍華一個心願。」

我走上前查看失去理智的霍恩，她赤裸的身軀被我轟得全身嵌入牆身，在貪食鬼手特有的異能「禁鎖」力量之下，她只得乖乖昏睡下去。

我沾了霍恩額角傷口溢出的血液，再放在舌頭上一舔，喃喃地說：「身體的血液被注滿屍化病毒，難怪她會失去理智對霍華狠下殺手……」

翟靜扶著詠芝經過我身後，道：「把她交給加賀博士或許有方法救她，但問題是……」翟靜瞄了電視螢幕上血腥的廝殺情況，嘆氣道：「帶著她們，我們有辦法突圍離開紐約這個鬼地方嗎？」

我默然無語，但仍舊收起霍恩身上禁鎖著她四肢的力量，然後在她眉心注入一點紫光能量，鎖住她的自主意識，好讓她繼續沉睡下去。

之後，我揹著霍恩，再走到霍華身邊，準備抱起他的屍首，帶他們兄妹倆一同離開這間破爛不堪的實驗室。

離開這個殘酷的鬼地方。

而我終於明白，之前那七下預警，沒有奪去我心愛女人的性命，但就預告了我的好友將會葬身於此。

「啪！」

什麼？

「啪！啪！啪！啪！啪！啪！」又是預警？

「啊——」

雙手傳來的痛楚令我不慎把霍華的屍首拋在地上，翟靜聞聲回頭看著我，登時臉色一變。

但她來不及向我示警，我只感到頸後傳來一下摧心的痛楚，同時看見兩下寒光襲來。多年來累積的戰鬥經驗令我立刻反射性垂首，再閉上眼簾。

「嚓！嚓！」我感到雙眼傳來劇痛。

是霍恩？

生死關頭，我暴喝一聲，貪食鬼臉的形相在我背後暴現，將身後偷襲我的霍恩彈射老遠，穿破多個注滿屍化毒液的巨型玻璃瓶才停住。

「凌宇你那雙眼……」翟靜把詠芝擱在一旁，拔出腰間裝滿炸裂子彈的手槍，在身旁護衛著我。

我伸手按著頸後的傷口，嘗試用鬼手異能令它止血速癒，同時奮力地睜開雙眼，道：「老鬼，幸好有你。」

嘿……

「凌宇……」翟靜欲言又止。

「沒什麼，幸好只割傷了眼皮，慢半秒一雙眼睛就不保了。」我盯著霍恩被轟倒的地方，視野模糊不清，影像全是朦朦朧朧，向翟靜道：「退後一點。」

翟靜轉而護著詠芝，退至剛才被我轟出一個大洞的實驗室缺口，然後道：「霍恩已不是我們認識那個人，千萬要小心。」

我用注滿鬼手力量的手揉著雙眼，道：「我嗅得到，她已是一隻完完全全的屍化人……還是一隻超級屍化人。」

翟靜怔一怔。

「能夠擺脫我的『禁鎖』力量，她是第一個。」我望著那堆破碎的儀器，知道最不想出現的情況終於發生，道：「霍華……原諒我，我知道霍恩最討厭的，是屍化人。」

「嘎——」

一聲悽厲的怪叫。

「轟——」

瓦礫中轟然的爆破！

一個全身被玻璃碎片割得成為血人的霍恩緩緩站起來，身上沾滿綠色的屍化液，眼神變得無比兇悍，渾身散發著腐爛的氣味。

最令人毛骨悚然的是……當她咧著口對著我笑的時候，我看見她嘴裡竟長出一對獠牙。

一對恍似在傳說中的吸血鬼才有的獠牙。

望著霍恩，我感到身體有股激動的情緒在急速滋長著，是一種殲敵的慾望，更是一種久違的獵食本能。但這情緒不是受貪食力量所推動，而是屬於潛伏在體內的……

「老鬼，你想幹什麼？」

哈哈……交給我，我最擅長就是獵吸血鬼！

「你是說……霍恩變了吸血鬼？」

不全是，哈哈……她一定接觸過亨利那變態傢伙身上的病毒，七鬼手當中就只有他擁有吸血鬼基因……一定沒錯！交給我，你沒有選擇的餘地！

面對霍恩亦步亦趨，我猶豫著。

嘿……難道你捨得親手殺死她？

項月老鬼的意識愈來愈強，他似乎看穿了我的心事。

她是你摯友的妹子，不交給我，嘿……連累你身後一雙小姊妹，到時就怨不得人……快！她要蛻變了！

「喀嘞！」已屍化的霍恩突然扯斷裝在身上的機械手，然後舔著指甲上沾有霍華血水的液體，雙目變得猙獰。她一直盯著的，不是我……而是我身後的翟靜和詠芝。

就似老鷹抓小雞的遊戲。

她是兇殘的老鷹！

為了翟靜她們，就如項月老鬼所說，我沒有選擇餘地。

我喃喃地說：「你會否違反我們之間的承諾？」

若我要霸佔你的身體，難道你還可以活到現在嗎？臭小子，你到此刻才怕我？不像你的作風啊，哈哈……

我討厭項月老鬼輕蔑的語氣。

突然「嘎——」一聲震刺尖銳的怪叫，霍恩以詭異的速度向我疾衝而至。

「嚓！」血花四濺。

分神間，我被她的獠牙劃破面頰，然後，我的一對鬼手封截她那又尖又彎的十指利爪，形成一瞬間的對峙。

「老鬼。」

嘿嘿……

「拜託你了。」我闔上眼，渴望將霍恩猙獰嗜血的樣貌從記憶中消除。

然後，不需一秒。

我感覺意識跌進一個無止境的黑洞中，只隱約聽到洞口上方傳來一聲充滿殺性的暴烈嘶叫。

意識中的我，眼角閃過難忍的淚光。

「霍華，很抱歉……我保護不了霍恩。」

2

十五分鐘後，仍舊於地下水道內。

滿地的屍橫遍野再也挑動不了任何人的情緒，走在裡頭的三個人，我、翟靜還有詠芝，此刻目標只有一個，就是盡快回到地面，逃離這個令人感覺窒息的地下水道。

「噠噠……噠噠……噠噠……噠噠……」

離開血戰的實驗室，我恢復意識，揹著霍華的屍首走在前頭，但不覺沉重，因為心頭更沉重。而翟靜則拖著神情迷惘的詠芝跟在後頭，她一直默不作聲，似乎被剛才那一幕嚇到，所以滿懷心事。

至於詠芝，她的目光一直沒有離開過我，但我不曉得她在想什麼。我盼望她永遠停留在昔日美好的記憶，總好過目睹剛才殘酷的一切。

「噠噠……噠噠……」地上的巨鼠屍骸被我踏成肉泥，我憑著霍華在管道分岔口留下的螢光序號，一直尋找出口……一直尋找生路……甚至……

一直尋找可以開脫的藉口。

霍恩終於死了。

她終於擺脫受體內屍化病毒操控成為殺人傀儡的悲慘下場。同時，她終於擺脫弒兄的罪疚。儘管她不可能知道，最疼愛她的哥哥，是死於她的利爪之下，但這樣的結局，可能比救她一命更好……至少，這是項月老鬼交回身軀給我那刻，跟我說的最有人性的一句話。

對斷片十五分鐘的我來說，我不知最終項月老鬼是怎樣結束霍恩的生命，更不知霍恩最後的死相究竟是如何。

項月老鬼沒有說。

我不敢問，翟靜也沒有提。

彷彿大家都刻意忘記這件事，就讓它斷片，就讓它在生命中留白。

更甚者，當我回復意識以後，我絲毫感覺不到雙手曾經手刃霍恩，因為它沒沾上一滴血，更沒有令人厭惡的殺人氣味……尤其是殺死自己親人的厭惡氣味。

記得六年前，當我在香港港島西區醫院，親手了結已變成屍化人的下屬孟芷琪後，雙手就充斥著那種只有自己才聞得到的噁心氣味。

直至多年以後，這氣味才在記憶中漸漸消褪……

但今日，那氣味又再在我雙手裡滲出，還比先前更腥臭、更難聞。

是報應……一定是報應……我這雙害死過不少親人、好友的手，一定是聚滿冤魂，這氣味就是他們死不瞑目的控訴……一定是這樣。

但我還不能償命，我還有更重要的任務要做。所以當項月老鬼把身軀交還給我後，我就頭也不回一直拚命跑，我要在僅餘的時間裡，把那班可惡又可恨的「奎扎科特爾」護法、教徒統統都殺個一乾二淨。

到那一刻，我會連同這對染滿血腥的手，一同登往天堂……或者地獄。

「那裡。」我看得見不遠處那點光，是地下水道的排水出口。

「噠噠……噠噠……」

翟靜拖著詠芝跟著我加快腳步，向著那愈來愈光亮的出口跑去。

突然，翟靜停下腳步，指著不遠處道：「凌宇，你看！那實驗袍……」

我轉身望向翟靜所示的地方，是一堆已分辨不清血肉模糊的殘肢，而隱約可見屍首披著一件實驗室的染血白袍，在白袍的口袋上繡著六芒星圖案。

翟靜道：「他可能就是剛才我受襲時遇到的男子。」

我瞄了那六芒星圖案一眼，冷冷地說：「是邪教的惡徒，自作自受。」然後，我示意翟靜不要停留在此，繼續向前跑，務求盡快離開地下水道。

「噠噠……噠噠……」

終於，一束強光射入眼簾，數秒過後，待視力迅速回復正常。我們離開地下水道，沿排水口附近的石壁鐵梯爬上，重回地面。

但當我再次踏足原本繁榮熱鬧的紐約大街時，我呆住了，而剛爬上地面的翟靜，更被眼前的慘況嚇得差點雙腳發軟倒地。

「這世界真的來到末日了……」翟靜連拔出炸裂手槍的力氣也恍似失去。

是人間煉獄……是血腥屠場……不！這都不足以形容眼前混亂的情景……

眼前的慘況，相信比任何一個年代的戰爭情景都慘烈，四周都是一堆又一堆的斷肢、碎肉，遍地都是腦漿……腸臟……鮮血……

空氣中除了充斥著血腥味，更傳來令人戰慄的咀嚼聲、噬咬聲……還有磨骨聲……更有微弱的痛苦呻吟聲。

那些兇殘的巨鼠。那些染上病毒的異變屍化人。

把活著的人類統統當成食物，生吞活剝地撕食。

我不敢確定，眼前的世界還有沒有一個活人；我更不敢確定，就算把最精銳的軍隊放進來，他們會不會也最終成為眼前這批兇獸的「食物」。

「凌宇……怎麼辦？」聽得出翟靜已恐懼得快要崩潰。

然後，眼前這班嗜血兇獸已發現我們的存在，紛紛放棄手上失去生命的獵物，向著我們靠攏，準備隨時一撲而上。

出於自保，翟靜彷彿回魂過來，連忙拔出手槍。但那區區數十枚炸裂子彈又如何能轟斃眼前這數以千計的兇獸。

「咕嚕咕嚕……咕嚕……咕嚕咕嚕……」

牠們牢牢地盯著我。

而我也狠狠地掃視著牠們。

我放下霍華的屍首，然後回頭望著翟靜和詠芝，裝出平靜的神情。我抬起右手，伸出食指，凝聚出一點耀目的紫光，再以食指向後一彈，將那點紫光拋向身後的翟靜她們。

當紫光快要接觸到她們之際，那點光就像有生命般自動化為一個光罩，把翟靜她們牢牢地罩住。

「凌宇！不……不要……」翟靜意會到我的意圖。

這是我現在唯一可以做的事，那點紫光，蘊含著我那雙鬼手內極大的「禁鎖」力量，我相信它足以保護翟靜她們，而那些巨鼠……甚至屍化人都不可能衝破我製造出來的「禁鎖」異能。

這樣，我就可以無後顧之憂。

全心全意。

殺至與敵俱亡方休。

「呃……啊啊……啊！」我握緊雙拳，暴喝一聲，將雙手的異能運遍全身，同時全身的肌肉隆隆鼓起。渾身散發著薄薄紫光的我，臉上浮現著若隱若現的貪食形相。

「就看我今日能否以暴亦暴！老鬼，等著瞧我最後的一場好戲吧！」

項月沒有回答，但我感覺到他已與我站在同一陣線。

然後，我化身一隻貪食厲鬼，迅間沒入那群數之不清、數之不透的兇獸中，盡情廝殺！

我無視牠們瘋狂的噬咬攻擊，更無視身上突然出現，又驟然癒合的恐怖傷口。我放棄釋出極耗力量的貪食惡魔，改以徒手格殺眼前一隻接一隻撲面而至的嗜血兇獸。

「嚓！嚓！嚓！嚓！嚓！嚓！嚓！」

一隻又一隻的巨鼠被我梟首。

「喀嘞！喀嘞！喀嘞！喀嘞！喀嘞！喀嘞！喀嘞！喀嘞！」

一個接一個屍化人被我扳斷四肢，再截斷脊骨。

「颯颯颯颯颯颯颯！颯颯颯颯颯颯颯颯颯颯颯！」

我完全無視，亦不閃不避，任由那些巨鼠在我身上劃上一道又一道深可見骨的傷口。

「啪嘞啪嘞！啪嘞啪嘞！啪嘞啪嘞！啪嘞啪嘞！啪嘞啪嘞！啪嘞啪嘞！啪嘞啪嘞！」

數不清的巨鼠、屍化人的頭顱被我射出的紫色光波弄得鼓脹，然後爆破，漫天血花。

但敵人數量實在太多，就似殺之不盡，屠之不止……

「啊！」我吼叫一聲，將全身的力量從身上所有毛孔釋放，把纏住我四肢、圍在我四周的巨鼠、屍化人統統爆開，部分距離較近的，更被我逼得爆破，成為一灘血水。

但沾上鮮血的牠們，變得更形跡瘋狂。

而我身上的傷口，也癒合得愈來愈慢……是力量劇烈消耗的後遺症嗎？

沒辦法，看來我們要出動壓箱本領了……啊啊……

我收斂心神，將雙手交叉舉高，然後手心逐漸凝聚出一個形相……是魔鬼的形相……更是貪食的兇暴形相。

我決定孤注一擲，利用貪食鬼力最大的異能，將眼前所有的兇獸都一一鯨吞得一乾二淨。

「啊啊——」

突然……

「啊——」一道足以震撼心靈的驚叫聲在我耳邊傳來。

翟靜?!

我轉身望向遠處的翟靜，發現那個「禁鎖」光罩竟出現無數條龜裂裂紋……不……不可能的，這些巨鼠、屍化人不可能攻破那光罩，除非……

是我的力量減弱下，不足以維持光罩的力量！

該死！我竟大意計算錯誤，是狀態不佳加上連場久戰……

「翟靜……呃……」我咳出一口鮮血。

都說關心則亂，我一時心神激動，打亂了運行力量的節奏，反過來被貪食力量回擊自身。我最終的絕招不但瞬間瓦解，更想不到會自傷其身，落得跪倒在地，吐血收場。

我不甘心……

難道我只能看著她們被獵殺噬掉？

「嘣！」

光罩終於爆破！

「嘣！嘣！嘣！嘣……」

翟靜、詠芝兩人完全暴露於滿口唾夜的群獸面前，靜待下一刻被分成碎塊，而我距離太遠，只有眼睜睜看著她們被宰掉。

「嘩——」

「凌宇——」

「不！」我鼓起餘勇，勉強擲出一個媲美兩顆炸裂子彈威力的紫色光球。

可惜，光球只能把堆在外圍的兇獸轟掉。

眼看翟靜她們就因我的一時失算，即將遭遇毒手……

「轟隆！」「轟隆！」「轟隆！」「轟隆！」「轟隆！」

五個金光閃閃的光球極速而至，把向著翟靜她們一擁而上的巨鼠、屍化人統統炸個屍骨無存，而同時間，另一團柔和的金色氣團向著翟靜兩人飄來，把她們團團圍住，形成一度與「禁鎖」力量截然不同的光罩，保護著她們兩人。

然後，一個黑影從已斷成兩截的大廈上跳躍下來。

「颯！」來者數個起落後，便站在翟靜跟前。

此人的出現，令翟靜忍不住喊道：「是小華！你怎麼會在這裡出現？」

小華舔著手上的棒棒糖，向著翟靜微笑答道：「幸好還趕得及。」

望著小華這個改邪歸正的強援，原本應該心寬，但我感覺到，一股不尋常的殺意竟出現在小華身後……不！是充斥在四周的空氣中。

「颯！」一個穿著從頭到腳都是白色裝束的女人，她一出現，狠毒的眼神就沒有離開過我。

「是妳！」

是「奎扎科特爾教派」七護法之一的迦南！

「我們終於又再見面了。」迦南目露兇光地說。

望著迦南，我感覺有點不對勁。「這殺氣……不是迦南發出的……」

這股殺氣的出現，也令四周圍的巨鼠、屍化人不敢莽動，甚至部分巨鼠還怕得失禁起來。我終於發現，這股殺氣的主人，是來自上空，一個似曾相識、披著黑色斗篷的老人。

她渾身散發著絕望氣息。

只要曾經與她交手就會發現，她那種令人望而生畏的絕望力量，絕對堪稱七鬼手之首……她是七鬼手中的首席護法，也是教派現任長老，人稱「黑寡婦」的阿爾瑪。

只見她緩緩地從上空飄至，驟眼看還以為有數個化身，是幻覺？也可能是心生恐懼的又一證明。

而當阿爾瑪落在我面前時，我發現，她手上抱著一個氣若游絲的女孩，女孩頸上明顯包紮著一個受創甚深的傷口。

「那女孩是……」翟靜問身旁的小華。

「是我們教派的聖女，莎婭。」

「聖女？」

小華沒有答話，與此同時，凌宇身後出現兩個男人。一個是穿著整齊禮服中年男人，另一個是穿著一身運動服裝的少年，而中年男人手上抱著一個與莎婭體型相仿的女孩，她頸上同樣有個明顯的創傷。

我認得那男人，他是亨利，人稱「爵士」的亨利，也是翟靜從祕警處得知，傳說中被消滅的吸血鬼一族後人，真正的名字是——

亨利・德古拉八世。

「那個女孩……凌宇！她是那個住在孤兒院的女孩莊文頤！」

經翟靜一說，我記起自己曾經跟那個女孩，在「奎扎科特爾」教派香港分部總壇有一面之緣。當年有個叫童諾生的男孩為了她，連性命也不顧地去挑戰邪教七護法之一的「鬼手傑克」。

而最終，那男孩殺了傑克，也選擇自焚了結生命。

因為他知道，自己就是邪教大神挑選的繼承者。

「噠噠……噠噠……」那穿著運動服的少年向我走近。

然後他突然向我跪下，以哀求的語氣道：「求求你……可以替我救救她們兩人嗎？」

我沒想到他會突然有此表現，但當我與那少年四目相交時，一種熟悉感覺浮現。這柔情的眼神……我好像在哪裡見過……

「你說過，可以幫我照顧她……就算你要再殺我一次，我也願意……」

我怔一怔。

那少年續道：「我只希望……文頤和莎婭沒事，可以嗎？」

「你是童諾生？」翟靜叫了出來。

但我仍在猶豫，看著迦南、阿爾瑪等人同時現身，我感覺事不尋常。我暗自盤算他們一定不安好心，莫非這是一個陰謀？

就在此時，一直沉默的亨利走上前來，收起平日的狂態，打量著我之餘，更伸手指著我身後不遠處的詠芝，冷冷地說：「只要你肯用鬼手力量救回她們兩個，我可以替你贖回那女人失去的所有記憶。」

望著眼前這個鍾情於玩弄敵人記憶的瘋子亨利，我恨得牙癢癢。因為他就是始作俑者，詠芝被弄成這樣都是他害的，他脫不了罪……我因此沒有立即答應。

「一物換一物，公平得很。如何，你要還是不要？」亨利翹起嘴角笑道。

好！就答應你！

「你……是項月？」

七十一・謎底〔翟靜〕

救兩命，換回一人的記憶，怎麼看，其實都划算得很。

尤其凌宇答應拯救的兩條性命，都非大奸大惡之徒，她們只是小女孩，其中一個更是我們曾經遇上的那個命途多舛的孤兒莊文頤，她當日一身不幸的記憶，就是被凌宇用鬼手力量中的「禁鎖」異能封鎖起來。

而在她不幸身世裡的其中一位男孩，今日竟然再次出現在我們面前。

雖然樣貌、身形、聲音有所不同，但從他的話語可以知道，他就是當日用快要破體而出的惡魔力量自焚的童諾生。

他不知用什麼方法竟然重生了。

臉上失去純真的他，變得比往昔更內歛、更深沉，望著他一雙深邃的眼睛，恍似有股懾人的魔力，不僅未能看穿他的心事，更反過來有種被他偷窺內心的感覺。

所以打從剛才一個照面開始，我就刻意不再直視他，只管牢牢盯著眼前其他蠢蠢欲動的邪教護法，尤其是那個少女身、老人心的迦南。

我知道她恨不得把凌宇撕開千塊百塊，因為在異世界一役，凌宇就是間接把她的老相好「維京人」羅托斯殺掉的幫兇。她一直追蹤凌宇，無時無刻不想把凌宇殺之而後快，所以我的視線絲毫不敢離開她的身影。

而對付她，我還滿有自信。

因為相較於其他邪教護法，她的破綻太明顯。在交戰的過程中，她無時無刻只顧著以奪命招式要格殺凌宇，所以之前數次交手，我手上的炸裂子彈都令她吃了不少苦頭。

只要凌宇一日不死，我相信她只要撞上凌宇，就只會貫徹那種有勇無謀、不要命的攻擊方法。就一槍，只要給我逮著一個機會，我一定可以用手上這種比舊款威力大上五倍的炸裂子彈，在她後腦開出足以一命嗚呼的恐怖血洞。

雖然凌宇經常跟我說，能夠擊中迦南的成功率只有五成，但有五成也好，只要她出手攻擊正在閉目催生貪食鬼手力量、救治那兩個女孩的凌宇，我就要給她好看。

話說回來，雖然暫時還不知道這班「奎扎科特爾教派」護法們的意圖，但我知道凌宇答應要做的事，總有他的理由。就算單純只為了交換救回他妻子傅詠芝的機會，我也會全心全意支持他的決定。

我知道唯有這樣做，才可以填補他多年來內心的愧疚感。

哪怕他妻子回復記憶後，我愛著的男人會重投她的懷抱，我都會表示尊重，繼續義無反顧地去支持這個滿身傷痕的男人。

所以，我沒有質疑凌宇答應那個「爵士」亨利的原因，儘管眼前這班除小華以外的邪教護法，雙眼都閃爍著邪惡而貪婪的目光。而我，只管在腰間拔出裝滿炸裂子彈的手槍，站在全神貫注釋出鬼手異能的凌宇身旁充當護衛，盡我的能力在此刻保他周全。

身處在紐約布魯克林行政區第四街，恍如人間煉獄的街頭，唯一此間令我安心的是，那群兇殘的巨鼠、嗜血的屍化人，統統被一股無形的絕望氣息鎮壓著，彷彿被原地催眠、昏睡不醒，一動也不動，暫時解除了威脅我們生命的危機。但雖然如此，我不知道在這行政區，究竟還有多少生還的人類活口，紐約市政府又是否已啟動緊急防衛隔離政策，將這區當作傳染疫區封鎖起來。

而面對那個穿著一身黑色斗篷的女人，我強迫自己提起十二分精神，抗衡她散發出來的絕望氣息，因為稍一不慎，當意志鬆懈下來之際，說不定我會失去理智把槍頭向著自己的太陽穴，然後不知緣由地把炸裂子彈轟進自己腦內。

來個解脫，脫離這無望世界之苦。

「咯噔……咯噔……咯噔……」一陣皮靴聲打破我的思緒。

「站住，妳走過來想做什麼？站在那裡不要動！」我喝止著不懷好意向著凌宇身邊走近的迦南。

雖然只憑直覺，但看著她那對變得晶瑩剔透的鬼手，我寧可判斷她是暗藏禍心，連忙舉起手上的手槍，槍上的準星遙指向她。

「再走近多一步，別怪我對妳不客氣！」

迦南冷笑道：「要是我真的再踏前一步，妳這個地球女子，又能奈我何？」

輕視我的迦南舉起左腳，準備跨出一步……

「咔！」我壓下手槍的保險，斜睨著身邊的凌宇一眼。只見滿頭大汗的他，正閉上眼釋放出奪目的紫光能量，而坐在他身前的兩個女孩，原本頸上染血的傷口已漸漸消褪，臉上泛起紅潤的血色。

「咯噔……」

「妳……」我猶豫之下，握槍的手緊張地抖震起來。

此時，我感到有人拉了拉我的衣襬，是小華，他不知何時已出現在我的身邊。他走到我的身前，一邊舔著棒棒糖，一邊用右手祭起一個外表金黃色，但內裡翻滾著藍光的光球，懶洋洋的雙眼盯著迦南道：「她對妳沒輒，那我呢？要不要品嚐一下亨利特製的超級屍化病毒？」

「你唬我？亨利的病毒你也會製造？」但看得出迦南閃過一絲猶豫的恐懼。

「那就試一試便知吧。」小華說完，瞬間全身包圍著一層金光，手上的光球在虛空中飄浮著，然後逐漸膨脹，裡頭的藍光有種隨時要破殼而出之勢。

迦南不甘示弱，雙手祭起一道耀眼的白色極光，然後……是我眼花嗎？我竟看到迦南身上幻化出一個……兩個……三個……五個……足足有六個真假難分的迦南出現眼前。

在劍拔弩張之際，一道充滿威嚴又懾人心神的聲音打破對峙均勢。是「黑寡婦」阿爾瑪，只見她喝斥迦南：「胡鬧夠了沒有？」

「大姊！」迦南不忿地向著阿爾瑪道：「妳答應過我什麼？」

「我當然記得。」渾身散發著黑氣的阿爾瑪經過迦南身邊，站在迦南和小華之間，續道：「但現在還不是時候，沒有什麼比莎婭更重要，妳、明、白、嗎？」

面對令人透不過氣的絕望重壓，迦南悻悻然收起手上的鬼手異能，用怨毒的目光繼續盯著凌宇。只見阿爾瑪跟迦南道：「妳給我去找那台機器。」

「我？」

「亨利說過，那機器就藏在地下水道實驗室B區的密室中，找到它，把它啟動，」阿爾瑪抬頭望著天空上閃耀得正亮的九星十字，沉鬱地說：「時間已經不多，再遲些就打不開那條通道了，三千多年的機會錯過後，我族就會真正滅亡。」

迦南沉默片刻，斜睨著凌宇，又再望向不遠處正在全神專注的亨利。終於，她收起渾身散發著的嫉妒氣息，轉身向著第四街的地下水道排水入口走去，身影瞬間消失。

「小華……」我望向他。

「不礙事的。」小華把手上原本蓄勢待發的光球，猛然轟入兩步之間的石地上，爆出一聲巨響後，破裂的土地隙縫散發出一道隱含藍色的金光，形成一個保護圈，將阿爾瑪跟我們分隔開來。

「你仍是不相信大姊？」阿爾瑪平靜地說。

「不是不相信大姊，只是小心駛得萬年船，我這副傷疲之軀可以為他們做的，就只有這麼多了。」

小華彷彿虛脫般地坐在地上，喘著氣，但仍嘴饞地把手上的棒棒糖塞進口裡，咬得「啪滋」有聲。

這時，一直待在阿爾瑪身邊的少年，向凌宇這邊走近，最終，停留在小華所布下的金光氣牆外。我看得出，他的目光一直沒有離開過凌宇所救的其中一個女孩，他的目光是那麼憐惜，揉雜著擔心、害怕失去的複雜感情。同一種目光我也曾經見過，是凌宇……他望著傅詠芝的表情也是這樣。是同樣有愛，是同樣害怕瞬間失去後，遺下失落。

「小華叔叔，她會沒事嗎？」諾生垂下頭問。

小華裝作不明白，故意問：「你問的是莎婭，還是那個地球少女？」語畢，他吐出嘴裡的糖果膠棒。

諾生猶豫半晌，道：「我是說，她們會沒事嗎？」

小華嘆了口氣道：「只要那對貪食鬼手沒有失靈，她們應該可以跨過鬼門關，死不了的。」

諾生不再說話，只靜靜地站在這裡，望著被紫光一直包圍的那個少女莊文頤。他那眼神，和當日邪教總壇自我了結前、拜託我照顧莊文頤時一模一樣。但我同時發現，當他瞄向另一個身穿染血白衣的少女時，他的眼神變得閃縮，流露出愧疚。

莫非……這三個孩子……

「妳猜得不錯，孽障啊。」小華搖搖嘆息道。

「你會讀心術？」我問小華。

「倒不是。」小華指著那個仍在昏睡中的白衣少女莎婭，道：「前陣子，我從莎婭身上學到一種偷窺別人思想的技能，還未能好好掌控它，所以精神力不時胡亂進入了別人腦袋而不自知。剛才……對不起。」

「嗯……」

此時，小華站起來，走到我身後，一臉哀傷地問：「他是如何死的？」

是霍華，我感到奇怪，小華為何會因霍華之死而傷感。

「因為我跟他在香港有一面之緣，更攜手殺敵。他那人人品不錯，重情，又夠義氣……」他頓一頓，續問：「妳還未回答我，他是怎麼死的？」

我仍然不敢將目光移離阿爾瑪等人，故一邊戒備著，一邊跟小華道來：「是被他妹子殺死的。」

小華露出不禁置信的表情，我續道：「我們找到他時，他的妹子已受病毒感染變成屍化人，而霍華就死在她的十指之下……」

「是含笑而去吧！」

「你怎麼會知道？」

小華指著腦袋道：「是妳的記憶告訴我的。」

「哦？我怎麼會沒有印象？」

「是妳曾經看過的影像，但那時妳沒有記在心上，記憶細胞就替妳把影像儲存在大腦的潛意識中。」小華檢視著霍華的屍身，說道：「抱歉，我太心急想知道真相，這次是我主動偷竄入妳的大腦內讀取記憶的，希望妳不要介意。」

我不置可否。

「原來是這樣，難怪他會死在霍恩手上……」小華檢查完後，轉身一屁股坐在地上，從衣袋中再取出一根棒棒糖，一邊拆著包裝，一邊道：「這是最後一根了，看這裡的慘況，應該附近也買不到棒棒糖了。」

「那個亨利，真的可以幫凌宇的妻子回復記憶嗎？」我問。

小華抬頭望了我一眼，搖搖頭，我不解地問：「難道他騙凌宇？」

「不是。」

「那你為什麼搖頭？」

小華再次嘆了口氣，用手上的棒棒糖指著我道：「妳真的希望他妻子可以回復記憶嗎？」

被小華一問，我突然感到耳根一熱，像做了虧心事一樣，又怕凌宇聽到小華所說的話。不擅說謊的我，一時間竟啞口無言。

「愛情真煩人，還是你們的世界有句說話說得好，『問世間情是何物，直教人生死相許』。不去愛就不會這麼煩惱，這樣去愛一個人真的值得嗎？」

我沒有回答小華的問題，目光偷睨了不遠處席地而坐，被亨利那對鬼手牢牢抓住頭顱，四周不時閃著電流，又恍似被一層藍光包圍著的傅詠芝。

她那雙目光空洞的眼睛不再復見，闔上眼蓋的她，一直皺著眉頭，接受身後亨利釋出的異能。

「啵！」

一隻不安分的巨鼠試圖走近小華製造的力牆，被電擊得瞬間爆炸，彈射上半空再跌在地上成為一團肉泥。

小華面帶厭惡地說：「到底是誰做出這些令人噁心的小畜生？」

我瞄了瞄亨利，語帶諷刺道：「就是地下水道實驗室的主人。我手上的資料顯示，那個叫高澤浩一的瘋子，就是你那兄弟亨利的手下。你要問，就應該問始作俑者。」

小華再次嘆氣，然後跟站在地下水道排水入口處、一動也不動的阿爾瑪道：「大姊，這些巨鼠很礙事，不如就連同那些屍化人一併毀掉吧！」

阿爾瑪沒有回話。

「我不想見到族人來到這裡後，會成為這些巨鼠的晚餐。我答應助妳一臂之力，為的也是幫族人求生，並不是千里迢迢來這裡求死的。我沒有說錯吧！」

小華見阿爾瑪沒有任何反應，站起來，正想祭起他的力量，嘗試殲滅眼前一隻又一隻開始不安分的巨鼠之時，突然……

「啵！」

一隻距離諾生不遠的巨鼠，它的頭顱瞬間被巨大的壓力極速擠壓至爆破，兩顆眼珠還吊在眼眶外。

接著……

「轟！轟！轟！轟！轟！轟！轟！」

一堆堆巨鼠全身冒出熊熊大火，痛得牠們亂蹦亂跳，然後不足兩秒，成為一堆再也動不了的焦炭。

再來……這次沒有任何聲響……

一隻接一隻巨鼠突然傳出臭味，然後瞬間成為一團令人作嘔的綠色液體。

「大姊！」

緊接著的一分鐘，整個紐約布魯克林第四街上的巨鼠，就被突如其來的三種力量以虐殺式手法殲掉，高澤浩一苦心經營多年的滅世鼠患，竟就此被瞬間平息。

我看得目瞪口呆。

「好厲害……大姊除了原本從『驕傲』推演的絕望力量，更已完全掌握到羅托斯那由『憤怒』衍生的焚燒力量，還有傑克那『色慾』激發出來的侵蝕力量……大姊更可以不動聲色隔空殺敵，可怕……大姊果然是項月以外最強的一人！」小華興奮地把手上的棒棒糖都握碎。

「這批屍化人留下，還有用。」阿爾瑪望著天空，似意有所指。

天空那九星十字異象愈演愈烈，原本那些閃耀著銀色光環的星體，紛紛轉化為赤紅色調，而最奇怪的是，望著天空，我竟突然覺得終日運轉不止的地球，恍似在剎那間停了下來。

那九顆星體就彷彿牢牢地嵌在天空上，而圍繞著地球川流不息的大氣，也跟隨地球停止流動，四周傳來此起彼落的動物悲慟鳴叫，天空中的飛鳥似失去導航磁場，而紛紛撞落上附近大廈、各式各樣建築物。

爆腦而亡。

最後，牠們更害怕得不再飛翔，寧願降落下來，跟陸地上的動物一樣，抬頭望天，悲鳴起來。

這詭異的氣氛，難道真的是末日的預兆？

小華突然意有所感，別過臉向著我和凌宇道：「終極的時刻終於來臨，凌宇、翟靜……到此刻，我必須坦白跟你們說明白，我相信只有到過異世界的你們，才會明白異世界正瀕臨滅亡的真相……」

凌宇雖沒答話，但見他眉頭一挑，表示有聽到小華的話。

「雖然我一直不認同阿爾瑪大姊他們的殘暴手法，但我仍然希望，我同族的子民可以逃離異世界的災難。或許未必所有人都可以倖免，但至少能令我族不至於全族覆滅。我一直也在內心掙扎著，是否應該協助大姊他們，打通地球與異世界之間的通道……」

小華伸出他那對金光閃閃的鬼手，向著凌宇道：「要打開這個可供上千上萬族人越過的瞬間移動通道，不可能依靠一對鬼手的異能，而打通通道的鑰匙，就是集合我們七對鬼手的能量。所以這麼多年來，自從項月逃離異世界後，上一代的大長老，以至阿爾瑪都全力緝捕項月，為的就是要奪回一對貪食鬼手。」

我插嘴道：「難怪自從凌宇在倫敦 Apple Market 首次釋放鬼手異能後，你們就千方百計要擒殺凌宇，原來一切都是為了鬼手。」

「但鬼手只是鑰匙，三千多年才一遇的宇宙奇觀才是關鍵所在。」小華指著天上的九星十字，續道：「記載在大神聖殿石壁上的古文所示，九星十字的出現，就代表著兩個生於平衡時空下，原本各不相干、互不知對方存在的星體就會接上。在強大的引力影響下，在錯對時空之間的兩個星體，會出現一道銜接的時光通道。」

站在遠處的阿爾瑪望了小華一眼就別過臉，並沒有阻止他說下去，小華在地上簡單畫出他口中所說的複雜天文現象。

「當年『奎扎科特爾』大神被邪神使用奸計擊敗後，在悲憤懊悔絕望等等情緒交雜下，在原來至善的身體生出七宗罪力量。當祂在墨西哥灣準備離去時，身上的力量恰巧打開了這道通往異世界的通道。歷史記載，大神為了不想再見到兩族血戰連場，就帶著少數劫後餘生的族人穿越通道，到達環境比地球惡劣一百倍、全然是蠻荒世界的異域重建部落。」

小華翻開衣袖，露出前臂上的紋身，道：「這六芒星標記，除了是代表我族的圖騰，更是代代相傳的大神力量泉源。而你們在墨西哥境內看到那個馬雅民族留下的末日預言，其實就是當時目睹『奎扎科特爾』大神在墨西哥灣海面離去的歷史紀錄。只是你們人類兇殘本性不改，後來入侵的西班牙人把所有古文字文獻全數毀掉，你們才無法清楚地解讀過去。」

正在替莎婭、文頤療傷的凌宇仍是沒有回話，但在他身上，漸漸生出一隻貪食惡鬼的巨大形相。我估計應該到達最關鍵時候了，但同時也知道，若不是激戰連場，凌宇要治癒這兩個女孩根本不需要這麼長的時間。

我望了凌宇一眼，截住小華的話，問：「說了這麼多，你究竟想要凌宇怎樣？」

小華毫不猶豫地說：「和我一樣放下前嫌仇恨，運用他的鬼手，打通兩個世界的通道，解救無辜的族人。」

「就單憑七鬼手，真的可以有足夠能量打開宇宙的通道？」我一臉疑惑。

「當然不止……」小華轉身望向一直不發一言的諾生，道：「還有兩個關鍵。」

「兩個關鍵？」我問：「你怎麼知道這麼多？」

「因為我窺探到他的內心，感受過他的經歷……還有他重生的使命！」小華指著諾生道。

此時，一直沉默不語的諾生，抬頭望著小華和我，道：「小華叔叔說得沒錯，我就是其中一個關鍵。」諾生舉起雙手，映照在閃爍的夜空之下。只見他白皙的皮膚下，一塊又一塊閃亮著的蛇皮鱗片清晰可見。

「怎麼會……」我驚道。

小華點點頭道：「他就是三千多年循環一遇的大神轉生。他的重生，就是為了打通異世界之門……」諾生打斷小華，道：「對，一切，都只為了重生。」

「重生？」我開始愈來愈不明白，但同時浮現一絲不安。我問：「那另一個關鍵呢？」身後突然傳來一道熟悉的聲音：「祕密就在亨利身上。」

「凌宇？」我轉身望向身後的凌宇，只見他已完成治療過程，而那兩個女孩臉色恢復紅潤，呼吸也見均勻，只是仍然昏睡不醒。

「你竟然知道？」小華臉上流露不可思議的神情。

「我哪裡知道，是項月那老鬼剛才告訴我的……他還在我意識裡，把生前所有經歷都一一跟我說了。當然，還有跟亨利這隻吸血鬼之間的協定。」凌宇厲眼望向仍在治療詠芝的亨利。

「司徒凌宇，你願意幫這個忙嗎？」小華問道。

正當凌宇打算回答之際，一道沙啞而洪亮的聲音伴隨凜烈的殺氣急湧而至，令在場的人無不震驚。

「什麼忙都不用幫了，因為你們下一刻都將會成為肢離破碎的死屍，哈哈……」

「誰？」我舉著槍，向著聲音源頭搜索。

「是你！」阿爾瑪瞬間鼓起強大的絕望氣息，整個人飄浮在半空中，用肅殺的氣牆抗衡來者的強大殺意。

「倫敦一役竟然沒把你炸死？」小華雙手展現奪目的金光，幻化出一對比原來大五倍的拳頭，準備撲敵。

而仍在調息的凌宇，也奮力站起來，走到我的面前。他祭起暗淡無光的紫色鬼手，保護著我。

那殺意的主人終於現身。他穿著一身白色緊身衣束，瘦削得不合人類比例的身形呈現出一種詭異感，而在那個光禿的頭顱上，沒有一寸皮膚是完整的。那道恍似百足亂舞、由左眼角至右臉頰的血紅疤痕，是屬於一個深藏不露的祕警。

他是……

「戴月辛？」凌宇從那道疤痕猜到這名不速之客的真身。「但怎麼會……」

不止殺氣，我還感受到一股前所未有的邪惡氣息……甚至凌駕在場所有邪教護法。擁有一雙暗紅血色瞳孔的他……恍似魔鬼降世般出現在眾人眼前，令人有種想立即揮刀自殺的念頭。

而他身後，跟著十位同樣穿著緊身制服的白衣人，我記得這種裝束是屬於祕警內的新人類計劃成員。加賀博士曾經說過，他們經過霍華的ＤＮＡ改良後，已經脫胎換骨……

「哈哈……『奎扎科特爾』的死餘孽，今日就讓我代『泰茲喀齊波卡』將你們一族完全覆滅吧！」

然後，十個白衣人不需指示，向著地下水道排水入口疾走。

阿爾瑪臉色一變。小華疾聲驚呼！

一股惡形惡相披著虎皮的巨大兕像，在第四街終極展現。

形勢，逆轉。

七十二・邪神〔司徒凌宇〕

那令人窒息的凜冽殺氣，並不屬於人類。

自從他出現之後，場內眾護法的鬼手就不斷發出不同頻率的低沉鳴叫，恍似因宿命對手的出現而感到興奮，也似乎為下一刻一觸即發的激戰而戰慄不安。

這感覺，我從來沒有感受過，就算歷經多次生死交關也好，自十五歲起就跟隨我司徒凌宇的一對貪食鬼手，從來都不曾因為敵人的強大而顫抖，除了這次……例外。

但我感覺得到，失去五成戰力，正慢慢恢復過來的貪食鬼手，它雖然出現前所未有的顫慄，但它仍渴望戰鬥，更寧願戰死沙場，也不選擇退縮。

眼前的戴月辛，身後幻化出來的奸邪形態，比七宗罪的魔鬼形相更兇、更暴烈、更陰險，這種由仇恨推動的力量，跟此刻低鳴著的鬼手很相似。

它們互相討厭對方，更互相仇視彼此，恨不得雙方立即撲上廝殺，來個血濺當場。

如果這真是宿命一戰，眼前的戴月辛令我聯想起的，一定是在奇真伊扎古城裡，那座「庫庫爾坎神廟」內石壁刻著的邪神。就是他口中所說的「泰茲喀齊波卡」，那個跟傳說中墨西哥大神「奎扎科特爾」曾經稱兄道弟，最後為了私慾、權力，背信棄義，把「奎扎科特爾」驅逐的兇殘大神。

「大姊，我感覺到那班白衣人比起在倫敦時更強，這裡有我，妳快去支援水道內的迦南吧！」小華渾身的金光幻化出一個十五呎高的健碩人形，是巨奴！小華已經準備好跟眼前這魔頭拚命。

阿爾瑪聽罷小華之言，略微遲疑，但還是迅速化作一團黑影，飛越過戴月辛，再跳入地下水道狙擊那班白衣人。因為就如小華所擔心的，迦南絕不是那十個白衣人的對手，更甚者，阿爾瑪害怕那部「機器」會被白衣人發現，到時處心積累多年的計劃就會付諸水流。

而她的族人，就會跟隨那個瀕臨滅亡的異世界星體一樣，成為宇宙的塵埃。所以她寧可遺下小華他們，也要殲滅闖入地下水道的白衣人。

但最奇怪的是，戴月辛竟沒有任何阻攔的打算，隨意讓阿爾瑪越過他的頭頂，消失在黑暗之中，而他的一雙眼睛，一直盯著替詠芝治療的亨利。

他究竟有何意圖？未可知。

唯一見到的是，戴月辛笑了，他對著在場每一個人笑了。

他似乎勝券在握，更好整似暇地慢慢向我們走近，目光掃視在場每一個人。我雖然狀態遠不足以戰鬥，但為了保護仍被亨利治療中的詠芝，我怎樣也要阻止戴月辛接近她。

我還有壓箱絕招未用，相信只要將剩下所有力量集中起來，再打出此招，就算不能消滅眼前的魔頭，也可以暫緩他的攻勢，大不了就來個同歸於盡！

戴月辛突然轉身斜睨著我，冷笑道：「極惡刑警……哼！你以為自己真是無敵嗎？想和我同歸於盡？你不夠資格！」

小華沉著道：「你竟然可以讀取司徒凌宇的思想？」

「哼！我不需要進入大腦這麼麻煩。」戴月辛指著我的眼睛，笑道：「眼是靈魂之窗，你的腦袋有什麼鬼主意，我從你的瞳孔裡看得一清二楚。」

我感到心寒，這刻望著戴月辛，彷彿被他直接從瞳孔穿透直達視網膜，再由視覺神經一直連繫至腦細胞，偷取我所有思想……下一步的行動……甚至我正構思的每個想法……

「原來當神真的很爽！哈哈……哈哈……」

「你不配！」小華道。

「你說什麼？」戴月辛雙眼閃過一陣殺意。

「神並不濫殺，更不嗜血……」

戴月辛截斷小華的話，斥道：「呸！什麼不濫殺？什麼不嗜血？那個『奎扎科特爾』當年為什麼要發起戰爭？為什麼要屠殺我們族人？我呸！」

「祂是為了正義，」小華全身散發著金光，道：「祂要以殺止殺，更要將所有黑暗驅逐。」

「可笑……」

「不！絕不可笑！」小華舉起幻化出來的巨大拳頭，緊緊握住，手背上顯現出一個耀眼的圖騰符號。

「是六芒星！」站在我身邊一直不發一言的翟靜叫道。

小華激動地說：「大神為了驅逐邪神，獨自承擔所有罪孽，祂不惜犧牲自己純潔的內心、不惜接受天遣的懲罰，生出足以抗衡邪神惡能的七宗罪力量……」

戴月辛猙獰地恥笑著：「可惜祂最後也輸了。」

「不是這樣！事實是大神帶領祂的神民，勝出了那場經年的大地血戰，可惜祂仁慈……接受了『泰茲喀齊波卡』的降書，以為寬容可以消除邪神的惡念，怎知，那個卑鄙的邪神竟是假意投降。」

翟靜驚道：「所以就像『庫庫爾坎神廟』石壁記載一樣，祂被邪神暗算，派出毒王將『奎扎科特爾』刺傷，令祂喪失神力，最後敗走墨西哥灣！」

小華凝聚的金光將原本漆黑的布魯克林行政區第五街照得一片光亮，與戴月辛身上散發的深紅腥風就像一光一暗地抗衡著。小華攤開巨掌，朝向戴月辛，說道：「大神祂退守異世界後，一直對引起那場生靈塗炭的血戰愧疚、後悔，祂把自己獨自困在聖殿，每天受著內心折磨，更要抗衡著體內不斷膨脹的七宗罪邪能，最後……祂用盡自己僅餘的生命力，將體內足以毀天滅地的邪能打散為七份，再驅出體外，在生命之火燃滅前，用最後一口氣將七宗罪邪能封印起來。」

然後，含恨而終。

「項月！」小華望著我，道：「你終於也願意和我在同一陣線殺敵了嗎？」

嘿……打吧！沒問題，你叫我學亨利在他身上咬兩個洞也行，嘿嘿……只是……還需要一些時間。

「老鬼，你又希望我跟你交換意識嗎？」在旁人看來，我就像瘋子一樣自言自語。

不是，我打算全力支持你去打這隻人不人、妖不妖的怪物。

我感覺到有種暖烘烘的力量在雙臂不斷釋出，很舒服。

「老鬼……」

收斂心神！

「哈哈……你們這些人總愛做著些毫無意義，又徒勞無功的事。」戴月辛指著翟靜道：「還有妳，身為人類，竟與這班異世界的人為伍。」

戴月辛冷言續道：「不過罷了，妳要跟司徒凌宇死在一起，我成全妳！不過枉我一直對妳青睞有加，在祕警組織內重點栽培妳，哈哈……妳太令我失望了。」

我望著翟靜，她以堅定的語氣回擊戴月辛：「沒錯，我愛他，為了他我願意犧牲一切，至少，我沒有後悔愛他。」

「你們說夠了沒有，真是令人厭煩，你們這班人總喜歡假惺惺、扮好人！我最恨的，就是你們這班自命正義的怪胎！啊——」戴月辛暴喝一聲，颳起一陣恍如刀割的烈風，只見他上半身的肌肉開始急速膨脹。

「啵！」那力量把原本包裹著身軀的緊身衣都撐破，然後不到兩秒，膨脹的肌肉又以極快的速度不斷收縮、收縮、再收縮，直至全身的皮肉彷彿跟骨骼貼在一起，露出了縱橫交錯的筋脈。

很恐怖……根本已超脫人的定義。

此刻的戴月辛就像被古埃及人製作成標本的脫水木乃伊，不同的是，眼前的是活生生的惡魔，他散發出的邪能，隨著不斷異變而愈來愈兇暴、可怕，甚至……更酷似「庫庫爾坎神廟」石壁上那隻令毒王跪拜的魔頭。

「凌宇……」翟靜問。

我這雙鬼手，開始慢慢重新結晶化起來。

「他真的是戴月辛嗎？」

「之前是，但現在不是了。」我開始聚上七成力量。

戴月辛忽然暴喝一聲，揚起四周塵土之餘，空氣中更瀰漫著濃烈的血腥味。最詭異的是，他黝黑的皮膚竟開始出現老虎的斑紋，而胸前更隱約出現一個虎形紋身。

這變化，不止令小華大吃一驚，更連原本一直站在一旁默不作聲的諾生，也做出驚人的異變反應。

「諾生，你……你想做什麼？」

諾生踏出一步，走近小華，然後望著戴月辛道：「住手吧！」

「什麼？」戴月辛失笑道。

「大神已經原諒你一次，不要執迷不悟，回頭是岸！」諾生的語氣、聲音、說話彷彿變成另外一個人，他擁有清晰透徹的雙瞳，冷靜而充滿智慧。他望一望天上的九星十字，回頭盯著戴月辛續道：「不要像倫敦那次一樣，相同的劇本，但不可能再有相同結局。」

戴月辛臉色一變，語調變得陰沉：「當然不可能有相同的結局。」

翟靜似被一語驚醒，問：「倫敦祕警總部的大爆炸，究竟是什麼一回事？」

蓄勢待發的戴月辛沒有回答。

「泰茲爾博士他怎麼了？還有烈特……等等……那平原……那小鎮……諾藍……諾藍呢？」

「妳說夠了吧！」一臉煩躁的戴月辛突然揚起他的右手，發出一陣腥風氣壓把翟靜颳倒地上，令她久久不能站起。

小華與我見狀，生怕翟靜有什麼不測，充滿默契地毫不猶豫以一攻一守方式立即出手。

戰幔一觸即發，我鼓起體內恢復了八成的鬼手力量，衝至翟靜身前，原本合攏的雙手拉出一幅充滿電流的紫光巨網，在翟靜身邊築起一道厚厚的「貪食」防衛網，而小華也不敢怠慢，向著戴月辛揮出蓄勢以久的連橫巨拳。

誰料，戴月辛的目標根本不是我們，而是替詠芝治療正進入最後關頭的亨利！

「颯！颯！颯！颯！」

小華揮出的連橫巨拳落空。

「吱吱吱吱吱吱吱吱吱吱……」

而我築起的電網絲毫無損。

擊中虛影的小華立即轉身衝向戴月辛背後搶攻，而我也準備收起電網上前協助小華，但我們發現，戴月辛的戰鬥思維運轉得比我們還快。當小華轉身搶上之際，迎面竟突然出現一股足以毀天滅地的黑芒，快若閃電，但其色也黑。

「嘣嘣嘣嘣嘣嘣嘣嘣嘣嘣嘣嘣嘣嘣——」碎了！

「嘣嘣嘣嘣嘣嘣……」完全粉碎了。

不單小華幻化出來的一雙巨拳被轟成粉末，那去勢未止的黑芒繼續向前疾衝，穿過小華左掌掌心，更把擋在胸前的右臂轟掉，最後……

「轟——」

小華像脫線風箏般被轟至老遠，狠狠被戴月辛發出的黑芒，釘在第四街那間當地地標的花旗銀行三樓那面石牆上。

「小華……」剛甦醒來的翟靜目睹這一幕，呆住了。

但我也自顧不暇，狡猾的戴月辛忌憚我用貪食鬼手截住攻擊小華的黑芒，所以以迅雷不及掩耳的速度，釋出一連串夾帶腥臭氣味的黑色光球，猛然轟向我築起的貪食電網。

「轟隆！轟隆……」

電網被炸得快要分崩瓦解，而我的一雙鬼手也出現一條又一條細微的裂紋……我一直苦苦支撐著，雙手開始傳來一陣麻痺感，我心忖：戴月辛的力量竟然強到這種地步，要擊敗他似乎不可能……但我不甘心……究竟他經歷了什麼？他身上這股氣息，嗚呃……

我咳出一口鮮血，剛巧噴在剛甦醒的翟靜臉上。

「不……我不可以死在這裡的！」我拚盡全身力氣，發動最強的「禁鎖」防禦力量。

但戴月辛根本沒把我放眼裡。我發現，攻擊亨利只是個幌子，他的目標從來只有一個，就是……

「嗚呃——」

「嘎……很爽吧！上次你揍我不是很爽很過癮嗎？現在被人暴打的感覺如何？哈哈……」

是諾生。鮮少戰鬥經驗的諾生雖然擁有絕強的力量，但自倫敦一戰後，早有準備的戴月辛竟想出一個方法，就是利用諾生的弱點，也同時是人類的弱點——「關心」……然後……「則亂」。

他先用計轟倒作戰經驗最豐富的小華，然後用我絕對無法匹敵的力量把我隔絕，再來就是好戲上演……他竟然直奔向躺在不遠處的莎婭和文頤！

戴月辛早窺探到那兩個女孩對諾生是何等重要，他不用能量攻擊，改以衝前佯攻那兩個女孩，就是要令諾生放棄原來滴水不漏的防禦狀態，在關心則亂的情況下，打亂他的作戰節奏。當諾生奔前截擊戴月辛時，一切就在他的計算之內。

他突然在諾生的視線下高速消失，當諾生還在惘然之際，他早已竄到諾生的左側，然後……

「嚓！」一個帶血的身影凌空翻滾。

再來。「嚓！」

兩度血花在半空灑下。

然後，只見諾生一臉痛楚，死命地抱著雙膝後的腿筋位置，在地上拚命打滾著。

「嗚……嗚嗚……啊……」

一雙腿報銷了。任你多強，連站立也無法的話，縱使力量強大又有什麼用。

戴月辛不斷暴打著諾生，除了痛苦的呻吟，還傳來一下又一下的骨裂聲。

「你不是很強嗎？」

「喀嘞！」被揪在半空的諾生，左手臂骨被戴月辛徒手掐碎。

「啊——」諾生痛得在半空不斷掙扎。

「住手！來，要戰就來戰我，懦夫！」我怒吼。

「你？強弩之末，何堪再鬥？不如這樣，你這麼心急，我就好心點給你來個解脫。哈哈……」

我心感不妙，慌忙鼓起不足三成的力量，準備力抗戴月辛那絕強的一擊……

「嗤——」一道黑芒擊出。

「啵！」一點血花如噴霧般散落。

戴月辛轉身望著我，笑道：「你錯了，哈哈……」

對……我錯了……我完全計算錯了……但……不！

「不要！」我的心房停頓了。

「啊……」一直全神替詠芝治療的亨利噴血仰倒。

「詠芝！」我散去築在身前的電網，衝向倒在血泊中的詠芝。

戴月辛沒在此時攻擊我，比起肉體的傷害，他更享受此刻對我的精神傷害。

詠芝心臟不再跳動……脈搏停了……也不再呼吸……

我掩著她眉心間不斷噴血的傷口，失控地喊叫：「不……不要啊！啊……」

遠處的翟靜睜著眼，看著我坐在血泊抱著已沒有動靜的詠芝，同樣呆住了，雙眼不自覺掉下眼淚。

「戴月辛！」我向著戴月辛怒目相向，道：「你這個天殺的……我司徒凌宇今日不把你千刀萬剮，我誓不為人！」

戴月辛好整似暇地冷笑道：「你有這能力我也替你高興！哼……我等你，廢柴刑警。」

我奮力提起一對鬼手，發現自己傷勢已重得無以復加……經過剛才一連串的重擊，一對鬼手差點被廢，根本無力戰鬥下去。

我恨極地睜眼怒視戴月辛，同時勉強聚起僅餘的鬼手異能，修補一對鬼手上的裂紋之餘，更治癒體內正出血的內臟器官。

「不能死……我還不能就此死去……就算死，你戴月辛，也要跟我一起下地獄去！」我喃喃地說。

此時，戴月辛身後傳來一道喘著氣的沙啞聲音：「嗄……你要殺她的女人我沒有異議，但你差點要了我這條尊貴的九代單傳貴族性命，就絕對不能饒恕……」

是亨利！

「啐！」他抹去嘴角不斷因內傷而咳出的黑血，拔出插在腰間那根從地下冒出的斷裂水管，臉上的神情瞬間回復平日的狂妄，他笑道：「你這隻不倫不類的怪物，又瘦又醜，連殺人的手法也不怎麼高雅，來……讓我告訴你，怎樣才叫殺人的藝術！」

我看見亨利的眼角向著我眨了一下。牽動了內心深處屬於項月老鬼的一個記憶……

戴月辛瞄了身後渾身浴血的亨利，露出輕蔑的眼神。

但下一秒鐘，他可能會為這個輕蔑的眼神而後悔，因為接下來的逆襲，是一次他意想不到的……攻擊。

「呱——」一道悽厲的嘶叫，一個夾雜復仇情緒的腥風黑影，鋪天蓋地掩著還在自鳴得意的戴月辛。

亨利使出的，已經不是他「貪婪」的鬼手力量，而是來自更原始的嗜血力量。力量的源頭就是他身上流著的尊貴血液，即是潛伏了百年的吸血鬼之王，德古拉伯爵的血泉力量。

那道黑影幻化為巨大的龍捲風，不斷向著戴月辛身處的核心圈收窄，裡頭的風速足以瞬間撕殺一頭大象……不！甚至史前巨獸再世，憑亨利今時今日的吸血鬼力量，都足以一剎那間把牠幹掉。

那戴月辛呢？

身處在風暴裡的戴月辛紋風不動，他冷笑著：「就這種程度嗎？」

「啊啊啊啊啊啊——」一聲又一聲恍似穿透耳膜的嘶叫聲在風暴裡不斷增強。

風速遞增。

氣牆縮窄。

殺意膨脹。

然後……

戴月辛感覺有點不對勁……但已經太遲！

因為不知何時，他背後竟出現一個復仇的男人，而這個男人更以全身的力氣，從後使出「納爾遜式鎖」，以雙手穿過他的腋下，再發力按壓他的後頸，將他的頸椎壓得「喀嘞喀嘞」作響，似快要斷掉。

這個男人發出來的力量很特別，以戴月辛此刻的邪能，竟也無法瞬間甩掉，因為……這股力量本來就是用來禁制所有攻擊的力量！

是我的「禁鎖」力量！

而那個人表面上是我，司徒凌宇，但實際上與亨利配合得天衣無縫的，是項月老鬼，而這個摔角絕招，也是他在我的大腦神經內注入的速成招式。

戴月辛做夢也想不到他會栽在這招裡，而更想不到的是……一切還未結束。

是亨利！他不斷高速飛翔的同時，眼見戴月辛被我制住後，立即俯身向下俯衝來，然後迅速變回人形的他，雙手狠狠抓著戴月辛的頭顱，再咧開他的血盆大口，往戴月辛的咽喉咬去。

「嚓！」

那對獠牙，不單咬破戴月辛喉頭，更深深插入他的喉頭內。但亨利不是吸血，是反過來將全身上下所有屍化毒液一次過灌入其血管內。

「咕嚕咕嚕……咕嚕……咕嚕……」是直接地純粹輸入。

戴月辛臉色一變，同時皮膚呈現一塊又一塊狀似發霉的東西，嘴角更溢出腥臭的血液……

他全身瘋狂扭動……更瘋狂嘶叫……

最後，他暴叫一聲，一股強大的力量從他體內爆發出來，把緊鎖著他的我被迫撒手，而我更被那股強大的力量氣流震飛得老遠，直飛至市政大樓三樓的高度，把厚厚的玻璃幕牆都撞得碎裂，然後才墜落在地，撞出一個大坑。整條第四街變得煙霧瀰漫……

「他……死了嗎？」我聽到翟靜的聲音。

「還沒！」是小華。

待煙塵散去後，大街上只有一個人屹立不倒，而他腳下踏著一個癱軟在地、未知生死的男人，是亨利。換句說話，那個屹立不倒的人是……

戴月辛，遍體鱗傷的戴月辛！

「這樣還不死嗎？」我心深不忿，但知道自己短時間已無力再戰。

「砰！」戴月辛一腳把亨利踢開，一臉不屑地說：「廢物……始終是廢……物。」

「是嗎？嘿……嘿……咳咳……」亨利還未死，他望著戴月辛露出一抹詭異的笑容。

「你……」戴月辛突然臉色一變，然後嘔出一堆混和著血絲的綠色液體。

他痛苦地抓著被亨利咬破的喉頭，似要在傷口中挖出什麼東西，但無論怎麼挖，都只是把傷口挖得更大、更爛……還有更臭。

「怎樣？咳咳……嗄……屍化毒好吃嗎？」亨利笑時，忍不住從鼻孔噴出血塊來續道：「這可是我二十多年來煉毒的心血結晶，咳咳……若這樣也毒不死你，就當我認命，嗄嗄……」

戴月辛以雙手掩著漏氣的喉頭，抬頭盯著亨利，以沙啞的聲音道：「比起那些毒，…你這些，嘿嘿……還差得遠了。」

語畢，戴月辛從褲袋內拿出一管早有準備的血清，拔出它的保護蓋，露出針管，再把它插入頸後的大動脈內。

「又有什麼鬼把戲？」亨利露出驚愕的表情。

「嗄……哈哈……很補……哈哈……咕嚕……」

不消兩秒，戴月辛身上的傷口竟迅速癒合，而更詭異的是，他的皮膚上竟出現一些似有生命力的斑紋狀東西，把原本被屍化毒液注入而生出的霉爛組織完全吞滅。

還不止。

「咯嘞……」他竟再一次產生異變。

「哈哈！怎樣，吃驚了嗎？」戴月辛全身上下竟長出濃密的毛髮，而那些毛髮……他的外表……竟變得像那個披著虎皮的古人。

「泰……泰茲喀齊波卡……」小華氣若游絲地說。

「多虧你朋友的DNA，不然，我也不可能擁有與你司徒凌宇同樣的自癒異能……哈哈……」語畢，戴月辛收起笑容，雙目流露瘋狂的殺意。

「玩夠了。」他走向亨利身邊，然後一手把無力反抗的亨利執起，神情冷然地說：「是時候要將你們逐一送上路了。」

就在這時，「轟隆」，一聲震耳欲聾的聲響從戴月辛身後傳出。

眾人愕然間，發現與接近第三街的馬路交界，竟爆破出一個二十呎的地洞，接著一道強光從當中射出，直射至天空中，驟眼看，那強光恍似與天空上的九星十字接軌。

「大姊成功了……」小華身體的血快流乾了。

「嘿嘿……歷史性的一刻……嗄……終於來臨……嘿……我不用再守著那祕密……嘿……嗄……」不死吸血鬼亨利的雙眼閃過興奮神情，但同時他望向仍未甦醒的莎婭和文頤。

「凌宇……」霍靜惘然。

「始終……打通了。」意識內的項月老鬼若有所思。

「吼——」

大街，剩下一股充滿怒火的吼叫。

但，他阻止不了，三千多年以來的一次……

接軌。

七十三・真假〔泰茲喀齊波卡〕

這個世界根本不存在真相。

歷史上有多少所謂真相，都只不過是當權者、勝利者運用手上的絕對權力去杜撰、去編製，勝利的一方當然得到最美麗、最正義的光環，而失敗的一方早已注定……不！是早已預料要承擔歷史的污名。

正義、真理，根本就沒有客觀的標準。

在所謂的正義下，人類不斷進行一場又一場暗藏政治、權力的醜陋鬥爭，白流的，是被一堆又一堆看似熱血的口號騙上戰場灑下的人民鮮血；最後得利的，就只有站在金字塔頂端那個義正嚴辭、散發正義光輝的領導者。

歷史不會記載有如螻蟻般的烈士名單，歷史只會記載那個踏著腥臭腐肉、碎裂骨頭，被稱為「偉人」的人物。

他將會受盡當世稱頌，更有可能名流青史，最重要的是，他將會得到一切來自人民的財富、權力。他可以擁有至高無上的控制權，更瞬間化身為創造神、擁有俯視蒼生的生殺大權。

但在一切正義光環的背後，我早已看通一切，權力會令人腐化，美好的人性會在不自覺間被侵蝕殆盡，然後出現的，是極端黑暗的人性，大地將會永遠籠罩在漆黑中，永不超生。

至善，就會生出至惡。

愈完美的善人，只是愈壓抑著不可能消除的劣根性。

一陰一陽，一光一暗，本就同體相生，不可分割，不可取替，更不可以完全消滅對方。

若一個人說他已完全消滅意念內的惡性、擺脫所有邪惡的惡行，其實他已開始被惡念所誘惑、支配……因為他開始說謊，開始為達到自己某種私利、目的，而掩蓋良知。

這比不完美、承認擁有善惡於一身的人更危險。

我已知悉一切，而那純潔的眼眸已經逐漸消褪，在他深邃的眼窩中，我看到是極端的邪惡在對他進行侵蝕。我早已勸戒過，但他始終執迷不悟……

我說過，大地光暗一體本不須太刻意，也不能有絕對的心靈淨化，隨遇而安、隨心而行，讓世道人心跟自然發展就好，無需強求，也無需跟與自己理念不同的一方發動毀滅性的挑戰。

因為這樣……只會換來躲在暗處劃地偷生的一方絕地反擊。

而他自己在開始那一刻，就已落入魔障之中而不自知，然後……泥足深陷，不能自拔，最後脆弱的至善心靈，只會被奸險的邪惡心靈蠶食耗盡。

可惜，他始終不聽我的勸告，甚至被黑暗的心靈惑使，把我和我族驅逐出這片原本屬於我們擁有的土地。

而這就是他口中所說的「正義」。

「奎扎科特爾」，那位我當他為可親可敬兄長的好友，我感激他為我族帶來新知識，但我絕不能眼睜睜看著他滅掉我的族人、歷史。我唯一能做的，就是求「天」的啟示，示意我該怎麼做。

終於，在那個腥紅色月亮高掛的晚上，我帶領族人在神廟下禱告，並以九十九個初生嬰兒的新鮮血液和哭聲作為奉獻。而「天」終於給我答案，我更感應到「天」突然賦予我的異能，是足以對抗「奎扎科特爾」的大能。

「天」透過巫師告訴我，只有以暴易暴，只有以殺止殺；只有將自己推向最邪最惡，就可以消滅

「奎扎科特爾」體內那股套著正義光環、實則正潛藏待發的邪能。

為著族人，我可以犧牲一切。

喝下那九十九杯新鮮嬰孩鮮血的我，化身為最兇暴的邪神。我，「泰茲喀齊波卡」，就以虎為記號，帶領族人對抗那他媽的自命正義的「邪惡」。

捍衛我族純粹的生存權利、捍衛我族千百年來的習俗歷史……捍衛不被入侵消滅的權利。

就算要我「泰茲喀齊波卡」背負惡名、遭受惡運都在所不惜。

而為了取得勝利，我更不惜從墓穴取出煉製那隻毒王的配方，以卑鄙的手法行刺已渾身流滿邪惡氣息的「奎扎科特爾」，再一舉發動早已埋伏的族人，消滅掉他安置在聖殿最精銳的蛇神軍團。

一切進行得很順利，無論是在圖拉的大戰，還是最後在墨西哥灣的殲滅戰，都足以證明，「奎扎科特爾」氣數已盡。

原本，就只要在他身上再施加一擊，我就可以把他的頭顱割下再高掛在神廟上，祭祀我們尊敬的太陽神。可惜，在最關鍵的時刻，我竟敵不過他那雙最能騙人的深邃眼睛，忘記了惡魔最擅長的，就是騙人的技倆。

我心軟了，狠不下殺手的我，釋放掉了失去原有神力的他。

但……我錯了，因為當我率領族人站在山頭，遙望他坐上蛇船離開之際，他轉身遠盯著我，雙眼噴射出怨毒的怒火。然後，他在突如其來的極光下消失前一刻，留下一句話……

他以深深不忿的語氣說：「我會回來的。」

那刻，我才知道什麼叫「放虎歸山」。而在往後的歲月，我更為這一時婦人之仁的決定而後悔終生。我「泰茲喀齊波卡」一向對敵族主張斬草除根，怎料，那刻竟一時念著兄弟之情，放過了已渾身被邪惡念頭佔據的「奎扎科特爾」。

幸好，經過很多很多年後，我族出了一位出類拔萃、精於天文的祭司，他推算出，「奎扎科特爾」就算要復仇，也得再過三千多年後才有機會。所以當時已垂垂老矣的我，下達三個命令，就當是作為我死前的遺言。

我下的第一個命令，就是用盡一切方法，都要「繁衍」我族。只有這樣，我族才免於有被輕易覆滅的危險。

第二個命令，是吩咐祭司把已完全不受控又無法消滅的毒王，封印在「庫庫爾坎神廟」的石刻迷宮內，再施以法術令它長眠，更令外人不易找到。同時命雕刻師將這段歷史刻在神廟內，給予後人提示：毒王的存在，可以幫助他們對抗敵人，也可以毀家滅族。

而最後一個命令，是叫祭司把快行將就木的我，送到這大陸中部那片茂密的森林內。我遠離族人，為的是要封閉自己一身用以擊敗「奎扎科特爾」的異能，不讓他們涉足，也不希望被心懷不軌的人取得。

然後，我選擇一處隱閉在瀑布下的巨大洞穴，作為生命終結之地。在那裡，我用最後的異能，將我的一生故事，以及與「奎扎科特爾」之間的恩怨……還有這股異能的召喚方法，都化作一股精神力量，滲透在這個洞穴內的石壁上。

我知道，「天」有常道，只要「奎扎科特爾」有重歸的一日，就會有個受命於天的人來到這裡，再承繼我所有力量，去跟宿命之人對決。而在此前，就讓我承擔所有污名、所有罪孽，孤身藏在這個洞穴，好好接受每天定時轟下的雷擊天譴，以示我對引起這場生靈塗炭血戰的悔過。

而隨著時間不斷流逝……終於……

「嘿……你終於來了……」我沉睡了三千多年的意識，跟那個身受重傷的迷途者接上。

而透過他腦袋裡的記憶，我重新認識到這個世界，更將這個充滿正義感的警探改造，治癒他的傷勢、賦予他足夠的異能、謀略智慧，為了即將顛覆原來世界的關鍵一戰。

這個被「天」選定的人，他將會守護大地上已繁衍的一族，再次演繹何謂真正的正義。待九星十字出現之時，我就會再次以「泰茲咯齊波卡」的身分降臨，降臨在這個已充分了解真相的人身上。

無論是巧合。抑或是注定。

那個在墨西哥探險之旅失蹤的男人，那個祕警處的警官，當他再次張開雙眼目視世界時，他所見到的，一切已經改變。

正義和邪惡的定義，在他腦海內重新洗牌。

而他的名字，就是戴月辛。

七十四・聯手〔司徒凌宇〕

「轟隆——」

那道從二十呎寬洞口射出的強光，直衝上天，令天上本已穩定排列的九星十字星體，恍似一下帶來震動，然後讓已久久沒有流動的大氣，再次緩慢流動起來。

漸漸，流動的能量愈來愈大。

原本漆黑一片的夜空，風起，雲湧，站在地球上任何一角的人，都彷彿感受得地球在重新啟動。它開始再次自轉，而這種自轉最詭異的是，身處在地球裡的人竟然可以感受得到。

這表示……

地球轉得很快。

這種不尋常的轉動只是前奏，因為並沒有人知道，剛射出的強光只是一個起動、一個牽引，它令原本處於沉寂狀態的通道，開始在地球與異世界之間呈螺旋形滾動著。

但這都只是開始，傳說中把「奎扎科特爾」帶到異世界的通道入口，仍然還沒有打開。只要仔細查看就會發現，那道強光只暗帶了黑、綠、紅三色，離原本的七色極光還差太遠。

所以它只能給予部分動能，但已足夠令沉睡的通道活動過來，而這一切，都全賴一個人的犧牲，一個一直為守護自己族人而不惜犧牲一切的女人……

她在地球人心目中是令人害怕得窒息的魔鬼。

但在異世界人心裡，她是仁慈的化身。

在場的小華、亨利不敢相信眼前的景象，因為……那個捨身成仁的人，竟是他們一直內心最敬重的人……

「砰！」一團白色的身影，在發出極光的地洞內彈射出來。

兩秒過後，那團四肢被扭曲、頭顱被摺疊塞在胸腔的屍體，摔落在亨利身前，成為一團再難以辨認出其真身的肉泥。

雖然如此，憑著他的衣飾，在場眾人都知道，這團肉泥的身分正是戴月辛帶來的祕警新人類，也是那十位進入地下水道準備殲滅迦南的其中一人。

但很不幸，他未能完成任務，更死法令人感到噁心。

從他暴突的雙眼能感受到，他臨死前應該遇上人生中最恐怖的時刻，但可惜的是，他的主人並沒有因為他的死而感到難過、憐惜，只怔怔望著從地洞射上天空上的極光，若有所思……

更彷彿忘記了他準備格殺現場所有敵人的決定，亨利不解……小華不解……翟靜不解……而我司徒凌宇更不想了解。

我正累積體內一點一滴的貪食鬼手力量，準備隨時撲出，跟眼前這個已變得有如魔鬼的戴月辛同歸於盡。

我沒信心可以殺了他替詠芝報仇，但至少，希望自己擁有與敵俱亡的資格。

但突然，大地再次傳來猛烈震動。第四街上原本已搖搖欲墜、不堪再震的高樓大廈相繼倒塌，斷裂的煤氣管爆炸後噴出驚天大火，而那些斷掉的高架電線桿落在街上的汽車上，紛紛傳出轟然的爆炸巨響。

連接第四街和第三街的馬路路面已完全下陷，而一條接一條被地殼巨力拉開的裂紋，吞沒了原本堆滿地上的屍體、斷肢，更把躺在地上垂死的人類和活生生的屍化人埋在深坑下。

但這場地震只是零星災變的序幕。

世界正往分崩瓦解之勢前進……

站在一旁的翟靜說：「凌宇……一切都完了，不止富士山再次大爆發，連冰島、菲律賓、印尼……活躍於全球的活火山都相繼爆發了……」

她手上的手錶那無數點點的紅色標記顯示，她所言非虛，而更恐怖的是，有一點黃光在北美洲大陸的地圖上閃動不止，那表示它的能量指數正急速上升。

「凌宇！」

「我知道，那是黃石公園下的超級火山。」

面對眼前的戴月辛，我嘗可拚死一戰，但面對這種毀天滅地的天災，我縱有「禁鎖」異能，又有何能耐可以力敵大自然的天威。

這時，原本呆站著的戴月辛似乎發現什麼，轉頭望著釋放著極光的地洞，而地洞口，正有一道人影緩緩步出，而那人手裡正拿著一顆還在滴血的首級。

「喀噔……喀噔……」

那皮靴聲……是迦南！

渾身浴血的她，已無法分辨身上的血究竟是屬於她，還是她的敵人。唯一感覺到的是，她雖然因激戰而一臉倦容，但雙眼散發的凌厲殺意，則是過去多次跟她交戰以來不曾見過的。

「又多一個餘孽來送死，哈哈……」戴月辛上下打量著迦南。

迦南沉默地不發一言，把手上那個首級使勁拋到戴月辛腳下，然後把雙手被沾上的鮮血隨意抹在身上，一對透明得晶瑩剔透、看得見裡頭血液流動的鬼手，再次閃耀著微弱的光芒。

「喀嘞！」戴月辛一腳踏破那滾至腳下的首級。

「迦南……大……大姊在哪裡？」仍舊被黑芒刺在牆上不能動彈的小華，望著天空上的三色極光，感覺極度不安。

迦南搖搖頭，終於壓抑不住情緒，指著地洞位置，流出兩行眼淚。

「阿爾瑪真的死了？」亨利不敢相信這事實，以阿爾瑪擁有自己的「驕傲」、羅托斯的「憤怒」、傑克的「色慾」鬼手力量，別說十個祕警新人類，就算是二十個新人類一起攻上，都足以匹敵。

戴月辛冷笑道：「死了也好，省得我出手了結她。」

「你給我閉嘴！」亨利奮力站起，催鼓身上所有「貪婪」異能，而已用盡所有屍化毒氣的他，剩下的，就只有足以將敵人侵膚蝕肌的腐化異能。

「哈哈……好！你們一起上吧，我也樂得一次過把你們全殲！哈哈……來吧，蝙蝠仔！」

「等等，」是小華。「還有我。」他奮力消解插在身上的黑芒，肚子被開了個大洞的他，無視重得不能再重的傷勢，聚起暗淡的金黃，幻化出一個似曾相識的絕望身影。

「是阿爾瑪？」亨利淒然道：「真有你的……」

「大姊是最強的，我不容許別人說她壞話。」小華渾身散發出濃烈的絕望氣息，雖然比不上阿爾瑪，但模擬出來的力量，也令正在分神抬頭望星的戴月辛感到不容小覷。

亨利擺出戰鬥架式，舔著嘴內尖長的獠牙，向迦南道：「告訴我，阿爾瑪是怎麼死的？」

迦南沒想到亨利有此一問，呆了半晌。

「我不想死前還留有一個疑問。」亨利已抱著一死的決心。

「還有我……」

我向著翟靜報以一笑，拋下一句：「好好照顧那三個小朋友。」

然後隻身上前，祭起蓄勢待發的貪食力量，一隻飢餓得快要死掉的貪食惡鬼形相在我身後展現，我續道：「雖然到今刻你們不是我的戰友，更不可能是我的同伴，但比起相異的立場，先待我殺掉眼前這個毀滅世界的魔頭，再跟你們算帳。」

「好，如果你沒死的話。」亨利笑道。

我別過臉望著迦南，道：「項月老鬼也託我問，阿爾瑪是怎麼死的。」

迦南怒視離她不遠的戴月辛，祭起雙手的嫉妒異能，渾身充斥著迷惑敵人神經，足以製造致命幻覺的攻擊力量，然後，在發動攻擊前，她說出阿爾瑪遇害的真相：「阿爾瑪不是被打敗的，原本我被那傢伙的六個部下圍攻，以為難逃一劫，誰料大姊突然現身，更瞬間把他們輕易而舉地解決掉。後來，我們找到那機器的藏匿處，大姊一心希望爭取時間打開通道，竟不惜將體內的三顆鬼手精元盡數釋出，貫注入機器內……你們剛剛看見的極光，就是精元輸出的能量。怎料……」

迦南眼眶一紅，忍著淚水續道：「此時竟殺出兩個身穿白衣的混蛋，他們見機不可失，就聯手從後偷襲大姊……失去鬼手精元的大姊，傷疲之軀下害怕那班人壞她大事，所以動用被長老們禁用的自毀咒術。她幻化為黑洞般的空間，強大的吸力令敵人被全數吸進她體內，然後……然後就自爆……」

「大姊選擇犧牲自己……」小華黯然。

「……對，她由始至終都像歷任大長老一樣，一心只為著族人的生存而戰鬥……」迦南終於流出眼淚。

「你們說夠了遺言沒有。」

「哦……那你又有什麼遺言？」亨利依然是嘴不饒人。

「找死！」戴月辛聲音剛下，隨即化作一股腥風疾衝向亨利那裡。眾人還來不及反應，亨利就連怎麼被擊中也看不見，整個人像斷線風箏般被轟飛開來……那被轟得弓曲的身軀，亨利的脊骨差點被轟得破體而出斷掉。

但這只是前奏，戴月辛根本沒打算給亨利喘息的機會……

「砰！砰！砰！砰！砰！砰！砰！砰！砰！砰！砰！砰！砰！砰！砰……」

空氣中只傳來亨利被轟擊的聲音，我、小華和迦南根本連拳影也看不見，只憑著多年來的戰鬥反應，捕抓到戴月辛轟擊亨利的移動殘影。

而殘影裡飄散落血花。

「砰！砰……」

更夾雜著一聲聲恐怖的碎骨聲……

我試圖跟上那個殘影，從後釋出一分為二的貪食惡鬼。但每次以為終於噬到戴月辛時，都只能來得及吞噬他在大氣中遺留的高速殘影。

而小華、迦南遭遇到的與我相同，一切救助都只是徒勞無功，所有轟出救援亨利的攻擊都落得撲空收場。

然後，可以說過了很久，也可以說一切事情都發生在彈指間……攻擊停止了。

這時我才發現，大街內竟詭異地留下一個又一個戴月辛攻擊的殘影，然後那些殘影慢慢消散……不！……是陸續融合在其中一個影子上。

是真身。

那個如魔鬼般乾癟瘦削的身影，正是戴月辛的真身！

他屹立在第三街四線公路的十字交會處上，散發著凌厲的殺意，而他腳下踏著的，是已經不能動彈、全身骨骼似盡碎裂，就像一條軟皮蛇深陷入地面的亨利。

亨利雙眼翻白，命懸一氣。

而戴月辛雙手沾染著的，正是亨利的鮮血。

他舔了一口，然後皺著眉把鮮血吐出，冷冷道：「啐！想不到，吸血鬼的血是這麼臭的。」然後，他轉身向著我們三人走來。

而同一時間，在場所有人都被戴月辛的氣勢所震懾，絲毫沒有察覺到，大街內，竟出現兩個細微的異狀……

是一抹得逞的笑意。

還有……一組不該流動的血液，竟再次在那已死之人身上暗中活躍起來。

「下一個輪到誰？」一輪急速的攻擊下，原本已變得猙獰的戴月辛，更似愈來愈失去人類的氣息。望著他兇暴的雙眼，打從心底感覺到……就算世界沒毀在自然力量下，最終都會被這隻失去控制力的魔頭毀掉。

「凌宇，你看天空那道極光……」翟靜說。

我抬頭望天，驚見在九星十字的位置下，穿透雲層的三色極光，竟逐漸匯集成一個巨型的漩渦。

「它不就是我們脫離異世界時的黑洞嗎？」聽翟靜一說，我想起兩年前在異世界一戰，就因為鬼手力量互拚下產生出類近黑洞的漩渦，我和翟靜才可以回到地球。

「……」望著天上的黑洞，腦海閃過一個念頭。

與此同時，強絕的戴月辛挑上小華和迦南，他似乎已玩膩了，想以最短時間把兩人擊倒，但同時也沒放過任何向敵人施虐的機會。

「啊——」

是小華被揍得噴血的慘叫聲。

「嗚……嗄……」

迦南釋出的幻覺攻擊一點都不管用，更被一雙枯乾而霸絕的手掌轟擊兩邊脆弱的太陽穴。這一擊，把迦南兩邊頰骨擊得碎裂，大腦嚴重震盪，就只差沒有當場死亡。

但我無暇理會，只希望小華他們可以多支撐一會兒，因為我想求證一件事。

「老鬼——」

你怎麼不出手？項月語帶激動。

「先回答我一個問題，」我抬頭望著天空上那個已成形的漩渦，問：「是不是只要集合七鬼手的力量，就可以打通那道穿越空間的通道？」

聖殿上的遺跡是這樣寫著的……怎麼？就算打通那通道，也消滅不了這個接近擁有神能的戴月辛。

我只管再問：「如果打開通道的過程期間，突然失去賴以支撐的鬼手力量，那會有什麼後果？」

項月似乎明白我想做什麼，他道：難道你想……

「快回答我！」我鼓起雙手的貪食力量，盯著大街上的慘烈戰況。

……遺跡上曾經提及，在通道未完全形成或成功打通前，鬼手力量是用來穩定那個黑洞平衡狀態的能源，若中途有什麼閃失，黑洞便會吞噬破壞規律的始作俑者，或是打開黑洞的鬼手宿主……

「那為什麼要集合七鬼手打開通道？你們不是可以單憑一對鬼手之力，就可以穿梭兩地來去自如嗎？」

「喀嘞！」迦南被踏斷左腳，痛得在地上打滾。

只以單一鬼手之力，通道並不能維持很久，更只能傳送不多於五個人。只有集合七鬼手之異能，才能自由控制通道開合的時間，讓我族的族人安全通過，不會因黑洞突然關上，而被裡頭的宇宙力量撕扯為碎塊……

「原來是這樣……」我已想到對付戴月辛的唯一方法。

小子，你真的想這樣嗎？

「要消滅他，就唯有這個方法！」雙手已儲滿「禁鎖」力量的我，準備突擊場中的戴月辛，封閉他的活動能力。

……你這樣做，只會徒勞無功。

「啊……」小華被擊飛，渾身的金光終於被轟得潰散掉。

「砰！」他弱小的身軀，就躺在與我五步之隔，連舉起手指頭亦顯得無力。

「難道你要我坐以待斃？」

戰場上，瘋了的迦南不理傷勢，更不理戴月辛的攻擊，拚盡最後之力，將充滿屍化病毒的十指，插入戴月辛如鋼板般的瘦削胸膛上。

不是，要做，就要絕地一擊！

「怎做？」我不明白。

「咯嘞！咯嘞！」兩下清脆的骨折聲音。

她一雙無堅不摧的透明鬼手，被戴月辛牢牢抓住，然後整條前臂的骨骼被狠狠隔著皮肉粉碎掉。

「啊——」是迦南的慘叫聲，她神情呆滯，癱軟地跪在戴月辛腳前，連最後的戰意都崩潰了。

你手上的一對貪食鬼手，除了擁有吞食一切生命的異能，其實更是一條融合其餘六鬼手力量的鑰匙，所以阿爾瑪才千方百計想從你身上奪回它。

項月的意識把我導引向那三色極光方向。

其實你本身就是那個機器。

我愕然。

只有擁有貪食鬼手的宿主，才擁有融合其餘鬼手力量的大能，所以他們心知你不會與他們站在同一陣線。唯有依靠這個機器，將七鬼手的異能轉換、融合成七色極光，才能打開通道。如果我沒有叛教，或仍然還活著，他們一早就可以將力量轉化，你明白我意思嗎？

我搖搖頭，道：「你不如具體一點告訴我，我該怎麼做才可以消滅這隻魔鬼？我才不想再聽什麼前因後果。」

把他們都吞掉！

「你說什麼？吞掉誰？」

把迦南他們的精元統統吞掉，把七鬼手精元集於一身，到時你就會明白我說什麼了，還等什麼？快！

我猶豫著。

此時，戴月辛的目光轉向著我，他已經不會說話，我只聽到那種野獸困在喉頭、捕食獵物前的低嗚叫聲，令人毛骨悚然的獸叫聲。

就在這時，我那雙手竟不受控地釋出貪食力量，將小華全身籠罩在紫色氣團內。項月的意識操控著我，他跟小華道：「為大姊報仇，交出你的『懶惰』精元。」

小華露出微笑，然後緊閉雙眼。

我內心在吶喊著：不要……

「咕嚕咕嚕……咕嚕……咕嚕……咕嚕……」一股力量經由雙手湧入我的身體內，然後，失去意識的小華被貪食形相吐出，癱軟在地生死未卜。

獸化的戴月辛似乎感覺到危機，但意識內的項月比他反應更快，更早有準備。他釋出一連串的「禁鎖」電網，封鎖著戴月辛的活動範圍，拖延他的進攻時間，然後疾衝到已傷重得不省人事的迦南身邊，以同樣的手法，把迦南體內的「嫉妒」精元吸進體內。

「吼——」三分一的「禁鎖」電網瞬間已被戴月辛撕毀。

我爭分奪秒衝至亨利身旁，祭起雙手的貪食形相，在準備把他鯨吞、消化他的精元前，還未失去意識的亨利，嘴裡吐著血笑道：「始終是宿命……嘿……」

「嚓！」只剩下三分一的電網阻隔著瘋狂的戴月辛。

此時猙獰的貪食鬼臉已將亨利噬吞，只見他隔著紫光道：「嘿……最後還是要栽在你……你這個獵人手上……」

他闔上眼前的最後一句話，清晰地傳入我的腦裡。他笑著說：「但始終還是我……比你更勝一籌……」

我感覺到這句話有一刻牽動著項月情緒，但仍無阻我完全消化掉亨利的「貪婪」精元。最終，亨利也像小華他們一樣，被貪食鬼臉吐出後躺在地上，一動也不動，猶如死屍。

但任貪食的力量如何強大也好，一次鯨吞三個不同屬性的鬼手精元，體內早已變得像一個燒得正紅的火爐，力量無處宣洩，渾身恍如蟻咬般極度難受。

此時，頭痛欲裂的我感應到項月跟我說話。

忍耐著，別把力量釋放出來！

他用意識帶引著我的視線，轉移至那個射出三色極光的機器方向。

「應該怎麼做？」我感覺渾身火燙，難受得很。

把它擊碎，吸掉那餘下的三個精元，然後幹掉那個孬種！

「吼——」

戴月辛終於衝破我的「禁鎖」力量，而我毫不猶豫奔向那個洞口，然後朝著地洞方向轟出一個足以炸毀整座籃球場的能量光球！

「轟隆！」

一聲巨響從地底傳出，同時我閃過戴月辛從後揮出的一拳，再拔足飛躍向洞口彈出的三顆鬼手精元上，是屬於黑寡婦阿爾瑪的「驕傲」、維京人羅托斯的「憤怒」，還有鬼手傑克的「色慾」三顆精元！

沒時間了，吞了它吧！

「咕嚕咕嚕……咕嚕咕嚕……咕嚕咕嚕……」

「吼！」戴月辛在不遠處咆哮。

很難受……

那七宗罪的異能在我身體內亂衝亂撞，時而互拚，時而聯手合擊，更時而混戰一團……我感覺有種東西就快要脫困而出……

「凌宇！」

這聲音……是翟靜？

妳在哪裡？我……我看不見妳……

不！怎麼四周圍變得漆黑一片，我瞎了嗎？

項月老鬼！你在哪裡？怎麼不出聲？你出賣了我嗎？

「嗚啊……」

這是什麼……啊……不……不要這樣……不要剝奪我的記憶……我的感覺……

「啊……」我抱著痛得快要離魂的腦袋，彷彿緊抱著我唯一剩餘的人性。

要犧牲，才能夠終結。

誰？

終結者，就必須帶有罪孽。

你是誰？

來，繼承我的力量，把一切的邪惡都徹底消滅掉，還我三千多年來的心願……

是祢！

一個皮膚白皙、頭插羽毛、身披蛇皮、一臉慈祥的男人出現在我的意識裡，我看得見，祂身上那個閃耀著的六芒星圖案。

然後。「嚓！」

「啊——」我在極度痛苦中暴叫一聲。

一對羽化巨翼在我背脊破困而出。

只短短數秒間，我全身披上一副鱗甲，是蛇皮鱗甲……

同一時間，天空上那個失去三色極光支撐的黑洞，開始倒行逆轉，更愈轉愈快，引發出一種極強的吸力……恍似要吸盡地球上所有生命的吸力。

我望著那個黑洞，心裡明白是怎麼一回事……

「原來項月老鬼所說的，就是這樣……」飄浮在半空的我，怒視著在低鳴怪叫、完全獸化的戴月辛。

我慶幸，在七宗罪的邪能下，自己還剩下一點人性。

但時間已經所剩不多，我感覺體內有另一隻潛藏待發的惡魔，正蠶養在七宗罪的邪能底下，蠢蠢欲動，快要破殼而出。

所以我決定……

「颯！」

我殘留的影子仍停留在半空，而真身早已竄到戴月辛的背後，趁他不為意之時，虎臂一伸，從後用我最熟悉的摔角鎖技，再次使用「納爾遜式鎖」把戴月辛牢牢牽制住。

他瘋狂地掙扎，但今時不同以往，我的邪能絕對不比他遜色，更猶有過之。

但同時發現，戴月辛身上傳來陣陣的腐臭味。我終於明白他獸化的真正原因，原來始作俑者是亨利……

「哈哈……妙啊！原來你這隻臭蝙蝠任人魚肉的原因，就是要乘他不備，把你身上所有的病毒都貫注他體內，哈哈……他之所以變得失去常性，退化得像隻野獸，全因你的病毒早已破壞掉他的腦神經。」我收起禁鎖體內邪能的力量，喃喃地續道：「的確，哈哈……你比我更勝一籌。」

項月老鬼的意識原來已與我融為一體。

此時此刻，戴月辛還在鼓起餘勇作垂死掙扎……

我望向哭得像個淚人的翟靜，拋下最後一句話：「謝謝妳，如果還有來生，妳就是我願意全心全意守護著的那個人。」

翟靜露出期待的笑容，跟我道別：「凌宇……一言為定，我等你。」

我開始感悟，也許愛，就是有一種能超越時空的力量。

之後，我的身體順著空中倒行逆轉的黑洞氣流流動方向，急速旋轉起來，再配合包裹全身、蓄勢待發的七宗罪邪能。

「我們這就一起去死吧！」

一聲暴叫下，我挾著戴月辛飛上半空旋衝向那個黑洞內，然後爆出一道轟天巨響，雙雙在翟靜的眼底消失。

「嗚嗚……嗚……嗚……」

黑洞肆意吞噬著進入它體內的所有生物。

它吸吮著我們兩人的生命力，還有蘊藏在體內的豐富邪能。

黑洞內，我的意識被壓縮扭曲，靈魂也快要被它的巨能扯得粉碎，我再也牽制不了那隻在瘋狂掙扎的兇獸之時，我感覺身邊隱現一雙手，協助我再次牢牢壓制住兇暴的戴月辛。

「是霍華你嗎？」我笑了，散渙的精神再次集中，催鼓著渾身最後的力氣。「嗯……我們果然是一對絕佳的搭檔！」

「嘝——」戴月辛被逼得絕望吼叫。

「……你這隻怪物，就給我去死吧！」而我，無撼了。

之後，我如願落入黑洞裡萬劫不復的深淵。

而飽食兩大邪能的黑洞，亦漸漸停止旋轉。

但這並不表示……末日就此結束。

七十五・終結〔諾生〕

世界變成怎樣，對我來說都並不重要。

我之所以重生，之所以要跟祂交易，其實都只為了再見到夢裡不斷出現的女孩一面。老實說……我差點以為一切都只是自己在夢裡編織出來的故事，現實裡既沒有文頤，也沒有什麼重生的使命，直至再次在日本東京遇上文頤……我才知道這不是夢，夢裡所發生的事並不是幻想而出。

莊文頤的確是我朝思暮想，希望可以用我雙手去保護，用我的真心去愛惜的女孩。

所以我願意接受那個蛇神的安排，接收祂賦予的力量，以祂的化身出現於現世，並且受盡皮肉之苦，也要一次又一次跟那班各自都以為自己是正義化身的怪胎們戰鬥。

而我從來也沒有抱怨……因為自從重新恢復記憶以來，我一心一意為著的，就只有文頤一人。

縱使文頤忘記了我，縱使她甚至害怕我，我都甘願繼續守護在文頤身邊，不讓她受到半點傷害，不想讓她再次受到喪親之痛。

更不希望看見她再落下一滴眼淚……

我知道自己很自私，我的舉動、我的心意在另一個「她」眼裡，是一種有如刀割的傷害。但我沒辦法將愛分割開來，更無法偽裝去接受、去愛另一個「她」。

而自從我恢復前生記憶，一段又一段難忘的過去片斷，像剪影般不斷在腦海出現後，現世的種種就變得毫不重要。

生命既然可以多活一次，所以我寧願忍痛傷害那個「她」——莎婭，也不想再欺騙自己。因為早在倫敦逃獄時，天空突然出現的九星十字星象，就是一種暗示……暗示我時日無多。

因為祂說過，當九星十字出現時，就是要我履行承諾的暗號，所以我的身體開始異變，變得跟祂在世時相似，更擁有祂屬於光明那方的力量。

也因為如此，我更感到焦急，我希望在終結之日未出現前，文頤可以真切感受到我為了她，終於穿越死亡的幽谷，再次回到她身邊，實踐我對她的承諾：

「**有小妖精就有大妖怪，沒有人會被遺棄。**」

但說到末日，很多人也誤解了祂。

其實經歷三千多年的時空，有沒有想過，祂的想法早已改變？

祂記掛的，並不是石壁記載的心聲，也不是過去傳說文獻所記錄的心情……

我記得，祂曾在我的靈魂仍昏睡時說過，末日的意義並非如那班粗淺的人類所說，是滅亡、是淘汰，或是只餘求生。

祂說經過三千多年反覆思量後，祂更確定，末日的真諦就如當初祂所想般，其實在於從「終結」中，找到「重生」。

很玄嗎？很複雜嗎？

祂跟我說，答案其實早在三千多年前就已被寫下來，也命那個可怕的族群世世代代好好地守護著，甚至不惜命令他們永遠活在黑暗、永遠遠離人類世界，都只是為了保護那個祕密。

但坦白說，我對那個祕密一點興趣也沒有。

我站出來戰鬥，願意沾染得滿手血腥，被那變態傢伙割斷腿筋、扼碎臂骨，為的……都不是成年人眼中什麼偉大的正義，更沒有想過化身為漫畫電影裡的超人去拯救地球。

真的，什麼末日、什麼滅亡對一個曾經已死的人來說，根本毫不重要。

我為的，只是文頤。

還有，友情。

那班總是滿口說著大仁大義的成年人，他們彰顯的正義、消滅的邪惡，根本都只是蛇鼠一窩之徒。當我站在一邊冷眼旁觀時，早已認清他們一干人等的嘴臉。

就算是那個頗有正義感的司徒凌宇，到頭來如果問他究竟堅執著的正義是什麼？我想，他只會先惘然，繼而沉默，最後答不出所以然。

但我不怪他，我不怪所有人，因為我再說一遍，我眼中只有文頤。

我對付那個狗娘養的戴月辛，並不是因為他夠邪惡，而是因為他曾經傷害文頤，也傷害我重生後唯一的朋友莎婭，所以我憎恨他……壓抑不住內心的怒火要去殺掉他。

只是我沒想到，他擁有的執念，竟生出這樣可怕的原始邪能，連祂賦予我的光明力量都不足以制衡、消滅他。

我這條小命，還差點栽在他的手裡。

剛才那刻，我還以為一切都完了，祂計劃內的希望之火，終於被這個計算外的戴月辛吹熄。我感到萬念俱灰，只剩下一條臂膀可活動的情況下，除了恨得牙癢癢，就只有眼睜睜看著他滅世……

幸好，那個司徒凌宇挺身而出，抱著那個變得已像隻野獸的戴月辛，衝上那個宛如惡魔嘴巴的黑洞漩渦中。雙雙永遠消失。

否則，我就無法按照祂的安排，打開「重生」的祕密。

但在此之前，我還有一件心事未了……

我忍著痛，只靠僅餘可活動的一隻右手手臂，活像一條蛔蟲般逐寸逐寸地在崩裂的土地上蠕動……

一直蠕動……避開碎石瓦礫……再爬行至文頤身邊，伸長手臂，輕輕抹去染污她臉龐的鮮血。

她仍有氣息，只是在深層意識中昏睡過去。

是「禁鎖」力量，一定是司徒凌宇為避免文頤親歷眼前的血腥戰鬥，所以用力量把她的意識暫時封閉著。

「這樣也好……若不是這樣，文頤一定會被嚇瘋。」我忍著渾身痛楚，奮力地坐起來，同時把文頤扶坐在一棵馬路旁已斷裂的大樹下。

然後，我抬頭望著天空中已停止旋轉的黑洞，同時感覺到原本急湧著的大氣再次沉寂下來……不……是完全死寂下來。

我發現，黑洞並沒有如預期般消失，就像飽食過後，選擇暫時小休片刻，不再轉動罷了。

此時，身邊突然有人向我走近，我轉身一望。是翟靜，她抱著和文頤一樣仍在昏睡的莎婭到我這裡。她放下莎婭，道：「交給你了。」

我愕然地望著她問：「妳打算去哪裡？」

翟靜淒然一笑，強裝瀟灑地說：「天大地大，走到哪，就去到哪吧！」她站起來，頭也不回只揮一揮手，說了聲「再見」，便永遠在我眼底慢慢褪去。她一直向著已經土崩瓦解的第六街方向走去，消失在沒有太陽的黑暗中。

她真的與眾不同。我由衷地覺得，「可憐」這兩個字不配安插在她身上。

這個女人到最後一刻，滿步蹣跚的背影仍是流露著濃濃的愛意。

不過，她往後怎樣我不關心，我說過，我最關心的，只有一個人，就是文頤。

至於小華、亨利、迦南等人，我更沒有理會他們的理由，他們是生、是死，有沒有人救助他們，根本不是我需要處理的事情。

命運自會替他們安排。

「滴答……」

我奮力把一點溫暖的柔光，滴在莎婭的眉心，慢慢滲透入她的皮膚內，再向全身擴散開去，逐步蠶食她體內殘餘的「禁鎖」力量，讓她從深層昏睡中甦醒過來。

「嗯……」莎婭開始恢復意識。

「妳感覺如何？」我輕揉著她左側的太陽穴，舒緩因昏睡驟醒可能出現的頭痛。

莎婭一雙眼皮微抖，然後漸漸睜開雙眼……而當她第一眼看見我時，既驚且喜地道：「諾生？」

我無法扶起莎婭，而渾身無力的她，軟綿綿的身軀不自覺地輕倚在我懷裡。我道：「妳沒事便好。」

莎婭環顧四周，發現眼前的地方恍如人間煉獄，而天空上更出一個詭異而靜止的黑洞。她顯得不知所措，臉色也變得蒼白起來。

「一切都結束了，不用怕。」我嘗試安慰莎婭，然後忍痛扶著她坐在我的右邊，而文頤仍舊在我左邊昏睡。

此際，我們竟在這種環境、這種情況下三人並排而坐。

望著莎婭，我知道是時候要跟她說了。

誰料莎婭突然搶先一問：「都死了嗎？」這令我有點手足無措。

「什麼？」

「亨利叔叔他們……都死了嗎？」莎婭的目光停留在不遠處的地方，原來她已發現小華、亨利他們躺臥的位置。

「我不知道。」

出奇地，莎婭對我的回答竟沒有太大反應，她沉默半晌，然後別過臉對著我嫣然一笑，道：「你是不是有話要跟我說？」

我愕然，怎麼莎婭好像懂得讀取我的心事？

不……是我傻了才對，我忘了莎婭天生就有可以窺探人心的本領。

「莎婭妳……都知道一切了嗎？」

她點點頭，露出一個純真的笑容，然後伸手從腰間暗袋裡拿出一個袖珍金屬盒。她把盒子遞向我，笑道：「你要的就是這個盒子，對嗎？」

我伸手把盒子接過，她問我：「你怎麼知道亨利叔叔把這個盒子交給我保管？」

我沒有隱瞞，一邊嘗試打開那個盒子，一邊回答莎婭，道：「在倫敦那貨倉裡，我偷偷聽到亨利跟妳說，叫妳幫他保管他家族的寶物，所以我就知道『它』在妳手上。」

「那你要這個盒子做什麼用？」莎婭看著我弄得滿頭大汗，仍打不開手上的盒子。

「我要『它』裡頭的一個祕密。」

「祕密？」

我點點頭，但任如何出力始終還是打不開手上這沒有上鎖的盒子。

莎婭示意我交給她盒子，問：「那你知道裡頭有什麼祕密嗎？」

「不知道。」我搖搖頭，續道：「是祂吩咐我取回盒子，執行裡頭的祕密。」

「你指的『祂』，是『奎扎科特爾』大神？」莎婭不費吹灰之力，就把那個盒子打開了。

「是的，」我接過盒子，發現裡頭空空如也，驚道：「怎麼會是空的？祂說過裡頭有一個可以打開『重生』通道的祕密！」

莎婭沒有理會我歇斯底里的叫喊，她站起來，像芭蕾舞舞者般在地上單腳轉了兩圈，然後擺出一個優美的姿勢。她向我展露燦爛的微笑，道：「諾生，你看我美嗎？」

我沒心思回答莎婭的問題，更沒興趣在此時此地看她起舞。

莎婭沒有生氣，她收起舞姿，雙手負後，背向著我輕快地向前跑，一直走到前方上空黑洞所在位置。然後，她俯身拾起地上一塊高樓剝落的碎玻璃。她沒有轉身面向著我，只高聲地問：「諾生，你喜歡我嗎？」

我沒想到她此時會問我這種問題，故假裝沒聽到地問：「什麼？」

「我說，你有喜歡過我嗎？」莎婭幽幽地問。

我默然，因為我不希望傷莎婭的心。

「嚓——」

「諾生……其實我很……喜……歡你……」莎婭突然渾身顫抖起來，她顫聲道：「好好對待文頤……我很羨……慕她可以……被你……喜歡……」

語畢，莎婭背向著我跪在地上，我感到一股不安湧起，還有，空氣中有陣熟悉的氣味……

「是血……」我打算撲向莎婭，但無奈斷了腿筋的我只能撲倒地上，憑一隻手奮力地向著莎婭身邊爬去。

而就在這時，渾身發抖的莎婭終於轉身面向著我……

「莎婭！」我被眼前的情景嚇得呆了，驚道：「怎……怎麼會？莎婭妳為什麼要這麼做？」

莎婭淒然一笑，染滿鮮血的雙手，捧著一顆仍在跳動的心臟朝向我，生命正在倒數的她氣若游絲地說：「那個盒子……只有我才能……打開，裡頭的字條我看……看過後早就已經燒掉……哈哈……亨利叔叔也覺得……很難過……要打開那連接異世界的……道通……就要奉上……奉上……哈……哈……祭品……」

莎婭咳出一口鮮血，跪在地上的身軀已經搖搖欲墜，她顫聲說：「我和文頤……是命中注定的雙生子……要犧牲……才能夠獲得……而我們的心臟……就是……哈……祭……祭品……我知道你愛她……諸生……就由我成……成為祭品……」

「不……不要……」我的心很痛，望著已成血人的莎婭，我失去爬近她身邊的力氣。

「再……見了，諸生……能夠……遇上你……我感到很……很幸福……」

「不……我不是要這樣……」

莎婭對著我露出祝福的微笑，然後把手上的心臟向著黑洞的方向高舉。她抬頭用盡最後一分力，唸道：「我就將最純潔……純潔的心藏獻予祢，嗄……全能的神……請……請接受我們誠心奉獻的……祭……祭品……」

「莎婭！」

然後，沉寂的大地猛烈震動起來，莎婭手上的心臟化作一點紅光直衝向天上的黑洞。風再次起動，雲再次湧現，原本像已生命枯竭的黑洞再次轉動，還愈轉愈快……到最後，肉眼再也看不到它在轉動，隨之而來的，是洞內釋出一陣耀眼的白光。白光仁慈地照著已失去失命，躺在地上一動也不動的莎婭。

而那白光一直向外擴散，漸漸覆蓋在我的身上，而沐浴在這道溫暖的白光下，我的身體開始與白光產生感應。

「這就是通道……它打開了……」

同時，我身上已斷的腿筋、已碎的臂骨竟自動癒合起來，但失去心臟的莎婭，仍沒有生命氣息。我拖著剛傷癒的身軀，走到莎婭面前，將她的身體平放在地，再把她的雙手放在胸前，掩蓋著那道怵目驚心的傷口。我知道，我是時候要走了，而臨別前，我輕輕在她耳邊細語，在她額角吻了一下。

隨後，我抱起仍未甦醒的文頤，再次走到那白光的中心點上，鼓起渾身的異能，皮膚變得白皙，更迅速被閃亮的蛇皮覆蓋，然後，我再望向莎婭一眼……

帶著不捨。帶著愧疚。更帶著感激。

沐浴在白光下，黑洞的力量進一步與身上的異能產生共鳴、生出引力，我抱著文頤緩緩地升往上空，一直向著黑洞的中心裡去。

「祂跟我說過，『重生』的關鍵，就在於可以『選擇』……」我抱著文頤，望著黑洞中央那個閃耀著極光的中心點，再望向下方已被天災人禍蹂躪得慘不忍睹的大地，心裡已有所決定。

「與其要人民在黑暗的世代裡重建光明，不如就讓它真正終結，然後，再從零開始，讓世界真真正正地『重生』！」我垂首望著文頤，笑道：「小妖精，相信妳一定會支持大妖怪的，對不對？」

沉睡的文頤當然沒有回話，但我看得見她的小嘴微微上翹，直覺告訴我，小妖精已經贊成大妖怪的決定。

然後，我們雙雙消失於黑洞之中。白光褪去，黑洞的入口亦漸漸隱沒。

此時，剛好是二〇一二年十二月二十四日零時零分零秒。

這時空裡的地球之後變成怎樣，我不會再知道。

但在黑洞入口隱沒的一刻，我瞬間陷入無邊無際的黑暗空間，一直死命抱著文頤的我，頃刻膨脹，繼而壓縮，周而復始，最後五感被完全剝奪。我聽不到、見不到、嗅不到、甚至再也沒有任何觸感。

「啊——文頤——」

雖然如此，在完全失去意識之前，我還是感應得到文頤還在我的身旁。然後，那種漫無目的的飄浮似乎又經歷了很久，但我沒有因落入這個永恒的黑暗而感覺恐懼或沮喪。

因為祂，祂在意識中告訴我，要堅守信念，相信祂之餘，也要相信自己。

只有堅守所相信的，才能在祂安排之下得到提昇、得到進化。我沒有懷疑，因為這是我的選擇，我的堅守。然後，似過了一輩子，甚至更久，我身處的空間突然由靜止的狀態變得急速流動。雖然喪失了五感，但一幕幕的前塵影像還是在我的意識中化作快速搜畫。

但這種快速搜畫是倒帶式的——一一刪除。

最後……沒有最後，因為我連剩下的一點意識都被撲滅。

跳越，進化，消弭七宗罪。

當我恢復知覺，一覺醒來之際，世界就只剩下我和文頤……而眼前的一切，似熟悉，又陌生。

但不管眼前的一切孰真孰假？是夢？是天堂？還是地獄？

一切已經變得毫不重要。

因為文頤的眼眸神態，重回當日最清徹、最清純的那個模樣，她的苦澀，她的抑鬱，也一掃而空。

我知道，她重生了。

「童……諾生。」

我牽著她的手，在一切重歸於零的土地上手凝視著她，能夠重新編織我們的故事，就已經是最大的幸福。

「這一次，就讓大妖怪來好好照顧妳。」

她笑了。

這笑容，無疑是當日的小妖精。

然後，我們成為未來現世傳說的一部分——

終結，只為了，絕地，重生。

《末殺者》下集　完

境外之城 111

末殺者【下】

作　　者／畢名
企畫選書人／張世國
責任編輯／劉瑄

發行人／何飛鵬
副總編輯／王雪莉
行銷業務經理／李振東
行銷企劃／陳姿億
資深版權專員／許儀盈
版權行政暨數位業務專員／陳玉鈴
法律顧問／元禾法律事務所　王子文律師
出版／奇幻基地出版
城邦文化事業股份有限公司
台北市 104 民生東路二段 141 號 8 樓
電話：(02)25007008　　傳眞：(02)25027676
網址：www.ffoundation.com.tw
e-mail：ffoundation@cite.com.tw
發行／英屬蓋曼群島商家庭傳媒股份有限公司城邦分公司
台北市 104 民生東路二段 141 號 11 樓
書虫客服服務專線：(02)25007718・(02)25007719
24 小時傳眞服務：(02)25170999・(02)25001991
服務時間：週一至週五 09:30-12:00・13:30-17:00
郵撥帳號：19863813　　戶名：書虫股份有限公司
讀者服務信箱 E-mail：service@readingclub.com.tw
歡迎光臨城邦讀書花園　網址：www.cite.com.tw
香港發行所／城邦（香港）出版集團有限公司
香港灣仔駱克道 193 號東超商業中心 1 樓
電話：(852) 2508-6231 傳眞：(852) 2578-9337
馬新發行所／城邦（馬新）出版集團
【Cite(M)Sdn. Bhd.(458372U)】
11, Jalan 30D/146, Desa Tasik,
Sungai Besi, 57000 Kuala Lumpur, Malaysia.
電話：(603) 90578822　　傳眞：(603) 90576622

封面設計／高偉哲
排　　版／極翔企業有限公司
印　　刷／高典印刷有限公司
■ 2020 年（民 109）11 月 3 日初版一刷

售價／ 399 元

國家圖書館出版品預行編目資料

末殺者【下】／畢名著 .-- 初版 .-- 台北市：奇幻基地，城邦文化發行；家庭傳媒城邦分公司發行 2020.11（民 109.11）
面：　公分 .--（境外之城：111）
ISBN　978-986-99310-3-8（第二冊：平裝）

857.7　　　109012488

ISBN　978-986-99310-3-8
Printed in Taiwan.

廣　告　回　函
北區郵政管理登記證
台北廣字第000791號
郵資已付，免貼郵票

104台北市民生東路二段141號11樓
英屬蓋曼群島商家庭傳媒股份有限公司城邦分公司 收

請沿虛線對摺，謝謝

每個人都有一本奇幻文學的啓蒙書

奇幻基地官網：http://www.ffoundation.com.tw
奇幻基地粉絲團：http://www.facebook.com/ffoundation

書號：1HO111　　　書名：末殺者【下】

請於此處用膠水黏貼

讀者回函卡

謝謝您購買我們出版的書籍！請費心填寫此回函卡，我們將不定期寄上城邦集團最新的出版訊息。

姓名：＿＿＿＿＿＿＿＿＿＿＿＿＿＿＿＿ 性別：□男 □女

生日：西元＿＿＿＿＿年＿＿＿＿＿月＿＿＿＿＿日

地址：＿＿＿＿＿＿＿＿＿＿＿＿＿＿＿＿＿＿＿＿

聯絡電話：＿＿＿＿＿＿＿＿＿＿傳真：＿＿＿＿＿＿＿＿＿＿

E-mail ：＿＿＿＿＿＿＿＿＿＿＿＿＿＿＿＿＿＿＿＿

學歷：□1.小學 □2.國中 □3.高中 □4.大專 □5.研究所以上

職業：□1.學生 □2.軍公教 □3.服務 □4.金融 □5.製造 □6.資訊

□7.傳播 □8.自由業 □9.農漁牧 □10.家管 □11.退休

□12.其他＿＿＿＿＿＿＿＿＿＿＿＿＿＿＿＿

您從何種方式得知本書消息？

□1.書店 □2.網路 □3.報紙 □4.雜誌 □5.廣播 □6.電視

□7.親友推薦 □8.其他＿＿＿＿＿＿＿＿＿＿

您通常以何種方式購書？

□1.書店 □2.網路 □3.傳真訂購 □4.郵局劃撥 □5.其他

您購買本書的原因是（單選）

□1.封面吸引人 □2.內容豐富 □3.價格合理

您喜歡以下哪一種類型的書籍？（可複選）

□1.科幻 □2.魔法奇幻 □3.恐怖 □4.偵探推理

□5.實用類型工具書籍

為提供訂購、行銷、客戶管理或其他合於營業登記項目或章程所定業務之目的，英屬蓋曼群島商家庭傳媒（股）公司城邦分公司，於本集團之營運期間及地區內，將以電郵、傳真、電話、簡訊、郵寄或其他公告方式利用您提供之資料（資料類別：C001、C002、C003、C011等）。利用對象除本集團外，亦可能包括相關服務的協力機構。如您有依個資法第三條或其他需服務之處，得致電本公司客服中心電話 (02)25007718請求協助。相關資料如為非必要項目，不提供亦不影響您的權益。

1. C001辨識個人者：如消費者之姓名、地址、電話、電子郵件等資訊。
2. C002辨識財務者：如信用卡或轉帳帳戶資訊。
3. C003政府資料中之辨識者：如身分證字號或護照號碼（外國人）。
4. C011個人描述：如性別、國籍、出生年月日。

對我們的建議：＿＿＿＿＿＿＿＿＿＿＿＿＿＿＿＿＿＿＿＿

＿＿＿＿＿＿＿＿＿＿＿＿＿＿＿＿＿＿＿＿

＿＿＿＿＿＿＿＿＿＿＿＿＿＿＿＿＿＿＿＿

請於此處用膠水黏貼

D O O M S D A Y
M A S S A C R E

D O O M S D A Y

M A S S A C R E